贵州民族大学中国语言文学一流学科建设文库编委会

主　任：王　林
副主任：任达森　龙耀宏
委　员：索洪敏　吴电雷　颜水生　万秋月　杨　红
　　　　胡晓东　龙海燕　周凌玉　李贤军　王　力
　　　　陈玉平　扶平凡　汪文学　杜国景　赵　宏

中国南方少数民族语言文学整理研究丛书编委会

主　任：龙耀宏
副主任：胡晓东　罗兴贵
成　员：吴秀菊　柳爱江　吴定川　龙昭宝　吴永谊
　　　　韦述启　李天元　蔡吉燕　韦荣平　牟昆昊
　　　　杨勤盛　周　焱　张　成

国家社科基金重大招标项目
"黔湘桂边区汉字记录少数民族语言文献
分类搜集整理研究"（12&ZD181）前期成果

侗族叙事歌
梁山伯与祝英台

搜集整理	龙耀宏	银永明	梁定修
侗文注音	吴永谊	欧俊娇	杨再荣
汉语翻译	龙昭宝	杨远松	王朝根
国际音标	龙润田	彭 婧	

民族出版社

前　言
（代序）

龙耀宏

一

我们1960年代出生的这一代人，可以说是从小听故事长大的。在侗族丰富多彩的民间文艺作品中，有相当大的一部分题材是来源于汉族传统的民间故事、各种演义，如：《梅良玉》《李旦凤娇》《毛洪玉英》《刘高》《孟姜女》《牛郎织女》《董永与七仙女》《刘知远》《门龙肖女》《秦香莲》《白玉霜》《梁山伯与祝英台》《陈胜吴广》《仁贵征东》《白蛇传》《陈世美》《袁大俊》《高文进》《牛郎织女》《王玉莲》《刘世尧》《三国风流》《洛阳桥》《薛仁贵》《七仙女》《增广贤文》《唱孔子》《姜子牙》等。从这些故事可以看出，侗汉文化的水乳交融，源远流长。在这些众多的汉族题材故事中，流传最广、普及程度最高的故事莫过于《梁山伯与祝英台》。

说到"梁祝"故事，侗族地区的男女老少几乎人人皆知，深受人们喜爱。在过去，只要是上了一定年纪的人，不论男女都能说上一两段、能唱上几句。因为在侗族地区，"梁祝"的那桩事，不光是故事里讲，也在戏剧里演，还在歌谣里唱。《梁山伯与祝英台》这个感人至深的爱情故事，塑造了祝英台对爱情的勇敢和梁山伯对爱情的执着，两人追求爱情和美满幸福生活的形象，和坚强不屈的斗争精神，给侗族人民，特别是侗族青年人以勉励和鼓舞，他们成为侗族青年男女对爱情崇拜、效仿的对象。正如叙事歌《从前有位姑娘》最后的两句歌词唱的那样：

从今往后 / 怎得我俩后人男女情伴 / 要比山伯英台 / 共墓成亲 / 让那村寨夸

有一首侗族"梁祝"山歌是这样唱的:

> 梁山伯细祝英台,欧细同借花同苔,同鸟高丘洛阳乌,幸同凡间歹同埋。

翻译成汉语是:

> 梁山伯与祝英台,饭同吃来花同栽,同在洛阳桥头坐,生同凡间死同埋。

这首歌是我还在读小学的时候就学会了的,至今不忘。1978年我到县城读高中,那一年有湖南的花鼓剧团到天柱县城来演戏,有一个剧目就是"梁山伯与祝英台",刚好那天晚上轮到我与另外的一个同学守寝室,我们偷偷出去看演出被值班老师发现,挨了批评,写了检查。观看演出更加深了我对"梁祝"的印象。从小到大,无数次听到过大人们讲述"梁祝"的故事,也不认为这个故事仅是汉族的故事。直到今天,侗族地区的很多老百姓也不认为梁山伯与祝英台的故事是汉族故事,因为大家对这个故事太熟悉了,投入了太多的感情。由于这个故事是那样的侗族化,以至于侗族人民认为这个故事就发生在山的那边,或者是江的上游的某个寨子。

侗汉的文化交流可谓源远流长,可追溯到秦汉、唐宋之际。特别是明清以来,王朝文化对侗族的影响更加巨大。明清时期,中央王朝在侗族地区大量设置军屯民屯,江南汉族文化在随军随民进入侗区的同时,也相应在侗区设立地方政权机构,在侗族地区设置学堂,开科取仕,传播封建文化,在客观上使侗族地区的文化教育事业得到了较快的发展。由于办学之风的兴起,给一部分侗族子弟带来了读书的机会。清代以后,侗族子弟中的读书人与日俱增,一批批的优秀者考得秀才、举人、进士等学位,成为侗族中的知识分子。正是这些知识分子,他们在汉文化与本民族文化的交流中起到了桥梁的作用,他们不仅是最先接受汉文化的人,还是汉文化在侗族地区传播的使者。

随着侗汉文化交流深入发展,各种文学艺术形式在侗族地区的大力推广,自然给侗族的传统文学带来强大的影响。特别是汉族戏剧对侗族说唱文学的影响更是巨大,这种影响不但表现在艺术形式上,而且表现在文学内容中。正因为这样,才使得这一大批脍炙人口的汉族题材的民间故事得以在侗族中以不同的艺术形式流传，成为侗族民间文学不可缺少的有机组成部分。"梁祝"故事传入侗族地区的具体历史年代不得而知，大概不会早于清朝道光年间。但由于这个故事的感人至深而被侗族人民接受和喜爱，从而得以通过多样的文艺形式、各种的社交场合传播，因此家喻户晓。

二

　　侗族的"梁祝"故事与汉族的传统民间故事相比，有很多不同的地方，这是侗族人民对其改造的结果。侗族的《梁山伯与祝英台》在保留汉族传说主题的同时，在内容等方面发生了变异，甚至是在形式和艺术手法上进一步予以丰富、充实和发展。从这个故事在侗族中流传的差异性我们看到了汉族文学在少数民族地区流传过程中的民族化过程。少数民族在引进汉族的文学作品时，并不是原封不动地引入，而是根据民族的审美进行了加工和改造，进行消化，使之符合本民族人民的道德观念和审美情趣，这不仅使故事的许多情节发生了变化，连人物的民族身份也发生了改变。

　　汉族"梁祝"故事的基本情节，如避婚求学、草桥结拜、书馆谈心、思兄、十八相送、劝婚骂媒、祝庄访友、闻耗、吊孝哭灵、逼嫁、祭坟化蝶等。但是侗族叙事歌的情节就少了很多，只是选择了其中的求学、结拜、相送、访友、祭坟化鸳鸯等情节。虽然说故事的情节较少，仍抓住了故事的主线，使故事不至于偏离主题。

　　侗族叙事歌中的祝英台是直率果敢、有追求的侗族女子，而不是汉族的闺阁中的小姐。梁山伯则是"我家老人贫寒，没有田塘好土"的普通侗族家庭出身。梁祝二人上学，都是只身前往，没有书童丫环的陪伴。他们求学生活中"去观铺""去看庙"，充满侗族生活气息。山伯送别英台，祝英台赠送鞋袜给梁山伯，这是侗族女青年送给心爱之人的礼物，是侗族女青年表达爱意的一种方式。当梁山伯到祝英台家见到英台时，祝英台"身穿罗缎，亮晶晶，金银项圈闪闪亮"，这是侗族少女的传统服饰，祝英台以一个侗族少女的形象出现。

　　侗族叙事诗中最能体现出民族特色的是梁母求亲部分。在这一部分，祝英台得知梁山伯相思成病，便让梁母回家劝他。结果

梁母却没完成英台的嘱托，最终导致悲剧酿成。这样的唱词，将英台的性格刻画得更加坚韧、有主见。不光增强了叙事诗的审美趣味，也使民族传统文化与汉文化的影响、融合得以体现。

三

本书共收录侗族不同地区有代表性的10首"梁祝"叙事歌，有叙事大歌、叙事琵琶歌、叙事双歌、叙事白话、叙事山歌、戏歌、礼俗歌等不同场合演唱的文本。

《梁山伯与祝英台》是一首侗族叙事大歌，征集于黎平县永从乡的"三龙"地区的九龙村，汉字记侗音文本由"侗族大歌"省级传承人吴志成歌师提供。1994年7月我们承担云南大学"中国民族村寨调查丛书"项目的"侗族村寨调查"来到三龙的九龙大寨，在那里住了一个月多月，过程中认识了吴志成歌师并成为好朋友，常向他请教，在他家听歌，在他提供的多本歌书中搜集到这首《梁山伯与祝英台》，吴志成能编能唱，记忆力相当好，当时他操侗族的大琵琶为我们演唱了这首歌的片段，至今记忆犹新。

叙事琵琶歌《从前有个姑娘》在20世纪80年代搜集于著名的榕江车江，又称为"嘎英台"（即"祝英台之歌"），有多种汉字记侗音抄本流传，本歌由车江著名的歌师向廷辉提供，由当时贵州省民族研究所所长向零先生搜集，时任榕江县文化馆馆长张勇先生翻译整理。这首歌在贵州榕江县车江"三宝"一带侗寨十分流行，普及率极高，中年以上的男女都能演唱一些片段，人人都能讲述"梁祝"的故事。一般在春节期间村寨之间社交玩龙灯，青年男女行歌坐夜时由琵琶歌手演唱。因为当地侗族习惯于以诗歌的第一句歌词作为歌名，所以叫《从前有个姑娘》。

《君山伯》即"嘎君梁山伯"，翻译成汉语是《梁山伯叙事歌》。这首歌搜集于黎平县岩洞镇的竹坪村，歌本抄录于20世纪50年代，搜集于20世纪90年代。歌本的主人郑培盛是竹坪村热闹人，是岩洞地区著名的歌师和戏师。由于缺乏纸张，他把岩洞一带流传的大歌、叙事歌、拦路歌等用汉字记音的方式抄录在当时生产队用的记账本里，他去世后，歌本被黎平县民委银永明同志征集，这首也由银永明翻译整理。

叙事大歌《嘎英台》（即《祝英台之歌》），流传于贵州从江县"六洞"地区的龙图、贯洞一带，这首歌的原始文本情况不详，目前的汉字记侗音文本由贵州省从江县侗学研究会副会长梁定修同志搜集整理。与这首歌相配套的还有一首《十二月祝英台歌》，这两首歌曾刊印在《侗学研究通讯》（2013年第2期）。

叙事大歌《梁山伯与祝英台》，流传于贵州省榕江县的栽麻乡加所村，说唱艺人補荷花，搜集整理人杨再荣。補荷花是榕江宰荡一带著名的叙事歌传唱人和侗戏戏师，除了这首《梁山伯与祝英台》，她还传唱"门龙肖女""金汉列美"等侗族著名叙事歌。

白话唱词《梁祝古典》广泛流行于北部侗族地区的贵州天柱、锦屏、剑河、三穗一带。在过去，"白话"是北部侗族地区赶歌场"歌堂"唱歌、比歌、赛歌的一种对歌形式，比口才、比记忆，以诵唱为主，题材大多来源于汉族传统故事，如"三国演义""杨家将""孟姜女""说唐""姜子牙"等，其中《梁祝》最为普及。这个文本由20世纪50年代天柱县水洞乡（今水洞村）歌手吴昭雄演唱，贵州省民委语文办欧亨元先生搜集整理。曾作为内部资料被收入贵州省民委1998年编的《侗族传统文学汇编》中。

侗族双歌《梁山伯之歌》，口传文本，流传于湖南通道侗族自治县平坦河流域一带。"双歌"是流行于湖南通道和广西三江交界一带侗族男女青年交往唱歌的一种形式，歌词内容以情歌为主，其中有一类歌是长篇的"唱故事"，内容丰富，主要题材大都与爱情有关，如"陈世美""毛红玉英""李旦凤娇""金郎金妹""秀银吉妹"等，"梁山伯与祝英台"是流行最广的，也是必唱曲目。这首歌由通道侗族自治县牙屯堡镇八毫村粟兴全等人演唱，通道县民委以及林良兵、吴炳升搜集整理。

侗语歌剧《梁山伯与祝英台》是北部侗族地区白话的一种变体，突出故事的情节。在赶歌场时由歌队轮流接续演唱。这个文本由锦屏县平秋镇的歌手吴国智提供，歌师王朝根搜集整理。

唱玩山歌过去是侗族北部地区青年男女传统的社交方式，山歌《梁山伯与祝英台》是青年男女情感发展到成双成对的"高级阶段"必唱的内容，此阶段男女双方借梁山伯、祝英台以表达爱情的至死不渝，这类歌的版本很多。这里收集的这首山歌来源于贵州省剑河的小广一带，由剑河县民委吴世源搜集整理。

这里还搜集到一首礼俗歌《梁山难比祝英台》，这是在婚礼上新郎和新娘双方对歌演唱的一首礼俗歌。双方对歌时，新郎一方总是把自己比作梁山伯，说自己愚钝；把新娘一方比作祝英台，聪明伶俐。这组歌搜集于20世纪50年代贵州开展民间文学调查时，搜集地点是贵州省天柱县的高酿镇，搜集整理者龙耀乾。

四

对侗族"梁祝"故事、歌谣的搜集整理,起源于20世纪50年代中期进行的侗族语言调查和社会历史文化调查。这些早期的资料均已经翻译成汉文,并收录在中国民间文艺研究会贵州分会内部编印的《民间文学资料》第十集(1959年)、第十三集(1960年)、第三十集(1961年)、第五十七集(1983年)等资料集中。到20世纪八九十年代全国开展民间文学"三套集成"搜集整理过程中,侗族的各种"梁祝"故事、歌谣等口传文本又得到了不同程度的搜集、整理,几乎每个侗族县的"民间歌谣集成""民间故事集成"都能看到"梁祝"的资料。这些都已经翻译成汉文的"梁祝"歌谣或故事,散见于各种内部刊印的资料中。遗憾的是,以上的资料整理均没有附上记录的侗语原文。

侗族有各种题材形式的"梁祝",除了本书收入的这10个不同的"梁祝"叙事歌,和各种资料文本外,侗族地区的各地侗戏中还有多个不同的汉字记侗语"梁祝"戏本,这些戏本的篇幅都比叙事歌长了很多。目前我们搜集到的不同"梁祝"侗戏剧本有4个。一是流传于贵州从江"六洞"地区梁松年戏师的汉字记侗音原始手抄传本;二是流传于黎平县口江一带的《梁山伯与祝英台剧本》,吴支柱戏师汉字记侗音文本;三是流传于黎平肇兴一带的剧本《祝英台梁山伯故事宣传簿》,汉字记侗音文本陆根茂藏本;四是流传在黎平三龙一带的戏本《梁山伯祝英台》,汉字记侗音寿安祥持本。以上剧本均是在叙事歌的基础上改编的剧本,唱词更多、故事情节更加丰富饱满。

五

由于各地习惯的不同,叙事歌主人翁的名字特点也不一样,有的地方把梁山伯称为"山伯"或"梁山",有的把祝英台称为"英台""英台娘"或"女祝英"等,都是很有地方民族特色的。由于方言土语的不同,人名的注音存在一些差异,在整理上保持方音的这些特点可能更加符合整理的要求。

为了保持原作品的特色与特点,本书的整理方法完全按照国家民委关于少数民族古籍整理规范的要求进行,首先保留汉字记侗音的原文,然后是侗文注音、国际音标转写、直译、意译,外加注释，最大限度地保留原文的风格特点。汉字记侗音是侗族人民书写的一种创造，这种方法已经使用了好几百年，尽管中华人民共和国成立以后创造了拉丁字母的侗文，但掌握侗文的人不多，特别是侗族民间歌师懂得侗文的很少，大家依然习惯于用汉字记录书写侗语。因此保留这部分文字是非常有必要的，也是能让出版的故事歌谣还能够回到侗族社会继续使用和流传的好办法。

目　录

Liangc Sanh Beec Suc Yenh Taic
梁山伯与祝英台…………………………… 1

Unv Lis Beix Jav
从前有位姑娘…………………………… 95

Jenh Sans Beec
"君"山伯…………………………… 161

Gal Yenh Taic
嘎英台…………………………… 261

Liangc Sanh Beec Daengh Sut Yenh Taic
梁山伯与祝英台…………………………… 325

Al Liangc Xians Beec
梁山伯之歌…………………………… 385

Liangc Xuc gux janx
梁祝古典…………………………… 425

Liangs Sanp Bees Suc Yens Taic (al yiv gaeml)
梁山伯与祝英台（侗语剧歌）………… 453

Liangs Sanp Bees Suc Yinc Daic
梁山伯与祝英台……………………507

Liangs Shans Nanc Biix Zhuc Yins Daic
梁山难比祝英台……………………517

后　记…………………………………529

梁山伯与祝英台
Liangc Sanh Beec Suc Yenh Taic

流传地：贵州省黎平县三龙地区九龙村
汉字记侗音抄本：吴志成
录音：银永明
记录翻译：杨再荣
整理：龙耀宏

一

套　　晚　　那　　晚　　必　　多　　啊　　嘎
Taot　wanh　nas　wanh　biingv　dos　kgags　kgal
t^hau^{13}　wan^{33}　na^{323}　wan^{33}　$pjiŋ^{53}$　to^{323}　q^hak^{323}　q^ha^{55}
换　　换　　脸　　换　　柄　　唱　　别　　歌
把不好拿就换柄，

乃　　刀　　又　　唱　　岁　　嘎
Naih　daoh　yuh　qangk　siip　kgal
nai^{33}　tau^{33}　ju^{33}　$t^haŋ^{453}$　sii^{35}　q^ha^{55}
这　　我们　又　　唱　　别　　歌
咱们今天换歌唱，

哎　　免　　多　　嘎　　邓
Kgeis　meenh　dos　kgal　daengv
$q^həi^{323}$　men^{33}　to^{323}　q^ha^{55}　$teŋ^{53}$
不　　思　　唱　　歌　　根
且把新歌放一旁。

笨　　总　　一　　送　　共　　宁　　报　　呆
Benh　jungh　il　sungp　gungs　nyenc　baov　ees
$pən^{33}$　$tuŋ^{33}$　i^{55}　$suŋ^{35}$　$kuŋ^{323}$　$ɲən^{212}$　pau^{53}　e^{323}
本　　共　　一　　话　　多　　人　　说　　呆
言语雷同，多人说咱傻。

特　　听　　介　　没　　面
Teet　qingk　kgeis　meec　miinh
t^he^{13}　$t^hiŋ^{453}$　$q^həi^{323}$　me^{323}　$mjin^{33}$
下　　听　　不　　有　　颜面
台下听来无颜面，

帅　　仙　　争　　减　　免　　争　　强
Sais　xeengp　jeengl　jeengx　meenh　jeengl　jangc
sai^{323}　$çen^{35}$　$teŋ^{55}$　$teŋ^{31}$　men^{33}　$teŋ^{55}$　$taŋ^{212}$
肠　　兴　　抢　　点　　也　　抢　　强
唱首古典来闹场。

003

梁山伯与祝英台

二

凡　　凡　　重　　卡
Wanp wanp jongl kap
wan³⁵　wan³⁵　ȶoŋ⁵⁵　kʰa³⁵
静　　静　　装　　耳
静静地听，

尧　　多　　梅　　嘎　　帅　　淆　　听
Yaoc dos meix kgal saip xaop qingk
jau²¹²　to³²³　məi³²³　qʰa⁵⁵　sai³⁵　ɕau³⁵　ȶʰiŋ⁴⁵³
我　　唱　　首　　歌　　给　　你们　听
我唱支歌给你们听，

多　　嘎　　没　　底　　正　　条　　立　　没　　双
Dos kgal meec dingv jingv jiuc lix meec sangp
to³²³　qʰa⁵⁵　me²¹²　tiŋ⁵³　ȶiŋ⁵³　ȶiu²¹²　li³¹　me²¹²　saŋ³⁵
唱　　歌　　有　　底　　听　　我　　语　　有　　根
语出有典歌有根。

官　　加　　克　　刚　　不　　克　　朱　　嘎
Kgunv jav gkeep kgangs bux gkeep Sut Kgal
qʰun⁵³　ȶa⁵³　qe³⁵　qʰaŋ³²³　pu³¹　qe³⁵　su¹³　qʰa⁵⁵
前　　那　　别人　讲　　父　　别　　祝　　家
从前别人讲祝家，

克　　戍　　胖　　打　　忙　　务　　兑
Gkeep xedt pangp dah mangv ul doiv
qe³⁵　ɕət¹³　pʰaŋ³⁵　ta³³　maŋ⁵³　u⁵⁵　toi⁵³
财产　都　　高　　过　　边　　上　　面
财旺强过两边寨，

裳　　泪　　一　　美　　关　　培　　英　　台　　娘
Sangx lis edl muih guanl beix Yenh Taic nyangc
saŋ³¹　li³²³　ət⁵⁵　mui³³　kwan⁵⁵　pəi³¹　jən³³　tʰai²¹²　ȵaŋ²¹²
养　　得　　一　　妹　　名　　女　　英　　台　　娘
养得一女名叫英台娘。

刚　腊　项　宁　一　加
Kgangs lagx hangc nyenc il jav
qʰaŋ³²³ lak³¹ haŋ²¹² nən²¹² i⁵⁵ ʈa⁵³
讲　儿　那　人　那样
讲到那个姑娘，

龙　己　补　怪　帅　不　讲
Longc jih buh guail sais buh jangh
loŋ²¹² ʈi³³ pu³³ kwai⁵⁵ sai³²³ pu³³ ʈaŋ³³
肚　是　也　乖　肠　也　强
容颜娇美心灵巧，

要　拜　朝　中　街　响　里　文　章
Yuv bail xeeuc zongl kgail xangh liix wenc zangl
ju⁵³ pai⁵⁵ ɕeu²¹² tsoŋ⁵⁵ qʰai⁵⁵ ɕaŋ³³ lji³¹ wən²¹² tsaŋ⁵⁵
要　去　朝　中　街　上　理　文　章
要去朝中（杭州）街上读诗文。

三
不　卯　英　台　担　报
Bux maoh Yenh Taic tant baov
pu³¹ mau³³ jən³³ tʰai²¹² tʰan¹³ pau⁵³
父　她　英　台　说　道
英台父亲劝说道：

底　辛　啊　相　合　泪　腊　班　守　收　字
Dih senl ugs xangp habp lis lagx banl xut xup siih
ti³³ sən⁵⁵ uk³²³ ɕaŋ³⁵ hap³⁵ li³²³ lak³¹ pan⁵⁵ ɕu¹³ ɕu³⁵ sii³³
地　村　出　相　只　有　儿　男　抄　书　字
地方出相只有男儿抄文字，

兰　泪　刘　美　坐　学　堂
Lianh lis liuuc muih suiv xoc tangc
ljan³³ li³²³ liəu²¹² mui³³ sui⁵³ ɕo²¹² tʰaŋ²¹²
哪　有　嫋　妹　坐　学　堂
哪有姑娘坐学堂？

四

英 台 担 报
Yenh Taic tant baov
jən³³ tʰai²¹² tʰan¹³ pau⁵³
英 台 说 道
英台说：

官 加 克 刚 南 现 发 皇
Kgunv jav gkeep kgangs Nanc Xeenp wedt wangc
khun⁵³ ta⁵³ qe³⁵ qhaŋ³²³ nan²¹² ɕen³⁵ wət¹³ waŋ²¹²
前 那 人 讲 南 宋 发 王
从前人讲南宋朝中，

出 培 管 昔 英
Ugs beix guanl Xic Yenh
uk³²³ pəi³¹ kwan⁵⁵ ɕi²¹² jən³³
出 女 名 仕 英
有女名仕英，

帅 克 姓 顶 入 学 堂
Sais maoh singp jingh laos xoc tangc
sai³²³ mau³³ siŋ³⁵ tiŋ³³ lau³²³ ɕo²¹² thaŋ²¹²
肠 她 清 清 进 学 堂
聪明伶俐读书人。

朝 中 皇 帝 多 坭 而 腊 觅
Xeeuc zongl wangc div dos nyil leec lagx miegs
ɕeu²¹² tsoŋ⁵⁵ waŋ²¹² ti⁵³ to³²³ ɲi⁵⁵ le²¹² lak³²³ mjək³²³
朝 中 王 帝 读 那 书 儿 女
朝中皇帝也读女儿经，

官 加 千 百 一 加 十 万 项
Guans qak sinp begs edl kgeel xebc weenh hangc
kwan³²³ ta⁴⁵³ sin³⁵ pək³²³ qʰe⁵⁵ ɕəp²¹² wen³³ haŋ²¹²
管 上 千 百 家 十 万 行
管理千家百户十万民。

五

不 卯 英 台 担 报
Bux maoh Yenh Taic tant baov
pu³¹ mau³³ jən³³ tʰai²¹² tʰan¹³ pau⁵³
父 她 英 台 说 道
英台父亲说：

听 农 刚 立 特 听 分 双 补
Qingk nongx kgangs lix tigs qingl wenp sangp buh
tʰiŋ⁴⁵³ noŋ³¹ qʰaŋ³²³ li³¹ tʰik³²³ t̠ʰiŋ⁵⁵ wən³⁵ saŋ³⁵ pu⁵⁵
听 弟 讲 话 细 听 万 丈 部
听妹说话思量有道理，

怒 你 配 泪 行 主 补 要 数 帅 娘
Nuv nyac pik lis xenc xus buh yuv suv saip nyangc
nu⁵³ ɲa²¹² pʰi⁴⁵³ li³²³ ɕən²¹² ɕu³²³ pu³³ ju⁵³ su⁵³ sai³⁵ ɲaŋ²¹²
看 你 配 得 行 李 也 要 数 给 姑娘
看你准备行李为父知道你已定，

怒 农 项 拝 加 尧 帅 农 初
Nuv nongx haengt bail jav yaoc saip nongx quk
nu⁵³ noŋ³¹ hɛŋ¹³ pai⁵⁵ t̠a⁵³ jau²¹² sai³⁵ noŋ³¹ t̠ʰu⁴⁵³
看 弟 赶 去 那 我 让 弟 去
若你愿去父亲不拦阻，

闷 茂 光 闷 清 楚
Maenl mus guangl menl tingp tuk
mɛn⁵⁵ mu³²³ kwaŋ⁵⁵ mən⁵⁵ tʰiŋ³⁵ tʰu⁴⁵³
天 明 亮 天 清 楚
明早天亮

补 要 数 帅 娘
Buh yuv suv saip nyangc
pu³³ ju⁵³ su⁵³ sai³⁵ ɲaŋ²¹²
也 要 备 给 姑娘
准备给姑娘送行。

六

英　台　打　拜　给　孖　双　走　鞋　花　短
Yenc Taic dah bail geel nyal sagl jouh haic wap dunv
jən²¹² tʰai²¹² ta³³ pai⁵⁵ ke⁵⁵ ɲa⁵⁵ sak⁵⁵ ʈou³³ hai²¹² wa³⁵ tun⁵³
英　台　过　去　边　河　洗　双　鞋　花　绣
英台来到河边把双花鞋洗，

双　能　枚　分　登　克　才　姓　梁
Sagl naengl mix kuenp deml gkeep jaix singk Liangc
sak⁵⁵ neŋk⁵⁵ mi³¹ khwən³⁵ təm⁵⁵ qe³⁵ ʈai³¹ siŋ⁴⁵³ ljaŋ²¹²
洗　还　未　完　　遇　他　兄　姓　梁
鞋未洗净遇到梁山伯。

七

英　台　担　报
Yenh Taic tant baov
jən³³ tʰai¹³ tʰan¹³ pau⁵³
英　台　说　道
英台问：

淆　才　拜　怒　补　要　列　帅　听
Xaop jaix bail nup buh yuv lebc saip qingk
ɕau³⁵ ʈai³¹ pai⁵⁵ nu³⁵ pu³³ ju⁵³ ləp²¹² sai³⁵ tʰiŋ⁴⁵³
你　兄　去　哪　也　要　说　来　听
兄长去哪讲来听一听，

吊　转　拜　言　咧　闷　农　吊　汗　零
Jiul jonv bail yanc lebc maenv nongx jiul hank liingh
ʈiu⁵⁵ ʈon⁵³ pai⁵⁵ jan²¹² ləp²¹² mɐn⁵³ noŋ³¹ ʈiu⁵⁵ han⁴⁵³ ljin³³
我　转　去　家　告诉　弟　弟　我　汉　零
我回家告诉小弟

连　淆　定　飞　乡
Nyimp xaop jingh wuip yangp
ɲim³⁵ ɕau³⁵ ʈiŋ³³ wui³⁵ jaŋ³⁵
跟　你　一起　走　乡
与你结伴他乡行。

八

山　伯　担　　报
Sanh Beec tant　baov
san³³ pe²¹² tʰan¹³ pau⁵³
山　伯　说　　道
山伯说：

吊　鸟　　各　　州　　列　　各　　姓
Jiul nyaoh kgags zul lianh kgags singk
tɕiu⁵⁵ ȵau³³ qʰak³²³ tsu⁵⁵ ljan³³ qʰak³²³ siŋ⁴⁵³
我　在　他　州　和　别　姓
我住他乡外村姓，

不　　来　　当　　底　　农　　拜　坐　学　　堂
Buc　laic　daengl dingv nongx bail suiv xoc tangc
pu²¹² lai²¹² tɛŋ⁵⁵ tiŋ⁵³ noŋ³¹ pai⁵⁵ sui⁵³ ɕo²¹² tʰaŋ²¹²
不　来　编　假　弟　去　坐　学　堂
不欺骗你是个读书人。

吊　　要　　列　　渚　　讨　　勿　　恶
Jiul yuv lebc xaop aol weex wox
tɕiu⁵⁵ ju⁵³ ləp²¹² ɕau³⁵ au⁵⁵ we³¹ wo³¹
我　要　告诉　你　拿　做　知道
我来跟你讲清楚，

我　　们　　在　　河　　南　　省
Ngox maenh zail Hoc Nanc Senx
ŋo³¹ mɛn³³ tsai⁵⁵ ho²¹² nan²¹² sən³²³
我　们　在　河　南　省
我家住在河南省，

本　是　宁　姓　梁
Benx sip nyenc singk Liangc
pən³¹ si³⁵ nən²¹² siŋ⁴⁵³ ljaŋ²¹²
本　自　人　姓　梁
名叫山伯梁姓人

怒 农 刚 娘 补 要 列 帅 听
Nuv nongx kgangs nyaengc buh yuv lebc saip qingk
nu⁵³ noŋ³¹ qʰaŋ³²³ ȵɐŋ²¹² pu³³ ju⁵⁵ ləp²¹² sai³⁵ tʰiŋ⁴⁵³
若 弟 讲 真 那 我 告诉 给 听
若妹诚心也请说来听，

帅 吊 汗 零 补 来 现 关 娘
Saip jiul hank liingh buh lail sint guanl nyangc
sai³⁵ ɕiu⁵⁵ han⁴⁵³ ljiŋ³³ pu³³ lai⁵⁵ sin¹³ kwan⁵⁵ ȵaŋ²¹²
让 我 汉 零 也 好 叫 名 姑娘
我郎单身也好称呼你姓名。

九

英 台 担 报
Yenh Taic tant baov
jən³³ tʰai¹³ tʰan¹³ pau⁵³
英 台 说 道
英台说：

吊 鸟 五 美 蝉 寨
Jiul nyaoh Ngox Mix samp xaih
ɕiu⁵⁵ ȵau³³ ŋo³¹ mi³¹ sam³⁵ ɕai³³
我 住 五 美 蝉 寨
我在五美蝉寨住，

笨 虫 言 吊 来 登 牙
Baenl jogl bux jiul lail daeml yav
pɐn⁵⁵ ɕok⁵⁵ pu³¹ ɕiu⁵⁵ lai⁵⁵ tɐm⁵⁵ ja⁵³
本 熟 父 我 好 塘 田
我家祖上田地广，

吊 地 方 加 无 学 堂
Jiul dih wangp jav wuc xoc tangc
ɕiu⁵⁵ ti³³ waŋ³⁵ ȶa⁵³ wu²¹² ɕo²¹² tʰaŋ²¹²
我 地 方 那 无 学 堂
我们寨上无学堂。

吊 斥 刚 军 列 刚 假
Jiul xah kgangs jenl lianh kgangs jax
ȶiu⁵⁵ ɕa³³ qʰaŋ³²³ ʈən⁵⁵ ljan³³ qʰaŋ³²³ ʈa³¹
我 也 讲 真 不 讲 假
我说真来不道假,

吊 腊 祝 家 农 吊 关 你 郎
Jiul lagx Sut jah nongx jiul guanl Nyih Langc
ȶiu⁵⁵ lak³¹ su¹³ ʈa³³ noŋ³¹ ȶiu⁵⁵ kwan⁵⁵ ɲi³³ laŋ²¹²
我 儿 祝 家 弟 我 名 二 郎
我本姓祝家有弟叫二郎,

农 关 你 郎 斥 祝 英 台
Nongh guanl Nyih Langc xah Sut Yenh Taic
noŋ³³ kwan⁵⁵ ɲi³³ laŋ²¹² ɕa³³ su¹³ jən³³ tʰai²¹²
弟 名 二 郎 写 祝 英 台
名叫二郎祝英台。

闷 乃 登 才 梁 山
Maenl naih deml jaix Liangc Sanh
mɛn⁵⁵ nai³³ təm⁵⁵ ȶai³¹ ljaŋ²¹² san³³
天 这 遇 兄 梁 山
今天遇上山伯兄,

哑 夯 坤 吊 关 一 场
Yah jangs kuenp jiul guans il sangc
ja³³ ȶaŋ³²³ kwən³⁵ ȶiu⁵⁵ kwan³²³ i⁵⁵ saŋ²¹²
那 将 熟 我们 管 一 场
请你关爱帮一场。

十
山 伯 担 报
Sanh Beec tant baov
san³³ pe²¹² tʰan¹³ pau⁵³
山 伯 说 道
山伯说:

啊　行　同　路　杭　州　府
Ugs　xenh　dongh　luh　Hangc　Zul　Fux
uk³²³　ɕən³³　toŋ³³　lu³³　haŋ²¹²　tsu⁵⁵　fu³¹
出　城　同　路　杭　州　府
出城同路杭州府，

吊　笨　连　　主　总　学　堂
Jiul　bens　nyimp　juh　jungh　xoc　tangc
ȶiu⁵⁵　pən³²³　ȵim³⁵　ȶu³³　ȶuŋ³³　ɕo²¹²　tʰaŋ²¹²
我　本　邀　久　共　学　堂
愿与贤弟共学堂。

怒　农　项　　拜　连　尧　初
Nuv　nongx　haengt　bail　nyimp　yaoc　quk
nu⁵³　noŋ³¹　hɐŋ¹³　pai⁵⁵　ȵim³⁵　jau²¹²　tʰu⁴⁵³
若　弟　愿　去　跟　我　去
若弟愿去我们一路走，

灿　坤　同　汝　补　样　强
Qamt　kuenp　dongc　luh　buh　yangv　jangs
ȶam¹³　kwən³⁵　toŋ²¹²　lu³³　pu³³　jaŋ⁵³　ȶaŋ³²³
走　路　同　路　也　样　强
行走同路好商量。

灿　坤　同　汝　补　介　效
Qamt　kuenp　dongc　luh　buh　kgeis　yaot
ȶam¹³　kwən³⁵　toŋ²¹²　lu³³　pu³³　qʰəi³²³　jau¹³
走　路　同　路　也　不　怕
行走同路不用怕，

闷　乃　泪　闷　农　吊　勿　号　虽　拜
Maenl　naih　lis　maenv　nongx　jiul　weex　haot　siic　bail
mɐn⁵⁵　nai³³　li³²³　mɐn⁵³　noŋ³¹　ȶiu⁵⁵　we³¹　hau¹³　sii²¹²　pai⁵⁵
天　这　得　你　弟　弟　我们　做　伙　齐　去
今日有你小弟结伴行，

加 吊 来 命 忙
Jav jiul lail mingh mangc
ʈa⁵³ ʈiu⁵⁵ lai⁵⁵ miŋ³³ maŋ²¹²
那 我 好命 什么
我们都是缘分郎。

怒 农 报 拝 堯 收 喀
Nuv nongx haengt bail yaoc xuh gas
nu⁵³ noŋ³¹ hɛŋ¹³ pai⁵⁵ jau²¹² ɕu³³ ka³²³
若 弟弟 愿 去 我 就 等
若弟愿去我就等，

你 转 电 拝 言 列 闷 农 涍
Nyac jonv dinl bail yanc lebc maenv nongx xaop
ɳa²¹² ʈon⁵³ tin⁵⁵ pai⁵⁵ jan²¹² ləp²¹² mɛn⁵³ noŋ³¹ ɕau³⁵
你 转 脚 去 家 告诉 个 弟 你
你转回家告诉你贤弟，

无 腊 鞋 凹 入
Wunx lagx haic aol laos
wun³¹ lak³¹ hai²¹² au⁵⁵ lau³²³
捡 那 鞋 拿 进
在家准备好行装，

立 吊 各 鸟 卡 坤 等 郎
Lis jiul kgags nyaoh kgax kuenp gas langc
li³²³ ʈiu⁵⁵ qʰak³²³ ɳau³³ qʰa³¹ kwən³⁵ ka³²³ laŋ²¹²
得 我 自 在 边 路 等 郎
我在路边等他郎。

十一
山 伯 等 守 务 闷 乜
Sanh Beec gas xut ul menv miaiv
san³³ pe²¹² ka³²³ ɕu¹³ u⁵⁵ mən⁵³ mjai⁵³
山 伯 等 守 上 井 瓢
山伯等候瓢井旁，

英　台　进　崴　变　各　项
Yenh Taic　laos　xaih biinv kgags hangc
jən³³ tʰai²¹² lau³²³ ɕai³³ pjin⁵³ qʰak³²³ haŋ²²
英　台　进　寨　变　别　样
英台进寨变了样。

英　台　必　告　散　岜　凹　鞋　晚
Yenh Taic　biedc gaos sanp bial aol haic wanh
jən³³ tʰai²¹² pjət²¹² kau³²³ san³⁵ pja⁵⁵ au⁵⁵ hai²¹² wan³³
英　台　盘　头　编　辫　拿　鞋　换
织辫盘头把那花鞋换，

告　岜　坭　板　勿　坭　养　腊　班
Gaos bial　nyil baenv weex nyil yangh lagx banl
kau³²³ pja⁵⁵ ɲi⁵⁵ pɐn⁵³ we³¹ ɲi⁵⁵ jaŋ³³ lak³¹ pan⁵⁵
头　编　一　辫　做　那　像　儿　男
辫子一甩扮儿郎。

英　台　出　夺　应　枚　兰　合　伞
Yenh Taic　ugs dol yenl meix kganc kabp saŋ
jən³³ tʰai²¹² uk³²³ to³²³ jən⁵⁵ məi³¹ qʰan²¹² kʰap³⁵ san⁴⁵³
英　台　出　门　拿　根　扁　担　和　伞
英台出门提根扁担拿雨伞，

骂　透　半　边　登　克　才　姓　梁
Map tout　banv bianv deml gkeep jaix singk Liangc
ma³⁵ tʰəu¹³ pan⁵³ pjan⁵³ təm⁵⁵ qe³⁵ tai³¹ siŋ⁴⁵³ ljaŋ²¹²
来　到　半　坝　子　遇　他　兄　姓　梁
来到坝上汇合山伯郎。

两　个　走　路　走　到　杭　州　府
Liangx gol zoux lul zoux daol Hangc Zouh Fux
ljaŋ³¹ ko⁵⁵ tsəu⁵⁵ lu⁵⁵ tsəu³¹ tau⁵⁵ haŋ²² tsəu³³ fu³¹
两　个　走　路　走　到　杭　州　府
两个行路走到杭州府，

看 见 杭 州 好 学 堂
Kanp jeenl Hangc Zouh haox xoc tangc
kʰan³⁵ ȶen⁵⁵ haŋ²¹² tsəu³³ hau³¹ ɕo³¹ tʰaŋ²¹²
看 见 杭 州 好 学 堂
看见杭州好学堂。

牙 克 打 拜 告 街 树 克 卡 杀 猪
Yac gkeep dah bail gaos kgail subt gkeep kax sat nguk
ja²¹² qe³⁵ ta³³ pai⁵⁵ kau³²³ qʰai⁵⁵ sup¹³ qe³⁵ qa³¹ sa¹³ ŋu⁴⁵³
两 他 过 去 头 街 看 别 汉 杀 猪
他俩来到街头看到汉人正杀猪，

南 造 朵 府 当 街 当
Nanx saop dos huh daengc kgail dangl
nan³¹ sau³⁵ to³²³ hu³³ tɐŋ²¹² qʰai⁵⁵ taŋ⁵⁵
肉 炒 豆 腐 整 街 香
肉炒豆腐满街香。

牙 克 买 蜡 买 香 台 拜 拜 公 补
Yac maoh jeis labx jeis yangp deic bail baiv gongh bux
ja²¹² mau³³ ȶəi³²³ lap³¹ ȶəi³²³ jaŋ³⁵ təi²¹² pai⁵⁵ pai⁵³ kon³³ pu³¹
两 他 买 蜡 买 香 拿 去 拜 公 父
他俩买蜡买香拜先生，

纠 克 先 生 师 母 勿 压 娘
Juih gkeep xeenp saenp sih mux weex yal nyangc
ȶui³³ qe³⁵ ɕen³⁵ sɐn³⁵ si³³ mu³¹ we³¹ ja⁵⁵ ȵaŋ²¹²
叫 他 先 生 师 母 做 爹 娘
称呼先生师母为爹娘。

十二
二 郎 担 报
Nyih Langc tant baov
ȵi³³ laŋ²¹² tʰan¹³ pau⁵³
二 郎 说 道
二郎说：

吊　勿　闷　水　天　星
Jiul weex menv naemx tingp singh
ȶiu⁵⁵ we³¹ mən⁵³ nɐm³¹ tʰiŋ³⁵ siŋ³³
我　做　井　水　清　清
我做泉水清清流，

山　伯　忙　介　勿　腊　灭　当　对
Sanh Beec mangc kgeis weex lagx miaiv daengl duis
san³³ pe²¹² maŋ²¹² qʰəi³²³ we³¹ lak³¹ mjai⁵³ tɐŋ⁵⁵ tui³²³
山　伯　怎么　不　做　小　瓢　来　舀
山伯为何不做瓢来舀水，

来　勿　中　水　天　星　鸟　打　地　中　央
Lail weex jongl xuit tingp singh nyaoh dav dih zongl yangp
lai⁵⁵ we³¹ ȶoŋ⁵⁵ ɕui¹³ tʰiŋ³⁵ siŋ³³ ȵau³³ ta⁵³ ti³³ tsoŋ⁵⁵ jaŋ³⁵
好　做　碗　水　清　清　在　中间　地　中　央
舀碗清水放在床中央。

晚　刀　暖　床　岁　瓦　瓦　立　必　拉　必
Nyaemv daol nuns xangc siic nguah wah lix bis lags miedl
ȵɐm⁵³ tau⁵⁵ nun³²³ ɕaŋ²¹² sii²¹² ŋwa³³ wa³³ li³¹ pi³²³ lak³²³ mjət⁵⁵
晚上　咱　睡　床　齐　睡　说　话　别　扭　动
晚上咱俩同床共眠说话不准动，

必　信　尿　业　恩　效　泼　斗　床
Miedl xenp nyaos nyeev eengc yaot pogp douh xangc
mjət⁵⁵ ɕɐn³⁵ ȵau³²³ ȵe⁵³ eŋ²¹² jau¹³ pok³⁵ təu³³ ɕaŋ²¹²
翻　身　扭　动　就　怕　泼　在　床
翻身扭动就怕水泼床。

十三
山　伯　宁　双　娘　听　报
Sanh Beec nyenc saengc nyaengc qingk baov
san³³ pe²¹² ȵɐn²¹² sɐŋ²¹² ȵɐŋ²¹² tʰiŋ⁴⁵³ pau⁵³
山　伯　人　直　真　听　讲
山伯老实真听话，

闷　闷　虽　鸟　过　恶　少　文　章
Maenl maenl siic nyaoh gobs wox saoh wenc zangl
mɐn⁵⁵ mɐn⁵⁵ sii²¹² ȵau³³ kop³²³ wo³¹ sau³³ wən²¹² tsaŋ⁵⁵
天　天　齐　住　只　会　做　文　章
天天同住只会做文章。

十四

二　郎　担　报
Nyih Langh tant baov
ȵi³³ laŋ³³ tʰan¹³ pau⁵³
二　郎　说　道
二郎说：

牙　刀　进　学　多　泪　三　年　半
Yac daol laos yot dos lis samp nyinc banv
ja²¹² tau⁵⁵ lau³²³ jo¹³ to³²³ li³²³ sam³⁵ ȵin²¹² pan⁵³
两　我　进　校　读　得　三　年　半
咱俩学堂读了三年半，

闷　茂　堂　学　平　伴　戌　散
Maenl nus dangc yot biingc banx xedt sank
mɐn⁵⁵ nu³²³ taŋ²¹² jo¹³ pjiŋ²¹² pan³¹ ɕət¹³ san⁴⁵³
天　明　堂　学　伙　伴　都　散
明日学堂同伴放假，

刀　又　转　拜　言
Daol yuh jonv bail yanc
tau⁵⁵ ju³³ ton⁵³ pai⁵⁵ jan²¹²
咱　要　转　回　家
咱也要转回乡。

一　愁　父　母　卡　言
Edl souc hut mux kgaox yanc
ət⁵⁵ səu²¹² hu¹³ mu³¹ qʰau³¹ jan²¹²
一　愁　父　母　里　家
一愁家中老父母

十　　分　　介　　专　　主
xebc wenp kgeis xonc xuh
ɕəp²¹² wən³⁵ qʰəi³²³ ɕon²¹² ɕu³³
十　　分　　不　　安　　康
身体不安康，

你　　愁　　妻　　夫　　卡　　言
Nyih souc tip huh kgaox yanc
ȵi³³ səu²¹² tʰ³⁵ hu³³ qʰau³¹ jan²¹²
二　　愁　　妻　　夫　　里　　家
二念家中的老少，

刀　　要　　转　　拜　　言
Daol yuv jonv bail yanc
tau⁵⁵ ju⁵³ ȶon⁵³ pai⁵⁵ jan²¹²
咱　　要　　转　　回　　家
咱要转回乡。

十五
山　　伯　　担　　报
Sanh Beec tant baov
san³³ pe²¹² tʰan¹³ pau⁵³
山　　伯　　说　　道
山伯说：

官　　加　　刀　　当　　父　　母　　卡　　言
Kgunv jav daol daengl hut mux kgax yanc
kun⁵³ ta⁵³ tau⁵⁵ teŋ⁵⁵ hu¹³ mu³¹ qʰa³¹ jan²¹²
前　　那　　咱　　来　　父　　母　　里　　家
以前咱出来家中父母

心　　中　　歹　　戌　　哎
Semp zongl daih xedt eiv
səm³⁵ tsoŋ⁵⁵ tai³³ ɕət¹³ əi⁵³
心　　中　　很　　是　　喜
心中很高兴，

乃　刀　恩　多　三　年　热　妹
Naih daol eengv dos samp nyinc leec meik
nai³³ tau⁵⁵ eŋ⁵³ to³²³ sam³⁵ ȵin²¹² le²¹² məi⁴⁵³
现　咱　再　读　三　年　　书　新
咱俩再读三年诗书，

刀　虽　转　拜　言
Daol siip jonv bail yanc
tau⁵⁵ sii³⁵ ʈon⁵³ pai⁵⁵ jan²¹²
咱　再　转　回　家
日后咱再转回乡。

十六
英　台　　担　报
Yenh Taic tant baov
jən³³ tʰai²¹² tʰan¹³ pau⁵³
英　台　说　道
英台说：

怒　才　介　拜　引　才　下　街　拜　看　　庙
Nuv jaix kgeis bail yenx jaix luih kgail bail heengk miiuh
nu⁵³ ʈai³¹ qʰəi³²³ pai⁵⁵ jən³¹ ʈai³¹ lui³³ qʰai⁵⁵ pai⁵⁵ heŋ⁴⁵³ mjiu³³
若　兄　不愿　走　引　兄　下　街　去　看　　庙
若兄不去，我引仁兄下街去看庙，

刀　怒　克　油　水　剧　敌　黑　介　光
Daol nuv gkeep yuc naemx jil jic naeml kgeis guangl
tau⁵⁵ nu⁵³ qe³⁵ ju²¹² nɐm³¹ ti⁵⁵ ti²¹² nɐm⁵⁵ qʰəi³²³ kwaŋ⁵⁵
咱　看　他　油　水　漆　滴　黑　无　光
看到他人漆黑无光。

讨　笔　拜　业　心　花　干
Aol biedl bail nyags xenp wap kgeenv
au⁵⁵ pjət⁵⁵ pai⁵⁵ ȵak³²³ ɕən³⁵ wa³⁵ qen⁵³
拿　笔　去　刷　身　花　花
拿刷去划一身花，

修　心　大　办　你　报　独　怒　己　覔
Suit xenp dal beenv nyac baov duc nup jih miegs
sui¹³ ɕən³⁵ ta⁵⁵ pen⁵⁵ ȵa²¹² pau⁵³ tu²¹² nu³⁵ ȶi³³ mjək³²³
修　身　打　扮　你　报　个　哪　是　女
梳妆打扮你说哪是女儿

一　加　独　奴　班
il jav duc nup banl
i⁵⁵ ta⁵³ tu²¹² nu³⁵ pan⁵⁵
一　那　只　哪　男
哪个是儿郎？

十七

山　伯　担　报
Sanh Beec tant baov
san³³ pe²¹² tʰan¹³ pau⁵³
山　伯　说　道
山伯回答说：

农　正　下　街　加　吊　才　介　初
Nongx jaeml luih kgail jav jiul jaix kgeis quk
noŋ³¹ ȶɐm⁵⁵ lui³³ qʰai⁵⁵ ta⁵³ ȶiu⁵⁵ ȶai³¹ qʰəi³²³ ȶʰu⁴⁵³
弟　邀　下　街　那　我　兄　不　去
弟邀下街我不愿走，

笨　守　内　铺　过　恶　少　文　章
Bens xut kgaox puk gobs wox saoh wenc zangl
pən³²³ ɕu¹³ qʰau³¹ pʰu⁴⁵³ kop³²³ wo³¹ sau³³ wən²¹² tsaŋ⁵⁵
本　守　头　铺　只　知　抄　文　章
只想守屋写文章。

农　正　看　庙　尧　斥　介
Nongx jaeml heengk miiuh yaoc xah kgeis
noŋ³¹ ȶɐm⁵⁵ heŋ⁴⁵³ mjiu³³ jau²¹² ɕa³³ qʰəi³²³
弟　邀　看　庙　我　也　不
弟邀看庙我难从，

尧　补　介　恶　独　怒　己　觅
Yaoc buh kgeis wox duc nup jih miegs
jau²¹² pu³³ qʰəi³²³ wo³¹ tu²¹² nu³⁵ ți³³ mjək⁵⁵
我　也　不　知　只　哪　是　女
也不知哪个是女

一　加　独　己　班
il jav duc jih banl
i⁵⁵ ța⁵³ tu²¹² ți³³ pan³³
一　哪　只　是　男
哪个是儿郎。

十八

英　台　又　报
Yenh Taic　yuh baov
jən³³ tʰai²¹² ju³³ pau⁵³
英　台　又　报
英台又道：

怒　才　介　拜　正　才　下　街　看　塘　对
Nuv jaix kgeis bail jaeml jaix luih kgail naengc daeml deis
nu⁵³ țai³¹ qʰəi³²³ pai⁵⁵ țɐm⁵⁵ țai³¹ lui³³ qʰai⁵⁵ nɐŋ²¹² țɐm⁵⁵ təi³²³
若　兄　不　去　邀　哥　下　街　看　塘　田
兄不看庙邀兄下街看水塘，

塘　深　类　夺　枚　烟　央
Daeml yaeml leis dogl meix yeml yangl
țɐm⁵⁵ jɐm⁵⁵ ləi³²³ tok⁵⁵ məi³¹ jəm⁵⁵ jaŋ⁵⁵
塘　深　有　只　雌　鸳　鸯
塘中有对野鸳鸯。

独　虽　己　树　母　己　红
Duh seit jih sup meix jih yak
tu³³ səi¹³ ți³³ su³⁵ məi³¹ ți³³ ja⁴⁵³
只　雄　是　绿　雌　是　红
绿身为雄红为雌，

校　蒙　宁　媒　多　大
Xaok mungx nyenc muic dos dav
ɕau⁴⁵³ muŋ³¹ ȵən²¹² mui²² to³²³ ta⁵³
配　个　人　媒　在　中
若中间配个媒人，

加　你　才　合　光
Jav nyac jaix habp guangl
ta⁵³ na²¹² tai³¹ hap³⁵ kwaŋ⁵⁵
那　你　兄　才　亮
仁兄心才亮。

十九

山　伯　担　报
Sanh Beec tant baov
san³³ pe²¹² tʰan¹³ pau⁵³
山　伯　说　道
山伯回道：

刚　　腊　倒　立　送　洞　松　共　细
Kgangs lagx daoc lix sungp dungl jungh gungc xik
kaŋ³²³ lak³¹ tau²¹² li³¹ suŋ³⁵ tuŋ⁵⁵ tuŋ³³ kuŋ²¹² ɕi⁴⁵³
讲　　个　道　理　话　中　真　多　极
说此话语多无益，

立　介　　没　帝　必　免　西　姓　梁
Lix kgeis meec jiv bix meenh xik singk Liangc
li³¹ qʰəi³²³ me²¹² ti⁵³ pi³¹ men³³ ɕi⁴⁵³ siŋ⁴⁵³ ljaŋ²¹²
语　不　　有　计　别　在　试　姓　梁
言语无本别再试姓梁。

二十

二　郎　担　报
Nyih Langc tant baov
ȵi³³ laŋ²¹² tʰan¹³ pau⁵³
二　郎　说　道
二郎说道：

怒　才　介　拝　艮　才　下　街　告　桥　打
Nuv jaix kgeis bail kgaenx jaix luih kgail gaos jiuc dah
nu⁵³ ʈai³¹ qʰəi³²³ pai⁵⁵ qʰɐn³¹ ʈai³¹ lui³³ qʰai⁵⁵ kau³²³ ʈiu²¹² ta³³
若　兄　不　去　赶　兄　下　街　头　桥　过
若兄不去（看塘）拉兄下街桥头过，

告　桥　作　加　没　一　公　花　当
Gaos jiuc jodx jav meec il kgongl wap dangl
kau³²³ ʈiu²¹² ʈot³¹ ʈa⁵³ me²¹² i⁵⁵ qʰoŋ⁵⁵ wa³⁵ taŋ⁵⁵
头　桥　头　那　有　一　株　花　香
桥头那边有棵花树香。

想　帅　才　占　鸟　卡　打　办　摆
Xangk saip jaix janl nyaoh kgax das banv baih
çaŋ⁴⁵³ sai³⁵ ʈai³¹ ʈan⁵⁵ ȵau³³ qʰa³¹ ta³²³ pan⁵³ pai³³
想　肠　兄　吃　在　那　山　半　坡
想约兄摘在那山腰上，

恩　校　腊　小　团　崽　蛮　麻　拉　花　王
Eengv yaot lagx uns donc xaih meenh map lah wap wangc
əŋ⁵³ jau¹³ lak³¹ un³²³ ton²¹² çai³³ men³³ ma³⁵ la³³ wa³⁵ waŋ²¹²
还　怕　仔　儿　团　寨　想　来　寻　花　王
不摘又怕别村男孩来做寻花郎。

二十一

山　伯　担　报
Sanh Beec tant baov
san³⁵ pe²¹² tʰan¹³ pau⁵³
山　伯　说　道
山伯答：

你　报　没　公　花　当
Nyac baov meec kgongl wap dangl
ȵa²¹² pau⁵³ me²¹² qʰoŋ⁵⁵ wa³⁵ taŋ⁵⁵
你　报　有　株　花　香
你说有棵香花树，

鸟　卡　办　摆　吊　补　歹　难　洞
Nyaoh kgax banv baih jiul buh daih nanc dungs
ȵau³³ qʰa³¹ pan⁵³ pai³³ ȶiu⁵⁵ pu³³ tai³³ nan²¹² tuŋ³²³
在　那　半　坡　我　也　很　难　遇
在那山腰我从未看到，

地　应　刚　登
Dih yunv kgangs daengl
ti³³ jun⁵³ qʰaŋ³²³ teŋ⁵⁵
突　然　说　来
今天突然说起，

吊　补　介　恶　闷　花　忙
Jiul buh kgeis wox maenv wap mangc
ȶiu⁵⁵ pu³³ qʰəi³²³ wo³¹ mɛn⁵³ wa³⁵ maŋ²¹²
我　也　不　知　是　花　什么
我也不知此花叫哪样。

闷　闷　多　而　没　想　门
Maenl maenl dos leec gueec xangk menh
mɛn⁵⁵ mɛn⁵⁵ to³²³ le²¹² kwe²¹² ɕɕaŋ⁴⁵³ mən³³
天　天　读　书　不　想　它
天天读书无它想，

笨　报　多　而　讨　顶
Bens baov dos leec aol jenx
pən³²³ pau⁵³ to³²³ le²¹² au⁵⁵ ȶən³¹
只　想　读　书　拿　锦
只想读书考取功名，

吊　补　介　拜　门　花　忙
Jiul buh kgeis bail menh wap mangc
ȶiu⁵⁵ pu³³ qʰəi³²³ pai⁵⁵ mən³³ wa³⁵ maŋ²¹²
我　才　不　去　想　花　什么
哪有心思想花香。

二十二

英　台　担　报
Yenh Taic　tant　baov
jən³³　tʰai²¹²　tʰan¹³　pau⁵³
英　台　说　道
英台道：

怒　才　介　拜
Nuv jaix　kgeis　bail
ŋu⁵³　ȶai³¹　qʰəi³²³　pai⁵⁵
若　兄　不　去
若兄不去看花，

艮　　才　下　街　看　仔　网
Kgaenx jaix　luih　kgail　naengc nyal wangh
qʰen³¹　ȶai³¹　lui³³　qʰai⁵⁵　neŋ²¹²　ȵa⁵⁵　waŋ³³
赶　兄　下　街　看　河　汪
拉兄下街看大江，

打　怒　腊　克
Dal nuv　lagx　gkeep
ta⁵⁵　nu⁵³　lak³¹　qʰe³⁵
眼　看　仔　别
眼看别人

泽　　船　　乂　浪　免　洋　洋
xeengp xonc　qak　langh meenh yangl yangc
ɕeŋ³⁵　ɕon²¹²　tʰa⁴⁵³　laŋ³³　men³³　jaŋ⁵⁵　jaŋ²¹²
撑　船　上　浪　慢　样　样
撑船过浪飘飘上。

泽　　牙　记　罗
Xeengp yac　jigs　lol
ɕeŋ³⁵　ja²¹²　ȶik³²³　lo⁵⁵
撑　两　只　船
撑来两只船，

你 报 记 怒 没 坭 货 介 养
Nyac baov jigs nup meec nyil hok kgags yangh
ȵa²¹² pau⁵³ ʈik³²³ nu³⁵ me²¹² ȵi⁵⁵ ho⁴⁵³ qʰak³²³ jaŋ³³
你 说 只 哪 有 哪 货 各 样
你猜哪只货物不一样。

泽 船 义 浪
Xeengp xonc qak langh
ɕen³⁵ ɕon²¹² tʰa⁴⁵³ laŋ³³
撑 船 上 浪
撑船上浪，

你 报 记 怒 没 嫩 养 学 忙
Nyac baov jigs nup meec naenl yangh xonh mangc
ȵa²¹² pau⁵³ ʈik³²³ nu³⁵ me²¹² nɐn⁵⁵ jaŋ³³ ɕon³³ maŋ²¹²
你 说 只 那 有 些 是 船 什么
你猜哪只货物是哪行。"

二十三
山 伯 担 报
Sanh Beec tant baov
san³⁵ pe²¹² tʰan¹³ pau⁵³
山 伯 说 道
山伯回答道：

农 正 下 街 看 孖 网
Nongx jaeml luih kgail naengc nyal wangh
noŋ³¹ ʈɐm⁵⁵ lui³³ qʰai⁵⁵ nɐn⁵⁵ ȵa⁵⁵ waŋ³³
弟 邀 下 街 看 河 汪
弟邀下街看大江，

刀 怒 腊 克
Daol nuv lagx gkeep
tau⁵⁵ nu⁵³ lak³¹ qe³⁵
我 看 仔 别
咱看别人

泽　　船　　又　　浪　　免　　洋　　洋
Xeengp xonc　qak　langh meenh yangl yangc
ɕeŋ³⁵　ɕon²¹² tʰa⁴⁵³ laŋ³³ men³³ jaŋ⁵⁵ jaŋ²¹²
撑　　船　　上　　浪　　慢　　样　　样
撑船破浪飘飘上。

没　牙　记　罗　尧　补　介　恶
Meec yac jigs lol yaoc buh kgeis wox
me²¹² ja²¹² tɕik³²³ lo⁵⁵ jau²¹² pu³³ qʰəi³²³ wo³¹
有　两　只　船　我　也　不　知
有两只船我也不知

计　怒　没　嫩　货　各　养
Jigs nup meec naenl hok kgags yangh
tɕik³²³ nu³⁵ me²¹² nɐn⁵⁵ ho⁴⁵³ qʰak³²³ jaŋ³³
只　哪　有　些　货　各　样
哪只货物不一样。

泽　　船　　又　　浪　　尧　　补　介　恶
Xeengp xonc　qak　langh yaoc buh kgeis wox
ɕeŋ³⁵　ɕon²¹² tʰa⁴⁵³ laŋ³³ jau²¹² pu³³ qʰəi³²³ wo³¹
撑　　船　　上　　浪　　我　也　不　知
撑船上浪我也不知

记　怒　没　坭　养　独　忙
Jigs nup meec nyil yangh duc mangc
tɕik³²³ nu³⁵ me²¹² ȵi⁵⁵ jaŋ³³ tu²¹² maŋ²¹²
只　哪　有　点　是　个　什么
哪只船儿装哪行。

笨　没　记　罗　骂　靠　榜
Bens meec jigs lol map baengh baengv
pən³²³ me²¹² tɕik⁵⁵ lo⁵⁵ ma³⁵ pɐŋ³³ pɐŋ⁵³
只　有　只　船　来　靠　砍
只有船儿来靠岸，

岑 介 恶 郎 白 大 王
Jenc kgeis wox laengh bagx dal wangc
ȶən²¹² qʰəi²¹² wo³¹ leŋ³³ pak³³ ta⁵⁵ waŋ²¹²
山 不 知 跑 白 眼 什么
山不会移空眼望。

二 郎 帅 扑 洞 要 扒 进 东
Nyih Langc sais bus dogc yuv bac laos domx
ȵi³³ laŋ²¹² sai³²³ pu³²³ tok²¹² ju⁵³ pa²¹² lau³²³ tom³¹
二 郎 肠 夸 独 要 走 进 凼
二郎耍我要我跳下凼，

如 才 梁 兄 报 二 郎
Loux jaix Liangc xongh baov Nyih Langc
ləu³¹ ȶai³¹ ljaŋ²¹² ɕoŋ³³ pau⁵³ ȵi³³ laŋ²¹²
骗 兄 梁 兄 说 二 郎
骗我梁兄怎说你呀，二郎。

二十四
山 伯 担 报
Sanh Beec tant baov
san³³ pe²¹² tʰan¹³ pau⁵³
山 伯 说 道
山伯又说道：

牙 刀 火 借 店 电 下 孖
Yac daol hoik jeengx jiml dinl luih nyal
ja²¹² tau⁵⁵ hoi⁴⁵³ ȶeŋ³¹ ȶim⁵⁵ tin⁵⁵ lui³³ na⁵⁵
两 我 快 点 起 脚 下 江
咱俩起身抬脚下河，

骂 透 杭 州 勿 堂 学
Map touk Hangc Zouh ul dangc yot
ma³⁵ tʰəu⁴⁵³ haŋ²¹² tsəu³³ u⁵⁵ taŋ²¹² jo¹³
来 到 杭 州 上 堂 学
来到杭州学堂上，

多　而　补　军　一　加　辛　泽　郎
Dos leec buh jens il jav xenp seic langc
to³²³ le²¹² pu³³ ʈən³²³ i⁵⁵ ʈa⁵³ ɕən³⁵ səi²¹² laŋ²¹²
读　书　很　紧　这　那　身　在　郎
读书当紧心常想。

多　而　补　军　分　独　宁　实　架
Dos leec buh jens wenp duc nyenc zic jal
to³²³ le²¹² pu³³ ʈən³²³ wən³⁵ tu²¹² nən²¹² tsi²¹² ʈa⁵⁵
读　书　很　紧　成　个　人　值　价
读书当紧人值价，

梁　家　泪　关　闷　加　甜　养　糖
Liangc kgal lis guanl maenl jav kuanp yangh dangc
ljaŋ²¹² qʰa⁵⁵ li³²³ kwan⁵⁵ mɐn⁵⁵ ʈa⁵³ kwan³⁵ jaŋ³³ taŋ²¹²
梁　家　得　名　才　那　甜　样　糖
光宗耀祖心才甜如糖。

二十五
二　郎　担　报
Nyih Langc tant baov
ȵi³³ laŋ²¹² tʰan¹³ pau⁵³
二　郎　说　道
二郎说：

怒　才　介　拝
Nuv jaix kgeis bail
nu⁵³ ʈai³¹ qʰəi³²³ pai⁵⁵
若　兄　不　去
若兄不去看江，

正　才　下　街　拝　看　井
Jaeml jaix luih kgail bail naengc menv
ʈɐm⁵⁵ ʈai³¹ lui³³ qʰai⁵⁵ pai⁵⁵ nɐŋ²¹² mən⁵³
邀　兄　下　街　去　看　井
邀兄下街去看井，

井　水　天　星　鸟　大　辛
Menv xuit tingp singh nyaoh dav senl
mən⁵³ ɕui¹³ tʰiŋ³⁵ siŋ³³ ȵau³³ ta⁵³ sən⁵⁵
井　水　清　清　在　中间　村
井水清澈在那寨中央，

闷　水　加　来　鸟　卡　街　十　字
Menv naenx jav lail nyaoh kgaox kgail xebc siih
man⁵³ nɐn³¹ ȶa⁵³ lai⁵⁵ ȵau³³ qʰau³¹ qʰai⁵⁵ ɕəp²¹² si³³
井　水　很　好　在　那　街　十　字
水井清清在那街中间，

正　告　拜　贝　怒　义　宁
Jaems gaos bail biv nuv yings nyenc
ȶɐm³²³ kau³²³ pai⁵⁵ pi⁵³ nu⁵³ jiŋ³²³ ȵən²¹²
低　头　去　望　看　影　人
低头去看人影晃，

正　告　拜　看　娘　鸟　加
Jaems gaos bail naengc nyaengc nyaoh jav
ȶɐm³²³ kau³²³ pai⁵⁵ nɐŋ²¹² ȵɐŋ²¹² ȵau³³ ȶa⁵³
低　头　去　看　真　在　眼
低头去看晃人影，

效　蒙　宁　媒　多　大
Xaot mungx nyenc muic dos dav
ɕau¹³ muŋ³¹ ȵən²¹² mui²¹² to³²³ ta⁵³
放　个　人　媒　在　中
放个媒人在中间，

牙　克　斥　波　闷
Yac gkeep xah bogl menl
ja²¹² qe³⁵ ɕa³³ pok⁵⁵ mən⁵⁵
两　他　定　配　天
他俩真是天上配成双。

二十六

山　伯　担　报
Sanh Beec tant baov
san³³ pe²¹² tʰan¹³ pau⁵³
山　伯　说　道
山伯回答道：

你　农　二　郎　忙　永　等
Nyac nongx Nyih Langc mangc yongh dingv
n̠a²¹² noŋ³¹ n̠i³³ laŋ²¹² maŋ²¹² joŋ³³ tiŋ⁵³
你　弟　二　郎　　怎么　那样　骗
二郎贤弟怎乱讲，

地　应　刚　卡　底　闷　没　义　宁
Dih yunv kgangs kgax dingv menv meec yings nyenc
ti³³ jun⁵³ qaŋ³²³ qʰa³¹ tiŋ⁵³ mən⁵³ me²¹² jiŋ³²³ n̠ən²¹²
突然　讲　那　底　井　有　影　人
突然说井底有人影晃，

闷　水　哈　海　介　怒　底
Menv naemx hap heit kgeis nuv dingv
mən⁵³ nɐm³¹ ha³⁵ həi¹³ qʰəi³²³ nu⁵³ tiŋ⁵³
井　水　深　海　不　见　底
水井深深不见底，

正　告　拝　光　正　西　义　笨　心
Jaems gaos bail gueengv jingv xih yings bens xenp
ʈɐm³²³ kau³²³ pai⁵⁵ kwen⁵³ tiŋ⁵³ ɕi³³ jiŋ³²³ pən³²³ ɕən³⁵
低　头　去　望　　肯定　是　影　本　身
低头去看那就是我俩。

二十七

二　郎　担　报
Nyih Langc tant baov
n̠i³³ laŋ²¹² tʰan¹³ pau⁵³
二　郎　说　道
二郎又答道：

怒　才　介　拜
Nuv jaiv kgeis bail
nu⁵³ ȶai⁵³ qʰəi³²³ pai⁵⁵
若　兄　不　去
若兄不去看井，

正　才　下　街　东　门　初
Jaeml jaix luih kgail dongl menc quk
ȶɐm⁵⁵ ȶai³¹ lui³³ qʰai⁵⁵ toŋ⁵⁵ mən²¹² tʰu⁴⁵³
邀　兄　下　街　东　门　走
邀兄下街东门走，

正　才　项　汝　怒　辛　克
Jaeml nyac heengp luh nuv senl gkeep
ȶɐm⁵⁵ ȵa²¹² heŋ³⁵ lu³³ nu⁵³ sən⁵⁵ qe³⁵
邀　你　行　路　看　村　别
邀你散步看他乡。

对　邦　内　现　娘　红　忙
Duiv baengl kgaox xeenp nyaengc yak mangv
tui⁵³ pɐŋ⁵⁵ qʰau³¹ ɕen³⁵ ȵɐŋ⁵⁵ ja⁴⁵³ maŋ⁵³
李　桃　里　园　真　红　半边
园里桃子红半边，

问　才　梁　兄　介　恶　姐　介　姐
Haemk jaix Liangc xongh kgeis wox jil kgeis jil
hɐm⁴⁵³ ȶai³¹ ljaŋ²¹² ɕoŋ³³ qʰəi³²³ wo³¹ ȶi⁵⁵ qʰəi³²³ ȶi⁵⁵
喊　兄　梁　兄　不　知　吃　不　吃
问你梁兄尝不尝。

刀　如　先　生　闷　拜　按
Daol loux xeenp saenp maenl bail abs
tau⁵⁵ ləu³¹ ɕen³⁵ sən³⁵ mɐn⁵⁵ pai⁵⁵ ap³²³
我们　骗　先　生　天　去　洗澡
咱骗先生去洗澡，

尧 按 夺 务 你 夺 给
Yaoc abs demx ul nyac dos geel
jau²¹² ap³²³ təm³¹ u⁵⁵ n̪a²¹² to³²³ ke⁵⁵
我 洗 塘 上 你 在 边
我洗滩头你滩尾，

各 蒙 各 迷 笨 要 看 迫 伞
Kgags mungx kgags medl bens yuv naengc peep sanh
kak³²³ muŋ³¹ qʰak³²³ mət⁵⁵ pən³²³ ju⁵³ nɐŋ²¹² pʰe³⁵ san³³
各 位 自 擦 本 我们看 边 滩
各自洗澡不允相互看。

孝 恩 么 安 笨 闷
Xaop eengv mogc nganh bens menl
çau³⁵ eŋ⁵³ mok²¹² ŋan³³ pən³²³ mən⁵⁵
你 像 鸟 雁 半 天
梁兄好比半空鸿雁，

效 你 斤 补 没
Yaot nyac jaenl buh meec
jau¹³ n̪a²¹² tɐn⁵⁵ pu³³ me²¹²
怕 你 近 不 了
早有美人伴身旁。

独 怒 多 官 牙 克 勿 主 笨
Duc nup dos kgunv yac gkeep weex juh bens
tu²¹² nu³⁵ to³²³ qʰun⁵³ ja²¹² qe³⁵ we³¹ tu³³ pən³²³
只 哪 只 前 那 别 做 情 侣
走在前头你就把她当情侣，

独 怒 多 给 牙 克 勿 字 而
Duc nup dos geel yac gkeep weex siih leec
tu²¹² nu³⁵ to³²³ ke⁵⁵ ja²¹² qe³⁵ we³¹ sii³³ le²¹²
只 哪 只 边 两 他 做 字 书
走在后头你就为她立字状，

更 鸟 堂 学 多 而 告
Gaenx nyaoh dangc yot dos leec kgaov
kɐn³¹ ȵau³³ taŋ²¹² jo¹³ to³²³ le²¹² qʰau⁵³
一 体 在 堂 学 读 书 旧
同在学堂读古书，

闷 闷 虽 鸟 晓 得 几 个 月
Maenl maenl siic nyaoh xaox deex jix gol yeec
mɐn⁵⁵ mɐn⁵⁵ sii²¹² ȵau³³ ɕau³¹ te³¹ ʨi³¹ ko⁵⁵ je²¹²
天 天 齐 在 晓 得 几 个 月
天天同住谁知度过几多好时光。

二十八
山 伯 担 报
Sanh Beec tant baov
san³³ pe²¹² tʰan¹³ pau⁵³
山 伯 说 道
山伯回答道：

押 道 跟 加 进 丁 赶 当
Yac daol kgeengl jav jiml dinl gaenx daengl
ja²¹² tau⁵⁵ qʰeŋ⁵⁵ ʨa⁵³ ʨim⁵⁵ tin⁵⁵ kɐn³¹ tɐŋ⁵⁵
两 我 时 那 抬 脚 赶 来
昔时我俩上路同来，

你 忙 在 尧 按 卡 忙 迫 伞
Nyac mangc aol yaoc abs kgax maengl peep sanh
ȵa²¹² maŋ²¹² au⁵⁵ jau²¹² ap³²³ qʰa³¹ mɐn⁵⁵ pʰe³⁵ san³³
你 什 么 把 我 洗 擦 边 边 滩
你因何叫我去那滩尾洗？

总 西 腊 汗
Jungh xih lagx han
ʨuŋ⁵⁵ ɕi³³ lak³¹ han⁴⁵³
同 是 儿 男
同是男儿身，

你　　忙　　在　　堯　　按　　卡　　伞　　忙　　迫
Nyac mangc jais yaoc abs kgax sanh mangv peep
n̠a²¹² maŋ²¹² ʈai³²³ jau²¹² ap³²³ qʰa³¹ san³³ maŋ⁵³ pʰe³⁵
你　　怎么　　让　　我　　洗　　擦　　滩　　边　　远
你却因何叫我洗身不能看？

腊　　么　　笨　　闷　　加　　卯　　斤　　恶　　瓦
Lagx mogc bens menl jav maoh jenl wox wah
lak³¹ mok²¹² pən³²³ mən⁵⁵ ʈa⁵³ mau³³ ʈən⁵⁵ wo³¹ wa³³
小　　鸟　　飞　　天　　那　　它　　也　　会　　说
小鸟飞天本鸣叫，

腊　　么　　项　　哈　　堯　　补　　能　　要　　拉　　登　　迫
Lagx mogc heengp hak yaoc buh naengl yuh lah dens peep
lak³¹ mok²¹² heŋ³⁵ ha⁴⁵³ jau²¹² pu³³ nɛŋ⁵⁵ ju³³ la³³ ʈən³²³ pe³⁵
小　　鸟　　行　　下　　我　　也　　还　　要　　寻　　根　　源
小鸟飞行怎么还要问根源？

二十九

二　　郎　　担　　报
Nyih Langc tant baov
n̠ai³³ laŋ²¹² tʰan¹³pau⁵³
二　　郎　　说　　道
二郎说：

电　　乃　　堯　　兵　　介　　来　　想
Janl naih yaoc biaenl kgeis lail xangk
ʈan⁵⁵ nai³³ jau⁵⁵ pjɛn⁵⁵ qʰəi³²³ lai⁵⁵ ɕaŋ⁴⁵³
晚　　这　　我　　梦　　不　　好　　想
昨夜做梦不好想，

兵　　寅　　得　　痒
Biaenl yaenc dees yangh
pjɛn⁵⁵ jɛn²¹² te³²³ jaŋ³³
梦　　做　　下　　被
床上做梦

介　　恶　　泪　　甲　　养　　独　　忙
Kgeis　wox　lis　jagc　yangh　duc　mangc
qʰəi³²³　wo³¹　li³²³　ʈak²¹²　jaŋ³³　tu²¹²　maŋ²¹²
不　　知　　得　　个　　样　　　什　么
不知会出哪样事。

听　　卡　　言　　吊　　多　　白　　喜
Qingl　kgax　yanc　jiul　dos　bagx　siih
ʈiŋ⁵⁵　qʰa³¹　jan²¹²　ʈiu⁵⁵　to³²³　pak³¹　sii³³
感　　觉　　家　　我　　做　　白　　事
梦我家里办白喜，

务　　楼　　得　　地　　宁　　戌　　分　　城　　墙
Ul　louc　dees　dih　nyenc　saent　wenp　xingc　jangl
u⁵⁵　ləu²¹²　te³²³　ti³³　nən²¹²　sen¹³　wən³⁵　ɕiŋ²¹²　ʈaŋ⁵⁵
上　　楼　　下　　地　　人　　挤　　成　　城　　墙
楼上楼下人挤墙，

杀　　癸　　杀　　神　　宁　　斥　　分　　地　　凸
Sat　guic　sat　senc　nyengc　xah　wenp　dih　bongx
sa¹³　kui²¹²　sa¹³　sən²¹²　ȵəŋ²¹²　ɕa³³　wən³⁵　ti³³　poŋ³¹
杀　水牛　杀　黄牛　真　　也　　成　　地　土丘
杀牛宰羊堆成山，

能　　种　　英　　台　　鸟　　给　　床
Naengl　songk　Yenh　Taih　nyaoh　geel　xangc
nɐŋ⁵⁵　soŋ⁴⁵³　jən³³　tʰai³³　ȵau³³　ke⁵⁵　ɕaŋ²¹²
还　　放　　英　　台　　在　　边　　床
还有英台在床旁。

怒　　卯　　正　　告　　文　　宁
Nuv　maoh　jaems　gaos　wenc　nyenh
nu⁵³　mau³³　ʈɐm³²³　kau³²³　wən²¹²　ȵən³³
看　　他　　低　　头　　勾　　脖
看他低头缩颈

没 一 本 怕 帅
Meec il benh pak sais
me²¹² i⁵⁵ pən³³ pʰa⁴⁵³ sai³²³
有 一 分 破 肠
有几分伤痛，

刀 当 坤 长 正 浠 才 送 量
Daol nyaoh kuenp yais jaeml xaop jaix songp liangc
tau⁵⁵ ȵau³³ kwən³⁵ jai³²³ ʨem⁵⁵ ɕao³⁵ tai³¹ soŋ³⁵ ljaŋ²¹²
咱 在 路 长 邀 你 兄 商 量
离家路远邀你兄商量。

三十

山 伯 担 报
Sanh Beec tant baov
san³³ pe²¹² tʰan¹³ pau⁵³
山 伯 说 道
山伯说：

泪 兵 介 来 拜 改 孟
Lis biaenl kgeis lail bail kgeel miongh
li³²³ pjɐn⁵⁵ qʰəi³²³ lai⁵⁵ pai⁵⁵ qe⁵⁵ mjoŋ³³
得 梦 不 好 去 边 盼望
得梦不祥不乱想，

孟 勇 电 兵 闷 阴 阳
Miongh yongt janl biaenl maenl yeml yangc
mjoŋ³³ joŋ¹³ ʨan⁵⁵ pjɐn⁵⁵ mɐn⁵⁵ jəm⁵⁵ jaŋ²¹²
想 那 晚 梦 天 阴 阳
夜间做梦很平常。

要 齐 先 生 来 占 课
Yaol Qic xeenh senh lail zanl kop
jau⁵⁵ tʰi²¹² ɕen³³ sən³³ lai⁵⁵ tsan⁵⁵ kʰo³⁵
要 齐 先 生 来 占 课①
请位先生来占课，

---

① 占课：卜卦。

卯 恶 祘 命 宁 术 行
Maoh wox sonk meenh nyenc suc hangc
mau³³ wo³¹ son⁴⁵³ men³³ ȵən²¹² su²¹² haŋ²¹²
他 会 算 命 人 熟 行
先生算命人熟行。

卯 各 刚 直 双 双 报
Maoh kgags kgangs saengc saemp saengl baov
mau³³ qʰak³²³ qʰaŋ³²³ sɐn²¹² sɐm³⁵ sɐŋ⁵⁵ pau⁵³
他 自 讲 直 早 相 报
他自讲直不讲湾,

怒 你 二 郎 介 鸟
Nuv nyac Nyih Langc kgeis nyaoh
nu⁵³ ȵa²¹² ȵi³³ laŋ²¹² qʰəi³²³ ȵau³³
若 你 二 郎 不 在
若你二郎不愿留,

你 动 套 回 样
Nyac dogc daov wuic yangl
ȵa²¹² tok²¹² tau⁵³ wui²¹² jaŋ⁵⁵
你 独 倒 回 乡
你就自行回家乡。

三十一
先 生 辛 报
Xeenp saenp senp baov
ɕen³⁵ sɐn³⁵ sən³⁵ pau⁵³
先 生 说 道
先生说:

你 在 尧 祘 短 麻 介 来 刚
Nyac xais yaoc sonk donh map kgeis lail kgangs
ȵa²¹² ɕai³²³ jau²¹² son⁴⁵³ tən³³ ma³⁵ qʰəi³²³ lai⁵⁵ qʰaŋ³²³
你 问 我 算 真 来 不 好 讲
你叫我算不好讲,

那　　西牙　湑　罗　总　章
Nangs xih yac xaop lol jungh sangp
naŋ³²³ ɕi³³ ja²¹² ɕau³⁵ lo³⁵ ʈuŋ³³ saŋ³⁵
真　是　两　你　船　共　桨
你俩本是船共桨。

务闷　讨　湑　勿　腊　贵
Ul menl aol xaop weex lagx juiv
u⁵⁵ mən⁵⁵ au⁵⁵ ɕau³⁵ we³¹ lak³¹ ʈiu⁵³
上天　要　你们　做　儿　贵
天生你俩人金贵，

金　童　玉　女　下　当　坐　学　堂
Jenh Tongc Yül Nyux luih daengl suiv xoc tangc
ʈən³³ tʰoŋ²¹² jv⁵⁵ ȵu³¹ lui³³ ʈeŋ⁵⁵ sui⁵³ ɕo²¹² tʰaŋ²¹²
金　童　玉　女　下　来　坐　学　堂
金童玉女下凡坐学堂。

湑　在　尧　祢　短　娘　近
Xaop xais yaoc sonk donc nyaengc jens
ɕau³⁵ ɕai³²³ jau²¹² son⁴⁵³ ton²¹² ȵɛŋ²¹² ʈən³²³
你们　问　我　算　那　真　准
你叫我算算得准，

乃　尧　刚　立　丰　登　斗　迫
Naih yaoc kgangs lix hongh dens touk peep
nai³³ jau²¹² qʰaŋ³²³ li³¹ hoŋ³³ tən³²³ tʰəu⁴⁵³ pe³⁵
现　我　讲　得　行　情　到　尾
如今我从头到尾言明

牙　湑　勿　主　相
yac xaop weex juh xangp
ja²¹² ɕau³⁵ we³¹ ʈu³³ ɕaŋ³⁵
两　你们　做　夫　妻
你俩成妻郎。

三十二

堂　学　平　伴　辛　报
Dangc yot biingc banx sinp baov
tan²¹² jo¹³ pjiŋ²¹² pan³¹ sin³⁵ pau⁵³
堂　学　伙　伴　说　道
学堂同伴说：

吊　看　二　郎　冷　冷
Jiul naengc Nyih Langc leengv leengv
tɕiu⁵⁵ neŋ²¹² n̠i³³ laŋ²¹² leŋ⁵³ leŋ⁵³
我们看　二　郎　靓　丽
我们看那二郎靓丽，

正　西　独　宁　觅
Jingv xih duc nyenc miegs
tɕiŋ⁵³ ɕi³³ tu²¹² n̠ən²¹² mjək³²³
肯　定　是　人　女
肯定是个女儿身，

宁　觅　各　养　难　黄　王
Nyenc miegs kgags yangv nanx mant wangc
n̠ən²¹² mjək³²³ qʰak³²³ jaŋ⁵³ nan³¹ man¹³ waŋ²¹²
人　女　各　样　肉　黄　黄
女儿格外皮肤黄。

总　鸟　堂　学　多　而
Jungh nyaoh dangc yot dos leec
tɕuŋ⁴⁵³ n̠au³³ taŋ²¹² jo¹³ to³²³ le²¹²
同　在　堂　学　读　书
同在学堂读书，

吊　笨　多　大　怒
Jiul bens dos dal biv
tɕiu⁵⁵ pən³²³ to³²³ ta⁵⁵ pi⁵³
我们常　放　眼　看
我们常偷看，

她 不 像 你 才 姓 梁
Tac buc xangp nyix jaix singk liangc
ta²¹² pu²¹² ɕaŋ³⁵ ȵi³¹ tai³¹ sin⁴⁵³ ljaŋ²¹²
她 不 像 你 兄 姓 梁
她与你梁兄不一样。

三十三

山 伯 听 松 伴 刚
Sanh Beec qingk sungp banx kgangs
san³³ pe²¹² tʰiŋ⁴⁵³ suŋ³⁵ pan³¹ qʰaŋ³²³
山 伯 听 话 伴 讲
山伯得听同伴讲，

加 卯 那 郎 问
Jav maoh nangs laengx haemk
ʈa⁵³ mau³³ naŋ³²³ leŋ³¹ hɤm⁴⁵³
那 他 就 跑 问
他赶忙跑去就问，

松 胖 立 等 加 卯 问 立 斤
Sungp pangp lix taemk jav maoh haemk lis jenl
suŋ³⁵ paŋ³⁵ li³¹ tʰɤm⁴⁵³ ʈa⁵³ mau³³ hɤm⁴⁵³ li³²³ tən⁵⁵
话 高 语 低 那 他 问 得 紧
言高语低问端详，

松 胖 立 等 加 卯 问 立 内
Sungp pangp lis taemk jav maoh haemk lis niv
suŋ³⁵ paŋ³⁵ li³²³ tʰɤm⁴⁵³ ʈa⁵³ mau³³ hɤm⁴⁵³ li³²³ ni⁵³
语 高 话 低 那 他 问 得 小
言高语低问得细。

巴 鱼 卡 田 克 斥
Bal miix kgaox yav gkeep xah
pa⁵⁵ mji³¹ qʰau³¹ ja⁵³ qe³⁵ ɕa³³
鱼 鲤 里 田 别 说
别人都说田中鱼群，

报 你 独 干 心
Baov nyac duc kgeenv xenp
pau³¹ ɲa²¹² tu²¹² qʰen⁵³ ɕən³⁵
告诉 你 只 花 身
单说你特别,

总 内 堂 学 多 而 克 笨 多 大 贝
Jungh kgaox dangc yot dos leec gkeep bens dos dal biv
tuŋ³³ qʰau³¹ taŋ²¹² jo¹³ to³²³ le²¹² qe³⁵ pən³²³ to³²³ ta⁵⁵ pi⁵³
共 里 堂 学 读 书 别 常 放 眼 看
同在学堂读书同伴都在看,

通 内 杭 州 讲 你
Tongt kgax hangc Zul jangx nyix
tʰoŋ¹³ qʰa³¹ haŋ²¹² tsu⁵⁵ taŋ³¹ ɲi³¹
整 个 杭 州 讲 你
整个杭州都说

克 戌 报 你 美 军 斤
gkeep xedt baov nyac muih jenl jenl
qe³⁵ ɕət¹³ pau⁵³ ɲa²¹² mui³³ tən⁵⁵ tən⁵⁵
别 都 说 你 女 全 全
你本是姑娘身。

三十四
二 郎 担 报
Nyih Langc tant baov
ɲi³³ laŋ²¹² tʰan¹³ pau⁵³
二 郎 说 道
二郎回答道:

淆 刚 立 加 斥 介 夯
Xaop kgangs lix jav xah kgeis jangs
ɕau³⁵ qʰaŋ³²³ li³¹ ta⁵³ ɕa⁵³ qʰəi³²³ taŋ³²³
你 讲 的 那 都 不 是
兄说此话不好想,

淆　刚　立　乃　忙　虽　介　斗　宁
Xaoh kgangs lix naih mangc siip kgeis douh nyenc
ɕau³³ qʰaŋ³²³ li³¹ nai³³ maŋ²¹² sii³⁵ qʰəi³²³ təu³³ ɲən²¹²
你　讲　话　这　什么　是　不　合　人
你讲此话不合行。

官　公　不　吊　双　岑　己　胖
Kgunv kgongs bux jiul sangv jens jih pangp
kun⁵³ koŋ³²³ pu³¹ ʨiu⁵⁵ saŋ⁵³ ʦən³²³ ʨi³³ pʰaŋ³⁵
前　公　父　我　葬　山　坡　高
以前我的祖宗葬吉地，

泪　当　勿　蒙　骂
Lis daengl weex mungx mags
li³²³ tɐŋ⁵⁵ we³¹ muŋ³¹ mak³²³
得　当　做　人　大
让我成为富贵人，

宁　刀　淂　尚　各　养
Nyenc daol dees xangt kgags yangh
ɲən²¹² tau⁵⁵ te³²³ saŋ¹³ qʰak³²³ jaŋ³³
人　我们　得　想　别　样
他人说法别信，

合　泪　抗　平　闷
Hogc lis kangs bingc menl
hok²¹² li³²³ kʰaŋ³²³ piŋ²¹² mən⁵⁵
恰　得　讲　平　天
把它当笑谈。

三十五
英　台　转　到　堂　学
Yenh Taic jonv touk dangc yot
jən³³ tʰai²¹² ton⁵³ tʰəu⁴⁵³ taŋ²¹² jo¹³
英　台　转　到　堂　学
英台回到学堂，

卯　郎　领　尽　都
Maoh laengx liimx jenl duh
mau³³ lɛŋ³¹ ljim³¹ ʨən⁵⁵ tu³³
他　忙　捡　行　李
连忙收行李，

回　嘎　退　步　卯　又　转　回　乡
Wuc kgal tuik buh maoh yuh jonv wuic yangp
wu²¹² qʰa⁵⁵ tʰui⁴⁵³ pu³³ mau³³ ju³³ ʨon⁵³ wui²¹² jaŋ³⁵
回　家　退　步　他　就　转　回　乡
退步回家她要转回乡。

山　伯　送　卯　骂　透　给　孖　问　罗　打
Sanh Beec sunx maop map touk geel nyal haemk lol dah
san³³ pai²¹² sun³¹ mau³⁵ ma³⁵ tʰəu⁴⁵³ ke⁵⁵ n̪a⁵⁵ hem⁴⁵³ lo⁵⁵ ta³³
山　伯　送　他　来　到　边　江　喊　船　渡
山伯送她来到河边问船渡，

腊　班　回　瓦　码　钱　胖
Lagx banx wuic wah max sinc pangp
lak³¹ pan³¹ wui²¹² wa³³ ma³¹ sin²¹² paŋ³⁵
人　伴　回　话　价　钱　高
船家回话价高昂。

三十六

二　郎　担　报
Nyih Langc tant baov
n̪i³³ laŋ²¹² tʰan¹³ pau⁵³
二　郎　说　道
二郎说：

腊　伴　收　粮　泽　般　义
Lags banx xup liangc xeengp xonc qak
lak³²³ pan³¹ ɕu³⁵ ljaŋ²¹² ɕeŋ³⁵ ɕon²¹² tʰa⁴⁵³
人　伴　收　粮　撑　船　上
别人收粮撑船上，

收 岁 多 乂 刚　 坭 马 钱 胖
Xup siip dos qal　kgangs nyil max sinc pangk
ɕu³⁵ sii³⁵ to³²³ tʰa⁵⁵ qʰaŋ³²³ ɲi⁵⁵ ma³¹ sin²¹² pʰaŋ⁴⁵³
收　利　往　上　讲　　点　价　钱　高
利钱往上高价讲。

你　才　己　胖　　尭　己　矮
Nyac jaix jih pangp yaoc jih taemk
ɲa²¹² tɕai³¹ ti³³ paŋ³⁵ jau²¹² ti³³ tʰem⁴⁵³
你　兄　身　高　　我　身　矮
仁兄个高我个矮，

补　要　背　农　打　卡　孖　忙　　兰
Buh yuv aemv nongx dah kgax nyal mangv lanl
pu³³ ju⁵³ ɐm⁵³ noŋ³¹ ta³³ qʰa³¹ ɲa⁵⁵ maŋ⁵³ lan⁵⁵
也　要　背　弟　过　那　河　边　　对面
要你背弟来过江。

背　　农　　大　孖　补　过　　亚　　心　美
Aemv nongx dah nyal buh gobs　yagl xenp mih
am⁵³ noŋ³¹ ta³³ ɲa⁵⁵ pu⁵⁵ kop³²³ jak⁵⁵ ɕən³⁵ mi³³
背　弟　过　江　也　只　　湿　身　衣
背弟过河不过打湿衣，

斥　号　宁　介　　贡　字
Xah haot nyenc kgeis gkop siih
ɕa³³ hau¹³ ɲən²¹² qʰəi³²³ qo³⁵ sii³³
恰　好　人　不　　猜　字
只有人不在意，

介　　恶　报　扒　　忙
Kgeis wox baov bags mangc
qʰəi³²³ wo³¹ pau⁵³ pak³²³ maŋ²¹²
不　　知　讲　语　　什么
才不知说哪样。

打 孖 忙 兰
Dah nyal mangv lanl
ta³³ n.a⁵⁵ maŋ⁵³ lan⁵⁵
过 河 边 对面
过河对岸

列 立 底 龙 帅 才 听
lebc lix dingv longc saip jaix qingk
ləp²¹² li³¹ tiŋ⁵³ loŋ²¹² sai³⁵ tai³¹ tʰiŋ⁴⁵³
讲 语 底 肚 给 兄 听
我把心里话给兄讲,

你 要 来 来 拜 光 对 必 里 文 章
Nyac yuv lail lail bail gueengv dil bix liix wenc zangl
n.a²¹² ju⁵³ lai⁵⁵ lai⁵⁵ pai⁵⁵ kweŋ⁵³ ti⁵⁵ pi³¹ lji³¹ wən²¹² tsaŋ⁵⁵
你 要 好 好 去 想 切 莫 理 文 章
你要仔细去想别光理文章。

三十七
牙 克 打 拜 扒 孖 付 羊 多 一 沙
Yac gkeel dah bail bags nyal Fup Yangc dos il sav
ja²¹² qe⁵⁵ ta³³ pai⁵⁵ pak³²³ n.a⁵⁵ fu³⁵ jaŋ²¹² to³²³ i⁵⁵ sa⁵³
两 他 过 去 口 河 富 阳 放 一 歇
他俩来到富阳河口歇歇气,

牙 克 给 加 刚 条 立 送 凡
Yac gkeep geel jav kgangs jiuc lix songp waŋ
ja²¹² qe³⁵ ke⁵⁵ t.a⁵³ qʰaŋ³²³ tiu²¹² li³¹ soŋ³⁵ wan⁴⁵³
两 他 边 那 讲 条 语 话 别
就在此地话别离。

你 农 己 拜 尧 才 转
Nyac nongc sil bail yaoc jaix jonv
n.a²¹² noŋ²¹² si⁵⁵ pai⁵⁵ jau⁵⁵ tai³¹ ton⁵³
你 弟 慢 去 我 兄 转
弟慢离去兄回转,

茂	刀	双	韭	告	蒜	转	合	现
Mus	daol	semp	ngaemc	kaos	sonk	jongv	kgags	yanp

mu³²³ tau⁵⁵ səm³⁵ ŋɛm²¹² kʰau³²³ son⁴⁵³ ton⁵³ qʰak³²³ jan³⁵

| 明 | 咱 | 芯 | 韭菜 | 头 | 蒜 | 共 | 个 | 园 |

日后咱俩韭菜大蒜共园场。

三十八

山	伯	担	报
Sanh	Beec	tant	baov

san³³ pe²¹² tʰan¹³ pau⁵³

山 伯 说 道

山伯说:

乃	吊	伴	淆	透	卡	伴	坤
Naih	jiul	banx	xaop	touk	kgax	banv	kuenp

nai³³ ȶiu⁵⁵ pan³¹ ɕau³⁵ tʰəu⁴⁵³ qʰa³¹ pan⁵³ kwən³⁵

现 我 陪 你 到 那 半 路

如今我送你到半路,

加	尧	斤	要	转
Jav	yaoc	jens	yuv	jonv

ȶa⁵³ jau²¹² ȶən³²³ ju⁵³ ton⁵³

那 我 忙 要 转

我要忙回转,

效	恩	先	生	又	碗	短	收	辛
Yaot	eengv	xeengp	saenp	yuh	ngonh	donh	xup	xenp

jau¹³ eŋ⁵³ ɕeŋ³⁵ sɛn³⁵ ju³³ ŋon³³ ton³³ ɕu³⁵ ɕən³⁵

怕 又 先 生 又 责 怪 收 身

又怕先生责骂心发慌。

效	恩	斗	腊	比	板	虽	大
Yaot	eengv	douv	lagx	biil	banx	seik	das

jau¹³ eŋ⁵³ təu⁵³ lak³¹ pji⁵⁵ pan³¹ səi⁴⁵³ ta³²³

怕 又 让 仔 笔 板 子 打

又怕被那戒尺打,

加 吊 各 言 里
Jav jiul kgags ngaenx liuh
ɕa⁵³ ȶiu⁵⁵ qʰak³²³ ŋɐn³¹ liu³³
那 我 真 眼 泪
那我真忧心，

闷 乃 伴 淆 腊 贵 列 淆 定 另 闷
Maenl naih banx xaop lagx juiv lebc xaop jingh liingl menl
mɐn⁵⁵ nai³³ pan³¹ ɕau³⁵ lak³¹ ȶui⁵³ lәp²¹² ɕau³⁵ ȶiŋ³³ ljin⁵⁵ mәn⁵⁵
天 这 陪 你 仔 贵 告诉 你 清 楚 天
今天送你贵人你自走回乡。

三十九

二 郎 担 报
Nyih Langc tant baov
ȵi³³ laŋ²¹² tʰan¹³ pau⁵³
二 郎 说 道
二郎说：

条 情 牙 刀
Jiuc singc yac daol
ȶiu²¹² siŋ²¹² ja²¹² tau⁵⁵
条 情 两 我
我俩情义在，

尧 又 别 走 鞋 来 帅 你 怒
Yaoc yuv pieev jouh haic lail saip nyac nuv
jau²¹² ju⁵³ pʰje⁵³ ȶou³³ hai²¹² lai⁵⁵ sai³⁵ ȵa²¹² nu⁵³
我 要 送 双 鞋 好 给 你 看
我要留双好鞋送给你，

平 伴 多 而 尧 笨 别 登 行
Biingc banx dos leec yaoc bens pieek daems hangc
pjiŋ²¹² pan³¹ to³²³ le²¹² jau²¹² pәn³²³ pʰje⁴⁵³ tɐm³²³ haŋ²¹²
伙 计 读 书 我 本 分 等 样
一起读书定要送样纪念物。

乃 尧 拜 泪 三 闷
Naih yaoc bail lis samp maenl
nai³³ jau²¹² pai⁵⁵ li³²³ sam³⁵ mɐn⁵⁵
现 我 去 得 三 天
我走三天以后，

你 才 来 来 贝 淂 告 床
Nyac jaix lail lail biv dees gaos xangc
n̪a²¹² t̪ai³¹ lai⁵⁵ lai⁵⁵ pi⁵³ te³²³ kau³²³ ɕaŋ²¹²
你 兄 好 看 下 头 床
为兄仔细把鞋看，

松 泪 养 忙 你 动 台 骂 怒
Songc lis yangh mangc nyac dogc deic map nuv
soŋ²¹² li³²³ jaŋ³³ maŋ²¹² n̪a²¹² tok²¹² tɐi²¹² ma³⁵ nu⁵³
送 得 样 什么 你 独 拿 来 看
是何东西你要自取看端详，

囊 分 清 楚 你 受 转 骂 言
Naengc wenp tingp tuk nyac xuh jonv map yanc
nɐŋ²¹² wən³⁵ tʰiŋ³⁵ tʰu⁴⁵³ n̪a²¹² ɕu³³ ton⁵³ ma³⁵ jan²¹²
看 完 清 楚 你 就 转 来 家
看得仔细你就转回乡。

四十
山 伯 担 报
Sanh Beec tant baov
san³³ pe²¹² tʰan¹³ pau⁵³
山 伯 说 道
山伯说：

乃 刀 堂 学 平 伴 松 散
Naih daol dangc yot biingc banx siup sank
nai³³ tau⁵⁵ taŋ²¹² jo¹³ pjiŋ²¹² pan³¹ siu³⁵ san⁴⁵³
今 我 堂 学 伙 伴 离 散
如今咱学堂做伴今离别，

忙　虽　板　帅　啊
Mangc seik banh sais ags
maŋ²¹² səi⁴⁵³ pan³³ sai³²³ ak³²³
什么 最 伤 心 极
忧伤自难抑，

腊　马　松　散　蒙　各　坤
Lagx max siup sank mungx kgags kuenp
lak³¹ ma³¹ siu³⁵ san⁴⁵³ muŋ³¹ qʰak³²³ kwən³⁵
仔　马　分　散　个　各　路
马崽分散各自奔路上。

一　乃　松　散　忙　虽　养　病　帅
Il naih siup sank mangc siip yangv kgids sais
I⁵⁵ nai³³ siu³⁵ san⁴⁵³ maŋ²¹² sii³⁵ jaŋ⁵³ qʰit³²³ sai³²³
时　这　分　散　怎么　是　样　痛　肠
如今分离真是很伤感，

怒　你　转　拝　五　美　蝉　寨
Nuv nyac jonv bail Ngox Meix Samp Xaih
nu⁵³ ȵa²¹² ton⁵³ pai⁵⁵ ŋo³¹ məi³¹ sam³⁵ ɕai³³
若　你　转　去　五　美　蝉　寨
你若回转五美蝉寨，

加　吊　才　正　仁
Jav yaoc jaix kgenl lenc
ta⁵³ jau²¹² tai³¹ qʰən⁵⁵ lən²¹²
那　我　兄　跟　后
我在后面紧跟上。

四十一
二　郎　担　报
Nyic Langc tant baonv
ȵi²¹² laŋ²¹² tʰan¹³ pau⁵³
二　郎　说　道
二郎说：

尧 拜 言 官 加 你 才 恩 鸟
Yaoc bail yanc kgunv jav nyac jaix eengv nyaoh
ȵau²¹² pai⁵⁵ ȵan²¹² qʰun⁵³ ʈa⁵³ ȵa²¹² ʈai³¹ eŋ⁵³ ȵau³³
我 去 家 先 那 你 兄 还 在
我先回家仁兄稍留下，

你 多 而 告 谷 恩 鸟 登 月
Nyac dos leec kgaov gungc eengv nyaoh daems nyanl
ȵa¹¹ to³²³ le¹¹ kau⁵³ kuŋ¹¹ eŋ⁵³ ȵau³³ tɤm²³² ȵan⁵⁵
你 读 书 古 多 还 在 等 月
你读古书多住些时光。

尧 拜 言 官 加 尧 农 笨 等
Yaoc bail yanc kgunv jav yaoc nongx bens gas
ȵau²¹² pai⁵⁵ ȵan²¹² qʰun⁵³ ʈa⁵³ ȵau²¹² noŋ³¹ pən³²³ ka³²³
我 去 家 先 那 我 弟 在 等
我先回家我会常相念，

你 才 梁 嘎 你 动 骂 光 言
Nyac jaix Liangc kgal nyac dogc map gueengv yanc
ȵa²¹² ʈai³¹ ljaŋ²¹² qʰa⁵⁵ ȵa²¹² tok²¹² ma³⁵ kweŋ⁵³ ȵan²¹²
你 兄 梁 家 你 独 来 探 家
梁姓仁兄定来家看。

告 言 不 吊 唱 花 古
Gaos yanc bux jiul sings wap guv
ȵau³²³ ȵan²¹² pu³¹ ʈiu⁵⁵ siŋ³²³ wa³⁵ ku⁵³
头 家 父 我 窗 花 雕
我家屋头窗雕花，

养 你 店 大 拜 怒 加 你 受 怒 关
Yangh nyac jiml dal bail nuv jav nyac xuh nuv guanl
jaŋ³³ ȵa²¹² ʈim⁵⁵ ʈa⁵⁵ pai⁵⁵ nu⁵³ ʈa⁵³ ȵa²¹² ɕu³¹ nu⁵³ kwan⁵⁵
若 你 抬 眼 去 看 那 你 就 看 光
抬眼望去闪闪亮。

关　字　不　吊　造　鸟　告
Guanl siih bux jiul xeeup nyaoh gaos
kwan⁵⁵ sii³³ pu³¹ ţiu⁵⁵ ɕeu³⁵ ȵau³³ kau³²³
名　字　父　我　写　在　头
我父姓氏写在前，

造　腊　姓　祝　腰　加　你　受　贝　泪　关
Xeeup lagx singk Sut kgaox jav nyac xuh biv lis guanl
ɕeu³⁵ lak³¹ siŋ⁴⁵³ su¹³ qʰau³¹ ţa⁵³ ȵa²¹² ɕu³³ pi⁵³ li³²³ kwan⁵⁵
写　仔　姓　祝　里　那　你　就　寻　得　名
找到祝姓你就找到家。

四十二

山　伯　担　报
Sanc Beec tant baov
san³³ pe²¹² tʰan¹³ pau⁵³
山　伯　说　道
山伯说：

早　乃　农　拜　尧　乃　泪　条　帅　桃　东
Hedp naih nongx bail yaoc naih lis jiuc sais daoc dongh
hət³⁵ nai³³ noŋ³¹ pai⁵⁵ jau²¹² nai³³ li³²³ ţiu²¹² sai³²³ tau²¹² toŋ³³
早晨　今　弟　去　我　这　得　条　肠　捣　乱
今早弟走我觉心烦又意乱，

在　你　先　生　发　一　课
Xais nyac xeengp saenp wedt il kop
ɕai³²³ ȵa²¹² ɕeŋ³⁵ sɛn³⁵ wət¹³ i⁵⁵ kʰo³⁵
请　你　先　生　发　一　课
请你先生占课，

多　松　卯　分　井　忙
Dos songc maoh wenp jenh mangc
to³²³ soŋ²¹² mau³³ wən³⁵ ţən³³ maŋ²¹²
放　从　他　成　件　什么
不管结果是哪样。

钱　　西　　牙　　吊
Singc xih yac　jiul
siŋ²¹² çi³³ ja²¹² tiu⁵⁵
情　　份　　两　　我
我俩情分在。

卯　　又　　别　　走　　鞋　　来　　帅　　尧　　怒
Maoh yuh pieek jouc　haic　lail　saip yaoc　nuv
mau⁵⁵ ju³³ pʰje⁴⁵³ təu²¹² hai²¹² lai⁵⁵ sai³⁵ jau²¹² nu⁵³
他　又　分　双　鞋　好　给　我　看
他又送双好鞋给我看，

牙　店　川　卜　　内　　没　　松　　一　　行
Yac dinl xonp pok　kgaox meec sungp il　hangc
ja²¹² tin⁵⁵ çon³⁵ pʰo⁴⁵³ qʰau³¹ me²¹² suŋ³⁵ i⁵⁵ haŋ²¹²
两　脚　穿　试　里　有　话　一　行
两脚试穿鞋里有名堂。

开　　别　　当　　看　　娘　　封　　字
Gkeip biags　daengl naengc nyaengc hongp siih
khəi³⁵ pjak³²³ tɐŋ⁵⁵　nɐŋ²¹²　ŋɐŋ²¹²　hoŋ³⁵ sii³³
开　散　来　看　真　封　字
打开一看是封信，

介　恶　笨　妻　情　女
Kgeis wox bens　siip singc nyih
kəi³²³ wo³¹ pən³²³ sii³⁵ siŋ²¹² ɲi³³
不　知　本　字　情　义
不知写的夫妻情话，

己　西　下　嫩　字　报　忙
Jiv xih xah naenl siih baov mangc
ʈi⁵³ çi³³ ça³³ nɐn⁵⁵ sii³³ pau⁵³ maŋ²¹²
还　是　写　个　字　告诉　什么
还是写别样？

四十三

先　生　辛　报
Xeengp Saenp senp baov
ɕeŋ³⁵　sɐn³⁵　sən³⁵　pau⁵³
先　生　说　道
先生说：

多　课　第　一　课　妻　夫
Dos　kop　dih　edl　kop　siip　huh
to³²³　kʰo³⁵　ti³³　ət⁵⁵　kʰo³⁵　sii³⁵　hu³³
占　课　第　一　课　妻　夫
占的第一课是夫妻，

多　课　地　你　笨　报　美　亮　郎
Dos　kop　dih　nyih　bens　baov　muih　liangp　langc
to³²³　kʰo³⁵　ti³³　ɲi³³　pən³²³　pau⁵³　mui³³　ljaŋ³⁵　laŋ²¹²
占　课　第　二　就　说　妹　想　郎
占第二课本说妹想郎。

多　课　地　三　茂　浠　总　坟　母
Dos　kop　dih　samp　mus　xaop　jungh　wenc　muh
to³²³　kʰo³⁵　ti³³　sam³⁵　mu³²³　ɕau³⁵　ʈuŋ³³　wən²¹²　mu³³
占　课　第　三　明　你们　共　坟　墓
占第三课日后你们共坟墓，

多　课　第　四
Dos　kop　dih　siik
to³²³　ko³⁵　ti³³　sii⁴⁵³
占　课　第　四
占第四课，

茂　浠　变　分　羊　过　鸳　鸯　来　娄
Mus　xaop　biinv　wenp　yangc　kgos　yeml　yangl　lail　louh
mu³²³　ɕau³⁵　pjin⁵³　wən³⁵　jaŋ²¹²　qʰo³²³　jəm⁵⁵　jaŋ⁵⁵　lai⁵⁵　ləu³³
明　你们　变　成　两　个　鸳　鸯　好　看
日后你俩变成美丽鸳鸯，

勿　一　勾　笨　胖
Weex il gouv bens pangp
we³¹ i⁵⁵ kəu⁵³ pən³²³ pʰaŋ³⁵
做　一　对　飞　高
配对成双飞天上。

培　乃　龙　深　卯　笨　订　树　星
Beix naih longc yaeml maoh bens jaeml sup singh
pəi³¹ nai³³ loŋ²¹² jɐm⁵⁵ mau³³ pən³²³ tɐm⁵⁵ su³⁵ siŋ³³
女　这　肚　深　她　本　藏　楚　清
此女深藏不露不明讲，

养　你　命　代　吉　闷
Yangh nyac mingh daiv jedl menl
jaŋ³³ ɲa²¹² miŋ³³ tai⁵³ tət⁵⁵ mən⁵⁵
若　你　命　带　星　天
若你命配天星，

茂　合　通　姓　梁
Mus habp tongt singk Liangc
mu³²³ hap³⁵ tʰoŋ¹³ siŋ⁴⁵³ ljaŋ²¹²
明　定　遇　姓　梁
日后定能通姓梁。

四十四

山　伯　听　松　立　乃
Sanh Beec qingk sungp lix naih
san³³ pe²¹² tʰiŋ⁴⁵³ suŋ³⁵ li³¹ nai³³
山　伯　听　话　一　这
山伯听了此话，

给　卡　杭　州　无　基　都
Kgeev kgax Hangc Zul wunx jil duh
ke⁵³ qʰa³¹ haŋ²¹² tsu⁵⁵ wun³¹ ti⁵⁵ tu³³
那　里　杭　州　捡　行　李
马上杭州理行装，

回　家　退　补　加　卯　又　转　言
Wuic kgeel toik　buh jav maoh yuh jonv yanc
wui²¹² qʰe⁵⁵ tʰoi⁴⁵³ pu³³ ta⁵³ mau³³ ju³³ ton⁵³ jan²¹²
回　家　退　步　那　他　要　转　家
他就退步回家乡。

店　电　乂　孖　骂　补　介　透　对
Jiml dinl qak　nyal map buh kgeis douk doiv
tim⁵⁵ tin⁵⁵ tʰa⁴⁵³ ɲa⁵⁵ ma³⁵ pu³³ qʰəi³²³ təu⁴⁵³ toi⁵³
抬　脚　上　河　来　那　不　到　地方
沿河走路路不对，

号　郎　言　里　坐　地　哼
Haot langc ngaenx liuih suiv dih yangl
hau¹³ laŋ²¹² ŋɛn³¹ ljui³³ sui⁵³ ti³³ jaŋ⁵⁵
一　郎　眼　泪　坐　地　悲
独自坐地徒悲伤。

又　恩　达　坤　三　年　加　卯　干　听　长
Yuh eenv dah kuenp samp nyinc jav maoh qanl qingk yais
ju³³ en⁵³ ta³³ kwən³⁵ sam³⁵ ɲin²¹² ta⁵³ mau³³ qʰan⁵⁵ tʰin⁴⁵³ jai³²³
又　经　过　路　三　年　过　他　走　觉　长
不觉走了三年久，

改　克　情　你　等　吊　郎
Gkait gkeep singc nyih gas　jiul langc
kʰai¹³ qe³⁵ siŋ²¹² ni³³ ka³²³ tiu⁵⁵ laŋ²¹²
谢　别　情　义　等　我　郎
可怜情伴①等我郎。

转　透　五　美　蝉　寨　大　街　略　勿　架
Jonv touk　Ngox Meix Samp Xaih dav kgail lioix weex jav
ton⁵³ tʰəu⁴⁵³ ŋo³¹ məi³¹ sam³⁵ ɕai³³ ta⁵³ qʰai⁵⁵ ljoi³¹ we³¹ ta⁵³
转　到　五　美　蝉　寨　中间街　慌　做　那
来到五美蝉寨街上傻傻问，

---

① 情伴：这里指祝英台。

问　　在　　平　　伴　　牙　　忙
Haemk xais biingc banx yac mangv
hɐm⁴⁵³ ɕai³²³ pjiŋ²¹² pan³¹ ja²¹² maŋ⁵³
喊　　问　　伙　　伴　　两　　边
寻问两边朋友，

尧　　斥　　省　　格　　祝　　哥　　郎
Yaoc xah semh gkeep Sut goh langc
jau²¹² ɕa³³ səm³³ qe³⁵ su¹³ ko³³ laŋ²¹²
我　　在　　找　　他　　祝　　哥　　郎
哪位是我祝哥郎？

四十五

平　　伴　　牙　　忙　　辛　　报
Biingc banx yac mangv senp baov
pjiŋ²¹² pan³¹ ja²¹² maŋ⁵³ sən³⁵ pau⁵³
伙　　伴　　两　　边　　说　　道
两边朋友说：

辛　　吊　　多　　而　　合　　没　　祝　　哥　　美
Senl jiul dos leec habp lis Sut goh muih
sən⁵⁵ ʨiu⁵⁵ to³²³ le²¹² hap³⁵ li³²³ su¹³ ko³³ mui³³
村　　咱　　读　　书　　只　　有　　祝　　哥　　妹
寨上读书唯有祝家妹，

你　　介　　恶　　与　　现　　克　　美　　哥　　郎
Nyac kgeis wox wuih sint gkeep muih goh langc
ȵa²¹² qʰəi³²³ wo³¹ wui³³ sin¹³ qe³⁵ mui³³ ko³³ laŋ²¹²
你　　不　　知　　妹　　叫　　她　　妹　　哥　　郎
你怎么称她祝哥郎？

郎　　泪　　应　　台　　打　　内　　绣　　房　　卡　　泪　　听
Laengx lis Yenh Taix dah kgaox xup fangc kap lis qingk
lɐŋ³¹ li³²³ jən³³ tʰai³¹ ta³³ qʰau³⁵ ɕu³⁵ faŋ²¹² kʰa³⁵ li³²³ tʰiŋ⁴⁵³
恰　　得　　英　　台　　从　　里　　书　　房　　耳　　得　　听
英台恰在书房耳听见，

心　衣　打　扮　卯　又　晚　衣　降
Xenp yil dal beenv maoh yuh wanh yih sangc
ɕən³⁵ ji⁵⁵ ta⁵⁵ pen⁵³ mau³³ ju³³ wan³³ ji³³ saŋ²¹²
身　衣　打　扮　　她　就　换　衣　裳
梳妆打扮换衣裳。

心　邓　出　冻　封　嫩　嫩
Xenp daens suc donl hongp nemh nemh
ɕən³⁵ tɐn³²³ su²¹² toŋ⁵⁵ hoŋ³⁵ nəm³³ nəm³³
身　穿　绸　缎　光　闪　闪
身穿罗缎亮晶晶，

恩　讨　花　银　泽　高　当　告　光
Eengv aol nugs nyaenc xebt gaos daengc gaos guangl
əŋ⁵³ au⁵⁵ nuk³²³ ȵɐn²¹² ɕəp¹³ kao³²³ tɐŋ²¹² kau³²³ kwaŋ⁵⁵
又　取　花　银　插　头　整　里　亮
头配银饰闪闪亮。

开　夺　东　门　　现　才　进
Gkeip dol dongl menc sint jaix laos
kʰəi³⁵ to⁵⁵ toŋ⁵⁵ mən²¹² sin¹³ ȶai³¹ lau³²³
开　门　东　门　　喊　兄　进
打开东门招呼仁兄进，

山　伯　介　干　店　告　一　加　见　面　娘
Sanh Beec kgeis kgams jiml gaos il jav jinv mieenh nyangc
san³³ pe²¹² qʰəi³²³ qʰam³²³ ȶim⁵⁵ kau³²³ i⁵⁵ ta⁵³ ȶin⁵³ mjen³³ ȵaŋ²¹²
山　伯　不　敢　抬　头　一　下　见　面　娘
山伯不敢抬头面娇娘。

四十六

山　伯　担　报
Sanh Beec tant baov
san³³ pe²¹² tʰan¹³ pau⁵³
山　伯　说　道
山伯问道：

介 恶 农 吊 二 郎 卡 怒 鸟
Kgeis wox nongx jiul Nyih Langc kgax nup nyaoh
kəi³²³ wo³¹ noŋ³¹ tiu⁵⁵ ni³³ laŋ²¹² qʰa³¹ nu³⁵ n̠au³³
不 知 弟 我 二 郎 处 哪 住
不知我弟二郎哪里住，

吊 介 洞 卯 补 过 怒 淆 娘
Jiul kgeis dungs maoh buh gobs nuv xaop nyangc
tiu⁵⁵ qʰəi³²³ tuŋ³²³ mau³³ pu³³ ko³²³ nu⁵³ ɕau³⁵ n̠aŋ²¹²
我 不 遇 他 才 恰 看 你 姑娘
不见贤弟却遇你姑娘。

牙 吊 更 鸟 堂 学 多 而 块
Yac jiul gaenx nyaoh dangc yot dos leec kuanx
ja²¹² tiu⁵⁵ kɐn³¹ n̠au³³ taŋ²¹² jo¹³ to³²³ le²¹² kwan³¹
两 我 同 在 堂 学 读 书 熟悉
我俩同在学堂读书相熟识，

闷 乃 介 登 吊 笨 寻 克 祝 二 郎
Naenl naih kgeis deml jiul bens semh gkeep Sut Nyih Langc
nɐn⁵⁵ nai³³ qʰəi³²³ təm⁵⁵ tiu⁵⁵ pən³²³ səm³³ qe³⁵ su¹³ ni³³ laŋ²¹²
天 这 不 遇 我 只 寻 别 祝 二 郎
没遇上他我寻找祝二郎。

四十七
英 台 担 报
Yenh Taic tant baov
jən³³ tʰai²¹² tʰan¹³ pau⁵³
英 台 说 道
英台答道：

尧 关 二 郎 加 你 忙 介 信
Yaoc guanl Nyih Langc jav nyac mangc kgeis senk
jau²¹² kwan⁵⁵ ni³³ laŋ²¹² ta⁵³ n̠a²¹² maŋ²¹² qʰəi³²³ sən⁴⁵³
我 叫 二 郎 那 你 怎么 不 相信
我是二郎你因何不信？

怒 你 介 宁
Nuv nyac kgeis senk
nu⁵³ ɳa²¹² qʰəi³²³ sən⁴⁵³
若 你 不 信
若你不信，

刀 动 西 拜 丙 文 章
Daol dogc siip bail biens wenc zangl
tau⁵⁵ tok²¹² sii³⁵ pai⁵⁵ pjən³²³ wən²¹² tsaŋ⁵⁵
咱 单 齐 去 背 文 章
咱俩就去背文章。

进 内 绣 房 拜 别 补
Laos kgaox xup fangc bail piat buh
lau³²³ qʰau³¹ ɕu³⁵ faŋ²¹² pai⁵⁵ pʰja¹³ pu³³
进 里 书 房 去 对 答
走进书房去答对，

嫩 嫩 戌 都 加 合 信 克 娘
Naenl naenl xedt douh jav habp senk gkeep nyangc
nɐn⁵⁵ nɐn⁵⁵ ɕət¹³ təu³³ ʈa⁵³ hap³⁵ sən⁴⁵³ qe³⁵ ɳaŋ²¹²
个 个 全 中 那 才 信 别 姑娘
句句言中才信她娇娘。

四十八

不 卯 应 台 担 报
Bux maoh Yenh Taic tant baov
pu³¹ mau³³ jən³³ tʰai²¹² tʰan¹³ pau⁵³
父 她 英 台 说 道
英台父亲问道：

你 引 宁 怒 进 内 秀 房 鸟
Nyac yenx nyenc nouc laos kgaox xup fangc nyaoh
ɳa²¹² jən³¹ ɳən²¹² nəu²¹² lau³²³ qʰau³¹ ɕu³⁵ faŋ²¹² nau³³
你 引 人 谁 老 里 书 房 坐
你引何人进到书房坐？

尧 介 洞 卯 姓 关 忙
Yaoc kgeis dungs maoh singk guanl mangc
jau²¹² qʰəi³²³ tuŋ³²³ mau³³ siŋ⁴⁵³ kwan⁵⁵ maŋ²¹²
我 不 懂 他 姓 名 什么
我不知他姓哪样？

腊 奶 介 恶
Lagx naih kgeis wox
lak³¹ nai³³ qʰəi³²³ wo³¹
仔 这 不 知
不知此人

鸟 卡 店 辛 华 引 己 坤 长
Nyaoh kgax dinl senl Wac Yenx xih kuenp yais
ȵau³³ qʰa³¹ tin⁵⁵ sən⁵⁵ wa²¹² jən³¹ ɕi³³ kwən³⁵ jai³²³
坐 那 脚 村 华 引 是 路 长
住在华引寨①脚还是远方客，

问 在 农 吊 介 恶 姓 关 忙
Haemk xais nongx jiul kgeis wox singk guanl mangc
hɐm⁴⁵³ ɕai³²³ noŋ³¹ tɕiu⁵⁵ qʰəi³²³ wo³¹ siŋ⁴⁵³ kwan⁵⁵ maŋ²¹²
喊 问 弟 我 不 知 姓 名 什么
试问我儿此人什么名？"

四十九

英 台 担 报
Yenh Taic tant baov
jən³³ tʰai²¹² tʰan¹³ pau⁵³
英 台 说 道
英台回答道：

官 吊 鸟 内 杭 州 多 而
Kgunv jiul nyaoh kgaox Hangc Zul dos leec
kun⁵³ tɕiu⁵⁵ ȵau³³ qʰau³¹ haŋ²¹² tsu⁵⁵ to³²³ le²¹²
前 我 在 里 杭 州 读 书
以前我们同在杭州读书，

---

① 华引寨：在广西三江。

坐 坭 苛 英 吼
Suiv nyil Kop Yingh Hongc
sui⁵³ n̠i⁵⁵ kʰo³⁵ jiŋ³³ hoŋ²¹²
坐 那 科 英 宫
同住科英宫,

堯 动 如 才 梁 山 报 二 郎
Yaoc dogc loux jaix Liangc Sanh baov Nyih Langc
jau²¹² tok²¹² ləu³¹ tai³¹ ljaŋ²¹² san³³ pau⁵³ n̠i³³ laŋ²¹²
我 单 骗 兄 梁 山 叫 二 郎
骗兄梁山说我是二郎。

总 腊 章 良 加 卯 郎 各 姓
Jungh lagx Zangl Liangl jav maoh langc kgags singk
t̠uŋ³³ lak³¹ tsaŋ⁵⁵ ljaŋ⁵⁵ t̠a⁵³ mau³³ laŋ²¹² qʰak³²³ siŋ⁴⁵³
同 是 仔 章 良 那 他 郎 别 姓
同是章良① 子孙他别姓,

堯 列 你 听 卯 斥 腊 姓 梁
Yac lebc nyac qingk maoh xah lagx singk Liangc
ja²¹² ləp²¹² n̠a²¹² t̠iŋ⁴⁵³ mau³³ ɕa³³ lak³¹ siŋ⁴⁵³ ljaŋ²¹²
我 说 你 听 他 是 仔 姓 梁
我讲你听他本人姓梁。

五十

不 卯 英 台 担 报
Bux maoh Yenh Taic tant baov
pu³¹ mau³³ jən³³ tʰai²¹² tʰan¹³ pau⁵³
父 她 英 台 说 道
英台父亲说:

农 刚 立 乃 各 补 介 要 进
Nongx kgangs lix naih kgags buh kgeis yuv jens
noŋ³¹ qʰaŋ³²³ li³¹ nai³³ qʰak³²³ pu³³ qʰəi³²³ ju⁵³ t̠ən⁵⁵
弟 讲 话 这 各 也 不 要 紧
你这样说不要紧,

---

① 章良:侗族神话人物,传说章良章妹繁衍了人类。

登　帅　台　卯　各　恩　鸟　登　月
Dens sais deic maoh kgags eengv nyaoh daems nyanl
tən²¹² sai³²³ təi²¹² mau³³ qʰak³²³ eŋ⁵³ ȵau³³ tɐm³²³ ȵan⁵⁵
诚　肠　待　他　各　又　住　等　月
热心留他多住几月又何妨。

腊　乃　店　电　夺
Lagx naih jiml dinl laos dol
lak³¹ nai³³ ʈim⁵⁵ tin⁵⁵ lau³²³ to⁵⁵
仔　这　抬　脚　进　门
此人抬脚进门，

尧　斥　看　卯　分　独　宁　样　贵
Yaoc xah naengc maoh wenp duc nyenc yangv juiv
jau²¹² ɕa³³ nɐŋ²¹² mau³³ wən³⁵ tu²¹² ȵən²¹² jaŋ⁵³ ʈui⁵³
我　呀　看　他　成　个　人　样　贵
我看此人富贵相，

告　卡　恶　与　以　吉　念
Gaos kap wox wuih yuih jedl nyanl
kau³²³ kʰa³⁵ wo³¹ wui³³ jui³³ ʈət⁵⁵ ȵan⁵⁵
头　耳　额　眉　如　星　月
面目清秀如月亮。

山　伯　鸟　泪　三　念
Sanh Beec nyaoh lis samp nyanl
san³³ pe²¹² ȵau³³ li³²³ sam³⁵ ȵan⁵⁵
山　伯　住　得　三　月
山伯住得三月，

加　卯　干　变　那
Jav maoh kganl biinv nas
ʈa⁵³ mau³³ qʰan⁵⁵ pjin⁵³ na³²³
那　他　感　变　脸
面上过不去，

回　家　退　补　加　卯　又　转　言
Wuic　kgal　toik　buh　jav　maoh　yuh　jonv　yanc
wui²¹²　qʰa⁵⁵　tʰoi⁴⁵³　pu³³　ta⁵³　mau³³　ju³³　ton⁵³　jan²¹²
回　家　退　步　那　他　要　转　家
退步辞行转还乡。

山　伯　店　电　报　拜
Sanh Beec jiml dinl baov bail
san³³ pe²¹² tim⁵⁵ tin⁵⁵ pau⁵³ pai⁵⁵
山　伯　抬　脚　说　走
山伯抬脚就要走，

英　台　泪　条　帅　桃　东
Yenh Taic　lis　jiuc　sais　daoc dongh
jən³³　tʰai²¹²　li³²³　tiu²¹²　sai³²³　toŋ³³
英　台　的　条　肠　乱
英台心烦又意乱，

卯　落　伴　才　梁　兄　打　冲　盘
Maoh dogc　banx　jaix　Liangc xongl　dah　jogl　banc
mao³³ tok²¹²　pan³¹　tai³¹　ljaŋ²¹²　ɕoŋ⁵⁵　ta³³　tok⁵⁵　pan²¹²
她　独　陪　兄　梁　兄　过　头　盘
她送梁兄走一程。

牙　卯　打　拜　告　街
Yac　maoh　dah　bail　gaos　kgail
ja²¹²　mau³³　ta³³　pai⁵⁵　kau³²³　qʰai⁵⁵
两　他　过　去　头　街
他俩走到街头，

英　台　帅　立　四
Yenh Taic　sais　lix　siik
jən³³　tʰai²¹²　sai³²³　li³¹　sii⁴⁵³
英　台　说　得　细
英台把话讲：

怒 你 十分 合意 你 都 转 骂 良
Nuv nyac xebc wenp hoc yil nyac suh jonv map liangc
nu⁵³ ȵa¹¹ ɕəp²¹ wən³⁵ ho¹¹ ji⁵⁵ ȵa¹¹ su³³ ʈon⁵³ ma³⁵ ljaŋ¹¹
若 你 十 分 合适 你 就 转 来 商量
若你十分合心你就把话回。

大 那 父 母 介 来 刚
Dav nas hut mux kgeis lail kgangs
ta⁵³ na³²³ hu¹³ mu³¹ qʰəi³²³ lai⁵⁵ qʰaŋ³²³
中 面 父 母 不 好 讲
父母面前不好讲,

号 郎 号 美 刚 条 立 同 堂
Haot langc haot muih kgangs jiuc lix dongc dangc
hau¹³ laŋ²¹² hau¹³ mui³³ qʰaŋ³²³ ʨiu²¹² li³¹ toŋ²¹² taŋ²¹²
单 郎 单 女 讲 个 语 同 堂
单男独女讲句话心房。

怒 你 内 帅 娘 汝
Nuv nyac kgaox sais nyaengc luh
nu⁵³ ȵa²¹² qʰau³¹ sai³²³ ȵɐŋ²¹² lu³³
若 你 里 肠 真 恋
若你心中眷恋,

刀 受 鸟 卡 补 乃 刚
Daol xuh nyaoh kgax buh naih kgangs
tau⁵⁵ ɕu³³ ȵau³³ qʰa³¹ pu³³ nai³³ qʰaŋ³²³
咱 就 在 此 个 这 讲
咱就在此明言讲,

怒 你 内 帅 娘 项
Nuv nyac kgaox sais nyaengc haengt
nu⁵³ ȵa²¹² qʰau³¹ sai³²³ ȵɐŋ²¹² hɐŋ¹³
若 你 里 肠 真 愿意
若你心中愿意,

刀　落　恨　　卡　补　念　忙
Daol luiv heengk kgax buh nyanl mangc
tau⁵⁵ lui⁵³ heŋ⁴⁵³ qʰa³¹ pu³³ ȵan⁵⁵ maŋ²¹²
咱　就　限　时　个　月　什么
咱就约定时日你看怎么样？

五十一

山　伯　担　　报
Sanh Beec tant baov
san³³ pe²¹² tʰan¹³ pau⁵³
山　伯　说　道
山伯回答道：

加　刀　肖　散　初
Jav daol siup saŋ quk
ta⁵³ tau⁵⁵ siu³⁵ san⁴⁵³ tʰu⁴⁵³
那　咱　消　散　去
那咱暂别了，

你　己　一　燕　加　尧　主　灿　单
Nyac jih il eengk jav yaoc juh qamt danl
ȵa²¹² ti³³ i⁵⁵ en⁴⁵³ ta⁵³ jau²¹² tu³³ tʰam¹³ tan⁵⁵
你　是　一　方　那　我　也　走　单
我独走来你也在他方。

号　郎　灿　坤　加　尧　听　笨　想
Haot langc qamt kuenp jav jiul bens qingk xangk
hau¹³ laŋ²¹² tʰam¹³ kwən³⁵ ta⁵³ tiu⁵⁵ pəɲ³²³ tʰiŋ⁴⁵³ ɕaŋ⁴⁵³
单　郎　走　路　那　我　很　听　想
独郎走路心恋想，

乃　吊　店　电　别　浪
Naih jiul jiml dinl piat langh
nai³³ tiu⁵⁵ tim⁵⁵ tin⁵⁵ pja¹³ laŋ³³
现　我　抬　脚　翻　浪
如今我涉水跨浪，

吊　笨　想　淆　主　透　言
Jiul bens xangk xaop juh touk yanc
tiu⁵⁵ pən³²³ ɕaŋ⁴⁵³ ɕau³⁵ tu³³ tʰəu⁴⁵³ jan²¹²
我　本　想　你　久　到　家
一路思伴到家乡。

五十二

奶　卯　山　伯　担　报
Neix maoh Sanh Beec tant baov
nəi³¹ mau³³ san³³ pe²¹² tʰan¹³ pau⁵³
母亲 他　山　伯　说　道
山伯母亲说：

官　农　吊　拜　灿　坤　十　忙　养
Kgunv nongx jiul bail qamt kuenp xebc mangc yaengt
kun⁵³ noŋ³¹ tiu⁵⁵ pai⁵⁵ tʰam¹³ kwən³⁵ ɕəp²¹² maŋ²¹² jeŋ¹³
以前 弟 我 去 走 路 很 莽 样
以前我儿出门人矫健，

乃　农　尧　转　灿　坤
Naih nongx yaoc jonv qamt kuenp
nai³³ noŋ³¹ jau²¹² ton⁵³ tʰam¹³ kwən³⁵
现　弟　我　转　走　路
如今吾儿回转，

介　两　南　黄　王
Kgeis liangh nanx mant wangc
qʰəi³⁵ ljaŋ³³ nan³¹ man¹³ waŋ²¹²
不　力　脸　黄　黄
走路无力脸泛黄。

介　恶　落　问　己　退　报
Kgeis wox dogl guaenl jih tuik baol
kəi³²³ wo³¹ tok⁵⁵ kwɐn⁵⁵ ti³³ tʰui⁴⁵³ pau⁵⁵
不　知　掉　魂　是　退　暴
不知落魂还是犯头痛，

效 你 岑 辰 灿 条 路 水 良
Yaot nyac jenc saemp qamt jiuc luh xuit liangc
jau¹³ ɲa²¹² tən²¹² sem³⁵ tʰam¹³ tiu²¹² lu³³ ɕui¹³ ljaŋ²¹²
怕 你 起 早 走 条 露 水 凉
怕是起早赶路露水凉。

五十三
山 伯 担 报
Sanh Beec tant baov
san³³ pe²¹² tʰan¹³ pau⁵³
山 伯 说 道
山伯回答说：

大 那 父 母 加 尧 郎 补 刚
Dav nas hut mux jav yaoc langc buh kgangs
ta⁵³ na³²³ hu¹³ mu³¹ ʈa⁵³ jau²¹² laŋ²¹² pu³³ qʰaŋ³²³
中 间 脸 父 母 那 我 就 本 讲
母亲面前我把实话讲，

官 加 灿 坤 登 腊 祝 家
Kgunv jav qamt kuenp deml lagx Sut kgal
kun⁵³ ʈa⁵³ tʰam¹³ kwən³⁵ təm⁵⁵ lak³¹ su¹³ qʰa⁵⁵
前 那 走 路 遇 仔 祝 家
以前出门遇到祝家儿，

卯 笨 底 尧 关 你 郎
Maoh bens dingv yaoc guanl Nyih Langc
mau³³ pən³²³ tiŋ⁵³ jau²¹² kwan⁵⁵ ȵi³³ laŋ²¹²
她 本 骗 我 叫 二 郎
她本骗我称二郎。

宁 加 修 心 斗 大
Nyenc jav suit xenp douh dal
ȵən²¹² ʈa⁵³ sui¹³ ɕən³⁵ təu³³ ta⁵⁵
人 那 修 身 抢 眼
那人打扮适宜，

一当　宁　刀　应 虽 鬼
Il　daengh nyenc daol yunv subt　juis
i⁵⁵ teŋ³³　nən²¹² tau⁵⁵ jun⁵³ sup¹³ ʈui³²³
一 如　人　我　突然　遇　鬼
犹如人们突然遇见鬼，

尧　干　列　卯　泪　病　进　心　斤　害　郎
Yaoc kganl liaiv maoh lis　biingh laos　xenp jenl haik　langc
jau²¹² qʰan⁵⁵ ljai⁵³ mau³³ li³²³ pjiŋ³³ lau³²³ ɕən³⁵ ʈən⁵⁵ hai⁴⁵³ laŋ²¹²
我　敢　赖　她　得　病　进　身　真　害　郎
我因她得病真是害了郎。

一　闷　六　昔　笨　没　昔　想　主
Il　maenl liogc xic　bens　meec xic　xangk juh
ɪ⁵⁵ mɐn⁵⁵ ljok²¹² ɕi²¹² pən³²³ me²¹² ɕi²¹² ɕaŋ⁴⁵³ tu³³
一　天　六　时　常　有　时　想　久
一天六时无时不想伴，

一　闷　三　补　苟　介　降
Il　maenl samp buh　kgoux kgeis　jangl
ɪ⁵⁵ mɐn⁵⁵ sam³⁵ pu³³ qʰəu³¹ qʰəi³²³ ʈaŋ⁵⁵
一　天　三　布　饭　不　香
一日三餐饭不香。

一　闷　一　骂　又　效　等　难　鸟
Il　maenl il　mas　yuh yaot gas　nanc　nyaoh
ɪ⁵⁵ mɐn⁵⁵ i⁵⁵ ma³²³ ju³³ jau¹³ ka³²³ nan²¹² ȵau³³
一　天　一　软　又　怕　等　难　坐
日渐无力实难活，

千　担　牙　边　又　效　散　辛　乡
Sinp dabs　yav bianv yuh yaot　sangk senp yangp
sin³⁵ tap³²³ ja⁵³ pjan⁵³ ju³³ jau¹³ san⁴⁵³ sən³⁵ jaŋ³⁵
千　旦　田　坝　又　怕　散　村　乡
千担坝田只怕散村乡。

五十四

奶　卯　山　伯　听　松　立　乃
Neix maoh Sanh Beec qingk sungp lix naih
nəi³¹ mau³³ san³³ pe²¹² tʰiŋ⁴⁵³ suŋ³⁵ li³¹ nai³³
母　他　山　伯　听　话　这　样
山伯母亲听这话，

早　仁　岑　辰
Hedp lenc jenc saemp
hət³⁵ lən²¹² tən²¹² sɐm³⁵
晨　后　起　早
次日早起，

拜　卡　告　沙　不　克　祝　英　坐
Bail kgax gaos sac bux gkeep Sut Yenh suiv
pai⁵⁵ qʰa³¹ kau³²³ sa²¹² pu³¹ qe³⁵ su¹³ jən³³ sui⁵³
去　那　头　火塘　父　她　祝　英　坐
来到祝家火塘祝父旁边坐，

吊　勿　么　鬼　补　要　以　么　王
Jiul weex mogc kguih buh yuv yuih mogc wangc
tiu⁵⁵ we³¹ mok²¹² qʰui³³ pu³³ ju⁵³ jui³³ mok²¹² waŋ²¹²
我　做　鸟　画眉　也　要　恋　鸟　王
咱做画眉要去恋鸟王。

怒　淆　内　帅　项　汝　加　刀　受　接　亲
Nuv xaop kgaox sais haengt luh jav daol xuh jids tenp
nu⁵³ ɕau³⁵ qʰau³¹ sai³²³ hɐŋ¹³ lu³³ ta⁵³ tau⁵⁵ ɕu³³ tit³²³ tʰən³⁵
看　你　里　肠　行　路　那　我　就　接　亲
若你们心里同意我们就联姻，

腊　淆　祝　英　加　吊　笨　免　亮
Lagx xaop Sut Yenh jav jiul bens meenh liangp
lak³¹ ɕau³⁵ su¹³ jən³³ ta⁵³ tiu⁵⁵ pən³²³ men³³ ljaŋ³⁵
儿　你　祝　英　那　我　很　想　恋
我们本想你女英台娘。

养　泪　腊　聋　董　辛　布
Yangh lis　lagx　liongc tongt　senl　bus
jaŋ³³　li³²³　lak³¹　ljoŋ²¹²　tʰoŋ¹³　sən⁵⁵　pu³²³
样　得　儿　舅　整　村　赞
若得表兄①之女村村赞，

养　吊　泪　淆　培　美　姓　祝　克　补
Yangh jiul　lis　xaop beix　muih singk Sut　gkeep buh
jaŋ³³　ȶiu⁵⁵ li³²³　ɕau³⁵ pəi³¹ mui³³ siŋ⁴⁵³ su¹³　qe³⁵　pu³³
样　我　得　你　女　妹　姓　祝　别人　赞
若我得你祝家姑娘别人羡，

报　吊　姑　命　强
Baov jiul　kgul　mingh jangc
pau⁵³ ȶiu⁵⁵ qʰu⁵⁵ miŋ³³ ȶaŋ²¹²
说　我　姑妈　命　强
说我当姑妈命很旺。

五十五

不　卯　英　台　担　报
Bux maoh Yenh Tait　tant　baov
pu³¹ mau³³ jən³³ tʰai¹³ tʰan¹³ pau⁵³
父　她　英　台　说　道
祝父回答说：

养　快　三　闷　加　吊　枚　嫁　美
Yangh hoik　samp maenl jav　jiul　mix kgeev muih
jaŋ³³ hoi⁴⁵³ sam³⁵ mɐn⁵⁵ ȶa⁵³ ȶiu⁵⁵ mi³¹ qʰe⁵³ mui³³
若　快　三　天　那　我　未　嫁　女
若你早来三天女儿未许配，

闷　怒　过　水　帅　克　马　家　郎
Maenl nyungl gobs　xuix saip gkeel Max kgal langc
mɐn⁵⁵ ȵuŋ⁵⁵ kop³²³ ɕui³¹ sai³⁵ qe⁵⁵ ma³¹ qʰa⁵⁵ laŋ²¹²
天　昨　刚　许　给　别人　马　家　郎
昨天刚刚许给马家郎。

---
① 表兄，在这里是山伯母亲对英台父亲的称呼。侗族习俗同辈姻亲都称为表兄表弟，或表姐表妹。

金	千	银	吊	接	当	明	百	块
Jeml	sinp	nyaenc	dieeuv	sibs	daengl	mieengc	begs	kuaik
ȶəm⁵⁵	sin³⁵	nɛn²¹²	tieu⁵³	sip³²³	tɐŋ⁵⁵	mjeŋ²¹²	pək³²³	kwai⁴⁵³
金	钱	银	吊	接	了	几	百	快

金银彩礼接了几百块,

能	腊	独	生	鸭	鸡	一	加	己	样	项
Naengl	lagx	duc	xeengp	bedl	kgaiv	il	jav	jix	yangl	hangc
nɐŋ⁵⁵	lak³¹	tu²¹²	ɕen³⁵	pət⁵⁵	qʰai⁵³	i⁵⁵	ȶa⁵³	ȶi³¹	jaŋ⁵⁵	haŋ²¹²
还	仔	个	牲	鸭	鸡	一	那	几	样	行

还有鸡鸭牲口样样全。

五十六

英	台	担	报
Yenh	Taic	tant	baov
jən³³	tʰai²¹²	tʰan¹³	pau⁵³
英	台	说	道

英台说:

才	虽	如	尧	等	泪	三	年	半
Jaix	siip	loux	yaoc	gas	lis	samp	nyinc	banv
ȶai³¹	sii³⁵	ləu³¹³	jau²¹²	ka³²³	li³²³	sam³⁵	ɲin²¹²	pan⁵³
兄	是	哄	我	等	得	三	年	半

梁兄害我等了三年半,

乃	尧	等	打	三	堂	腊	汗
Naih	yaoc	gas	dah	samp	dangc	lagx	hangk
nai³³	jau²¹²	ka³²³	ta³³	san³⁵	taŋ²¹²	lak³¹	han⁴⁵³
现	我	等	过	三	堂	仔	汉

错过几班罗汉①,

加	尧	补	国	亮
Jav	yaoc	buh	gueec	liangp
ȶa⁵³	jau²¹²	pu³³	kwe²¹²	ljaŋ³⁵
那	我	也	不	恋

我也不改恋。

---

① 罗汉:男性青年。

五十七

奶　卯　山　伯　担　报
Neix maoh Sanh Beec tant baov
nəi³¹ mau³³ san³³ pe²¹² tʰan¹³ pau⁵³
母　他　山　伯　说　道
山伯母亲说：

淆　刚　立　乃　加　吊　歹　要　哭
Xaop kgangs lix naih jav jiul daih yuv nees
ɕau³⁵ qʰaŋ³²³ li³¹ nai³³ ʈa⁵³ ʈiu⁵⁵ tai³³ ju⁵³ ne³²³
你　讲　话　这　那　我　真　要　哭
你说此话那我真想哭，

腊　吊　帅　呆　加　吊　白　哑　亮
Lagx jiul sais ees jav jiul beec yah liangp
lak³¹ ʈiu⁵⁵ sai³²³ e³²³ ʈa⁵³ ʈiu⁵⁵ pe²¹² ja³³ ljan³⁵
仔　我　肠　愚　那　我　白　白　恋
吾儿愚钝让我们单爱你姣娘。

乃　卯　病　卡　连　床
Naih maoh kgids kgaos ngimc xangc
nai³³ mau³³ qʰit³²³ qau³²³ ŋim²¹² ɕaŋ²¹²
现　他　痛　头　卧　床
现他卧病在床，

效　卯　郎　哑　岁
Yaot maoh langc yah siit
jau¹³ mau³³ laŋ²¹² ja³³ sii¹³
怕　他　郎　也　死
怕他活不久，

去　病　介　岺
Qit biingh kgeis jenc
tʰi¹³ pjiŋ³³ qʰəi³²³ ʈən²¹²
起　病　不　起
得病不起。

效　恩　拜　卡　坟　母　双
Yaot eengv bail kgax wenc muh sangc
jau¹³ eŋ⁵³ pai⁵⁵ qa³¹ wən²¹² mu³³ saŋ²¹²
怕　只　去　那　坟　墓　葬
只怕去那坟墓藏。

五十八

英　台　担　报
Yenh Tanc tant baov
jən³³ tʰan²¹² tʰan¹³ pau⁵³
英　台　说　道
英台说：

怒　才　介　来
Nuv jaix kgeis lail
nu⁵³ ʨai³¹ qʰəi³²³ lai⁵⁵
看　兄　不　好
梁兄不好，

尧　又　列　腊　十　项　药　来
Yaoc yuv lebc lagx xebc hangc ems lail
jau²¹² ju⁵³ ləp²¹² lak³¹ ɕəp²¹² haŋ²¹² əm³²³ lai⁵⁵
我　要　告诉　子　十　种　药　好
我告诉你十样好药。

要　效　你　劳　难　宁
Yaot xaop nyac laox nanc nyenh
jau¹³ ɕau³⁵ ɲa²¹² lau³¹ nan²¹² ȵən³³
怕　你　你　老　难　记
怕你老难记，

介　夯　岑　井　枚　菜　忙
Kgeis jangs jenc jemh meix mal mangc
kəi³²³ ʨaŋ³²³ ʦən²¹² ʦəm³³ məi³¹ ma⁵⁵ maŋ²¹²
不　是　山　岭　树　菜　什么
此药不是草药长在山野上，

刚　　项　　第　　一
Kgangs hangc jih edl
kaŋ³²³　haŋ²¹²　ȶi³³　ət⁵⁵
讲　　行　　第　　一
讲到第一，

下　拝　底　海　对　正　保　龙　藤　独　脱
Luih bail dingv heit deis sedl baos liongc daengc duc tongk
lui³³　pai⁵⁵　tiŋ⁵³　həi¹³　təi³²³　sət⁵⁵　pau³²³　ljoŋ²¹²　tɐŋ²¹²　tu²¹²　tʰon⁴⁵³
下　去　底　海　拿　尾　角　龙　整　只　蜕
下到海底拿到一身龙皮蜕。

列　　项　　地　　你　　枚　　龙　　王
Lebc hangc jih nyih meix liongc wangc
ləp²¹²　haŋ²¹²　ȶi³³　ȵi³³　məi³¹　ljoŋ²¹²　waŋ²¹²
说　　行　　第　　二　　母　　龙　　王
第二得到母龙王。

列　　项　　地　　三
Lebc hangc jih samp
ləp²¹²　haŋ²¹²　ȶi³³　sam³⁵
说　　行　　第　　三
讲到第三，

落　拝　务　闷　讨　嫩　心　萨　雷
Dogc bail ul menl aol naenl semp Sax Bias
tok²¹²　pai⁵⁵　u⁵⁵　mən⁵⁵　au⁵⁵　nɐn⁵⁵　səm³⁵　sa³¹　pja³²³
独　去　上天　取　那　心　婆　雷
去到天上取颗雷婆心，

吉　要　杀　卯　加　合　救　克　郎
Jegl yuv sat maoh jav habp juv gkeep langc
ȶək⁵⁵　ju⁵³　sa¹³　mau³³　ȶa⁵³　hap³⁵　ȶu⁵³　qe³⁵　laŋ²¹²
定　要　杀　它　那　才　救　他　郎
定要杀它那才救得郎。

列　　项　　地　　四　　要　　卯　　记　　龙　　羊
Lebc hangc jih siik yuv maoh geiv liongc liees
ləp²¹² haŋ²¹² ȶi³³ sii⁴⁵³ ju⁵³ mao³³ kəi⁵³ ljoŋ²¹² lje³²³
说　　行　　第　　四　　要　　它　　蛋　　龙　　羊
第四样要颗羊龙蛋，

兰　　本　　花　　借　　门　　加　　讨　　替　　项
Lamc benh wap jees maenl jav aol qik hangc
lam²¹² pən³³ wa³⁵ ȶe³²³ mɯn⁵⁵ ȶa⁵³ au⁵⁵ ȶi⁴⁵³ haŋ²¹²
忘记　本　花　缺　种　那　拿　替　行
缺少这样难替当①。

列　　项　　地　　五
Lebc hangc jih ngox
ləp²¹² haŋ²¹² ȶi³³ ŋo³¹
说　　行　　第　　五
讲到第五，

下　　拜　　万　　丈　　哈　　海　　介　　怒　　底
Luih bail weenh xangh hak heit kgeis nuv dingv
lui³³ pai⁵⁵ wen³³ ɕaŋ³³ ha⁴⁵³ həi¹³ qʰəi³²³ nu⁵³ tiŋ⁵³
下　　去　　万　　丈　　河　　海　　不　　见　　底
潜入万丈深海不见底，

吉　　要　　水　　冷　　令　　令
Jegl yuv naemx liagp gingv gingv
ȶək⁵⁵ ju⁵⁵ nɯm³¹ ljak³⁵ kiŋ⁵³ kiŋ⁵³
定　　要　　水　　冷　　冽　　冽
定要冷水冰冰，

鸟　　卡　　底　　各　　项
Nyaoh kgax dingv kgags hangp
ȵau³³ qʰa³¹ tiŋ⁵³ qʰak³²³ haŋ³⁵
在　　那　　底　　别　　样
在那海底各一方。

---

① 替当：其他东西不能代替。

列　项　地六
Lebc hangc jih liogc
ləp²¹² haŋ²¹² ȶi³³ ljok²¹²
说　行　第六
讲到第六，

落　拜　务　闷　讨　嫩　心　人　丹
Dogl bail ul menl aol naenl semp lenc danh
tok⁵⁵ pai⁵⁵ u⁵⁵ mən⁵⁵ au⁵⁵ nɐn⁵⁵ səm³⁵ lən²¹² tan³³
独　去　上　天　取　颗　心　人　丹
单去天上要颗人丹心，

内　没　千　年　介　烂
Kgaox meec sinp nyinc kgeis lanh
kau³¹ me²¹² sin³⁵ ȵin²¹² qʰəi³²³ lan³³
内　有　千　年　不　烂
千年不烂，

加　合　救　克　郎
Jav habp juv gkeep langc
ȶa⁵³ hap³⁵ ȶu⁵³ qe³⁵ laŋ²¹²
那　才　救　他　郎
那才救他郎。

列　项　第七
Lebc hangc jih sedp
ləp²¹² haŋ²¹² ȶi³³ sət³⁵
说　行　第七
讲到第七，

打　拜　大　弄　六　少
Dah bail dav longl Liogc Saov
ta³³ pai⁵⁵ ta⁵³ loŋ⁵⁵ ljok²¹² sau⁵³
过　去　山　深　六　少
去到"六少"①深山，

———
① "六少"——侗族地区山名。

杀　独　蛇　怪　倒
Sat　duc　xac　guaiv　daoh
sa¹³　tu²¹²　ɕa²¹²　kwai⁵³　tau³³
杀　个　蛇　怪　道
杀条老蛇怪，

吉　要　砍　嫩　告　　卯　　加　合　救　克　郎
Jegl　juv　dadl　naenl　gaos　maoh　jav　habp　juv　gkeep　langc
tək⁵⁵　tu⁵³　tat⁵⁵　nɐn⁵⁵　kau³²³　mau³³　ta⁵³　hap³⁵　tu⁵³　qe³⁵　laŋ²¹²
定　要　砍　个　头　它　那　才　救　他　郎
定要砍下蛇头那才救得郎。

列　　项　　第　八
Lebc　hangc　jih　beds
ləp²¹²　haŋ²¹²　ti³³　pət³²³
讲　　行　　第　八
讲第八样，

奶　裳　胞　衣　闷　　加　一　养　项
Neix　sangx　baol　yil　maenl　jav　il　yangh　hangc
nəi³¹　saŋ³¹　pau⁵⁵　ji⁵⁵　mɐn⁵⁵　ta⁵³　i⁵⁵　jaŋ³³　haŋ²¹²
母　养　胞　衣　时　那　一　样　行
胎儿胞衣那也是一样。

列　　项　　第　九
Lebc　hangc　jih　jus
ləp²¹²　haŋ²¹²　ti³³　tu³²³
讲　　行　　第　九
讲第九样，

要　拝　务　闷　讨　嫩　中　　水　属　日　生
Yuv　bail　ul　menl　aol　naenl　jongl　naemx　sux　ric　senh
ju⁵³　pai⁵⁵　u⁵⁵　mən⁵⁵　au⁵⁵　nɐn⁵⁵　toŋ⁵⁵　nɐm³¹　su³¹　ri²¹²　sən³³
要　去　上　天　取　那　碗　水　丑　日　生
要去天上拿到一碗丑日水①。

----
①　丑日水：天上的仙水，吃后可长生不老。

效 劳 难 宁 己 样 项
Yaot laox kgeis nyenh jih yangl hangc
jau¹³ lau³¹ qəi³²³ ɲən³³ ʈi³³ jaŋ⁵⁵ haŋ²¹²
怕 老 不 记 几 样 行
怕你老难记几多样。

列 项 第 十
Lebc hangc jih xebc
ləp²¹² haŋ²¹² ʈi³³ ɕəp²¹²
说 行 第 十
讲到第十，

怒 才 介 来
Nuv jaix kgeis lail
nu⁵³ ʈai³¹ qʰəi³²³ lai⁵⁵
若 兄 不 好
若兄不好，

台 拜 东 门 大 路 务 坤 双
Deic bail dongl menc dal lul ul kuenp sangv
təi²¹² pai⁵⁵ toŋ⁵⁵ mən²¹² ta⁵⁵ lu⁵⁵ u⁵⁵ kwən³⁵ saŋ⁵³
拿 去 东 门 大 路 上 路 葬
拿去东门大路坎上葬，

岑 加 来 养 好 面 场
Jenc jav lail yagc haoh mieenl cangc
ʈən²¹² ʈa⁵³ lai⁵⁵ jak²¹² hau³³ mjen⁵⁵ tsʰaŋ²¹²
山 那 好 看 好 面 场
那山清水秀风水旺。

五十九
奶 克 山 伯 郎 骂 透 言
Neix gkeep Sanh Beec langx map touk yanc
nəi³¹ qe³⁵ san³³ pe²¹² laŋ³ ma³⁵ tʰəu⁴⁵³ jan²¹²
母 他 山 伯 刚 来 到 家
梁母刚刚把家还，

泪　卯　山　伯　干　问　在
Lis　maoh Sanh Beec kganl haemk jais
li³²³　mau³³　san³³　pe²¹²　qʰan⁵⁵　hɐm⁴⁵³　tai³²³
有　他　山　伯　赶　寻　问
山伯马上问长短：

你　奶　拜　透　五　美　蝉　寨
Nyac neix bail touk Ngox Meix samp xaih
ɲa²¹²　nəi³¹　pai⁵⁵　tʰəu⁴⁵²　ŋo³¹　məi³¹　sam³⁵　ɕai³³
你　母亲　去　到　五　美　蝉　寨
母亲去到五美蝉寨，

忙　介　在　培　祝　英
Mangc kgeis xais beix Sut Yenh
maŋ²¹²　qʰəi³²³　ɕai³²³　pəi³¹　su¹³　jən³³
怎么　不　问　姑娘　祝　英
为何不带祝英

一　加　骂　透　言
il jav map touk yanc
i⁵⁵　ta⁵³　ma³⁵　tʰəu⁴⁵³　jan²¹²
一　起　来　到　家
一起来到咱们家？

六十
奶　克　山　伯　担　报
Neix gkeep Sanh Beec tant baov
nəi³¹　qe³⁵　san³³　pe²¹²　tʰan¹³　pau⁵³
母　别　山　伯　说　道
山伯母亲回答道：

养　刀　快　拜　三　闷　加　刀　接　泪　美
Yangh daol hoik bail samp maenl jav daol sibs lis muih
jaŋ³³　tau⁵⁵　hoi⁴⁵³　pai⁵⁵　sam³⁵　mɐn⁵⁵　ta⁵³　tau⁵⁵　sip³²³　li³²³　mui³³
若　咱　快　去　三　天　那　咱　接　得　女
若是我们早去三日接得妹，

闷　如　过　水　帅　克　马　家　郎
Maenl nyungl gobs xuix saip gkeep Max kgal langc
mɛn⁵⁵ ȵuŋ⁵⁵ kop³²³ ɕui³¹ sai³⁵ qe³⁵ ma³¹ qʰa⁵⁵ laŋ²¹²
天　昨　刚　许　给　别　马　家　郎
昨日她配马家郎。

六十一
山　伯　担　报
Sanh Beec tant baov
san³³ pe²¹² tʰan¹³ pau⁵³
山　伯　说　道
山伯说：

哈　乃　淆　奶　又　刚　介　泪
Hap naih xaop neix yuh kgangs kgeis lis
ha³⁵ nai³³ ɕau³⁵ nəi³¹ ju³³ qʰaŋ³² qʰəi³²³ li³²³
下　这　你　母亲　又　讲　不　得
如今娶不到她，

加　吊　弟　难　鸟
Jav jiul jis nanc nyaoh
ta⁵³ ʈiu⁵⁵ ʈi³²³ nan²¹² ȵau³³
那　我　点　难　活
那我难活命，

乃　吊　帅　龙　朋　保
Naih jiul sais longc bongc baoh
nai³³ ʈiu⁵⁵ sai³²³ loŋ²¹² poŋ²¹² pau³³
现　我　肠　肚　捣　乱
今我心中伤痛，

笨　恶　鸟　介　久
Bens wox nyaoh kgeis jaengl
pən³²³ wo³¹ ȵau³³ qəi³²³ ʈɐŋ⁵⁵
就　知道　活　不　长
知道命不长。

六十二

奶　卯　山伯　担　报
Neix maih Sanh Beec tant　baov
nəi³¹ mai³³ san³³ pe²¹² tʰan¹³ pau⁵³
母亲 他　山伯　说　道
山伯母亲说：

乃　刀　勿　腊　杨　梅
Naih daol weex lagx yangc muic
nai³³ tau⁵⁵ we³¹ lak³¹ jaŋ²¹² mui²¹²
现　我们　做　株　杨　梅
如今我们成杨梅老树，

吃　树　美　介　义
Jil sup muis kgeis qak
tɕi⁵⁵ su³⁵ mui³²³ qʰəi³²³ tʰa⁵⁵
吃　青　妹　　不　上
果青妹妹不上树讨，

克　　拜　马　家
Gkeep bail Max kgal
kʰe³⁵ pai⁵⁵ ma³¹ qʰa⁵⁵
她　　去　马　家
嫁去马家，

苟　己　没　列　禾　满　仓
Kgoux jil meec lieeux wac monx sangp
qʰəu³¹ tɕi⁵⁵ me²¹² ljeu³¹ wa²¹² mon³¹ saŋ³⁵
饭　吃　不　完　禾　满　仓
饭吃不完禾满仓。

刀　介　泪　卯　补　西　羊
Daol kgeis lis maoh buh siip yangx
tau⁵⁵ qʰəi³²³ li³²³ mau³³ pu³³ sii³⁵ jaŋ³¹
咱　不　得　她　就　死　了
咱得不到她就算了，

乃 刀 内 龙 必 想
Naih daol kgaox longc bix xangk
nai³³ tau⁵⁵ qʰau³¹ loŋ²¹² pi³¹ ɕaŋ⁴⁵³
这 咱 内 肚 不 想
断了念想，

你 动 来 拜 里 文 章
Nyac dogc lail bail liix wenc zangl
n̠a²¹² tok²¹² lai⁵⁵ pai⁵⁵ lji³¹ wən²¹² tsan⁵⁵
你 独 好 去 理 文 章
你就好好做文章。

六十三

山 伯 担 报
Sanh Beec tant baov
san³³ pe²¹² tʰan¹³ pau⁵³
山 伯 说 道
山伯说：

介 泪 夫 妻 宁 言 吊 骂
Kgeis lis huh siip nyenc yanc jiul map
kəi³²³ li³²³ hu³³ sii³⁵ n̠ən²¹² jan²¹² tɕiu⁵⁵ ma³⁵
不 得 夫 妻 人 家 我 来
不得英台结亲共屋，

加 吊 一 年 一 月 一 闷 一 昔
Jiav jiul il nyinc il nyanl il maenl il xic
tɕia⁵³ tɕiu⁵⁵ i⁵⁵ n̠in²¹² i⁵⁵ n̠an⁵⁵ i⁵⁵ mɯn⁵⁵ i⁵⁵ ɕi²¹²
那 我 一 年 一 月 一 天 一 时
那我一年一月一日一时

尧 都 弟 难 鸟
Yaoc duh jis nanc nyaoh
jau²¹² tu³³ ʨi³²³ nan²¹² n̠au³³
我 都 几 难 活
都难活，

你　奶　百　挂　　分　　倒
Nyac neix beec kguags wenp daoh
na²¹² nəi³¹ pe²¹² qʰwak³²³ wən³⁵ tau³³
你　母亲　白　自　　成　道
母亲白育成人，

补　娘　　怕　帅　艮
Buh nyaengc pak sais yenc
pu³ ɲɐŋ²¹² pʰa⁴⁵³ sai³²³ jən²¹²
也　真　　破　肠　很
真是很悲伤。

乃　尧　　管　　言　介　泪
Naih yaoc guonx yanc kgeis lis
nai³³ jau²¹² kwon³¹ jan²¹² qʰəi³²³ li³²³
现　我　　管　　家　不　得
今我当家难成，

斥　恶　日　头　板
Xah wox nyebc douc banh
ça³³ wo³¹ ɲəp²¹² təu²¹² pan³³
知　道　日　头　斜
知道日西斜，

千　担　牙　边　　白　乃　散　帅　辛
Sinp dabs yav bianv xah wox sangk saip senl
sin³⁵ tap³²³ ja⁵³ pjan⁵³ ça³³ wo³¹ san⁴⁵³ sai³⁵ sən⁵⁵
千　担　田　坝　才　知　散　给　村
千担坝田就此散给村。

六十四
劳　宁　寻　药　　补　介　泪
Laox nyenc semh ems buh kgeis lis
lau³¹ ɲən²¹² səm³³ əm³²³ pu³³ qʰəi³²³ li³²³
老　人　寻　药　也　不　得
老人寻药寻不到，

乃　克　梁　山　压　岑
Naih gkeep Liangc Sanh yah jenc
nai³³ qe³⁵ ljaŋ²¹² san³³ ja³³ tən²¹²
这　他　梁　山　压　山
如今山伯死去，

拜　卡　得　南　双
Bail kgax dees nanh sangc
pai⁵⁵ qʰa³¹ te³²³ nan³³ saŋ²¹²
去　那　下　泥　葬
去那地底葬。

梁　山　哑　斤　死　拜　加　克　娘　斤
Liangc Sanh yah jenc deil bail jav gkeep nyaengc jens
ljaŋ²¹² san³³ ja³³ tən²¹² təi⁵⁵ pai⁵⁵ ȶa⁵³ qe³⁵ ȵeŋ²¹² tən³²³
梁　山　压　山　死　去　那　她　真　真
山伯死去他们真的拿去

台　拜　东　门　大　路　务　坤　双
deic bail dongl menc dal lul ul kuenp sangv
təi²¹² pai⁵⁵ toŋ⁵⁵ mən²¹² ta⁵⁵ lu⁵⁵ u⁵⁵ kwən³⁵ saŋ⁵³
拿　去　东　门　大　路　上　路　葬
东门大路坎上葬，

岑　仙　来　养　好　面　场
Jenc xeenp lail yagc haox mieenl sangc
tən²¹² ɕen³⁵ lai⁵⁵ jak²¹² hau³¹ mjen⁵⁵ saŋ²¹²
坡　山　好　看　好　面　场
此山清秀好风光。

打　泪　闷　仁　马　家　接　亲
Dah lis maenl lenc Max kgal sibs tenp
ta³³ li³²³ mɐn⁵⁵ lən²¹² ma³¹ qʰa⁵⁵ sip³²³ tʰən³⁵
过　得　天　后　马　家　接　亲
不久马家接亲，

加　　克　　笨　　娘　　灿　　条　　坤　　九　　中
Jav gkeep bens nyaengc qamt jiuc kuenp jus jongv
ȶa⁵³ qe³⁵ pən³²³ ɲeŋ²¹² tʰam¹³ ȶiu²¹² kwən³⁵ ȶu³²³ ȶoŋ⁵³
那　他　也　真　　走　条　路　久　相
他们真走那条情人路，

抬　　透　　　给　　坟　　梁　　　山
Jungl touk geel wenc Liangc Sanh
ȶuŋ⁵⁵ tʰəu⁴⁵³ ke⁵⁵ wən²¹² ljaŋ²¹² san³³
抬　到　边　坟　梁　山
轿到山伯坟边，

泪　　卯　　祝　英　加　　笨　　　登　　帅　　亮
Lis maoh Sut Yenh jav bens daengc saip liangp
li³²³ mau³³ su¹³ jən³³ ȶa⁵³ pən³²³ təŋ²¹² sai³⁵ ljaŋ³⁵
那　她　祝　英　那　本　　整　　肠　想
英台思念断肝肠。

六十五

英　　台　　担　　报
Yenh Taic tant baov
jən³³ tʰai²¹² tʰan¹³ pau⁵³
英　台　说　道
英台说：

乃　　涛　　地　　闷　　抬　　　卡　　务　沙
Naih xaop dih maenl jungl kgax ul sap
nai³³ ɕau³⁵ ti³³ mɯn⁵⁵ ȶuŋ⁵⁵ qʰa³¹ u⁵⁵ sa³⁵
这　你们　整　天　　抬　在　上　肩
你们一直抬着花轿，

吊　　笨　　郎　　听　　亚　　沙
Jiul bens laengx qingk yagc sac
ȶiu⁵⁵ pən³²³ lɯŋ³¹ tʰiŋ⁴⁵³ jak²¹² sa²¹²
我　很　真　觉　可　怜
我真的可怜过不去，

浿　才　娘　听　而
Xaop jaix nyaengc qingk neev
ɕau³¹ ʨai³¹ ȵɛŋ²¹² tʰiŋ⁴⁵³ ne⁵³
你们 哥哥 真　感觉 辛苦
感谢你们真辛苦，

刀　透　给 乃 哑 夯　沙 一 店
Daol touk geel naih yah jangs sav il dinl
tau⁵⁵ tʰəu⁴⁵³ ke⁵⁵ nai³³ ja³³ ʨaŋ³²³ sa⁵³ i⁵⁵ tin⁵⁵
咱 到　处 这 那 要　歇 一 脚
来到此处大家不如歇一脚。

仁　克　松　卯　英　台　落　地
Lenc gkeep songk maoh Yenh Taic dogl dih
lən²¹² qe³⁵ soŋ⁴⁵³ mau³³ jən³³ tʰai¹³ tok⁵⁵ ti³³
后　他们　放　她　英　台　落　地
轿夫停轿英台下，

卯　郎　忙　己　应　香　忙　应　计
Maoh laengx mangv jih yenl yangp mangv yenl jis
mau³³ lɛŋ³¹ maŋ⁵³ ʨi³³ jən⁵⁵ jaŋ³⁵ maŋ⁵³ jən⁵⁵ li³²³
她　立即　边　是　拿　香　边　拿　纸
拿香拿纸

拜　透　给　坟　梁　兄
Bail touk geel wenc Liangc xongh
pai⁵⁵ tʰəu⁴⁵³ ke⁵⁵ wən²¹² ljaŋ²¹² ɕoŋ³³
去　到　边　坟　梁　兄
来到梁兄坟前，

公　香　到　计　卯　笨　哭　主　情
Gongl yangp daos jis maoh bens nees juh singc
koŋ⁵⁵ jaŋ³⁵ tau³²³ ʨi³²³ mau³³ pən³²³ ne³²³ ʨu³³ sin²¹²
供　香　烧　纸　她　就　哭　旧　情
焚香烧纸哭情郎。

六十六

英　台　担　报
Yenh Taic　tant　baov
jən³³　tʰai²¹²　tʰan¹³　pau⁵³
英　台　说　道
英台说：

怒报　涍　才　听　亮
Nuv baov　xaop　jaix　qingk　liangp
nu⁵³ pau⁵³　ɕau³⁵　tɕai³¹　tiŋ⁴⁵³　ljaŋ³⁵
若　说　你　兄　听　恋
若你兄台爱恋，

涍　又　看　忙　乃
Xaop　xuh　heengk　mangv　naih
ɕau³⁵　ɕu³³　heŋ⁴⁵³　maŋ⁵³　nai³³
你　就　望　边　这
劝你看前方，

怒　报　恩　拝　牙　崽
Nuv baov　eengv　bail　yac　xaih
nu⁵³　pau⁵³　eŋ⁵³　pai⁵⁵　ja²¹²　ɕai³³
若　说　再　走　两　寨
若再走过两寨，

笨　郎　分　闷　埋　克　马　家　郎
Bens　laengx　wenp　maenv　maix　gkeep　Max　kgal　langc
pən³²³　leŋ³¹　wən³⁵　mɐn⁵³　mai³¹　qe³⁵　ma³¹　qʰa⁵⁵　laŋ²¹²
就　立即　成　个　妻　别　马　家　郎
即成人妻马家郎。

怒　你　梁　山　有　情　有　义
Nuv nyac　Liangc Sanh　youx　qenc　youx　yil
nu⁵³　ɲa²¹²　ljaŋ²¹²　san³³　jəu³¹　tʰən⁶¹²　jəu³¹　ji⁵⁵
若　你　梁　山　有　情　有　义
若你山伯有情义，

尧 在 消 才 开 坟 母
Yaox xais xaop jaix gkeip wenc muh
jau³¹ ɕai³²³ ɕau³⁵ tai³¹ qəi³⁵ wən²¹² mu³³
我 问 你 兄 开 坟 墓
请你梁兄开坟墓。

怒 消 无 情 无 义
Nuv xaop wuc qenc wuc yil
nu⁵³ ɕau³⁵ wu²¹² tʰən²¹² wu²¹² ji⁵⁵
若 你 无 情 无 义
若你无情无义，

吊 拜 马 家 郎
Jiul bail Max kgal langc
tiu⁵⁵ pai⁵⁵ ma³¹ qʰa⁵⁵ laŋ²¹²
我 去 马 家 郎
我嫁马家郎。

怒 你 才 吊 梁 囵 你 鸟 忙 阴
Nuv nyac jaix jiul Liangc xongh nyac nyaoh mangv yeml
nu⁵³ ɲa²¹² tai³¹ tiu⁵⁵ ljaŋ²¹² ɕoŋ³³ ɲa²¹² ɳau³³ maŋ⁵³ jəm⁵⁵
若 你 兄 我 梁 兄 你 在 边 阴
若你梁兄在那阴间，

你 补 卡 泪 听
Nyac buh kap lis qingk
ɳa²¹² pu³³ kʰa³⁵ li³²³ tiŋ⁴⁵³
你 也 耳 得 听
耳朵能听见，

怒 消 又 项 开 坟 列 母
Nuv xaop yuh haengt gkeip wenc lav muh
nu⁵³ ɕau³⁵ ju³³ hɐŋ¹³ qəi³⁵ wən²¹² la⁵³ mu³³
若 你 又 肯 开 坟 破 墓
若你愿意裂坟开墓，

尧 补 项 拝 斗 忙 阳
Yaoc buh haengt bail douv mangv yangc
jau²¹² pu³³ hɐŋ¹³ pai⁵⁵ təu⁵³ maŋ⁵³ jaŋ²¹²
我 也 愿 去 留 边 阳
我弃阳间跟你郎。

六十七

山 伯 鸟 内 忙 阴
Sangh Beec nyaoh kgaox mangv yeml
saŋ³³ pe²¹² ȵau³³ qʰau³¹ maŋ⁵³ jəm⁵⁵
山 伯 在 内 边 阴
山伯在那阴间,

加 泪 心 仙 汝
Jav lis semp xedt luh
ta⁵³ li³²³ səm³⁵ ɕət¹³ lu³³
那 得 早 全 路
早已心花放,

加 笨 开 坟 列 母
Jav bens gkeip wenc lav muh
ta⁵³ pən³²³ qəi³⁵ wən²¹² la⁵³ mu³³
那 真 开 坟 破 墓
真的裂坟开墓,

牙 克 转 进 得 南 平
Yac gkeep jonv laos dees nanh biingc
ja²¹² qe³⁵ ton⁵⁵ lau³²³ te³²³ nan³³ pjiŋ²¹²
两 他 转 进 下 土 平
他俩同进土里藏。

泪 卯 马 家 介 泪 埋 来
Lis maoh Max kgal kgeis lis maix lail
li³²³ mau³³ ma³¹ qʰa⁵⁵ qʰəi³²³ li³²³ mai³¹ lai⁵⁵
得 他 马 家 不 得 妻 好
丢他马家无妻

加 卯 台 叫 美
Jav maoh deic jeeuh mih
ʨa⁵³ mau³³ təi²¹² ʨeu³³ mi³³
那 他 抬 轿 空
抬空轿，

加 卯 告 透 皇 帝 关 口
Jav maoh kgaov touk Wangc Div guans ebl
ʨa⁵³ mau³³ qʰau⁵³ tʰəu⁴⁵³ waŋ²¹² ti⁵³ kwan³²³ əp⁵⁵
那 他 告 到 皇 帝 管 嘴
告到京城皇帝开口，

在 害 白 领 先 怒
Xais Taik Begx Jenc Xeenp nup
ɕai³²³ tʰai⁴⁵³ pək³¹ ʨən²¹² ɕen³⁵ nu³⁵
问 太 白 金 星 哪
请那太白金星，

勿 泪 嫩 药 忙 骂 比
Weex lis naenl yoc mangc map biix
we³¹ li³²³ nɐn⁵⁵ jo²¹² maŋ²¹² ma³⁵ pji³¹
做 得 个 药 什么 来 点
炼得丹药来，

泪 培 祝 英 泪 卯 转 主 情
Lis beix Yenh Taic lis maoh jonv juh singc
li³²³ pəi³¹ ʨən³³ tʰai²¹² li³²³ mau³³ ton⁵³ ʨu⁵³ siŋ²¹²
得 女 英 台 得 她 转 久 情
让祝英妹还阳。

六十八
皇 帝 辛 报
Wangc Div senp baov
waŋ²¹² ti⁵³ sən³⁵ pau⁵³
皇 帝 说 道
皇帝说：

乃 你 马 家 斗 埋 介 泪
Naih nyac Max kgal douv maix kgeis lis
nai³³ ȵa²¹² ma³¹ qʰa⁵⁵ təu⁵³ mai³¹ qʰəi³²³ li³²³
现你马家留妻不得
如今你马家娶不到妻,

你 当 告 吊
Nyac daengl kgaov jiul
ȵa²¹² tɐŋ⁵⁵ qʰau⁵³ ʨiu⁵⁵
你 来 告 我
前来告御状。

吊 补 介 我 一 怒 报
Jiul buh kgeis wox il nup baov
ʨiu⁵⁵ pu³³ qʰəi³²³ wo³¹ i⁵⁵ nu³⁵ pau⁵³
我 也 不 知 怎 么 说
我也不知如何判,

你 笨 亮 卯 受 作 挖 坟
Nyac bens liangp maoh xuh jonv wedt wenc
ȵa²¹² pən³²³ ljaŋ³⁵ mau³³ ɕu³³ ton⁵³ wət¹³ wən²¹²
你 若 恋 她 就 转 挖 坟
你若爱她自去挖坟场。

马 家 病 帅 万 坟 母
Max kgal kgids sais weds wenc muh
ma³¹ qʰa⁵⁵ qʰit³²³ sai³²³ wət²¹² wən²¹² mu³³
马 家 痛 肠 挖 坟 墓
马家痛心挖坟墓,

开 坟 万 母
Gkeip wenc weds muh
qʰəi³⁵ wən²¹² wət³²³ mu³³
开 坟 挖 墓
开坟挖墓,

仁	卯	英	台	坤	克	梁	山
Lenc	maoh	Yenh	Taic	kuenp	gkeep	Liangc	Sanh
lən²¹²	mau³³	jən³³	tʰai²¹²	kwən³⁵	qʰe³⁵	ljaŋ²¹²	san³³
后	她	英	台	跟	她	梁	山

只见英台跟那山伯

变	分	鸳	鸯	来	娄	勿	一	勾	笨	胖
Biinv	wenp	yenl	yangl	lail	louh	weex	il	gouv	bens	pangp
pjin⁵³	wən³⁵	jən⁵⁵	jaŋ⁵⁵	lai⁵⁵	ləu³³	we³¹	i⁵⁵	kəu⁵³	pən³²³	paŋ³⁵
变	成	鸳	鸯	好	看	做	一	对	飞	高

变成美丽鸳鸯一对飞天上。

有	林	有	义	开	坟	墓
Youx	lienc	youx	yil	kaip	fenc	mul
jəu³¹	ljən²¹²	jəu³¹	ji⁵⁵	kʰai³⁵	fən²¹²	mu⁵⁵
有	灵	有	义	开	坟	墓

有情有义开坟墓,

无	林	无	义	马	家	郎
Wuc	lienc	wuc	yil	Max	jah	langc
wu²¹²	ljən²¹²	wu²¹²	ji⁵⁵	ma³¹	ʈa³³	laŋ²¹²
无	灵	无	义	马	家	郎

无情无义马家郎。

从前有位姑娘
Unv Lis Beix Jav

流传地：贵州省榕江县车江地区
汉字记侗音抄本：向廷辉
侗文：陈昌碧
记录翻译：张　勇
整理：龙耀宏

凡　 凡　 送　 下
Wanp wanp xongl kap
wan³⁵ wan³⁵ ɕoŋ⁵⁵ kha³⁵
慢　 慢　 装　 耳
静静地听，

尧　 多　 美　 架　 头　 到　 听
Yaoc dos　meix　al　 douc daol qingk
jau¹¹ to³²³ məi³¹ ʔa⁵⁵ təu¹¹ tau⁵⁵ tɕhiŋ⁴⁵³
我　 唱　 首　 歌　 给　 咱　 听
我唱首歌给大家听，

正　 下　 胎　 音　 听　 义　 吕　 旧　 良
Xegl kap　daih nguingh qingk nyil lix jiul liangc
ɕək⁵⁵ kha³⁵ tai³³ ŋwiŋ³³ tɕhiŋ⁴⁵³ n̪i⁵⁵ li³¹ tɕiu⁵⁵ ljaŋ¹¹
侧　 耳　 很　 静　 听　 点　 语　 我　 量
侧耳无声听我琵琶弹。

贯　 力　 卑　 架
Unx　 lis　 beix　jav
ʔun³¹ li³²³ pəi³¹ ʈa⁵³
从前　 得　 女　 那
从前有个姑娘，

宁　 去　 不　 光　 哉　 不　 江
Nyenc xik　buh　guangl Sais　buh jangh
n̪ən¹¹ ɕi⁴⁵³ pu³³ kwaŋ⁵⁵ sai³²³ pu³³ ʈaŋ³
人　 是　 很　 光　 肠　 很　 强
人很聪明心灵巧，

又　 败　 红　 秀　 介　 香　 朵　 文　 丈
Yuv bail　Hongc xul　ail　xangh dogc wenc xangl
ju⁵³ pai⁵⁵ hoŋ¹¹ ɕu⁵⁵ ʔai⁴⁵⁵ ɕaŋ³³ tok²¹ wən¹¹ ɕaŋ⁵⁵
要　 去　 杭州　 街　 上　 读　 文　 章
要去杭州地方读诗文。

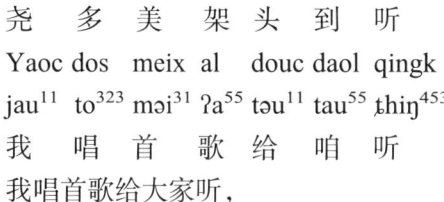

甫　猫　寸　报
Bux maoh senk baov
pu³¹ mau³³ sən⁴⁵³ pau⁵³
父　她　说　报
父亲说，

牙　奴　康　败
Nyac nungx angs bail
ȵa¹¹ nuŋ³¹ ʔaŋ³²³ pai⁵⁵
这　女　讲　去
女儿讲要去，

尧　赛　力　条　哉　见　不
Yaoc seik lis jiuc sais gueengv buh
jau¹¹ səi⁴⁵ ³li³²³ tɕiu¹¹ sai³²³ kweŋ⁵³ pu³³
我　真　有　条　肠　倒　乱
家中老人不放心，

限　败　抗　苏　劳　学　堂
Heengk bail Hangc Suh laos xot tangc
hen⁴⁵³ pai⁵⁵ haŋ¹¹ su³³ lau³²³ ɕo¹³ thaŋ¹¹
何　去　杭　州　进　学　堂
何必去那杭州地方读诗文。

祝　英　寸　报
Zut Yenh senk baov
tsu¹³ jən³³ sən⁴⁵³ pau⁵³
祝　英　说　报
英台她说，

牙　老　送　下　听　尧　兵
Nyac laox xongl kap qingk yaoc bienh
ȵa¹¹ lau³¹ coŋ⁵⁵ kha³⁵ tɕhiŋ⁴⁵³ jau¹¹ pjən³
您　老　装　耳　听　我　禀报
您老侧耳听我讲，

又　　宁　　诚　　心　　胎　　今　　贮
Yuv nyenc cenc　xenh daih jens　mangc
ju⁵³　ȵən¹¹　tshən¹¹　ɕən³³　tai³³　tən³²³　maŋ¹¹
要　人　　诚　　心　　很　紧　　什么
女儿诚心怕哪样。

贯　　架　　南　　宋　　或　　王
Unv　tav　nanc　songp　wedt　wangc
ʔun⁵³　tha⁵³　nan¹¹　soŋ³⁵　wet¹³　waŋ¹¹
从前　那　南　宋　当　王
从前南宋朝代，

力　　婢　　关　　　士　　英
Lis　beix　guanl　Sil　Yenh
li³²³　pəi³¹　kwan⁵⁵　si⁵⁵　jən³³
有　女　名　　　士　英
有女叫士英，

哉　　猫　　诚　　心　　稍　　案　　堂
Sais　maoh　cenc　xenh suiv　anl　dangc
sai³²³　mau³³　tshən¹¹　ɕən³³　sui⁵³　ʔan⁵⁵　taŋ¹¹
肠　她　　诚　　心　　坐　案　堂
她有恒心坐公堂。

则　　天　　也　　王　　徒　　宁　　乜
Zeet tieenh　weex wangc duc　nyenc miegs
tse¹³　thjen³³　we³¹　waŋ¹¹　tu¹¹　ȵən¹¹　mjek³²³
则天　　做　王　个　人　女
则天① 做王是女的，

关　　力　　首　　八　　血　　送
Guans　lis　xebc　beds　xeeuc xongl
kwan³²³　li³²³　ɕəp²¹　pet³²³　ɕeu¹¹　ɕoŋ⁵⁵
管　　得　十　八　　朝　　中
管了天下十八年，

---

① 则天：即武则天。

各　　脉　　专　　汝　　忙
Gobs　meec　lonh　luh　mangc
kop³²³　me¹¹　loŋ³³　lu³³　maŋ¹¹
不　　有　　乱　　路　什么
也没什么乱和愁。

祝　　英　　寸　　报
Zut　Yenh　senk　baov
tsu¹³　jən³³　sən⁴⁵³　pau⁵³
祝　　英　　说　　道
英台又说，

闷　　尧　　勿　　惰
Maenl　yaoc　ugs　　dol
mɐn⁵⁵　jau¹¹　ʔuk³²³　to⁵⁵
天　　我　　出　　门
今我离家，

尧　　又　　牙　　补　　省　　办　　不
Yaoc　yuv　nyac　bux　sunx　banv　buh
jau¹¹　ju⁵³　ȵa¹¹　pu³¹　sun³¹　pan⁵³　pu³³
我　　要　　你　　父　　送　　半　　路
我要父亲送上路，

尧　　败　　抗　　苏　　天　　介　　摔
Yaoc　bail　Hangc　Suh　nyaoh　ail　yangp
jau¹¹　pai⁵⁵　haŋ¹¹　su³³　ȵau³³　ʔai⁵⁵　jaŋ³⁵
我　　去　　杭　　州　　在　　街　　乡
我去杭州在远方。

祝　　英　　克　　高　　善　　岜　　化　　鞋　　弯
Zut　yenh　keep　gaos　sanp　bial　Wap　haic　wanh
tsu¹³　jən³³　ke³⁵　kau³²³　san³⁵　pja⁵⁵　wa³⁵　hai¹¹　wan³³
祝　　英　　梳　　头　　编　　辫　　花　　鞋　　换
英台梳头织辫花鞋换，

登 美 林 罗 药 衫
Daens meix lienc loc ugs xanh
tɐn³²³ məi³¹ ljən¹¹ lo¹¹ ʔuk³²³ ɕan³³
穿 件 绫 罗 衣 衫
穿上绫罗长衫,

勿 败 玩 义 场
Ugs bail wanc il xongc
ʔuk³²³ pai⁵⁵ wan¹¹ ʔi⁵⁵ ɕoŋ¹¹
出 去 玩 一 场
出去转一场。

甫 猫 寸 报
Bux maoh senk baov
pu³¹ mau³³ sən⁴⁵³ bau⁵³
父 她 说 报
父亲说,

怒 奴 谁 信 正 刀 央
Nuv nungx suit xenp xegl daoh yangh
nu⁵³ nuŋ³¹ sui¹³ ɕən³⁵ ɕək⁵⁵ tau³³ jaŋ³³
看 弟 修 身 真 有 样
见儿打扮真好样,

乜 桃 信 办 秀 才 郎
Miegs taot xenp banl xup caic langc
mjek³²³ thau¹³ ɕən³⁵ pan⁵⁵ ɕu³⁵ ɕai¹¹ laŋ¹¹
女 换 身 男 秀 才 郎
女扮男装秀才郎。

闷 猫 祝 英 勿 惰 牙 更 散
Maenl maoh Zut Yenh ugs dol miac kabp san
mɐn⁵⁵ mau³³ tsu¹³ jən³³ ʔuk³²³ to⁵⁵ mja¹¹ khat³⁵ san⁴⁵³
天 她 祝 英 出 门 手 拿 伞
英台动身出门手提伞,

败　　到　　办　　困　　邓　　姓　　梁
Bail touk banv kuenp deml singk liangc
bai⁵⁵ thəu⁴⁵³ pan⁵³ khwən³⁵ təm⁵⁵ siŋ⁴⁵³ ljaŋ¹¹
去　　到　　半　　路　　遇　　姓　　梁
走到半路遇君梁。

祝　　英　　寸　　报
Zut Yenh senk baov
tsu¹³ jən³³ sən⁴⁵³ bau⁵³
祝　　英　　说　　报
英台开言把话问，

牙　　姐　　正　　怒　　荡　　到　　奶
Nyac jaix senl nup daengl touk naih
ȵa¹¹ tɕai³¹ sən⁵⁵ nu³⁵ tɐŋ⁵⁵ thəu⁴⁵³ nai³³
你　　兄　　村　　哪　　来　　到　　这
仁兄何处到这里？

开　　五　　崩　　秀　　团　　哉
Eis wox bens xup donc xaih
ʔəi³²³ wo³¹ pən³²³ ɕu³⁵ ton¹¹ ɕai³³
不　　知　　本　　州　　团　　寨
不知是附近村寨

贮　　西　　夭　　康　　样
mangc xih nyaoh ags yangp
maŋ¹¹ ɕi³³ ȵau³³ ʔak³²³ jaŋ³⁵
什么　是　在　别　乡
还是在远乡？

善　　伯　　寸　　报
Samp Begs senk baov
sam³⁵ pek³²³ sən⁴⁵³ bao⁵³
山　　伯　　说　　报
山伯回言，

尧 夭 崩 秀 梁 下 姓
Yaoc nyaoh bens xup Liangc al singk
jau¹¹ ȵau³³ pən³²³ ɕu³⁵ ljaŋ¹¹ ʔa⁵⁵ siŋ⁴⁵³
我 在 本 州 梁 家 姓
我在岳州梁家姓，

甫 旧 考 然
Bux jiul aox yanc
pu³¹ ʨiu⁵⁵ ʔau³¹ jan¹¹
父 我 里 家
家里老人

空 腊 庭 堂 亚 便
Ongp lagx jinc dangc yav bianv
ʔoŋ³⁵ lak³¹ ʨin¹¹ taŋ¹¹ ja⁵³ pjan⁵³
空 无 田 塘 田 坝
没有良田好土，

尧 夭 正 架 无 学 堂
Yaoc nyaoh senl jav wuc xot tongc
jau¹¹ ȵau³³ sən⁵⁵ ʨa⁵³ wu¹¹ ɕo¹³ thoŋ¹¹
我 住 村 那 无 学 堂
我在那里无学堂。

尧 败 杭 秀 朵 秀 虽
Yaoc bail Hangc Xul dogc xup siih
jau¹¹ pai⁵⁵ haŋ¹¹ ɕu⁵⁵ tok¹¹ ɕu³⁵ si³³
我 去 杭 州 读 书 字
今去杭州读诗书，

转 务 限 丘 优 正 贮
Xonv ebl haemk juh yuih senl mangc
ɕon⁵³ ʔəp⁵⁵ hɐm⁴⁵³ ju³³ jui³³ sən⁵⁵ maŋ¹¹
转 口 问 你 住 村 什么
转口问弟家在何方？

祝　英　寸　报
Zut　Yenh senk　baov
tsu¹³ jən³³ sən⁴⁵³ pau⁵³
祝　英　说　报
英台说，

尧　夭　我　里　善　哉
Yaoc nyaoc Ngoc Liix Samp Xaih
jau¹¹ ȵau¹¹ ŋo¹¹ li³¹ sam³⁵ ɕai³³
我　住　峨　里　三　寨
我住峨里三寨，

借　行　甫　口　赖　邓　亚
Geel xingc bux　jiul　lail　daeml yav
ke⁵⁵ ɕiŋ¹¹ pu³¹ tiu⁵⁵ lai⁵⁵ tɐm⁵⁵ ja⁵³
边　城　父　我　好　塘　田
家在城边田地广，

尧　夭　正　架　无　学　堂
Yaoc nyaoh senl　jav　wuc　xot　tangc
jau¹¹ ȵau³³ sən⁵⁵ ta⁵³ wu¹¹ ɕo¹³ thaŋ¹¹
我　住　村　那　无　学　堂
我村里也无学堂。

尧　败　杭　秀　朵　秀　虽
Yaoc bail　Hangc Xul　dogc xup　siih
jau¹¹ pai⁵⁵ haŋ¹¹ ɕu⁵⁵ tok¹¹ ɕu³⁵ si³³
我　去　杭　州　读　书　字
我去杭州读诗书，

尧　定　牙　假
Yaoc jaem¹ nyac jaix
jau¹¹ tɐm⁵⁵ ȵa¹¹ tai³¹
我　约　你　兄
我约哥哥

骂 到 兄 书 房
Mac daol xongv suh fangc
ma¹¹ tau⁵⁵ ɕoŋ⁵³ su³³ faŋ¹¹
俩 咱 共 书 房
我俩共书房。

干 借 情 义 下 多 昔
Aenh eep qenc yi¹ xap dos xis
ʔɐn³³ ʔe³⁵ tɕhən¹¹ ji⁵⁵ ɕa³⁵ to³²³ ɕi³²³
念 别人 情 义 写 在 纸
他俩把情义写纸上，

结 拜 兄 弟
Jeec bail xongh diil
tɕe¹¹ pai⁵⁵ ɕoŋ³³ ti⁵⁵
结 拜 兄 弟
结拜兄弟，

要 义 倍 今 堂
Aol nyil buil jungh dangc
ʔau⁵⁵ ȵi⁵⁵ pui⁵⁵ tɕuŋ³³ taŋ¹¹
拿 点 火 共 塘
生火共炉塘。

刀 样 刀 营 拜 公 祖
Daos yangp daos xis bail gongh zux
tau³²³ jaŋ³⁵ tao³²³ ɕi³²³ pai⁵⁵ koŋ³³ tsu³¹
烧 香 烧 纸 拜 公 祖
烧香烧纸拜宗祖，

拜 猫 现 寸 师 母 也 亚 娘
Baiv maoh xeenp saenp sih mux weex yal nyangc
pai⁵³ mau³³ ɕen³⁵ sɐn³⁵ si³⁵ mu³¹ we³¹ ja⁵⁵ ȵaŋ¹¹
拜 他 先 生 师 母 做 爹 娘
拜先生师母做爹娘。

二　人　同　路　杭　苏　府
Eel　renc　tongc　lul　Hangc　Suh　Fux
ʔe⁵⁵　zen¹¹　thoŋ¹¹　lu⁵⁵　haŋ¹¹　su³³　fu³¹
二　人　同　路　杭　州　府
两人同路杭州府，

迈　进　抗　苏　好　学　堂
Mail　jenl　Hangc　Suh　haox　xot　tangc
mai⁵⁵　tən⁵⁵　haŋ¹¹　su³³　hau³¹　ɕo¹³　thaŋ¹¹
迈　进　杭　州　好　学　堂
迈进杭州好学堂。

牙　猫　今　各　堂　个　朵　秀　虽
Yac　maoh　jungh　oc　dangc　ogl　dogc　xup　siih
ja¹¹　mau³³　tuŋ³³　ʔo¹¹　taŋ¹¹　ʔok⁵⁵　tok¹¹　ɕu³⁵　si³³
两　他　共　处　堂　屋　读　书　字
他俩共书房读诗书，

开　五　及　衣　到　义　堆　奶　放
Eis　wox　jids　nyih　douv　nyil　dih　naih　wangp
ʔəi³²³　wo³¹　tit³²³　ɲi³³　təu⁵³　ɲi⁵⁵　ti³³　nai³³　waŋ³⁵
不　懂　接　情　留　那　地　这　荒
不会成亲让那花园荒。

祝　英　寸　报
Zut　Yenh　senk　baov
tsu¹³　jən³³　sən⁴⁵³　pau⁵³
祝　英　说　报
英台说，

尧　引　牙　假
Yaoc　yenx　nyac　jaix
jau¹¹　tən³¹　na¹¹　tai³¹
我　带　你　兄
我引梁兄

邓　介　高　　介　败　怒　铺
Dinl ail gaos ail Bail nuv puk
tin^{55} ʔai^{55} kau^{323} ʔai^{55} pai^{55} nu^{53} phu^{453}
脚　街　头　　街　去　看　铺
街头巷尾去观铺,

败　到　　大　介　首　鼠
Bail touk dav ail xebc siih
pai^{55} thəu^{453} ta^{53} ʔai^{55} ɕəp^{11} si^{33}
去　到　　大　街　十　字
到了十字大街,

邓　　猫　　猛　　麻　　现　　汝
Deml maoh mungx mags heengp luh
təm^{55} mau^{33} muŋ^{31} mak^{323} heŋ^{35} lu^{33}
遇　　他　　官　　大　　行　　路
碰上官人行路

骑　　马　　瑞　　交
Qic max suiv jeeuh
tɕhi^{11} ma^{31} sui^{53} tɕeu^{33}
骑　　马　　坐　　轿
骑马坐轿,

力　堂　　言　　文　　胖
Lis dangc mieengc xangh pangp
li^{323} taŋ^{11} mjeŋ^{11} ɕaŋ^{33} phaŋ^{35}
得　有　　几　　丈　　高
队伍几丈长。

祝　英　寸　报
Zut Yenh senk baov
tsu^{13} jən^{33} sən^{453} pau^{53}
祝　英　说　报
英台又说,

尧　引　牙　假　败　怒　庙
Yaoc yenx nyac jaix bail nuv miiuh
jau¹¹ jən³¹ ɲa¹¹ ʨai³¹ pai⁵⁵ nu⁵³ mjiu³³
我　约　你　兄　去　看　庙
我引哥哥去看庙，

大　怒　板　术
Dal nuv banx jav
ta⁵⁵ nu⁵³ pan³¹ ʨa⁵³
眼　看　伴　那
眼看他人

要　由　染　庙　堂　庙　光
Aol yuc yaems miiuh daengc miiuh guangl
ʔau⁵⁵ ju¹¹ jɐm³²³ mjiu³³ tɐŋ¹¹ mjiu³³ kwaŋ⁵⁵
拿　油　染　庙　整　庙　光
用油漆庙庙闪光。

母　修　荡　秀　正　化　现
Mogc xuh daengl xup xenl wap xeeŋ
mok²¹ ɕu³³ tɐŋ⁵⁵ ɕu³⁵ ɕən⁵⁵ wa³⁵ ɕen⁴⁵³
鸟　雀　相　守　身　画　花
美雀相望一身花，

谁　信　大　办　叶　叶　光
Suit xenp dav beenv yebs yebs guangl
sui¹³ ɕən³⁵ ta⁵³ pen⁵³ jep³²³ jep³²³ kwaŋ⁵⁵
修　身　打　扮　闪　闪　亮
梳妆打扮闪闪亮，

徒　怒　西　办　徒　西　乜
Duc nup xih banl duc xih miegs
tu¹¹ nu³⁵ ɕi³³ pan⁵⁵ tu¹¹ ɕi³³ mjek³²³
个　哪　是　男　个　是　女
有的是雄有的雌，

徒　怒　西　树　徒　西　亚
Duc nup xih sup Duc xih yak
tu¹¹ nu³⁵ ɕi³³ su³⁵ tu¹¹ ɕi³³ ja⁴⁵³
个　哪　是　绿　个　是　红
有的是绿有的红，

昔　徒　堂　大
Xiut duc dangc dav
ɕiu¹³ tu¹¹ taŋ¹¹ ta⁵³
少　个　堂　中
中间少个

闷　架　端　开　光
Menv jav donh eis　guangl
mən⁵³ ʈa⁵³ ton³³ ʔəi³²³ kwaŋ⁵⁵
边　那　就　不　光
聪明郎。

祝　英　寸　报
Zut Yenh senk　baov
tsu¹³ jən³³ sən⁴⁵³ pau⁵³
祝　英　说　报
英台又说，

尧　引　牙　姐　败　怒　问
Yaoc yenx nyac jaix bail　nuv menv
jau¹¹ jən³¹ ɲa¹¹ ʈai³¹ pai⁵⁵ nu⁵³ mən⁵³
我　带　你　兄　去　看　井
我引哥哥去看井，

怒　姐　开　寸
Nuv jaix eis　senk
nu⁵³ ʈai³¹ ʔəi³²³ sən⁴⁵³
若　兄　不　信
若你不信

骂 牙 邓 文 丈
Map miac teŋ wenc xangl
ma³⁵ mja¹¹ thən⁴⁵³ wən¹¹ ɕaŋ⁵⁵
来 俩 比 文 章
我俩比文章。

尧 引 牙 姐 化 条 他
Yaoc yenx nyac jaix wap jiuc dah
jau¹¹ jən³¹ ȵa¹¹ tɕai³¹ wa³⁵ tɕiu¹¹ ta³³
我 引 你 兄 花 桥 过
我引哥哥花桥过,

高 条 却 架
Gaos jiuc jodx jav
kau³²³ tɕiu¹¹ tot³¹ ta⁵³
头 桥 头 那
桥头那边

力 共 美 化 荡
Lis ongl meix wap dangl
li³²³ ʔoŋ⁵⁵ məi³¹ wa³⁵ taŋ⁵⁵
有 棵 树 花 香
有株花树香,

向 尽 姐 谅 天 办 排
Xangk jaeml jaix janl nyaoh banv baih
ɕaŋ⁴⁵³ tɕɐm⁵⁵ tɕai³¹ tɕan⁵⁵ ȵau³³ pan⁵³ pai³³
想 邀 兄 吃 在 半 山
约你采摘花在山腰上。

欲 义 崩 正 团 哉
Yaot nyil bens senl donc xaih
jau¹³ ȵi⁵⁵ pən³²³ sən⁵⁵ ton¹¹ ɕai³³
怕 点 本 村 团 寨
若哥不采,又怕相邻村寨

优 骂 生 化 床
Yuh map semh wap xangc
ju³³ ma³⁵ səm³³ wa³⁵ ɕaŋ¹¹
又 来 寻 花 场
又来访花场。

祝 英 寸 报
Zut Yenh senk baov
tsu¹³ jən³³ sən⁴⁵³ pau⁵³
祝 英 说 报
英台又说，

尧 引 牙 姐 败 孖 汪
Yaoc yenx nyac jaix bail nyal wangh
jau¹¹ jən³¹ ȵa¹¹ tɕai³¹ pai⁵⁵ ȵa¹¹ waŋ³³
我 领 你 兄 去 河 王
我引哥哥观河水，

怒 腊 架 板
Nuv lagx banx jav
nu⁵³ lak³²³ pan³¹ ta⁵³
看 仔 伴 那
眼看他人

现 船 追 浪
Xeengl xonc luih langh
ɕeŋ⁵⁵ ɕon¹¹ lui³³ laŋ³³
撑 船 下 浪
撑船下滩，

闷 架 焉 样 样
Menv jav meenh yangl yangc
mən⁵³ ta⁵³ men³³ jaŋ⁵⁵ jaŋ¹¹
它 那 飘 阳 阳
那他飘飘然。

各　　力　及　洛　骂　帮　　傍
Gobs　lis　jigs　lol　map　baengh　baengv
kop³²³　li³²³　tik³²³　lo⁵⁵　ma³⁵　peŋ³³　peŋ⁵³
恰　　得　只　船　来　靠　　岸
只有船儿来靠岸，

廷　　开　　五　帮　　奈　　呀　把　大　囊
Jenc　eis　　wox　baengh　naengs　yah　bagx　dal　naengc
tən¹¹　ʔəi³²³　wo³¹　peŋ³³　　neŋ³²³　ja³³　pak³¹　ta⁵⁵　neŋ¹¹
山　　不　　会　靠　　看　　也　白　眼　看
岸不会靠也就白眼看。

奶　　尧　海　又　定　　牙　败　然
Naih　yaoc　heit　yuv　jaeml　nyac　bail　yanc
nai³³　jau¹¹　həi¹³　ju⁵³　tɛm⁵⁵　ɲa¹¹　pai⁵⁵　jan¹¹
现　　我　　还　要　邀　　你　去　家
如今约你回家，

欲　　彦　　算　开　刀
Yaot　eengv　sonk　eis　douh
jau¹³　ʔeŋ⁵³　son⁴⁵³　ʔəi³²³　təu³³
怕　　刚　　算　　不　到
恐怕不合适。

贯　　到　　勿　惰
Unv　daol　ugs　zdol
ʔun⁵³　tau⁵⁵　ʔuk³²³　to⁵⁵
前　　咱　出　　门
往时出门，

应　　愁　服　母　亚　娘
Edl　souc　fut　mux　yal　nyangc
ʔət⁵⁵　səu¹¹　fu¹³　mu³¹　ja⁵⁵　ɲaŋ¹¹
一　　愁　父　母　爹　娘
一愁父母年迈，

欲　彦　开　传　株
Yaot eengv eis　xonc xuh
jau¹³ ʔeŋ⁵³ ʔəi³²³ ɕon¹¹ ɕu³³
怕　又　不　健　康
又怕体欠安，

衣　愁　徒　宁　然　岁　夫
Nyih souc duc nyenc yanc siip fuh
n̻i³³ səu¹¹ tu¹¹ n̻ən¹¹ jan¹¹ si³⁵ fu³³
二　愁　个人　家　妻　夫
二愁家中情侣，

欲　彦　闷　雷　堂
Yaot eengv maenl lic　dangc
jau¹³ ʔeŋ⁵³ mɛn⁵⁵ li¹¹ taŋ¹¹
怕　又　天　离　堂
恐怕跟他人。

善　伯　寸　报
Samp Begs　senp baov
sam³⁵ pek³²³ sən³⁵ pau⁵³
山　伯　说　到
山伯回话，

贯　到　勿　惰
Unv daol ugs　dol
ʔun⁵³ tau⁵⁵ ʔuk³²³ to⁵⁵
前　咱　出　门
前时出门，

服　母　亚　娘　寸　送　爱
Fut mux yal nyangc semp xongl eiv
fu¹³ mu³¹ ja⁵⁵ n̻aŋ¹¹ səm³⁵ ɕoŋ⁵⁵ ʔəi⁵³
父　母　爹　娘　心　中　爱
家中父母心中爱，

彦　多　善　年　勒　美
Eengv dos　samp nyinc leec meik
ʔeŋ⁵³　to³²³　sam³⁵ n.in¹¹ le¹¹ məi⁴⁵³
再　读　三　年　书　新
再读几年新书，

架　到　岁　败　然
Jav daol siip bail　yanc
ta⁵³ tau⁵⁵ si³⁵ pai⁵⁵ jan¹¹
那　咱　再　去　家
我俩再回程也无妨。

祝　英　为　转　堂　哈
Zut Yenh wuic　xonv tangc hagt
tsu¹³ jən³³ wui¹¹ con⁵³ thaŋ¹¹ hak¹³
祝　英　回　转　堂　学
英台回转学堂，

拜　咐　现　寸
Bail　fup　xeenp saenh
pai⁵⁵ fu³⁵ cen³⁵ sɐn³³
拜　咐　先　生
拜咐先生，

猫　赛　领　定　都
Maoh seik　liimx jenl duh
mau³³ səi⁴⁵³ ljim³¹ tən⁵⁵ tu³³
他　就　理　东　西
她就理行装，

为　下　隋　不　又　败　然
Wuic xap toik　buh yuv bail yanc
wui¹¹ ca³⁵ thoi⁴⁵³ pu³³ ju⁵³ pai⁵⁵ jan¹¹
为　下　退　步　要　去　家
告辞先生转回乡。

山　伯　省　猫　骂　到　借　孨
Samp Begs sunx maoh map touk　geel nyal
sam³⁵ pek³²³ sun³¹ mau³³ ma³⁵ thəu⁴⁵³ ke⁵⁵ ȵa⁵⁵
山　伯　送　他　来　到　边　河
山伯送到河边，

吝　　义　腊　板　限　　船　他
Nyimp nyil lagx banx haemk xonc dah
ȵim³⁵ ȵi⁵⁵ lak³¹ pan³¹ hɐm⁴⁵³ ɕoŋ¹¹ ta³³
跟　那　仔　伴　喊　船　渡
问那船公找船过渡，

腊　板　为　蛙　妈　成　胖
Lagx banx wuic wah mah sinc pangp
lak³¹ pan³¹ wui³¹ wa³³ ma³³ sin¹¹ phaŋ³⁵
仔　伴　回　话　来　钱　高
船公开口价高昂。

祝　英　用　寸　八　劳　东
Zut Yenh liogp semp bac laos dongh
tsu¹³ jən³³ liok³⁵ səm³⁵ pa¹¹ lau³²³ toŋ³³
祝　英　不　小　心　滑　入　洞
英台无法踩水过，

成　姐　梁　兄　贺　架　傍
Sint jaix Liangc xongh Hoik map bangl
sin¹³ tai³¹ ljaŋ¹¹ ɕoŋ³³ hoi⁴⁵³ ma³⁵ paŋ⁵⁵
喊　哥　梁　兄　快　来　帮
她喊梁兄快来帮。

牙　姐　西　胖　尧　西　邓
Nyac jaix xih pangh yaoc xih taemk
ȵa¹¹ tai¹³ ɕi³³ phaŋ³³ jau¹¹ ɕi³³ thɐm⁴⁵³
你　兄　是　高　我　是　矮
哥哥个高我个矮，

姐　案　尧　他　慢　架　烂
Jaix aemv yaoc dah mangv jav lanl
ȶai¹³ ʔɐm⁵³ jau⁵³ ta³³ maŋ⁵³ ȶa⁵³ lan⁵⁵
兄　背　我　过　边　那　对面
要兄背我到对岸。

同　汝　甲　困　问　优　乍
Dongc luh qamt kuenp wen yuh sav
toŋ¹¹ lu³³ ȶham¹³ khwən³⁵ wən⁴⁵³ ju³³ sa⁵³
同　路　走　路　累　又　歇
到了半路累歇息，

牙　猫　为　蛙　兵　文　丈
Yac maoh wuic wah bienh wenc xangl
ja¹¹ mau³³ wui¹¹ wa³³ pjən³³ wən¹¹ ɕaŋ⁵⁵
两　他　回　话　编　文　章
两人对话论诗章。

祝　英　寸　报
Zut Yenh senk baov
tsu¹³ jən³³ sən⁴⁵³ pau⁵³
祝　英　说　报
英台说，

嫩　然　甫　旧
Naenl yanc bux jiul
nɐn⁵⁵ jan¹¹ pu³¹ ȶiu⁵⁵
个　家　父　我
我家住处

力　堂　我　里　化·荡
lis dangc ngox liix wap dangl
li³²³ taŋ¹¹ ŋo³¹ li³¹ wa³⁵ taŋ⁵⁵
有　处　五　里　花　香
有着五里花香，

九　栋　门　楼　正　化　勾
Jus　dongv menc louc xenl wap gouh
tɕu³²³ toŋ⁵³ mən¹¹ lou¹¹ ɕən⁵⁵ wa³⁵ kou³³
九　叠　门　楼　全　花　雕
九幢门楼全雕花，

牙　姐　骂　到　又　劳　然
Nyac jaix map touk　yuv laos　yanc
ȵa¹¹ tɕai³¹ ma³⁵ thou⁴⁵³ ju⁵³ lau³²³ jan¹¹
你　兄　来　到　要　进　家
请你兄长要来访。

奶　尧　到　力　丘　鞋　更　丘　袜
Naih yaoc douv lis　juh haic kabp juh wac
nai³³ jau¹¹ tou⁵³ li³²³ tɕu³³ hai¹¹ kap³⁵ tɕu³³ wa¹¹
现　我　留　得　双　鞋　连　双　袜
如今我留下鞋一双，

怒　报　牙　姐　首　忿　开　下
Nuv baov nyac jaix xebc wenp eis　xap
nu⁵³ pau⁵³ ȵa¹¹ tɕai³¹ ɕəp¹¹ wən³⁵ ʔəi³²³ ɕa³⁵
如　报　你　兄　十　分　不　舍
哥哥不嫌难看，

粉　不　又　骂　登　他　杭
Wenx buh yuv map daens dah haenc
wən³¹ pu³³ ju⁵³ ma³⁵ tɐn³²³ ta³³ hɐn¹¹
吩　咐　要　来　穿　过　试
你也要把它穿上。

山　伯　为　隋　堂　哈　朵　秀　虽
Samp Begs wuic toik　dangc hagt dogc xup siih
sam³⁵ pak³²³ wui¹¹ thoi⁴⁵³ taŋ¹¹ hak¹³ tok²¹ ɕu³⁵ si³³
山　伯　回　退　堂　学　读　书　诗
山伯回到学堂读诗书，

朵　　到　　闷　善　闷　岁
Dogc touk　maenl samp maenl siik
tok²¹　thəu⁴⁵³　mɐn⁵⁵ sam³⁵　mɐn⁵⁵ si⁴⁵³
读　到　天　三　天　四
读到三天四天，

音　　到　　奴　衣　良
Nyenh touk　nungx nyih langc
ɲən³³　thəu⁴⁵³ nuŋ³¹　ɲi³³　laŋ¹¹
想　到　弟　二　郎
惦记弟二郎，

吝　　奴　　尧　败
Nyungl nungx yaoc bail
ɲuŋ⁵⁵　nuŋ³¹　jau¹¹　pai⁵⁵
弟　昨天　我　去
前段他去，

到　丘　鞋　化　多　尧　怒
Douy juh　haic wap dos yaoc nuv
təu⁵³　ʈu³³　hai¹¹ wa³⁵ to³²³ jau¹¹ nu⁵³
留　双　鞋　袜　给　我　看
留双花鞋送我看，

牙　邓　串　破　　考　力　丈
Yac dinl xonp pok　aox lis xangl
ja¹¹ tin⁵⁵ ɕon³⁵ pho⁴⁵³ ʔau³¹ li³²³ ɕaŋ⁵⁵
两　脚　穿　进　　里面　有　张
两脚试穿有名堂。

概　考　冬　袜　力　封　寸
Eip aox dongh was　lis hongh senk
ʔəi³⁵ ʔau³¹ toŋ³³　wa³²³ li³²³ hoŋ³³ sən⁴⁵³
开　里　冬　袜　有　封　信
打开冬袜有封信，

正　西　祝　英
Xenl xih Zut Yenh
ɕən⁵⁵ ɕi³³ tsu¹³ jən³³
正　是　祝　英
真是英台

下　义　虽　脉　杭
Xap nyil siih meec hangc
ɕa³⁵ ȵi⁵⁵ si³³ me¹¹ haŋ¹¹
写　点　字　有　行
写得非平凡。

谅　闷　八　虽
Nyanl maenl beds siih
ȵan⁵⁵ mɯn⁵⁵ pet³²³ si³³
月　天　八　字
年庚八字

猫　行　下　多　昔
Maoh xingc xap dos xis
mau³³ ɕiŋ¹¹ ɕa³⁵ to³²³ ɕi³²³
他　全　写　在　纸
他都写纸上，

限　姐　梁　兄
Heeŋ jaix Liangc xongh
hen⁴⁵³ tai³¹ ljaŋ¹¹ ɕoŋ³³
限　兄　梁　兄
限定梁兄

开　用　嫌　气　笃　怒　然
Eis yongh xeenc qip map nuv yanc
ʔəi³²³ joŋ³³ ɕen¹¹ tʰi³⁵ ma³⁵ nu⁵³ jan¹¹
不　用　嫌　弃　来　看　家
不用嫌弃来屋看。

山　　伯　　开　　寸
Samp Begs eis senk
sam³⁵ pek³²³ ʔəi³²³ sən⁴⁵³
山　　伯　　不　　信
山伯不信

苗　　赛　　崩　　架　　追
Maoh seik peŋ qak luih
mau³³ səi⁴⁵³ pən⁴⁵³ tha⁴⁵³ lui³³
他　　才　　奔　　上　　下
上下细思量，

生　　猛　　现　　寸　　五　　非　　骂　　当　　良
Semh mungx xeenp saenp wox wuih map daengh liangc
səm³³ muŋ³¹ ɕen³⁵ sɐn³⁵ wo³¹ wui³³ ma³⁵ tɐŋ³³ ljaŋ¹¹
寻　　个　　先　　生　　会　　算　　来　　相　　量
找个高明先生来商量。

山　　伯　　寸　　报
Samp Begs senp baov
sam³⁵ pek³²³ sən³⁵ pau⁵³
山　　伯　　说　　报
山伯他说

开　　五　　吕　　正　　去　　吕　　甲
Eis wox lix xenl xil lix as
ʔəi³²³ wo³¹ li³¹ ɕən⁵⁵ ɕi⁵⁵ li³¹ ʔa³³
不　　知　　话　　真　　是　　话　　假
不管是真还是假，

当　　尧　　怒　　挂　　算　　他　　杭
Daengh yaoc nuv gual son dah hangc
tɐŋ³³ jau¹¹ nu⁵³ kwa⁵⁵ son⁴⁵³ ta³³ haŋ¹¹
给　　我　　看　　挂　　算　　过　　明
跟我卜卦算个明，

现　　寸　　寸　　报
Xeenp saenp senp baov
ɕen³⁵　sɛn³⁵　sən³⁵　pau⁵³
先　　生　　说　　报
先生回答,

限　　奶　　牙　　骂
Hedp naih nyac map
hət³⁵　nai³³　n̠a¹¹　ma³⁵
早　　这　　你　　来
今早你来

力　　义　　挂　　岁　　夫
Lis　nyil　gual　siip　fuh
li³²³　n̠i⁵⁵　kwa⁵⁵　si³⁵　fu³³
得　　个　　挂　　妻　　夫
得个夫妻卦,

信　　限　　善　　不　　又　　败　　然
Senk heeŋ samp buh yuv bail yanc
sən⁴⁵³ hen⁴⁵³ sam³⁵ bu³³ ju⁵³ pai⁵⁵ jan¹¹
信　　说　　三　　限　　要　　去　　家
信告三限快回还,

卑　　焉　　杭　　秀　　朵　　秀　　虽
Bix meenh Hangc Xul dogc xup siih
pi³¹ men³³ haŋ¹¹ ɕu⁵⁵ tok¹¹ ɕu³⁵ si³³
别　　想　　杭　　州　　读　　书　　诗
别在杭州读诗书,

养　　杀　　成　　衣　　等　　你　　郎
Yagc sac singc nyih gas xaop langc
jak¹¹ sa¹¹ siŋ¹¹ n̠i³³ ka³²³ ɕau³⁵ laŋ¹¹
可　　怜　　情　　义　　等　　你　　郎
可怜情人等你郎。

山　　但　　为　　隋　　堂　　哈
Samp　Begs　wuic　toik　dangc　hagt
sam³⁵　pek³²³　wui¹¹　thoi⁴⁵³　taŋ¹¹　hak¹³
山　伯　回　退　堂　学
山伯回往学堂，

吩　咐　现　寸
Fenh　fup　xeenp　saenp
fən³³　fu³⁵　ɕen³⁵　sʉn³⁵
吩　咐　先　生
拜咐先生，

猫　　赛　　岭　　定　　都
Maoh　seik　liimx　jenl　duh
mau³³　səi⁴⁵³　ljim³¹　ʨən⁵⁵　tu³³
他　赶　理　东　西
他忙理行装，

为　下　隋　　不　又　败　然
Wuic　xap　toik　buh　yuv　bai¹　yanc
wui¹¹　ɕa³⁵　thoi⁴⁵³　pu³³　ju⁵³　pai⁵⁵　jan¹¹
为　下　退　步　要　去　家
告辞先生就回程，

卑　　焉　　抗　　秀　　虽　　秀　　朵
Bix　meenh　Hangc　Xul　dogc　xup　siih
pi³¹　men³³　haŋ¹¹　ɕu⁵⁵　tok¹¹　ɕu³⁵　si³³
别　恋　杭　　州　读　书　诗
不在杭州读诗章，

养　杀　成　衣　甲　旧　郎
Yagc　sac　singc　nyih　gas　jiul　langc
jak¹¹　sa¹¹　siŋ¹¹　ɲi³³　ka³²³　ʨiu⁵⁵　laŋ¹¹
可　怜　情　义　等　我　郎
可怜情人等我郎。

山	佰	骂	到	我	里	善	哉
Samp	Begs	map	touk	Ngoc	Liix	Samp	Xaih
sam³⁵	pek³²³	ma³⁵	thəu⁴⁵³	ŋo¹¹	lji³¹	sam³⁵	çai³³
山	伯	来	到	五	里	三	寨

山伯来到峨里三寨,

哉	焉	向
Sais	meenh	xangk
sai³²³	men³³	çaŋ⁴⁵³
心	常	想

心常想,

哉	义	平	板	牙	慢
Xais	nyil	biingc	banx	yac	mangv
çai³²³	ȵi⁵⁵	bjiŋ¹¹	pan³¹	ja¹¹	maŋ⁵³
问	那	伙	伴	两	边

寻问两边朋友,

限	义	夜	二	郎
Haemk	nyil	yeek	Eel	Langc
hɐm⁴⁵³	ȵi⁵⁵	je⁴⁵³	ʔe⁵⁵	laŋ¹¹
问	那	朋友	二	郎

打听弟二郎。

夜	旧	二	郎
Yeek	jiul	Eel	Langc
je⁴⁵³	tiu⁵⁵	ʔe⁵⁵	laŋ³³
友	我	二	郎

我弟二郎

开	五	隋	怒	夭
eis	wox	dogl	nup	nyaoh
ʔəi³²³	wo³¹	toik⁵⁵	nu³⁵	ȵau³³
不	知	处	哪	住

不知住何处?

忙　　开　　邓　　猫　　出　　孝　　郎
Mangc eis　deml maoh sugt xaop langc
maŋ¹¹ ʔəi³²³ təm⁵⁵ mau³³ suk¹³ ɕau³⁵ laŋ¹¹
怎么　不　　遇　她　接　你　郎
怎不见他来接郎。

平　　板　　寸　　报
Biingc banx senp baov
bjiŋ¹¹ pan³¹ sən³⁵ pau⁵³
朋　　友　　说　　报
朋友回答，

正　　旧　　多　　勒
Senl jiul dos leec
sən⁵⁵ ɬiu⁵⁵ to³²³ le¹¹
村　　我们 读　书
我寨读书

各　　脉　　祝　　架　　追
Gobc meec zut　al　muih
kop¹¹ me¹¹ tsu¹³ ʔa⁵⁵ nui³³
只　　有　　祝　家　妹
唯有英台妹，

奶　　忙　　听　　牙　　现　　寸　　勇　　优
Naih mangc qingk nyac xeenp saenp yogc yuih
nai³³ maŋ¹¹ ɬhiŋ⁴⁵³ ɲa¹¹ ɕen³⁵ sɐn³⁵ jok¹¹ jui³³
这　　怎么　听　　你　　先　　生　　打　　听
今何听你先生

限　　义　　奴　　二　　郎
Haemk nyil nangx eel langc
hɐm⁴⁵³ ɲi⁵⁵ naŋ³¹ ʔe⁵⁵ laŋ¹¹
问　　那　弟　　二　　郎
问起弟二郎。

祝　英　夭　考　书　房　下　力　听
Zut　Yenh　nyaoh　aox　 suh　fangc　Kap　lis　qingk
tsu¹³ jən³³ ȵau³³ ʔau³¹ su³³ faŋ¹¹ kha³⁵ li³²³ ʨhiŋ⁴⁵³
祝　英　在　里　书　房　耳　得　听
英台在她书房耳闻听，

连　　收　打　办　考　书　房
Lieenc suh　dax　banl　aox　 suh　fanc
ljen¹¹　su³³ ta³¹ pan⁵⁵ ʔau³¹ su³³ faŋ¹¹
赶　　急　打　扮　里　书　房
急忙梳妆打扮见情郎。

信　登　罗　缎　礼　能　　能
Xenp daens loc　donl　liix　nemh nemh
ɕən³⁵ tɛn³²³ lo¹¹ ton⁵⁵ lji³¹ nəm³³ nəm³³
身　穿　罗　缎　闪　亮　　亮
身穿罗缎晶晶亮，

定　银　比　音　叶　叶　光
Jeml nyaenc biedc nyenh yebs yebs guangl
tɤm⁵⁵ ȵɛn¹¹ pjət¹¹ ȵən³³ jət³²³ jət³²³ kwaŋ⁵⁵
金　银　缠　脖子　闪　闪　光
金银项圈闪闪光。

概　多　书　房　成　姐　劳
Eip　dol　suh　fangc sint　jaix　laos
ʔəi³⁵ to⁵⁵ su³³ faŋ¹¹ sin¹³ ʨai³¹ lau³²³
开　门　书　房　请　兄　进
开书房门请哥进，

成　姐　梁　　兄
Sint　jaix　Liangc xongh
sin¹³ ʨai³¹ liaŋ¹¹ ɕoŋ³³
喊　兄　梁　　兄
喊声梁兄

忙　开　定　高　看　面　娘
mangc eis jiml gaos aŋ miinh nyangc
maŋ¹¹ ʔəi³²³ tim⁵⁵ kau³²³ ʔan⁴⁵³ min³³ ȵaŋ¹¹
怎么　不　抬　头　望　面　娘
何不抬头看妹娘。

山　佰　劳　考　书　房　败　甲　不
Samp Begs laos aox suh fangc bail pat buh
sam³⁵ pek³²³ lau³²³ ʔau³¹ su³³ faŋ¹¹ pai⁵⁵ pha¹³ pu³³
山　伯　进　里　书　房　去　翻　部
山伯进了书房去对话，

嫩　嫩　康　刀
Nadl nadl angs douh
nat⁵⁵ nat⁵⁵ ʔaŋ³²³ tou³³
个　个　讲　中
句句言中

架　西　信　哉　上
jav xih senk sais sangp
ta⁵³ xi³³ sən⁴⁵³ sai³²³ saŋ³⁵
那　才　信　肠　上
那才信无疑。

祝　英　寸　报
Zut Yenh senk baov
tsu¹³ jən³³ sən⁴⁵³ pau⁵³
祝　英　说　道
英台开言，

贯　到　夭　各　杭　秀　多　勒
Unv daol nyaoh oc Hangc Xul dos leec
ʔun⁵³ tau⁵⁵ ȵau³³ ʔo¹¹ haŋ¹¹ xu⁵⁵ to³²³ le¹¹
从　前　咱　在　处　杭　州　读　书
以往我俩杭州共学，

兄　嫩　九　练　宫
Xongv naenl jux lieenl gongh
ɕoŋ⁵³　nɐn⁵⁵　ʈu³¹　ljen⁵⁵　kɐŋ³³
共　个　九　练　宫
同住九练宫，

娄　姐　梁　兄　报　衣　郎
Loux jaix Liangc xongh Baov Nyih Langc
lou³¹ ʈai³¹ ljaŋ¹¹ ɕoŋ³³ pau⁵³ n̠i³³ laŋ¹¹
哄　哥　梁　兄　称　二　郎
哄骗梁兄称二郎。

山　佰　寸　报
Samp Begs senp baov
sam³⁵ pek³²³ sən³⁵ pau⁵³
山　伯　说　道
山伯回答，

孝　也　记　忙　奶　任　定　考　肚
Xaop weex jiv mangc naih yaeml jaeml aox dux
ɕau³⁵ we³¹ ʈi⁵³ maŋ¹¹ nai³³ jɐm⁵⁵ ʈɐn⁵⁵ ʔau³¹ tu³¹
你　做　计　什么　这　深　压　里　肚
你为何设计闷在心，

五　牙　二　妹　读　书
Wox nyac eel mil duc suh
wo³¹ n̠a¹¹ ʔe⁵⁵ mi⁵⁵ tu¹¹ su³³
知道那　二　妹　读　书
早知二妹读书，

免　优　害　旧
Mieenx yuh haik jiul
mjen³¹　ju³³　hai⁴⁵³　ʈiu⁵⁵
免得　又　害　我
免得害山伯

成　孝　奴　衣　郎
Sint　xaop　nongx　Nyil　Langc
sin¹³　ɕau³⁵　noŋ³¹　ȵi⁵⁵　laŋ¹¹
喊　你　弟　二　郎
自称为二郎。

甫　猫　祝　音　寸　报
Bux　maoh　Zut　Yenh　senp　baov
pu³¹　mau³³　tsu¹³　jən³³　sən³⁵　pau⁵³
父　他　祝　英　说　道
英台父亲问，

牙　引　宁　奴
Nyac yenx nyenc nuc
ȵa¹¹　jən³¹　ȵən¹¹　nu¹¹
你　领　人　谁
你引何人

劳　考　书　房　夭
Laos　aox　suh　fangc　nyaoh
lau³²³　ʔau³¹　su³³　faŋ¹¹　ȵau³³
进　里　书　房　坐
进到书房坐？

牙　五　妹　猫　姓　贯　忙
Nyac wox　meel maoh Singk guanl　mangc
ȵa¹¹　wo³¹　me⁵⁵　mau³³　siŋ⁴⁵³　kwan⁵⁵　maŋ¹¹
你　认　识　他　姓　名　什么
你认识他何姓名？

祝　英　寸　报
Zut　Yenh senp baov
tsu¹³　jən³³　sən³⁵　pau⁵³
祝　英　说　道
英台回话，

牙　老　兄　下　听　尧　兵
Nyac laox xongl kap qingk yaoc bienh
ȵa¹¹ lau³¹ ɕoŋ³¹ ka³⁵ tɕhiŋ⁴⁵³ jau¹¹ pjən³³
你　老　装　耳　听　我　禀报
你老安静听我讲，

老　卑　多　心　挂　旧　娘
Laox bix doh xenh guav jiul nyangc
lau³¹ pi³¹ to³³ ɕən³³ kwa⁵³ tɕiu⁵⁵ ȵaŋ¹¹
老　别　多　心　骂　我　姑娘
请别多心骂姑娘。

贯　到　夭　各　杭　秀　多　勒　宁　学　纳
Unv jiul nyaoh oc Hangc Xul dos leec nyenc xogc nas
ʔun⁵³ tɕiu⁵⁵ ȵau³³ ʔo¹¹ haŋ¹¹ ɕu⁵⁵ to³²³ le¹¹ ȵən¹¹ ɕok¹¹ na³²³
从前 我们 在　处　杭　州　独　书　人　熟悉　脸
以往我俩杭州共学人熟面，

勒　细　今　孟
Leec xik jungh mungl
le¹¹ ɕi⁴⁵³ tɕuŋ³³ muŋ⁵⁵
书　是　共　篮
共篮装书，

要　义　昔　今　丈
Aol nyil xis jungh xangl
ʔau⁵⁵ ȵi⁵⁵ ɕi³²³ tɕuŋ³³ ɕaŋ⁵⁵
拿　点　纸　共　张
共纸写文章。

胎　西　宁　定　开　江　甲
Daih yih nyenc qaenp eis jangs qat
tai³³ ji³³ ȵən¹¹ tɕhen³⁵ ʔəi³²³ taŋ³²³ tɕha¹³
大　齐　人　重　不　是　轻
都是贵人不是贱，

限 姐 梁 兄 骂 怒 然
Heeŋ jaix Liangc xongh map nuv yanc
hen⁴⁵³ ȶai³¹ ljaŋ¹¹ ɕoŋ³³ ma³⁵ nu⁵³ jan¹¹
限 哥 梁 兄 来 看 家
约定梁兄来家玩。

甫 猫 祝 音 寸 报
Bux maoh Zut Yenh senk baov
pu³¹ mau³³ tsu¹³ jən¹³ sən⁴⁵³ pau⁵³
父 他 祝 英 说 道
英台父亲说，

牙 康 吕 奶 胎 宁 崩
Nyac angs lix naih daih nyenc bens
ȵa¹¹ ʔaŋ³²³ li³¹ nai³³ tai³³ ȵən¹¹ pən³²³
你 讲 语 这 很 人 本
既然是儿知心友，

登 哉 台 猫 夭 言 谅
Dens sais deic maoh nyaoh mieengc nyanl
tən³²³ sai³²³ tɘi¹¹ mau³³ ȵau³³ mjeŋ¹¹ ȵan⁵⁵
诚 心 待 他 住 几 月
热心留他住几月。

山 伯 寸 报
Samp Begs senp baov
sam³⁵ pek³²³ sən³⁵ pau⁵³
山 伯 说 道
山伯他说，

奶 尧 骂 力 善 谅
Naih yaoc map ¹is samp nyanl
bai³³ jau¹¹ ma³⁵ li³²³ sam³⁵ ȵan⁵⁵
这 我 来 得 三 月
今我来得三月，

旧　赛　两　怒　纳
Jiul　seik　lianx　nuv　nas
$tɕiu^{55}$　$səi^{453}$　$ljan^{31}$　nu^{53}　na^{323}
我　才　真　看　面
我才见真面，

奶　尧　力　送　腊　八
Naih　yaoc　lis　sungp　lagx　bas
nai^{33}　jau^{11}　li^{323}　$suŋ^{35}$　lak^{31}　pa^{323}
现　我　得　话　儿　姑妈
得了姑妈①女儿的话，

木　不　文　败　然
Mus　buh　yuv　bail　yanc
mu^{323}　pu^{33}　ju^{53}　pai^{55}　jan^{11}
明天　就　要　去　家
明日就回家。

祝　音　寸　报
Zut　Yenh　senk　baov
tsu^{13}　$jən^{33}$　$sən^{453}$　pau^{53}
祝　英　说　道
英台回话，

听　姐　康　败
Qingk　jaix　angs　bail
$tɕhiŋ^{453}$　$tɕai^{31}$　$ʔaŋ^{323}$　pai^{55}
听　兄　讲　去
听哥说去，

尧　赛　力　条　哉　桃　东
Yaoc　seik　lis　jiuc　sais　daoc　dongh
jau^{11}　$səi^{453}$　li^{323}　$tɕiu^{11}$　sai^{323}　tau^{11}　$toŋ^{33}$
我　才　得　条　肠　倒　乱
我的心里很忧伤，

---

①　姑妈：侗族古代盛行姑表婚，妻子的母亲都称为姑妈。

省　姐　梁　兄　大　却　凡
Sunx jaix Liangc xongh dah jogl banc
sun³¹ ȶai³¹ ljaŋ¹¹ ɕoŋ³³ ta³³ ȶok⁵⁵ pan¹¹
送　哥　梁　兄　过　头　盘
送我梁兄路一程，

省　到　高　介　多　吕　先
Sunx touk gaos ail dos lix heemh
sun³¹ thou⁴⁵³ kau³²³ ʔai⁵⁵ to³²³ li³¹ hem³³
送　到　头　街　说　语　喊
街头情言讲，

牙　姐　焉　骂
Nyac jaix meenh map
ȵa¹¹ ȶai³¹ men³³ ma³⁵
你　兄　常　来
我约梁兄，

到　收　也　徒　罢　今　堂
Daol suh weex duc bal jungh dangc
tau⁵⁵ su³³ we³¹ tu¹¹ pa⁵⁵ ȶuŋ³³ taŋ¹¹
我们　就　做　个　鱼　共　塘
我俩做对鱼共塘①。

营　奶　木　纳　服　母　亚　娘
Xic naih mut nus fut mux yal nyangc
ɕi¹¹ nai³³ mu¹³ nu³²³ fu¹³ mu³¹ ja⁵⁵ ȵaŋ¹¹
时　这　背着　父　母　爹　娘
如今背着父母的面，

旧　行　端　又　康
Jiul xingc donh yiuc angs
ȶiu⁵⁵ ɕiŋ¹¹ ton³³ ȶiu¹¹ ʔaŋ³²³
我　才　对　你　讲
我把实话对你讲，

① 鱼共塘：即结成一家之意。

朵　郎　日　追
Dogc langc jiuv muih
tok²¹ laŋ¹¹ ɕiu⁵³ mui³³
独　郎　单　妹
单郎独女

尧　赛　康　条　吕　到　堂
Yaoc seik angs jiuc lix touk dangc
jau¹¹ səi⁴⁵³ ʔaŋ³²³ ɕiu¹¹ li³¹ thəu⁴⁵³ taŋ¹¹
我　才　讲　条　语　到　堂
我才把话讲到堂。

奶　牙　西　败　木　牙　转
Naih nyac xih bail mus nyac xonv
nai³³ ȵa¹¹ ɕi³³ pai⁵⁵ mu³²³ ȵa¹¹ ɕon⁵³
今　你　是　去　明天　你　转
今日你去快回转，

寸　仁　美　算
Semp ngaemc meix son
səm³⁵ ŋɐm¹¹ məi³¹ son⁴⁵³
韭　菜　大　蒜
韭菜大蒜

木　到　转　干　散
mus daol xonv abs yanp
mu³²³ tau⁵⁵ ɕon⁵³ ʔap³²³ jan³⁵
明　咱　转　共　园
我俩共菜园。

山　佰　傍　败
Samp Begs baengx bail
sam³⁵ pek³²³ pɐŋ³¹ pai⁵⁵
山　伯　赶　去
山伯赶路

力 条 哉 焉 向
Lis jiuc sais meenh xangk
li³²³ ɟiu¹¹ sai³²³ men³³ ɕaŋ⁴⁵³
得 条 肠 常 想
有颗心常想,

拜 力 年 半
Bail lis nyinc banv
pai⁵⁵ li³²³ ȵin¹¹ pan⁵³
去 得 年 半
时过半年

架 西 到 崩 样
Jav xih touk bens yangp
ʈa⁵³ ɕi³³ tʰəu⁴⁵³ pən³²³ jaŋ³⁵
那 才 到 本 乡
他才回到屋。

山 佰 到 然 乃 限 哉
Samp Begs touk yanc neix haemk xais
sam³⁵ pek³²³ tʰəu⁴⁵³ jan¹¹ nəi³¹ hɐm⁴⁵³ ɕai³²³
山 伯 到 家 母亲 喊 问
山伯到家母亲问,

吝 努 尧 败 赖 忙 央
Nyungl nungx yaoc bail lail mangc yangh
nuŋ⁵⁵ nuŋ³¹ jau¹¹ pai⁵⁵ lai⁵⁵ maŋ¹¹ jaŋ³³
昨天 弟弟 我 去 好 什么 样
昔时儿去人好样,

奶 努 尧 转
Nais nungx yaoc xonv
nai³²³ nuŋ³¹ jau¹¹ ɕon⁵³
现 弟弟 我 回
今时儿回

甲　　因　　开　　两
Qamt　kuenp　eis　liangh
tɕham¹³　khwən³⁵　ʔəi³²³　ljaŋ³³
走　　路　　别　　样
走路慢吞，

力　　义　　纳　　蛮　　王
Lis　nyil　nas　mant　wangc
li³²³　ȵi⁵⁵　na³²³　man¹³　waŋ¹¹
得　点　脸　黄　黄
脸瘦黄。

开　　五　　努　　尧　　隋　　棍　　去　及　高
Eis　wox　nongx　yaoc　dogl　guaenl　xik　ids　gaos
ʔəi³²³　wo³¹　noŋ³¹　jau¹¹　tok⁵⁵　kwen⁵⁵　ɕi⁴⁵³　ʔit³²³　kau³²³
不　　知　弟　我　落　　魂　　是　痛　头
不知我儿落魂或头痛，

欲　　努　　甲　　寸
Yaot　nongx　qamt　saemp
jau¹³　noŋ³¹　kham¹³　sɐm³⁵
怕　弟弟　走　　早
怕你早行

刀　　义　　露　水　凉
Douh　nyil　lul　suix　liangc
təu³³　ȵi⁵⁵　lu⁵⁵　sui³¹　ljaŋ¹¹
被　那　露　水　凉
遭那露水凉。

山　　佰　　寸　　报
Samp　Begs　senp　baov
sam³⁵　pek³²³　sən³⁵　pau⁵³
山　伯　说　道
山伯回答，

当　　纳　　服　　母　　亚　　娘
Dangl nas　fut　mux　yal　nyangc
taŋ⁵⁵　na³²³　fu¹³　mu³¹　ja⁵⁵　ȵaŋ¹¹
当　　面　　父　母　　爹　　娘
当着母亲

旧　　海　　西　　又　　康
Jiul　heit　xih　yuv　angs
ȶiu⁵⁵　həi¹³　ɕi³³　ju⁵³　ʔaŋ³²³
我　　还　　是　　要　　讲
我要把话讲，

开　　江　　务　　信　　力　　兵　　亡
Eis　jangs wul　xenp lis　biingh mangc
ʔəi³²³　ȶaŋ³²³　wu⁵⁵　ɕən³⁵　li³²³　bjiŋ³³　maŋ¹¹
不　　是　　上　　身　　得　　病　　什么
不是身上有病缠。

闷　　尧　　勿　　隋　　朵　　尧　　音
Maenl yaoc ugs　dol　dogc yaoc liingh
mɐn⁵⁵　jau¹¹　ʔuk³²³　to⁵⁵　tok¹¹　jau¹¹　ljiŋ³³
天　　我　　出　　门　　独　　我　　零
我离家时独我走，

朵　　尧　　出　　生　　登　　康　　样
Dogc yaoc suc sinh dingh ags　yangp
tok¹¹　jau¹¹　su¹¹　sin³³　tiŋ³³　ʔak³²³　jaŋ³⁵
独　　我　　修　　身　　奔　　别　　乡
单身一人奔他乡，

败　　到　　办　　困　　邓　　美　　乍
Bail touk　banv kuenp dees meix sav
pai⁵⁵　thəu⁴⁵³　pan⁵³　kwən³⁵　te³²³　məi³¹　sa⁵³
去　　到　　半　　路　　下　　树　　休息
到了半路树下歇，

足　腊　祝　架　贯　衣　郎
Sugl　lagx　zut　a¹　Guanl　Nyih　Langc
suk⁵⁵　lak³¹　tsu¹³　ʔa⁵⁵　kwan⁵⁵　n̯i³³　laŋ¹¹
遇　仔　祝　家　名　二　郎
遇上英台称二郎。

问　吝　尧　骂　然　猫　夭
Maenl　nyungl　yaoc　map　yanc　maoh　nyaoh
mɛn⁵⁵　n̯uŋ⁵⁵　jau¹¹　ma³⁵　jan¹¹　mau³³　n̯au³³
天　昨　我　来　家　他　住
回家路上她屋坐,

怒　猫　美　貌　寸　生　娘
Nuv　maoh　mix　maol　singp　singh　nyangs
nu⁵³　mau³³　mi³¹　mau⁵⁵　siŋ³⁵　siŋ³³　n̯aŋ³²³
看　她　美　貌　清　清　娘
看她美貌好模样。

奴　向　对　桃　便　对　得
Nuc　xangk　duil　daoc　biinv　duil　degs
nu¹¹　ɕaŋ⁴⁵³　tui⁵⁵　tau¹¹　bjin⁵³　tui⁵⁵　tek³²³
谁　想　果　桃　变　果　李
谁知红桃变青李,

开　五　猫　乜
Eis　wox　maoh　miegs
ʔəi³²³　wo³¹　mau³³　mjek³²³
不　知　她　女
不知是女,

旧　不　崩　向　办
Jiul　buh　bens　xangk　banl
tiu⁵⁵　pu³³　pən³²³　ɕaŋ⁴⁵³　pan⁵⁵
我　看　本　像　男
我本以为她是男。

向　祝　英　康　康　及　兵
Xangk Zut Yenh ags　ags　qit　biingh
ɕaŋ⁴⁵³ tsu¹³ jən³³ ʔak³²³ ʔak³²³ ʈhi¹³ pjiŋ³³
思恋　祝　英　很　自　起　病
想英台多病缠身，

开　五　闷　怒　冷　命
Eis　wox　maen¹ nup　lenx mingh
ʔəi³²³ wo³¹ mɛn⁵⁵ nu³⁵ lən³¹ miŋ³³
不　知　天　那　到头　命
不知何时命休，

架　西　乍　杭　扛
Jav　xih　sav　hangc angl
ta⁵³ ɕi³³ sa⁵³ haŋ¹¹ ʔaŋ⁵⁵
那　时　休　杭　光
丢那学堂荒。

乃　猫　山　伯　寸　报
Neix maoh Samp Begs senk baov
nəi³¹ mau³³ sam³⁵ pek³²³ sən⁴⁵³ pau⁵³
母　他　山　伯　说　到
山伯母说，

努　康　吕　奶　胎　义　力
Nungx angs　lix　naih daih yil　lis
nuŋ³¹ ʔaŋ³²³ li³¹ nai³³ tai³³ ji⁵⁵ li³²³
弟　讲　语　这　太　易　得
儿讲这话不要紧，

木　尧　收　败　吝　猫　良
Mus　yaoc suh　bail nyimp maoh liangc
mu³²³ jau¹¹ su³³ pai⁵⁵ n̠im³⁵ mau³³ ljaŋ¹¹
明　我　就　去　跟　她　商量
明日我去跟她谈。

乃　猫　骂　到　　我　里　善　哉
Neix maoh map touk　Ngoc Liix Samp Xaih
nəi³¹ mau³³ ma³⁵ thəu⁴⁵³ ŋo¹¹ li³¹ sam³⁵ ɕai³³
母亲 他　来　到　　五　里　三　寨
梁母去到峨里三寨

夭　　义　吝
Nyaoh il　nyaemv
ȵau³³ ʔi⁵⁵ ȵɐm⁵³
住　　一　晚
住一夜，

送　胖　吕　邓　　吝　荡　良
Sungp pangp lix taemk　nyimp daengl liangc
suŋ³⁵ phaŋ³⁵ li³¹ thɐm⁴⁵³ ȵim³⁵ tɐŋ⁵⁵ ljaŋ¹¹
话　高　语　低　　跟　商　量
高言低语来商量。

乃　猫　山　佰　寸　报
Neix maoh Samp Begs senp baov
nəi³¹ mau³³ sam³⁵ pek³²³ sənn³⁵ pau⁵³
母亲 他　山　伯　说　道
山伯母亲开言道，

奶　尧　老　宁　到　骂
Naih yaoc laox nyenc taok　map
nai³³ jau¹¹ lau³¹ ȵən¹¹ thau⁴⁵³ ma³⁵
这　我　老　人　到　来
如今我来

要　义　下　弯　些
aol nyil hap wanh xeenh
ʔau⁵⁵ ȵi⁵⁵ ha³⁵ wan³³ ɕen³³
拿　点　茶　换　杯
讨杯来盛茶，

怒 孝 老 宁 五 日
Nuv xaop laox nyenc wox mieeh
nu⁵³ ɕau³⁵ lau³¹ ȵən¹¹ wo³¹ mje³³
看 你们 老 人 会 想
若您老人会想,

天 送 善 送
Deenh songk samp sungp
ten³³ soŋ⁴⁵³ sam³⁵ suŋ³⁵
试 放 三 语
给我句话,

木 伦 腊 到
Mus lenc lagx daol
mu³²³ lən¹¹ lak³¹ tau⁵⁵
日 后 儿女 咱
日后我们子女

要 义 口 今 炭
Aol nyil oux jungh tanp
ʔau⁵⁵ ȵi⁵⁵ ʔəu³¹ ʨuŋ³³ than³⁵
要 那 稻 共 摘
共田把秧插。

乃 猫 祝 英 寸 报
Neix maoh Zut Yenh senh baov
nəi³¹ mau³³ tsu¹³ jən³³ sən³³ pau⁵³
母亲 他 祝 英 说 报
英台母亲回答,

央 牙 贺 骂 善 闷
Yangh nyac hoik map samp maenl
jaŋ³³ ȵa¹¹ hoi⁴⁵³ ma³⁵ sam³⁵ mɐn⁵⁵
若 你 快 来 三 天
若你早来三天,

旧　不　美　借　追
Jiul　buh　mix　eev　muih
ȵiu⁵⁵　pu³³　mi³¹　ʔe⁵³　mui³³
我　还　未　嫁　女
我女还未许，

闷　吝　昔　奶
Maenl　nyungl　xic　naih
mɐn⁵⁵　ȵuŋ⁵⁵　ɕi¹¹　nai³³
天　昨　时　这
昨天这时

借　败　马　架　郎
Eev　bail　Max　al　langc
ʔe⁵³　pai⁵⁵　ma³¹　ʔa⁵⁵　laŋ¹¹
嫁　去　马　家　郎
许给马家郎。

借　败　马　架　法　庭　亮
Eev　bail　Max　al　wac　sabx　liangv
ʔe⁵³　pai⁵⁵　ma³¹　ʔa⁵⁵　wa¹¹　sap³¹　ljaŋ⁵³
嫁　去　马　家　禾　杂　睭
嫁给马家禾相掺①，

报　老　卑　向　贺　败　然
Baov　laox　bix　xangk　hoik　bail　yanc
pau⁵³　lau³¹　pi³¹　ɕaŋ⁴⁵³　hoi⁴⁵³　pai⁵⁵　jan¹¹
告诉　老　别　想　快　回　家
劝老别想快回还。

乃　猫　山　佰　寸　报
Neix　maoh　Samp　Begs　senk　baov
nəi³¹　mau³³　sam³⁵　pek³²³　sən⁴⁵³　pau⁵³
母亲　他　山　伯　说　道
山伯母亲说，

---

① 禾相掺：糯米与灿稻相掺杂。

怒　康　吕　奶
Nuv angs　lix　naih
nu⁵³ ʔaŋ³²³ li³¹ nai³³
看　讲　语　这
听讲这话

架　旧　难　也　夭
Jav jinl　nanc　weex nvaoh
tɕa⁵³ tɕin⁵⁵ nan¹¹ we³¹ ȵau³³
那　我们难　做　活
我也难活了，

牙　牙　物　告
Yac miac wumc　guaov
ja¹¹ mja¹¹ wum¹¹ kwau⁵³
两　手　抱　膝盖
两手抱膝，

忿　义　闷　蛮　王
Nuv nyil menl　mant wangc
nu⁵³ ȵi⁵⁵ mən⁵⁵ man¹³ waŋ¹¹
看　那　天　黄　黄
看那天发黄。

祝　英　寸　报
Zut Yenh senp baov
tsu¹³ jən³³ sən³⁵ pau⁵³
祝　英　说　道
英台劝说，

牙　老　败　然　义　奶　蛙
Nyac laox bail yanc il　naih wah
ȵa¹¹ lau³¹ pai⁵⁵ jan¹¹ ʔi⁵⁵ nai³³ wa³³
你　老　去　家　这　样　说
您老回家这样讲，

报　义　姐　旧　梁　兄　卑　焉　向
Baov nyil jaix jiul Liangc xongc bix meenh xangk
pau⁵³ ȵi⁵⁵ tɕai³¹ tɕiu⁵⁵ ljaŋ¹¹ ɕoŋ¹¹ pi³¹ men³³ ɕaŋ⁴⁵³
告　诉　兄　我　梁　兄　别　再　想
劝我梁兄别再想，

办　哉　败　慢
Baenv sais bail mangv
pɐn⁵³ sai³²³ pai⁵⁵ maŋ⁵³
弃　肠　去　边
把心放开，

康　败　生　岁　堂
Ags bail semh siip dangc
ʔak³²³ pai⁵⁵ səm³³ si³⁵ taŋ¹¹
自　去　寻　妻　堂
另去找别堂。

牙　老　败　然　义　奶　报
Nyac laox bail yanc il naih baov
ȵa¹¹ lau³¹ pai⁵⁵ jan¹¹ ʔi⁵⁵ nai³³ pau⁵³
你　老　回　家　这　样　告诉
您老回家这样说，

报　义　姐　旧　梁　兄
Baov nyil jaix jiul Liangc xongh
pau⁵³ ȵi⁵⁵ tɕai³¹ tɕiu⁵⁵ ljaŋ¹¹ ɕoŋ³³
告诉　那　兄　我　梁　兄
劝我梁兄

办　哉　败　慢
Baenv sais bail mangv
pɐn⁵³ sai³²³ pai⁵⁵ maŋ⁵³
弃　肠　去　边
把心放开，

康 败 朵 文 丈
Ags bail dogc wenc xangl
ʔak³²³ pai⁵⁵ tok¹¹ wən¹¹ ɕaŋ⁵⁵
自 去 读 文 章
安心读文章。

牙 老 败 然 义 奶 劝
Nyac laox bail yanc il naih qeeŋ
ȵa¹¹ lau³¹ pai⁵⁵ jan¹¹ ʔi⁵⁵ nai³³ tʰen⁴⁵³
你 老 回 家 这 样 劝
您老回家这样劝,

劝 义 姐 旧 梁 兄
Qeeŋ nyil jaix jiul Liangc xongh
tʰen⁴⁵³ ȵi⁵⁵ tɕai³¹ tɕiu⁵⁵ ljaŋ¹¹ ɕoŋ³³
劝 那 兄 我 梁 兄
劝我梁兄

考 龙 送 狂 秀 奶 玩
Aox longc songk kuangt xup naih wanc
ʔau³¹ loŋ¹¹ soŋ⁴⁵³ kʰwaŋ¹³ ɕu³⁵ nai³³ wan¹¹
里 肚 放 宽 就 这 玩
心头想宽常来玩。

奶 尧 木 姐 姓 梁 义 年 办
Naih yaoc muc jaix singk liangc il nyinc banv
nai³³ jau¹¹ mu¹¹ tɕai³¹ siŋ⁴⁵³ ljaŋ¹¹ ʔi⁵⁵ ȵin¹¹ pan⁵³
现 我 恋 兄 姓 梁 一 年 半
我等梁兄一年半,

他 了 言 堂 腾 汉
Dah lieeuh mieengc dangc lagx haŋ
ta³³ ljeu³³ mjeŋ¹¹ taŋ¹¹ lak³¹ han⁴⁵³
过 了 多 少 堂 仔 汉
多少腊汉①来求亲,

---
① 腊汉:青年小伙子。

细 尧 不 脉 败
Xik yaoc buh meec bail
ɕi⁴⁵³ jau¹¹ pu³³ me¹¹ pai⁵⁵
是 我 都 不 去
我都不肯嫁。

嫩 脉 首 杭 嗯 赖
Naengl meec xebc hangc ems lail
nɐŋ⁵⁵ me¹¹ ɕəp¹¹ haŋ¹¹ ʔəm³²³ lai⁵⁵
还 有 十 样 药 好
还有十样好药

哉 孝 老 败 班
Xais xaop laox bail beenh
ɕai³²³ ɕau³⁵ lau³¹ pai⁵⁵ pen³³
问 你 老 去 办
请您老人备,

开 江 廷 今 类 骂 忙
Eis jangs jenc jemh meix mal mangc
ʔəi³²³ taŋ³²³ tən¹¹ təm³³ məi³¹ ma⁵⁵ maŋ¹¹
不 是 山 坡 树 草 什么
不是山中野菜花草。

应 败 南 海 要 徒 龙 九 断
Edl bail nanc haix aol duc liongc jus ton
ʔət⁵⁵ pai⁵⁵ nan¹¹ hai³¹ ʔau⁵⁵ tu¹¹ ljoŋ¹¹ tu³²³ thon⁴⁵³
一 去 难 海 取 个 龙 九 蜕
一去南海捉条九变龙,

衣 败 北 山 要 条 哉 凤 凰
Nyih bail beec sanh aol jiuc sais hongp fangc
ɲi³³ pai⁵⁵ pe¹¹ san³³ ʔau⁵⁵ tiu¹¹ sai³²³ hoŋ³⁵ faŋ¹¹
二 去 北 山 取 根 肠 凤 凰
二去北山取根凤凰肠,

善 败 南 洋 要 猫 给 龙 列
Samp bail nanc yangc aol maoh geiv liongc liees
sam³⁵ pai⁵⁵ nan¹¹ jaŋ¹¹ ʔau⁵⁵ mau³³ kəi⁵³ ljoŋ¹¹ lje³²³
三 去 南 洋 取 它 蛋 龙 羊
三去南洋要个羊龙蛋,

岁 败 弄 胡 要 嫩 高 其 林
Siik bail longl huc aol naenl gaoh qic lienc
si⁴⁵³ pai⁵⁵ loŋ⁵⁵ hu¹¹ ʔau⁵⁵ nɐn⁵⁵ kau³³ ȵhi¹¹ ljən¹¹
四 去 深 山 上 取 个 头 麒 麟
四去深山割来麒麟头,

我 败 务 问 要 乂 寸 徒 岜
Ngox bail wul menl aol nyil semp duc bias
ŋo³¹ pai⁵⁵ wu⁵⁵ mən⁵⁵ ʔau⁵⁵ ȵi⁵⁵ səm³⁵ tu¹¹ pja³²³
五 去 上 天 取 那 肝 个 雷
五去上天要得雷公胆,

路 败 血 送
Liongc bail xeeuc xongl
ljoŋ¹¹ pai⁵⁵ ɕeu¹¹ ɕoŋ⁵⁵
六 去 朝 中
六去朝廷

要 寸 比 干 旧 命 郎
ao¹ semp biix ganh juv mingh langc
ʔau⁵⁵ səm³⁵ pi³¹ kan³³ ʈu⁵³ miŋ³³ laŋ¹¹
取 心 比 干 救 命 郎
要比干①心救命郎,

寸 败 邓 孟 要 乂 赧 畜 亮
Sedp bail dingv maengl aol nyil naemx xuit liagp
sət³⁵ pai⁵⁵ tiŋ⁵³ mɐŋ⁵⁵ ʔau⁵⁵ ȵi⁵⁵ nɐm³¹ ɕui¹³ ljak³⁵
七 去 底 潭 取 那 水 水 冷
七去潭底打来清泉水,

---

① 比干:殷商时期忠君爱国的名臣。商末纣王暴虐荒淫,比干至摘星楼强谏三日不去,被纣王怒杀,并剖视其心。后人多以比干心喻忠诚。

八	败	佛	山	好	庙	要	假	寸	僧	人
Beds	bail	fuc	sanh	haox	miaol	aol	jagc	semp	zenh	renc
pet³²³	pai⁵⁵	fu¹¹	san³³	hau³¹	mjau⁵⁵	ʔau⁵⁵	ʈak¹¹	səm³⁵	tsən³³	tsən¹¹
八	去	佛	山	好	庙	取	颗	心	僧	人

八去佛山好庙取个僧人心，

九	败	务	闷	要	义	赦	唐	僧
Jus	bail	wul	menl	ao¹	nyil	nanx	Tangc	Zenh
ʈu³²³	pai⁵⁵	wu⁵⁵	mən⁵⁵	ʔau⁵⁵	n̠i⁵⁵	nan³¹	tʰaŋ¹¹	tsən³³
九	去	上	天	取	那	肉	唐	僧

九去西天要来唐僧肉，

首	力	仙	单	骂	点
Xebc	lis	xeenh	danh	map	dieenx
ɕəp¹¹	li³²³	ɕen³³	tan³³	ma³⁵	tjen³¹
十	得	仙	丹	来	点

十有仙丹来点，

架	西	义	兵	郎
Jav	xih	yil	biingh	langc
ʈa⁵³	xi³³	ji⁵⁵	pjiŋ³³	laŋ¹¹
那	才	医	病	郎

那才能治好郎。

乃	猫	山	佰	寸	报
Neix	maoh	Samp	Begs	senp	baov
nəi³¹	mau³³	sam³⁵	pek³²³	sən³⁵	pau⁵³
母亲	他	山	伯	说	道

山伯的母亲说，

昔	奶	央	川	夭	胖
Xic	naih	yangh	xonh	nyaoh	paogp
xi¹¹	nai³³	jaŋ³³	ɕon³³	n̠au³³	pʰau³⁵
时	这	样	样	在	高

如今这药难找，

旧　不　胎　难　办
Jiul　buh　daih　nanc　beenh
ȶiu⁵⁵　pu³³　tai³³　nan¹¹　pen³³
我　也　很　难　备
我也很难备，

完　义　𣵀　闷　内　内
Liangp nyil naemx menv ningv ningv
ljaŋ³⁵　ȵi⁵⁵　nɛn³¹　mən⁵³　niŋ⁵³　niŋ⁵³
想　那　水　井　清　清
心想那清清泉水

夭　各　得　邓　孟
nyaoh　oc　dees　dingv maengl
ȵau³³　ʔo¹¹　te³²³　tiŋ⁵³　mɛŋ⁵⁵
在　那　下　底　潭
在那潭深处。

乃　猫　山　佰　为　隋　骂　然　腊　限　哉
Neix maoh Samp Begs wuic toik　map yanc Lagx haemk xais
nəi³¹ mau³³ sam³⁵ pek³²³ wui¹¹ thoi⁴⁵³ ma³⁵ jan¹¹ lak³¹ hɐm⁴⁵³ ɕai³²³
母亲　他　山　伯　回　退　来　家　儿　喊　问
梁母到家山伯问，

吝　孝　老　败　怒　央　忙
Nyungl xaop laox bail　nup yangh mangc
ȵuŋ⁵⁵ ɕau³⁵ lau³¹ pai⁵⁵ nu³⁵ jaŋ³³ maŋ¹¹
昨天　你　老　去　看　样　什么
您老前去怎么样？

乃　猫　寸　报
Neix maoh senk baov
nəi³¹ mau³³ sən⁴⁵³ bau⁵³
母亲　他　说　道
母亲回话，

奶　到　也　共　洋　康　孟　或
Naih daol weex ongl yangc ags　mungl weep
nai³³ tau⁵⁵ we³¹ ʔoŋ⁵⁵ jaŋ¹¹ ʔak³²³ muŋ⁵⁵ we³⁵
现　我们　做　株　杜　鹃　开花　迟
我们做棵杜鹃花迟开，

昔　难　卡
Eep nanc gas
ʔe³⁵ nan¹¹ ka³²³
别人　难　等
她难等，

借　败　马　架
Eev bail　Max　al
ʔe⁵³ pai⁵⁵ ma³¹ ʔa⁵⁵
嫁　去　马　家
嫁给马家，

也　徒　借　今　堂
Weex duc bal jungh dangc
we³¹ tu¹¹ pa⁵⁵ ʈuŋ³³ taŋ¹¹
做　个　鱼　共　塘
做对鱼共塘①。

罢　败　马　架
Eev bail　Max　al
ʔe⁵³ pai⁵⁵ ma³¹ ʔa⁵⁵
嫁　去　马　家
嫁给马郎

金　条　银　砖　首　八　块
Jenh tiaoc　yenc zonh　xebc beds　kuaix
ʈən³³ tʰjau¹¹ jən¹¹ tson³³ ɕəp¹¹ pet³²³ kwai³¹
金　条　银　砖　十　八　块
金条银砖十八块，

---

① 用公鱼母鱼共塘比喻结成夫妻。

徒　现　　笨　介　力　他　杭
Duc xeengp bedl aiv lis dah hangc
tu¹¹ ɕeŋ³⁵ pət⁵⁵ ai⁵³ li³²³ ta³³ haŋ¹¹
只　牲　　鸭　鸡　有　多　样
猪羊鸡鸭样样全。

借　败　马　架　法　厦　亮
Eev bail Max al wac sabx liangv
ʔe⁵³ pai⁵⁵ ma³¹ ʔa⁵⁵ wa³¹ sap³¹ ljaŋ⁵³
嫁　去　马　家　禾　掺　晾
嫁给马郎禾已掺①，

报　努　卑　向　康　败　生　岁　堂
Baov nungx bix xangk ags　bail semh siip dangc
pau⁵³ nuŋ³¹ pi³¹ ɕaŋ⁴⁵³ ʔak³²³ pai⁵⁵ sən³³ si³⁵ taŋ¹¹
告诉弟　别　想　自　去　寻　妻　堂
劝儿别想另去找别室。

怒　亮　买　赖　考　条　正　道
Nuv liangp maix lail aox jiuc senl daol
nu⁵³ ljaŋ³⁵ mai³¹ lai⁵⁵ ʔau³¹ tiu¹¹ sən⁵⁵ tau⁵⁵
若　想　妻　好　里　咱　寸　咱
想配好妻我们村寨

不　嫩　脉　宁　赖　兄　猫
Buh naengl meec nyenc lail xongs maoh
pu³³ nɐŋ⁵⁵ me¹¹ ȵən¹¹ lai⁵⁵ xoŋ³²³ mau³³
也　还　有　人　好　像　她
也有姑娘比上她，

寸　报　努　尧　卑　焉　向
Senp baov nungx yaoc bix meenh xangk
sən³⁵ pau⁵³ nuŋ³¹ jau¹¹ pi³¹ men³³ ɕaŋ⁴⁵³
告诉弟　我　别　乱　想
告诉我儿别乱想，

---

① 掺：掺杂。此处用糯米和灿稻掺杂在一起，比喻祝家与马家结成姻亲。

办　　哉　　败　　慢
Baenv sais　bail　mangv
pɐn⁵³　sai³²³　pai⁵⁵　maŋ⁵³
弃　肠　去　边
忘了英台，

康　　败　　朵　　文　　丈
Ags　bail　dogc　wenc　xangl
ʔak³²³　pai⁵⁵　tok¹¹　wən¹¹　ɕaŋ⁵⁵
自　去　读　文　章
好去读文章。

山　　佰　　寸　　报
Samp Begs　senp　baov
sam³⁵　pek³²³　sən³⁵　pau⁵³
山　伯　说　道
山伯说道，

考　　条　　正　　到　　嫩　　脉　　乜　　赖
Aox　jiuc　senl　daol　naengl　meec　miegs　lail
ʔau³¹　tiu¹¹　sən⁵⁵　tau⁵⁵　nɐŋ⁵⁵　me¹¹　mjek³²³　lai⁵⁵
里　条　村　咱　还　有　女　好
我们村寨虽有好女，

去　　尧　　不　　脉　　向
Kik　yaoc　buh　meec　xangk
khi⁴⁵³　jau¹¹　pu³³　me¹¹　ɕaŋ⁴⁵³
那　我　也　不　想
那我也不愿，

开　　力　　祝　　英　　要　　义　　信　　义　　今　　杆
Eis　lis　Zut　Yenh　Aol　nyil　xenp　yil　jungh　anh
ʔəi³²³　li³²³　tsu¹³　jən³³　ʔau⁵⁵　ɲi⁵⁵　ɕən³⁵　ji⁵⁵　tuŋ³³　ʔan³³
不　得　祝　英　要　那　身　衣　共　杆
不得英台与衣裳共杆，

尧　不　杭　败　也　义　廷　卑　抗
Yaoc buh haengt bail weex nyil jenc buih kangp
jau¹¹ pu³³ hɐŋ¹³ pai⁵⁵ we³¹ ȵi⁵⁵ tən¹¹ pui³³ kaŋ³⁵
我　也　愿　去　做　那　山　背　阳光
我也愿去做个夕阳落。

心　奶　老　败　两　力
Xenh naih laox bail lianx lis
ɕən³³ nai³³ lau³¹ pai⁵⁵ ljan³¹ li³²³
时　这　老　去　未　得
如今说亲不成，

旧　呀　昔　难　夭
Jiul yah siit nanc nyaoh
tɕiu⁵⁵ ja³³ si¹³ nan¹¹ ȵau³³
我　也　死　难　活
我也死难活，

考　哉　崩　包　邓　脉　光
Aox sais bongc baoh dengv meec guangl
ʔau³¹ sai³²³ pɐŋ¹¹ pau³³ teŋ⁵³ me¹¹ kwaŋ⁵⁵
里　肠　乱　翻　黑　不　亮
心里烦乱黑难亮，

佰　奶　老　力　义　千
Begs naih laox lis il sinp
pek³²³ nai³³ lau³¹ li³²³ ʔi⁵⁵ sin³⁵
百　这　老　有　一　千
尽管老有千万家财，

尧　不　义　开　向
Yaoc buh nyil eis xangk
jau¹¹ bu³³ ȵi⁵⁵ ʔəi³²³ ɕaŋ⁴⁵³
我　也　点　不　想
我一点都不想，

借 各 首 白 也 汉
Eev oc xebc beds weex haŋ
ʔe⁵³ ʔo¹¹ ɕəp¹¹ pet³²³ we³¹ han⁴⁵³
自 那 十 八 做 汉
从那十八成汉，

虾 五 放 成 娘
Xah wox wangk singc nyangc
ɕa³³ wo³¹ waŋ⁴⁵³ siŋ¹¹ ȵaŋ¹¹
只 会 放弃 情 娘
如今也要别亲娘。

伦 猫 山 佰 西 代
Lenc maoh Samp Begs xih deil
lən¹¹ mau³³ sam³⁵ pek³²³ ɕi³³ təi⁵⁵
后 他 山 伯 是 死
后来山伯死去，

嫩 脉 祝 英 夭
naenl meec Zut Yenh nyaoh
nɐn⁵⁵ me¹¹ tsu¹³ jən³³ ȵau³³
还 有 祝 英 在
还有英台在，

祝 英 谢 勒 败 报
Zut Yenh eeup leec bail baov
tsu¹³ jən³³ ɕeu³⁵ le¹¹ pai⁵⁵ pau⁵³
祝 英 抄 书 去 告诉
英台写信去说

哉 猫 丈 务 盘
Xais maoh saengv wul banc
ɕai³²³ mau³³ sɐŋ⁵³ wu⁵⁵ pan¹¹
要 他 埋 上 盘
叫他葬路旁。

宁　旧　英　台　败　引　夫
Nyenc jungl Yenh Daic bail nyebc fuh
ȵən¹¹ ȶuŋ⁵⁵ jən³³ tai¹¹ pai⁵⁵ ȵəp¹¹ fu³³
人　抬　英　台　去　嫁　夫
人抬英台去成亲，

刀　昔　成　母
Daos xis sint muh
tau³²³ ɕi³²³ sin¹³ mu³³
烧　纸　喊　墓
烧香拜墓，

送　嫩　交　朋　化
Songk naenl jeeul bongc wap
soŋ⁴⁵³ nɐn⁵⁵ ȶeu⁵⁵ poŋ¹¹ wa³⁵
放　个　轿　棚　花
花轿路边停。

祝　英　勿　骂　拜　成　衣
Zut Yenh ugs map baiv singc nyih
tsu¹³ jən³³ ʔuk³²³ ma³⁵ pai⁵³ siŋ¹¹ ȵi³³
祝　英　出　来　拜　情　义
英台下轿拜情侣，

高　告　却　堆　成　丘　向
Gaos guaov jogc dih sint juh xangp
kau³²³ kwau⁵³ ȶok¹¹ ti³³ sin¹³ ȶu³³ ɕaŋ³⁵
头　膝盖　跪　地　喊　久　郎
双膝跪地喊情郎。

怒　牙　郎　开　放　娘
Nuv nyac langc eis wangk nyangc
nu⁵³ ȵa¹¹ laŋ¹¹ ʔəi³²³ waŋ⁴⁵³ ȵaŋ¹¹
若　你　郎　不　忘记　娘
若你不忘姣娘，

孝　朵　概　文　母
Xaop dogc eip　wenp muh
ɕau³⁵ tok¹¹ ʔəi³⁵ wən³⁵ mu³³
你　独　开　坟　墓
你把墓门开,

他　败　善　昔　五　不
Dah bail　samp xic　nyox buh
ta³³ pai⁵⁵ sam³⁵ ɕi¹¹ ȵo³¹ pu³³
过　去　三　时　五　步
过了三辰五刻,

买　　借　马　架　郎
Maix eep Max al　langc
mai³¹ ʔe³⁵ ma³¹ ʔa⁵⁵ laŋ¹¹
妻　别　马　家　郎
我成马家人。

山　佰　宁　细
Samp Begc nyenc xip
sam³⁵ pək¹¹ ȵən¹¹ ɕi³⁵
山　伯　人　应
山伯灵应,

猫　行　概　母　拜
Maoh xingc eip　muh gas
mau³³ ɕiŋ¹¹ ʔəi³⁵ mu³³ ka³²³
他　真　开　墓　等
他把墓门开,

谷　　才　祝　英
Gungc ait　Zut Yenh
kwuŋ¹¹ ʔai¹³ tsu¹³ jən³³
多　谢　祝　英
多亏英台

要 哉 也 呀
Aol sais weex yah
ʔau⁵⁵ sai³²³ we³¹ ja³³
拿 肠 做 坏
横下心肠，

败 各 堆 独 残
Bail oc dih tut sanc
pai⁵⁵ ʔo¹¹ ti³³ thu¹³ san¹¹
去 那 地 土 残
投进坟墓埋。

甫 猫 祝 英 寸 报
Bux maoh Zut Yenh senk baov
pu³¹ mau³³ tsu¹³ jən³³ sən⁴⁵³ pau⁵³
父 她 祝 英 说 道
英台父亲哭诉，

闷 奶 腊 旧 准 信
Maenl naih lagx jiul suit xenp
mɐn⁵⁵ nai³³ lak³¹ ȶiu⁵⁵ sui¹³ ɕən³⁵
天 这 女 我 修 身
今日我女梳妆

兄 义 影 龙 我
Xongs nyil yings liongs ngoh
ɕoŋ³²³ ȵi⁵⁵ jiŋ³²³ ljoŋ³²³ ŋo³³
像 那 影 龙 鳝鱼
好比龙王女，

也 忙 办 困 冷 磋
Weex mangc banv kuenp lenx soh
we³¹ maŋ¹¹ pan⁵³ khwən³⁵ lən³¹ so³³
为 什么 半 路 断 气
为何半路送命，

应　优　马　架　郎
Yenl　yuih　Max　al　langc
jən⁵⁵　jui³³　ma³¹　ʔa⁵⁵　laŋ¹¹
因　为　马　家　郎
都怪马家郎。

马　郎　文　哉
Max　langc　went　sais
ma³¹　laŋ¹¹　wən¹³　sai³²³
马　郎　腻　肠
马郎气愤，

告　到　血　送
Aov　touk　xeeuc　xongl
ʔau⁵³　təu⁴⁵³　ɕeu¹¹　ɕoŋ⁵⁵
告　到　朝　中
告到朝廷，

力　猛　现　寸　骂　当　怒
Lis　mungx　xeenp　saenp　map　daengh　nuv
li³²³　muŋ³¹　ɕen³⁵　sɐn³⁵　ma³⁵　tɐŋ³³　nu⁵³
得　个　先　生　来　相　看
请个先生来查看。

百　概　文　母
Bags　eip　wenc　muh
pak³²³　ʔəi³⁵　wən¹¹　mu³³
扒　开　坟　墓
挖坟揭墓，

各　脉　怒　丘　向
Gobs　meec　nuv　jul　xangp
kop³²³　me¹¹　nu⁵³　tu⁵⁵　ɕaŋ³⁵
都　未　见　久　情
不见有情人。

各　　邓　　丁　　困
Gobs　deml　jinl　guenl
kop³²³　təm⁵⁵　ȵin⁵⁵　kwən⁵⁵
都　　遇　　石　　头
只见石头

猫　　不　　两　　邓　　沮
Maoh　buh　lianx　deml　juh
mau³³　pu³³　ljan³¹　təm⁵⁵　ȶu³³
他　　也　　不　　遇　　伴
他也不见伴，

美　　去　　牙　　猫　　办　　乜
Mix　xik　yac　maoh　banl　miegs
mi³¹　ɕi⁴⁵³　ja¹¹　mau³³　pan⁵⁵　mjek³²³
未　　是　　两　　他　　男　　女
谁知他俩男女

变　　忿　　才　　每　　应　　样
Biinv　wenp　seit　meix　yeml　yangl
pin⁵³　wən³⁵　səi¹³　məi³¹　jəm⁵⁵　jaŋ⁵⁵
变　　成　　雄　　雌　　鸳　　鸯
变成雄雌鸳鸯，

刀　　故　　崩　　架　　胖
Douh　guv　bens　qak　pangp
tou³³　ku⁵³　pən³²³　ȶha⁴⁵³　phaŋ³⁵
成　　双　　飞　　去　　高
成双飞天上。

变　　忿　　才　　每　　应　　样　　山　　败　　吗
Biinv　wenp　seit　meix　yeml　yangl　sans　bail　mas
pin⁵³　wən³⁵　səi¹³　məi³¹　jəm⁵⁵　jaŋ⁵⁵　san³²³　pai⁵⁵　ma³²³
变　　成　　雄　　雌　　鸳　　鸯　　散　　去　　云
变成鸳鸯一对飞云端，

祝 英 哉 括
Zut Yenh sais guas
tsu¹³ jən³³ sai³²³ kwa³²³
祝英肠硬
英台真心

要 也 汝 千 降
aol weex lebc sinp jangl
ʔau⁵⁵ we³¹ ləp¹¹ sin³⁵ ȶaŋ⁵⁵
拿 做 说 千 章
美名万代传。

宁 到 及 寸 及 向
Nyenc daol jids senp jids xangp
ȵən¹¹ tau⁵⁵ ȶit³²³ sən³⁵ ȶit³²³ ɕaŋ³⁵
人 咱 接 亲 接 情
人们谈情说爱

血 西 亮 忿 今
Xedl xih liangp wenp jenh
ɕət⁵⁵ ɕi³³ ljaŋ³⁵ wən³⁵ jən³³
都 是 想 成 真
都是想成功，

却 奶 败 伦
Jodx naih bail lenc
ȶot³¹ nai³³ pai⁵⁵ lən¹¹
头 这 去 后
从今往后，

怒 力 尧 牙
Nup lis yaoc nyac
nu³⁵ li³²³ jau¹¹ ȵa¹¹
若 得 我 你
我俩后人

159

从前有位姑娘

牙 到 办 乜
Yac daol banl miegs
ja¹¹ tau⁵⁵ pan⁵⁵ mjek³²³
两 我 男 女
男女情伴，

义 卑 山 伯 祝 英
Il bix Samp Begs Zut Yenh
ʔi⁵⁵ pi³¹ sam³⁵ pek³²³ tsu¹³ jən³³
一 比 山 伯 祝 英
要比山伯英台

今 文 及 向
Jungh wenc jids xangp
tɕuŋ³³ wən¹¹ tɕit³²³ ɕaŋ³⁵
共 坟 接 情
共墓成亲，

赛 义 正 堆 难
Saip nyil senl dih nanl
sai³⁵ ɲi⁵⁵ sən⁵⁵ ti³³ nan⁵⁵
让 那 村 地 震
让那村寨夸。

"君"山伯
Jenh Sans Beec

流传地：贵州省黎平县岩洞镇
汉字记侗音文本：郑培盛
侗文记录：黎平三龙　吴珍云
翻译：银永明
整理：龙耀宏

"君"山伯 这首侗语（汉族题材）叙事类大歌〔有的又用大琵琶伴奏，一人唱"君"（jenh）献给大家听〕，流传于贵州黎平、从江、榕江等侗族地区。故事叙述：梁山伯上杭州读书，途中遇到女扮男装的祝英台，于是俩人结伴而行。后祝英台身份被识破，只得假托父母有病而回家，送别途中，英台向梁山伯暗示自己为女儿身，山伯仍不知，英台回家后被父母许配马家。山伯得知真相后悲痛而死。英台上祭，墓门突开，两人成了一对鸳鸯鸟。

万　　万　　将　　卡
Wanp wanp　jongl kap
wan³⁵　wan³⁵　toŋ⁵⁵　kʰa³⁵
静　　静　　装　　耳
静静听吧，

要　　多　　梅　　嘎　　赛　　笑　　定
Yaoc dos　meix　kgal　saip　xaop tiingk
jau²²　to³²³　məi³¹　qa⁵⁵　sai³⁵　ɕau³⁵　tʰjiŋ⁴⁵³
我　　唱　　支　　歌　　给　　你们 听
我唱支歌献给你们听，

多　　嘎　　没　　邓　　定　　豆　　梅　　没　　桑
Dos　kgal meec dingv tiingk　diiuc meix meec sangl
to³²³ qa⁵⁵ me²² tiŋ⁵³ tʰjiŋ⁴⁵³ tjiu²² məi³¹ me²² saŋ⁵⁵
唱　　歌　　有　　据　　听　　根　　树　　有　　根
唱有依据，树有根。

官　　加　　给　　肮　　补　　给　　祝　　家
Kgunv jav　gkeep kgangs bux　gkeep zuc　gas
qun⁵³　ta⁵³　qʰe³⁵　qaŋ³²³　pu³¹　qʰe³⁵　tsu²²　ka³²³
前　　那　　别　　讲　　父　　他　　祝　　家
前人传说祝家父辈

底　定　榜　打　忙　务　对
Tiit　tiingk　pangp　dah　mangv　wul　duih
tʰji¹³　tʰjiŋ⁴⁵³　pʰaŋ³⁵　ta³³　maŋ⁵³　wu⁵⁵　tui³³
起　听　高　过　边　上　他人
富得盖过其他人，

桑　类　额　妹　关　卑　英台　娘
Sangx lis　edl　muih　guanl　beix　Yens Taic　nyangc
saŋ³¹　li³²³　ət⁵⁵　mui³³　kwan⁵⁵　pəi³¹　jən³²³ tʰai²²　n̠aŋ²²
生　得　一　女　名　女　英　台　娘
生有一女名叫英台娘。

英　台　给　孖　撒　九　孩　袜　秀
Yens Taic　geel　nyal　sagl　jouh　haic　wap　donh
jən³²³ tʰai²²　ke⁵⁵　n̠a⁵⁵　sak⁵⁵　təu³³　hai²²　wa³⁵　ton³³
英　台　边　河　洗　双　鞋　花　绣，
英台河边洗花鞋，

撒　囊　没　文　扡　给　歹　姓　梁
Sagl　naengl　muix　wenp　deml　gkeep　diaix　xingv　liangc
sak⁵⁵　nɐŋ⁵⁵　mui³¹　wən³⁵　təm⁵⁵　qʰe³⁵　tjai³¹　ɕiŋ⁵³　ljaŋ²²
正　看　未　完　遇　他　兄　姓　梁
抬头遇见梁哥郎。

英　台　单　报
Yens Taic　danl　baov
jən³²³ tʰai²²　tan⁵⁵　pau⁵³
英　台　说　道
英台说：

笑　歹　打　奴　麻　都　乃
Xaop diaix dah nouc map touk naih
ɕau³⁵ tjai³¹ ta³³ nəu²² ma³⁵ tʰəu⁴⁵³ nai³³
你　兄　从　哪　来　到　这
兄从何方到此处，

该　　窝　　本　　性　　牙　刀　囧　　寨
Kgeis wox　bens　xenp yac daol jungh xaih
qəi³²³ wo³¹ pən³²³ ɕən³⁵ ja²² tau⁵ tuŋ³³ ɕai³³
不　　知　　本　　身　　俩　我　共　　寨
不知咱俩同寨，

及　报　孖　歹　鸟　　嘎　　样
Jih baov nyac diaix nyaoh kgags xangl
tɕi³³ pau⁵³ ɲa²² tɕai³¹ ɲau³³ qak³²³ ɕaŋ⁵⁵
还　说　你　兄　在　　别　　乡
还是仁兄在他乡？

山　　伯　单　　报
Sans　Beec dans　baov
san³²³ pe²² dan³²³ pau⁵³
山　　伯　说　　道
山伯回答道：

丢　　鸟　　文　　州　娘　　卡　　姓
Diiul nyaoh wens　jul nyaengc kgags singk
tɕiu⁵⁵ ɲau³³ wən³²³ tɕu⁵⁵ ɲɐŋ²² qak³²³ siŋ⁴⁵³
我　　在　　温　　州　真　　别　　姓
我在温州别姓氏，

补　　赖　　扽　　丁　农　　哈　　岁　学　　堂
Bux lail　deml　dingv nongx habp suiv xot dangc
pu³¹ lai⁵⁵ təm⁵⁵ tiŋ⁵³ noŋ³¹ hap³⁵ sui⁵³ ɕo¹³ taŋ²²
父　好　关　爱　弟　才　坐　学　堂
父亲关爱送儿坐学堂。

英　　台　单　　报
Yens　Taic dans　baov
jən³²³ tʰai²² tan³²³ pau⁵³
英　　台　说　　道
英台说：

丢　鸟　我　梅　三　寨
Diiul nyaoh woc meix sans zail
tjiu⁵⁵ ȵau³³ wo²² məi³¹ san³²³ tsai⁵⁵
我　住　峨眉　蝉　寨
我在娥眉蝉寨,

奔　痛　言　丢　赖　登　亚
Bens tongk yanc diiul lail daeml yav
pən³²³ tʰoŋ⁴⁵³ jan²² tjiu⁵⁵ lai⁵⁵ tɐm⁵⁵ ja⁵³
本　算　家　我　好　塘　田
只有我家田地广,

丢　地　放　加　宁　　下　连　学　堂
Diiul dih wangp jav nyaengc xah lianx xot dangc
tjiu⁵⁵ ti³³ waŋ³⁵ ta⁵³ ȵɐŋ²²　ɕa³³ ljan³¹ ɕo¹³ taŋ²²
我　地方　那　真　　也　无　学　堂
我们地方也是无学堂。

登　歹　半　棍　　加　邀　见　又　喊
Deml diaix banv kuenp jav yaoc jenl yiuv haemk
təm⁵⁵ tjai³¹ pan⁵³ kwən³⁵ ta⁵³ jau²² tɐn⁵⁵ jiu⁵³ hɐm⁴⁵³
遇　兄　半路　　那　咱　定　要　问
半路相遇那我要问问,

唸　　乃　呀　当　　捞　嘎　言　丢　一　唸
Nyaemv naih yah diangs laos kgah yanc diiul yil nyaemv
ȵɐm⁵³　nai³³ ja³³ tjaŋ³²³ lau³²³ qa³³ jan²² tjiu⁵⁵ ji⁵⁵ ȵɐm⁵³
晚　　这　也　请　　进　里　家　我　一　晚
今晚定要去到我家住一晚,

忒　给　农　义　郎
Deis gkeep nongx nyih langc
təi³²³ qʰe³⁵ noŋ³¹ ȵi³³ laŋ²²
看　我　弟　二　郎
我有弟弟叫二郎。

三　伯　单　报
Sans　Beec danl　baov
san³²³　pe²²　tan⁵⁵　pau⁵³
山　伯　回　答
山伯回答：

丢　又　类　拜　杭　州　独　字　累
Diiul yiuv luih bail hangc jul dogc siih leec
tjiu⁵⁵ jiu⁵³ lui³³ pai⁵⁵ haŋ²² tu⁵⁵ tok²² sji³³ le²²
我　要　下　去　杭　州　读　诗　书
我去杭州读诗书，

登　笑　给　义　给　我　姓　关　什么
Deml xaop keek nyih kgeis wox singk guanl mangc
təm⁵⁵ çau³⁵ ke⁴⁵³ n̠i³³ qə³²³ wo³¹ siŋ⁴⁵³ kwan⁵⁵ maŋ²²
遇　你　姑　娘　不　知　姓　名　什么
遇见姑娘不知姓什么。

丢　又　勒　笑　奥　尾　我
Diiul yiuv lebc xaop aol weex wox
tjiu⁵⁵ jiu⁵³ ləp²² çau³⁵ au⁵⁵ we³¹ wo³¹
我　要　告诉　你　拿　做　知道
你告诉我才知道，

我　们　在　和　南　省
Wox mens zail hoc nanc saenx
wo³¹ mən³²³ tsai⁵⁵ ho²² nan²² sən³¹
我　们　在　河　南　省
我们住在河南省，

本　是　银　姓　梁
Bens jingv nyenc singv liangc
pən³²³ tiŋ⁵³ nən²² siŋ⁵³ ljaŋ²²
本　真　人　姓　梁
本人本姓梁。

英　台　单　报
Yens Taic danl baov
jən³²³ tʰai²² tan⁵⁵ pau⁵³
英 台 说 道
英台说：

乃　要　大　拿
Naih yaoc dav nas
nai³³ jau²² ta⁵³ na³²³
这　我　中间　脸
当着梁兄，

平　伴　刚　进　连　刚　加
Biingc banx kgangs jenl lianx kgangs qat
pjiŋ²² pan³¹ qaŋ³²³ ȶən⁵⁵ ljan³¹ qaŋ³²³ tʰa¹³
平　伴　讲　真　不　讲　假
朋友面前说真不说假。

丢　拉　祝　家　农　丢　关　义　郎
Diiul lagx zuc gas nongx diiul guanl Nyih Langc
tjiu⁵⁵ lak³¹ tsu²² ka³²³ noŋ³¹ tjiu⁵⁵ kwan⁵⁵ ȵi³³ laŋ²²
我　儿　祝　家　弟　我　名　二　郎
我本姓祝家有弟名二郎，

农　关　义　郎　要　霞　祝　英　台
Nongx guanl Nyih Langc yaoc xah Zuc Yens Taic
noŋ³¹ kwan⁵⁵ ȵi³³ laŋ²² jau²² ɕa³³ tsu²² jən³²³ tʰai²²
弟　名　二　郎　我　是　祝　英　台
弟是二郎我叫祝英台。

闷　乃　登　歹　三　伯
Maenl naih deml diaix Sans Beec
mɐn⁵⁵ nai³³ təm⁵⁵ tjai³¹ san³²³ pe²²
天　这　遇　兄　山　伯
今天遇见山伯兄，

呀　当　宁　丢　馆　　等　强
Yah diangs nyimp diiul kuanh　daems qangc
ja³³ tjaŋ³²³ n̠im³⁵ tjiu⁵⁵ kʰwan³³ tɐm³²³ tʰaŋ²²
也　当　跟　我　侃　　等　时间
请你与我们聊聊天。

笑　又　拜　耨　补　又　啦　丢　定
Xaop yiuv bail　noup buh yiuv liebc diiul tiingk
ɕau³⁵ jiu⁵³ pai⁵⁵ nəu³⁵ pu³³ jiu⁵³ ljəp²² tjiu⁵⁵ tjiŋ⁴⁵³
你　要　去　哪　也　要　告诉 我们 知道
你去哪儿也请跟咱讲一讲，

丢　卷　拜　言
Diiul jonv bail yanc
tjiu⁵⁵ ton⁵³ pai⁵⁵ jan²²
我　转　去　家
我转回家

啦　门　农　丢　汉　淋
Liabc maenv nongx diiul han　liingh
ljap²² mɐn⁵³ noŋ³¹ tjiu⁵⁵ han⁴⁵³ ljiŋ³³
告诉 那　弟弟 我　汉　单
告诉我那单身弟弟，

宁　笑　定　回　乡
Nyimp xaop diingh wuip xangp
n̠im³⁵ ɕau³⁵ tjiŋ³³ wui³⁵ ɕaŋ³⁵
跟　你　一起 走　他乡
与你一起走他乡。

三　伯　单　报
Sans Beec dans baov
san³²³ pe²² tan³²³ pau⁵³
山　伯　说　道
山伯说，

农　　到　　给　　信　　宁　　要　　去
Nongx daol kgeis ximp nyimp yaoc quk
noŋ³¹　tau⁵⁵　qəi³²³　ɕim³⁵　n̠im³⁵　jau²²　t̠ʰu⁴⁵³
弟　　咱　　不　　嫌　　跟　　我　　去
小弟不嫌同我去，

要　　本　　学　　九　　囧　　学　　堂
Yaoc bens　xogl　juh　jungh xot　dangc
jau²²　pən³²³　ɕok⁵⁵　ʈu³³　ʈuŋ³³　ɕo¹³　taŋ²²
我　　本　　喜欢　他　　共　　学　　堂
我喜欢他共学堂。

奴　农　　航　　拜　　宁　　丢　　去
Nuv nongx haengt bail　nyimp diiul　quk
nu⁵³　noŋ³¹　hɐŋ¹³　pai⁵⁵　n̠im³⁵　tjiu⁵⁵　t̠ʰu⁴⁵³
若　弟　　愿　　去　　跟　　我　　去
弟若愿去跟我走，

将　　棍　　同　　路　　九　样　　阳
Qamt　kuenp　dongc luh　xuh yangv jangc
t̠ʰam¹³　kʰwən³⁵　toŋ²²　lu³³　ɕu³³　jaŋ⁵³　ʈaŋ²²
走　　路　　同　　路　　就　洋　　洋
一路同行赏风光。

将　　棍　　同　　路　　补　给　　筱
Qamt　kuenp　dongc luh　buh kgeis xaot
t̠ʰam¹³　kʰwən³⁵　toŋ²²　lu³³　pu³³　qəi³²³　ɕau¹³
走　　路　　同　　路　　也　不　　怕
一路同行不担心，

奴　　尾　　类　扣　　农　　笑
Nouc weex lis　maenv nongx xaop
nəu²²　we³¹　li³²³　mɐn⁵³　noŋ³¹　ɕau³⁵
怎　做　得　那　　弟　你
若能和你弟弟

宁　　丢　　尾　　捞　　虽　　拜
Nyimp diiul weex laot siic bail
ȵim³⁵ tjiu⁵⁵ we³¹ lao¹³ sji²² pai⁵⁵
跟　　我　　做　　伴　　齐　　去
同行一路，

丢　　定　　赖　　命　　什么
Diiul tiingk lail mingh mangc
tjiu⁵⁵ tjiŋ⁴⁵³ lai⁵⁵ miŋ³³ maŋ²²
我　　感觉　　好　　命　　什么
我真感觉好运气。

三　　伯　　单　　报
Sans Beec dans baov
san³²³ pe²² tan³²³ pau⁵³
山　　伯　　说　　道
山伯又说，

农　　卷　　拜　　言　　要　　嘎　　鸟　　乃　　嘎
Nongx jonv bail yanc yaoc kgags nyaoh naih gas
noŋ³¹ ton⁵³ pai⁵⁵ jan²² jau²² qak³²³ ȵau³³ nai³³ ka³²³
妹　　转　　去　　家　　我　　自　　在　　这　　等
你回家去我便在此等，

孖　　卷　　拜　　言　　解　　门　　农　　笑
Nyac jonv bail yanc jais maemv nongx xaop
ȵa²² ton⁵³ pai⁵⁵ jan²² tai³²³ mɐm⁵³ noŋ³¹ ɕau³⁵
你　　转　　去　　家　　问　　那　　弟　　你
你回家去请你弟弟

偶　　啦　　孩　　袜　　啦　　身
Aol lagx haic was liabx xenl
au³⁵ lak³¹ hai²² wa³²³ ljap³¹ ɕən⁵⁵
拿　　些　　鞋　　袜　　随　　身
收拾鞋袜衣物，

丢　卡　鸟　喀　棍　　嘎　郎
Diiul kgags nyaoh kgah kuenp gas langc
ȶjiu⁵⁵ qak³²³ ȵau³³ qa³³ kʰwən³⁵ ka³²³ laŋ²²
我　自　在　边　路　　等　郎
我在路上等二郎。

三　伯　嘎　守　古　门　米啊
Sans Beec gas xut kgus maenl miav
san³²³ pe²² ka³²³ ɕu¹³ qu³²³ mən⁵⁵ mia⁵³
山　伯　等　守　整　天　烦闷
山伯等了一整天，

英　台　捞　寨　并　嘎　行
Yens Taic laos xaih biinv kgags hangc
jən³²³ tʰai²² lao³²³ ɕai³³ pin⁵³ gak³²³ haŋ²²
英　台　进　寨　变　别　样
英台到家打扮变了样，

英　台　别　高　三　邑　花　孩　完
Yens Taic bih gaos sank bial wap haic wanh
jən³²³ tʰai²² pi³³ kau³²³ san⁴⁵³ pia⁵⁵ wa³⁵ hai²² wan³³
英　台　捆　头　编　辫　花　鞋　换
英台梳头扎辫花鞋换，

高　邑　归　伴　尾　呢　样　银　办
Gaos bial ngiuc banh weex nyis yangh nyenc banl
kau³²³ pia⁵⁵ ŋiu²² pan³³ we³¹ ȵi³²³ jaŋ³³ ȵən²² pan⁵⁵
头　额　留　辫　做　那　样　人　男
头上盘发打扮男子样。

刚　　啦　行　银　义　加
Kgangs lagx hangc nyenc il jav
qaŋ³²³ lak³¹ haŋ²² ȵən²² i⁵⁵ ȶa⁵³
讲　仔　种　人　那样
讲到英台

龙　也　补　赖　腮　补　江
Longc yah bus　lail sait buh jangh
loŋ²² ja³³ pu³²³ ɬai⁵⁵ sai¹³ pu³³ ɬaŋ³³
肚　也　很　好　肠　也　是
心灵聪明口才好，

又　拜　朝　囻　该　将　宁　文　章
Yiuv bail　jeeuc jongl kgail xangh nyimh wenc　jangl
jiu⁵³ pai⁵⁵ ʨeu²² ɬoŋ⁵⁵ qai⁵⁵ ɕaŋ³³ n.im³³ wəŋ²² ɬaŋ⁵⁵
要　去　朝　中　街　上　念　文　章
要去朝中街上念文章。

补　毛　英　台　单　报
Bux maoh Yenc Taic　dans baov
pu³¹ mau³³ jən³²³ tʰai²² tan³²³ pau⁵³
父　她　英　台　说　道
英台父亲说，

憋　正　会　孖
Bedc senp wuip nyal
pət²² sən³⁵ wui³⁵ n.a⁵⁵
片　村　回　江
走遍天下

哈　类　啦　办　多　热　眉　规　矩
Habp lis　lagx banl　dos　leec meec gueis　jix
hap³⁵ li³²³ lak³¹ pan⁵⁵ to³²³ le²² me²² kwəi³²³ ji³¹
只　得　儿　男　读　书　有　规　矩
只有男儿读书的规矩，

澜　类　留　妹　随　学　堂
Lianx lis　liuuc muih suiv xot dangc
ljan³¹ li³²³ lju²² mui³³ sui⁵³ ɕo¹³ ɬaŋ²²
哪　得　刘　媄　坐　学　唐
哪有姑娘坐学堂？

英　台　单　报
Yens Taic dans baov
jən³²³ tʰai²² tan³²³ pau⁵³
英　台　说　道
英台说道，

管　刚　南　县　发　热
Kgunv kgangs nanx xeens wedt leec
kun⁵³ qaŋ³²³ nan³¹ ɕen³²³ wəd¹³ le²²
前　讲　南　县　发　书
传说南县地方

没　卑　关　仕　英
Meec beix guanl Xis Yens
me²² pəi³¹ kwan⁵⁵ ɕi³²³ jən³²³
有　女　名　喜　英
有女叫喜英，

差　给　身　根　忙　学　堂
Sais gkeep xens genh mongx xot dangc
sai³²³ qʰe³⁵ ɕən³²³ kən³³ moŋ³¹ ɕo¹³ taŋ²²
肠　亮　勤　恳　高兴　学　堂
勤奋读书美名扬。

刚　嘎　朝　中
Kgangs kgah jeeuc jongl
qaŋ³²³ qa³³ ʨeu²² ʨoŋ⁵⁵
讲　到　朝　中
说到朝中

王　帝　堂　学　多　热　没　啦　灭
Wangc div dangc xot dos leec meec lagx miegs
waŋ²² ti⁵³ taŋ²² ɕo¹³ to³²³ le²² me²² lak³¹ mjək³²³
皇　帝　堂　学　读　书　有　儿　女
皇帝学堂读书有女子，

管　　加　九　伯　　义　加　十　万　　行
Kgunv jav juh begs　il jav xebc weenh hangc
kun⁵³　ta⁵³　tu³³　pək³²³　i⁵⁵　ta⁵³　ɕəp²²　wen³³　haŋ²²
前　　那　九　百　　那　样　十　万　　行
九百十万男儿比不上。

补　猫　英　台　单　报
Bux maoh Yens Taic dans baov
pu³¹　mau³³　jən³²³　tʰai²²　tan³²³　pau⁵³
父　她　英　台　说　道
英台父亲说道，

啦　乃　秀　身　真　赖　样
Lagx naih suit xenp jenl lail yangh
lak³¹　nai³³　sui¹³　ɕən³⁵　tən⁵⁵　lai⁵⁵　jaŋ³³
儿　这　修　身　真　好　样
女扮男装真漂亮，

杭　　九　该　上　比　类　啦　卡
Hangc Jul kgail xangh biih lis lagx gax
haŋ²²　tu⁵⁵　qai⁵⁵　ɕaŋ³³　pji³³　li³²³　lak³¹　ka³¹
杭　州　街　上　比　得　仔　汉
与杭州街上汉郎比，

猫　下　弟　呃　郎
Maoh xah dih edl langc
mau³³　ɕa³³　ti³³　ət⁵⁵　laŋ²²
她　也　第　一　郎
数你第一郎。

英　台　定　拢　出　多
Yens Taic diiml dinl ugs dol
jən³²³　tʰai²²　tjim⁵⁵　tin⁵⁵　uk³²³　to⁵⁵
英　台　抬　脚　出　门
英台起步出门，

馆　妹　栏　嘎　伞
Ngunl meix lanc kabp sank
ŋun⁵⁵ məi³¹ lan²² kʰap³⁵ san⁴⁵³
扛　根　扁担　带　伞
担着扁担拿把伞，

拜　豆　半　编
Bail touk banv bianv
pai⁵⁵ tʰəu⁴⁵³ pan⁵³ pjan⁵³
去　到　半　坝
走到田坝

登　给　哆　姓　梁
Deml gkeep diaix singk liangc
təm⁵⁵ qʰe³⁵ tjai³¹ siŋ⁴⁵³ ljaŋ²²
碰　他　兄　姓　梁
赶上梁哥郎。

呀　给　建　坤　拜　豆　高　锦　杭　九
Yac gkeep qamt kuenp bail touk gaos jenc hangc jul
ja²² qʰe³⁵ tʰam¹³ kʰwən³⁵ pai⁵⁵ tʰəu⁴⁵³ kau³²³ tən²² haŋ²² tu⁵⁵
俩　他　走　陆　去　到　头　山　杭　州
他俩一同来到杭州坡头

娘　　下　多　义　萨
Nyaengc xah dos il sav
nɐŋ²² ça³³ to³²³ i⁵⁵ sa⁵³
真　　也　放　一　休息
歇一会儿，

呀　给　囊　搞　行　加
Yac gkeep naengc kgaox senp jav
ja²² qʰe³⁵ nɐŋ²² qau³¹ sən³⁵ ta⁵³
俩　他　看　里　城　那
两人眺望杭州城，

娘　　下　好　学　堂
Nyaengc xah haox xot dangc
nɛŋ²² ɕa³³ hau³¹ ɕo¹³ taŋ²²
真　也　好　学　堂
真是读书好地方。

呀　给　打　拜　定　该　高　该
Yac gkeep dah bail dinl kgail gaos kgail
ja²² qʰe³⁵ ta³³ pai⁵⁵ tin⁵⁵ qai⁵⁵ kau³²³ qai⁵⁵
俩　他　过去　脚　街　头　街
他俩游走街头巷尾，

卡　杀　古
Gax sat gkuk
qa³¹ sa¹³ qʰu⁴⁵³
汉人 杀 猪
看见汉人在杀猪，

南　条　豆　腐　内　内　荡
Nanx qeeut doh huh nuit nuit dangl
nan³¹ tʰeu¹³ to³³ hu³³ nui¹³ nui¹³ taŋ⁵⁵
肉　炒　豆　腐　喷　喷　香
肉炒豆腐喷喷香。

呀　给　队　蜡　队　香
Yac gkeep dieis labx dieis xangp
ja²² qʰe³⁵ tjəi³²³ lap³¹ tjəi³²³ ɕaŋ³⁵
俩　他　买　蜡　买　香
他俩买蜡买香

伯　拜　义　孔　夫　子
Bail baiv nyil Kongx Fus Zix
pai⁵⁵ pai⁵³ ɲi⁵⁵ kʰoŋ³¹ fu³²³ tsi³¹
去　拜　那　孔　夫　子
拜祭孔夫子，

豆　给　先生　妻夫　尾　呀　娘
Douc gkeep xenp saenp sis　fus　weex yal　nyangc
təu²² qʰe³⁵ ɕen³⁵ sɐn³⁵ si³²³ fu³²³ we³¹ ja⁵⁵ ȵaŋ²²
求　那　先生　妻夫　做　爹　娘
拜他先生夫妇为爹娘。

英　台　尾　啦　门　麻　大　寨
Yens Taic weex lagx menv mags dav jaih
jən³²³ tʰai²² we³¹ lak³¹ mən⁵³ mak³²³ ta⁵³ ȶai³³
英　台　做　个　井　大　中间　寨
英台好比寨中大井，

山　伯　忙　给　尾　拿　米爱　拜　队
Sans Beec mangc kgeis weex nadl miaiv bail duis
san³²³ pe²² maŋ²² qəi³²³ we³¹ nat⁵⁵ mjai⁵³ pai⁵⁵ tui³²³
山　伯　怎么　不　做　个　瓢　去　舀
山伯为何不拿瓢去舀？①

尾　囧　水　清　生
Weex jongl xuit tingp singh
we³¹ tʰoŋ⁵⁵ ɕui¹³ tʰiŋ³⁵ siŋ³³
做　碗　水　清　清
一碗清泉水，

鸟　嘎　大　地　囧　央
Nyaoh kgah dav dih jongl yangl
ȵau³³ qa³³ ta⁵³ ti³³ ʈoŋ⁵⁵ jaŋ⁵⁵
在　那　中　地　中　央
放在床中央。

您　给　同　项　齐　纳
Nyaemv gkeep dongc xangc siic nguah
ȵɐm⁵³ qʰe³⁵ toŋ²² ɕaŋ²² sji²² ŋwa³³
晚　他们　同　床　齐　睡
晚上同床共枕，

① 此处疑有遗漏。

哇　里　必　啦
Wah　lix　buix　lagl
wa³³　li³¹　pai³¹　lak⁵⁵
话　语　不　断
话语绵绵，

比　尾　您　虐
Buix　weex　nyaml　nyogl
pui³¹　we³¹　ȵam⁵⁵　ȵok⁵⁵
不　做　过　分
身不越限，

笑　跟　破　都　项
Xaot　eengv　pogp　douh　xangc
ɕau¹³　eŋ⁵³　pʰok³⁵　təu³³　ɕaŋ²²
怕　那　泼　被　床
怕水泼湿床。

山　伯　银　桑　宁　听　报
Sans　Beec　nyenc　saengc　nyaengc　tiingk　baov
san³²³　pe²²　ȵən²²　sɐŋ²²　ȵɐŋ²²　tʰjiŋ⁴⁵³　pau⁵³
山　佰　人　直　真　听　讲
山伯老实听讲，

门　门　齐　鸟　各　我　搞　文　奖
Maenl　maenl　siic　nyaoh　gods　wox　gaox　wenc　jangl
mɐn⁵⁵　mɐn⁵⁵　sji²²　ȵau³³　kot³²³　wo³¹　kau³¹　wən²²　taŋ⁵⁵
天　天　齐　坐　只　会　搞　文　章
天天一起只知写文章。

英　台　单　报
Yens　Taic　dans　baov
jən³²³　tʰai²²　tan³²³　pau⁵³
英　台　说　道
英台说，

刀　荡　捞　学　多　类　三　年　半
Daol daengl laos xot dos lis samp nyinc banv
tau⁵⁵ tɐŋ⁵⁵ lau³²³ ɕo¹³ to³²³ li³²³ sam³⁵ ȵin²² pan⁵³
咱　来　进　学　读　得　三　年　半
咱进学堂已有三年半，

门　墓　堂　学　平　伴　血　散
Maenl mus dangc xot biingc banx xedt sank
mɐn⁵⁵ mu³²³ taŋ²² ɕo¹³ pjiŋ²² pan³¹ ɕət¹³ san⁴⁵³
天　明　学　校　同　伴　全　散
明天学堂散学，

刀　布　卷　拜　言
Daol buh jonv bail yanc
tau⁵⁵ pu³³ ton⁵³ pai⁵⁵ jan²²
俩　我　转　去　家
咱们返回家。

平　伴　血　拜　到　布　拜
Biingc banx xedt bail daol buh bail
pjiŋ²² pan³¹ ɕət¹³ pai⁵⁵ tau⁵⁵ pu³³ pai⁵⁵
同　伴　都　走　咱　也　走
同学都走咱也走，

比　门　鸟　学　多　热　尾　独　忙
Buix meenh nyaoh xot dos leec weex duc mangc
pui³¹ men³³ ȵau³³ ɕo¹³ to³²³ le²² we³¹ tu²² maŋ²²
别　恋　在　学　读　书　做　个　什　么
留在学堂干哪样？

山　伯　省　报
Sans Beec senp baov
san³²³ pe²² sən³⁵ pau⁵³
山　佰　说　道
山伯回答说，

平　伴　拜　猫
Biingc banx bail maoh
pjiŋ²² pan³¹ pai⁵⁵ mau³³
同　伴　去　先
同伴先走，

刀　恩　大　仁　义
Daol eengv dah lenc nyis
tau⁵⁵ eŋ⁵³ ta³³ lən²² n̠i³²³
咱　再　过　后　点
咱们再过几天走，

到　比　紧　所　尾　独　忙
Daol buix jins soh weex duc mangc
tau⁵⁵ pui³¹ ʨin³²³ so³³ we³¹ tu²² maŋ²²
咱　别　紧　气　做　个　什么
着急回家做哪样？

英　台　省　报
Yens Taic senp baov
jən³²³ tʰai²² sən³⁵ pau⁵³
英　台　说　道
英台说，

馆　习　刀　麻
Kgunv xic daol map
qun⁵³ ɕi²² tau⁵⁵ ma³⁵
前　时　咱　来
以前咱们出来，

额　愁　父　母　卡　言
Edl souc hut mux kgah yanc
ət⁵⁵ səu²² hu¹³ mu³¹ qa³³ jan²²
一　愁　父　母　在　家
一忧家中父母

血　很　给　卷　九
Xedt henp kgeis jonc juh
ɕət¹³ hən³⁵ qəi³²³ ton²² tu³³
都　恨　不　健　康
身体欠安康，

乃　刀　义　愁　妻　夫
Naih daol nyih souc tip huh
nai³³ tau⁵⁵ ɲi³³ səu²² ti³⁵ hu³³
这　咱　二　愁　妻　夫
愁家人担忧咱，

刀　就　卷　拜　言
Daol xuh jonv bail yanc
tau⁵⁵ ɕu³³ ton⁵³ pai⁵⁵ jan²²
咱　就　转　回　家
咱就转回家。

三　伯　单　报
Sans Beec dans baov
san³²³ pe²² tan³²³ pau⁵³
山　伯　说　道
山伯回答说，

馆　习　刀　麻
Kgunv xic daol map
kun⁵³ ɕi²² tau⁵⁵ ma³⁵
前　时　咱　来
以前咱们出来，

恩　啦　父　母　卡　言
Eengv lagx hut mux kgah yanc
ən⁵³ lak³¹ hu¹³ mu³¹ qa³³ jan²²
包括　仔　父　母　里　家
家中父母弟妹

僧 中 歹 齐 爱
Semp jongl daih siic eiv
səm³⁵ toŋ⁵⁵ tai³³ sji²² əi⁵³
心 中 都 齐 爱
心中都高兴，

呀 刀 最 拜 言
Yac daol seik bail yanc
ja²² tau⁵⁵ səi⁴⁵³ pai⁵⁵ jan²²
俩 我 再 回 家
咱俩慢回家。①

英 台 单 报
Yens Taic dans baov
jən³²³ tʰai²² tan³²³ pau⁵³
英 台 说 道
英台说，

奴 歹 给 拜
Nuv diaix kgeis bail
nu⁵³ tjai³¹ qəi³²³ pai⁵⁵
若 兄 不 走
如兄不走，

引 歹 类 该 拜 囊 面
Yenx diaix luih kgail bail naengc miinh
jən³¹ tjai³¹ lui³³ qai⁵⁵ pai⁵⁵ nɐŋ²² mjin³³
引 兄 下 街 去 看 面
引兄下街去看相，

刀 奴 啦 卡
Daol nuv lagx gax
tau⁵⁵ nu⁵³ lak³¹ ka³¹
咱 看 仔 汉
咱见汉人

---
① 此处疑有遗漏。

遇 水 霞 对 登 给 光
Yuix xuis xagp diiuh dengv kgeis guangl
jui³¹ ɕui³²³ ɕak³⁵ tjiu³³ təŋ⁵³ qəi³²³ kwaŋ⁵⁵
舀 水 冲 那里 黑 不 亮
舀水梳头亮光光。

得 笔 拜 页 血 画 感
Deic biedl bail nyegs xedt wap kgeenv
təi²² pjət⁵⁵ pai⁵⁵ nək³²³ ɕət¹³ wa³⁵ qen⁵³
拿 笔 去 画 都 画 花
用笔去画插上花，

秀 身 大 半
Suit xenp dal beenv
sui¹³ ɕən³⁵ ta⁵⁵ pen⁵³
修 身 打 扮
梳妆打扮，

你 报 独 耨 记 灭
Nyac baov duc nouc jih miegs
n̠a²² pau⁵³ tu²² nəu²² t̠i³³ mjək³²³
你 说 个 哪 是 女
你猜哪个是女

赶 荡 独 记 办
Kganv daengl duc jih banl
kan⁵³ tɐŋ⁵⁵ tu²² t̠i³³ pan⁵⁵
赶 后 个 是 男
哪个又是男？

三 伯 单 报
Sans Beec dans baov
san³²³ pe²² tan³²³ pau⁵³
山 伯 说 道
山伯回答，

笑　锦　类　该
Xaop jaeml luih kgail
ɕau³⁵ ʨɐm⁵⁵ lui³³ qai⁵⁵
你　邀　下　街
你邀我上街，

加　丢　歹　给　去
Jav diiul diaix kgeis quk
ʨa⁵³ tjiu⁵⁵ tjai³¹ qəi³²³ tʰu⁴⁵³
那　我　兄　不　去
那我不愿去，

本　秀　高　铺
Bens xus kgaox puk
pən³²³ ɕu³²³ qau³¹ pʰu³³
本　守　里　铺
守在学堂

哥　我　字　文　章
Gods wox siih wenc jangl
qot³²³ wo³¹ sji³³ wən²² ʨaŋ⁵⁵
就　知　字　文　章
就知道作文章。

笑　锦　囊　面　丢　下　给
Xaop jaeml naengc miinh diiul xah kgeis
ɕau³⁵ ʨɐm⁵⁵ nɐn²² mjin³³ tjiu⁵⁵ ɕa³³ qəi³²³
你　邀　看　面　我　也　不愿
请去看相我不去，

丢　补　给　我
Diiul buh kgeis wox
tjiu⁵⁵ pu³³ qəi³²³ wo³¹
我　也　不　知道
我也不知道

独 奴 记 灭
duc nouc jih miegs
tu²² nəu²² ţi³³ mjək³²³
个 哪 是 女
哪个是女,

赶 荡 独 记 办
Kganv daengl duc jih banl
qan⁵³ tɐŋ⁵⁵ tu²² ţi³³ pan⁵⁵
赶 在 个 是 男
哪个又是男。

英 台 单 报
Yens Taic dans baov
jən³²³ tʰai²² tan³²³ pau⁵³
英 台 说 道
英台说,

奴 歹 给 拜
Nuv diaix kgeis bail
nu⁵³ tjai³¹ qəi³²³ pai⁵⁵
若 兄 不 去
如兄不去,

引 歹 类 该
Yenx diaix luih kgail
jən³¹ tjai³¹ lui³³ qai⁵⁵
引 兄 下 街
请你下街

拜 囊 登 队
Bail naengc daeml doiv
pai⁵⁵ mɐŋ²² tɐm⁵⁵ toi⁵³
去 看 塘 那
去观水塘,

登　麻　义队　梅　银　阳
Daeml mags　il　doiv meix yeenl yangl
tɐm⁵⁵　mak³²³　i⁵⁵ toi⁵³ məi³¹ jen⁵⁵ jaŋ⁵⁵
塘　大　一　对　鸟　鸳　鸯
塘里一对鸳鸯鸟。

要　报　独　色　的　素　妹　的　亚
Yaoc baov　duc　seis　dih　sup　meix　dih　yak
jau²² pau⁵³ tu²² səi³²³ ti³³ su³⁵ məi³¹ ti³³ ja⁴⁵³
我　说　个　雄　带　绿　雌　带　红
我说雄的蓝色母红色，

修　忙　银　媒　多　大
Xius mungx nyenc muic dos dav
ɕiu³²³ muŋ³¹ ȵən²² mui²² to³²³ ta⁵³
少　个　人　媒　在　中间
只欠媒人从中点破，

加　你　歹　各　光
Jav nyac diaix habp guangl
ta⁵³ n̪a²² tjai³¹ hap³⁵ kwaŋ⁵⁵
那　你　兄　才　亮
那兄才醒悟。

三　伯　单　报
Sans　Beec dans　baov
san³²³ pe²² tan³²³ pau⁵³
山　伯　说　道
山伯回答，

别　呀　刚　啦　道　理松　东
Buix yah kgangs lagx daoh lix sungp dungl
pui³¹ ja³³ qaŋ³²³ lak³¹ tau³³ li³¹ suŋ³⁵ tuŋ⁵⁵
别　那　讲　个　道　里话　语
你谈男女之间话题，

特　定　工　啊　系
Teet　tiingk　gungc　ags　xiv
tʰe¹³　tʰjiŋ⁴⁵³　kuŋ²²　ak³²³　çi⁵³
很　觉　多　余　极
觉得是多余，

理　给　没　弟
Lix　kgeis　meec　dih
li³¹　qəi³²³　me²²　ti³³
语　不　有　据
无聊话题

必　门　系　姓　梁
Buix　meenh　xiv　singk　Liangc
pui³¹　men³³　çi⁵³　siŋ⁴⁵³　ljaŋ²²
别　想　试　姓　梁
不要试姓梁。

蛮　刚　理　话
Meenh　kgangs　lix　wap
men³³　qaŋ³²³　li³¹　wa³⁵
想　讲　语　花
想讲花语，

你　是　解　要　呀　米　算
Nyac　siih　jais　yaoc　yagl　miac　sonk
n̠a²²　sji³³　ʈai³²³　jau²²　jak⁵⁵　mia²²　son⁴⁵³
你　是　问　我　掐　指　算
你是要我掐手算，

霞　号　先　生　我　算
Xah　haot　xangp　saemp　wox　sonk
ça³³　hau¹³　çaŋ³⁵　sɯm³⁵　wo³¹　son⁴⁵³
只　好　先　生　会　算
只有先生会算

顿　都　没　阴　阳
Donv douh meix yeml yangc
ton⁵³ təu³³ məi³¹ jəm⁵⁵ jaŋ²²
猜　中　树　阴　阳
猜对阴和阳。

英　台　省　报
Yens Taic sans baov
jən³²³ tʰai²² tan³²³ pau⁵³
英　台　说　道
英台说，

奴　歹　给　拜
Nuv diaix kgeis bail
nu⁵³ tjai³¹ qəi³²³ pai⁵⁵
若　兄　不　去
如兄不去，

引　歹　类　该　囊　孖　汪
Yenx diaix luih kgail naengc nyal wangh
jən³¹ tjai³¹ lui³³ qai⁵⁵ neŋ²² ɲa⁵⁵ waŋ³³
引　兄　下　街　看　河　弯
邀兄下街看大江，

刀　奴　啦　卡
Daol nuv lagx gax
tau⁵⁵ nu⁵³ lak³¹ ka³¹
咱　看　仔　汉
咱见汉人

撑　专　加　浪　蛮　样　阳
Qeengp xonc qak langh meenh yangc yangc
tʰeŋ³⁵ ɕon²² tʰa⁴⁵³ laŋ³³ men³³ jaŋ²² jaŋ²²
撑　船　上　浪　慢　洋　洋
撑船上滩悠悠上。

梅　呀　滴　罗
Meec yac jigs　lol
me²² ja²² ȶik³²³ lo⁵⁵
有　两　只　船
两只货船，

你　报　迪　奴　没　啦　货　嘎　样
Nyac baov jigs　nouc meec lagx hov kgags yangh
ȵa²² pau⁵³ ȶik³²³ nəu²² me²² lak³¹ ho⁵³ qak³²³ jaŋ³³
你　说　只　那　有　那　货　各　样
你说那船装的货品不一样，

刀　奴　啦　卡
Daol nuv lagx gax
tau⁵⁵ nu⁵³ lak³¹ ka³¹
咱　看　仔　汉
咱见汉人

撑　　专　　加　　浪
Qeengp xonc qak　langh
tʰeŋ³⁵　con²² tʰa⁴⁵³ laŋ³³
撑　　船　　上　　浪
撑船上滩，

你　报　没　加　样　独　忙
Nyac baov meec jagc yangc duc mangc
ȵa²² pau⁵³ me²² ȶak²² jaŋ²² tu²² maŋ²²
你　说　有　点　是　个　什么
你说载装什么货？

本　没　迪　洛　麻　省　榜　岑　帮
Bens　meec jigs　lol　map semh baengv jenc baengh
pən³²³ me²² ȶik³²³ lo⁵⁵ ma³⁵ səm³³ peŋ⁵³ ton²² peŋ³³
只　有　只　船　来　寻　磅　坎　靠
本有船只找岸边靠，

给　我　帮　尾　忙
Kgeis wox baengh weex mangc
qəi³²³ wo³¹ pɐŋ³³ we³¹ maŋ²²
不　知道靠　做　什么
不知靠岸为何事。

三　伯　单　报
Sans Beec dans baov
san³²³ pe²² tan³²³ pau⁵³
山　伯　说　道
山伯回答说，

呀　刀　登　定　类　孖
Yac daol diiml dinl luih nyal
ja²² tau⁵⁵ tjim⁵⁵ tin⁵⁵ lui³³ ȵa⁵⁵
两　咱　抬　脚　下　江
昔时咱俩乘船下河，

麻　杭　州　府 尾　堂　学
Map hangc jul fux weex dangc xot
ma³⁵ haŋ²² ȶu⁵⁵ fu³¹ we³¹ taŋ²² ɕo¹³
来　杭　州　府　做　堂　学
到杭州共学堂，

多　类　部　经
Dos lis buh jenl
to³²³ li³²³ pu³³ ʦən⁵⁵
读　得　部　经
学得经书，

加　刻　省　贴　郎
Jav gkeep senp qeek langc
ʦa⁵³ qʰe³⁵ sən³⁵ tʰe⁴⁵³ laŋ²²
那　别　真　怕　郎
别人尊重郎。

多 类 部 经
Dos lis buh jenl
to³²³ li³²³ pu³³ ȶən⁵⁵
读 得 部 经
学得经书

份 独 银 字 加
Wenp duc nyenc siic jas
wən³⁵ tu²² nən²² sji²² ȶa³²³
成 个 人 自 大
成为高贵人，

特 噶 发 关
Jedl gas wedt guanl
ȶət⁵⁵ ka³²³ wət¹³ kwan⁵⁵
揭 挂 发 名
榜上题名，

门 加 关 样 糖
Maenv jav kuanp yangh dangc
mɛn⁵³ ȶa⁵³ kʰwan³⁵ jaŋ³³ taŋ²²
那 才 甜 像 糖
心中甜如糖。

英 台 单 报
Yens Taic dans baov
jən³²³ tʰai²² tan³²³ pau⁵³
英 台 说 道
英台说，

奴 歹 给 拜
Nuv diaix kgeis bail
nu⁵³ tjai³¹ qəi³²³ pai⁵⁵
若 兄 不 去
如哥不去，

引 歹 类 该 高 九 打
Yenx diaix luih kgail gaos jiuc dah
jən³¹ tjai³¹ lui³³ qai⁵⁵ kau³²³ tiu²² ta³³
引 兄 下 街 头 桥 过
邀兄下街桥头走，

高 九 脚 加
Gaos jiuc jodx jav
kau³²³ tiu²² tot³¹ ta⁵³
头 桥 头 那
那边桥头

没 拱 奴 花 荡
Meec kgongl nugs wap dangl
me²² qoŋ⁵⁵ nuk³²³ wa³⁵ taŋ⁵⁵
有 棵 花 花 香
有株树花香。

想 腮 歹 单 鸟 嘎 大 半 岜
Xangk saip diaix danl nyaoh kgah dav banv baih
çaŋ⁴⁵³ sai³⁵ tjai³¹ tan⁵⁵ nau³³ qa³³ ta⁵³ pan⁵³ pai³³
想 让 兄 摘 在 那 中 间 半 丛
想让兄到那半坡（去摘花），

又 小 啦 鸟 团 寨
Yuh xaot lagx nyaox donc xaih
ju³³ çau¹³ lak³¹ nau³¹ ton²² çai³³
又 怕 仔 孩 团 寨
若兄不摘又恐寨上别人

门 麻 啦 花 王
Meenh map lah wap wangc
men³³ ma³⁵ la³³ wa³⁵ waŋ²²
长 去 寻 花 王
去做摘花郎。

三　伯　单　报
Sans　Beec　dans　baov
san³²³　pe²²　tan³²³　pau⁵³
山　伯　说　道
山伯回答，

孖　报　没　共　花　荡
Nyac baov meec kgongl wap dangl
ȵa²² pau⁵³ me²² qoŋ⁵⁵ wa³⁵ taŋ⁵⁵
你　说　有　株　花　香
你说有朵香花

鸟　打　半　岜
Nyaoh dav　banv biah
ȵau³³ ta⁵³　pan⁵³ pjai³³
在　中间 半　丛
开在半坡上，

丢　本　歹　栏　洞
Diiul bens　daih lianx dungs
tjiu⁵⁵ pən³²³ tai³³ ljan³¹ tuŋ³²³
我　本　从　不　见
我本没见过，

地 云　刚　登
Dih yunv kgangs deml
ȶi³³ jun⁵³ qaŋ³²³ təm⁵⁵
突然　讲　到
突然说有，

丢　本　给　我　门　花　忙
Diiul bens　kgeis wox maenv wap mangc
tjiu⁵⁵ pən³²³ qəi³²³ wo³¹ mɯn⁵³ wa³⁵ maŋ²²
我　真　不　知　那　花　什么
我怎知道是什么花。

门　　门　　多　　勒　　国　　想　　门
Maenl maenl dos　leec gueec xangk menh
mɐn⁵⁵　mɐn⁵⁵ to³²³　le²²　kwe²² ɕaŋ⁴⁵³ mən³³
天　　天　　读　　书　　不　　想　　思
天天读书不去想，

本　　报　　多　　勒　　奥　　登
Bens　baov　dos　leec　aol　dienh
pən³²³ pau⁵³ to³²³ le²² au⁵⁵ tjən³³
只　　说　　读　　书　　拿　　鼎
只想读书出名，

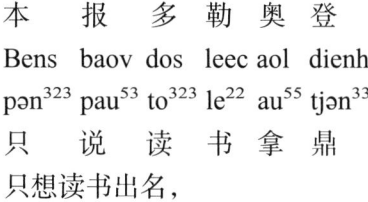

丢　　补　　给　　拜　　门　　花　　忙
Diiul　buh　kgeis　bail　menh wap wangc
tjiu⁵⁵　pu³³ qəi³²³ pai⁵⁵ mən³³ wa³⁵ waŋ²²
我　　也　　不　　去　　想　　花　　什么
我也不去猜它是何花。

英　　台　　单　　报
Yens　Taic　dans　baov
jən³²³ tʰai²² tan³²³ pau⁵³
英　　台　　说　　道
英台说，

奴　　歹　　给　　拜
Nuv　diaix　kgeis　bail
nu⁵³　tjai³¹　qəi³²³　pai⁵⁵
若　　兄　　不　　去
如兄不去，

引　　歹　　类　　该　　拜　　囊　　闷
Yenx diaix luih　kgail bail naengc menv
jən³¹　tjai³¹ lui³³ qai⁵⁵ pai⁵⁵ nɐŋ²² mən⁵³
引　　兄　　下　　街　　去　　看　　井
邀兄下街去观井，

闷　滴　想　水　定　清
Menv naemx xangk xuis tingp singh
mən⁵³ nɐm³¹ ɕaŋ⁴⁵³ ɕui³²³ tʰiŋ³⁵ siŋ³³
井　水　冒　水　清　清
井水清澈透底，

鸟　嘎　大　该　省
Nyaoh kgah dav kgail senp
ȵau³³ qa³³ ta⁵³ qai⁵⁵ sən³⁵
在　那　中间　街　上
在那街中央。

闷　滴　加　赖
Menv naemx jav lail
mən⁵³ nɐm³¹ ȶa⁵³ lai⁵⁵
井　水　那　好
清泉水井

鸟　嘎　大　该　习　四
Nyaoh kgah dav kgail xebc siih
ȵau³³ qa³³ ta⁵³ qai⁵⁵ ɕəp²² sji³³
在　那　大　街　十　字
在那十字街中，

锦　高　拜　毕
Jaems gaos bail biv
ȶɐm³²³ kau³²³ pai⁵⁵ pi⁵³
低　头　去　望
低头去看，

定　加　没　影　银
Dingv jav meec yings nyenc
tiŋ⁵³ ȶa⁵³ me²² jiŋ³²³ ȵən²²
底　那　有　影　人
井底见人影。

进 高 麻 囊
Diiml gaos map naengc
tɕim⁵⁵ kau³²³ ma³⁵ nɐŋ²²
抬 头 来 看
抬头去看

呀 给 娘 鸟 加
Yac gkeep nyaengc nyaoh jav
ja²² qʰe³⁵ ȵɐŋ²² ȵau³³ ta⁵³
两 他 真 在 那
他俩真在那里，

修 老 银 媒 多 大
Xiut laot nyenc muic dos dav
ɕiu¹³ lau¹³ ȵən²² mui²² to³²³ ta⁵³
少 一个人 媒 放 中间
只欠媒人做主，

呀 给 下 蹦 门
Yac gkeep xah biongv menl
ja²² qʰe³⁵ ɕa³³ pjoŋ⁵³ mən⁵⁵
两 他 才 破 天
他［她］俩破天机。

三 伯 单 报
Sans Beec dans baov
san³²³ pe²² tan³²³ pau⁵³
山 伯 说 道
山伯说，

农 丢 仪 郎 忙 呀 登
Nongx diiul Nyih Langc mangc yah denh
noŋ³¹ tɕiu⁵⁵ ȵi³³ laŋ²² maŋ²² ja³³ tən³³
弟 我 二 郎 怎么 那 笨
二郎贤弟怎么这样傻，

歹　云　刚　告　定　门　没　影　银
Daih yunv kgangs kgaox dingv menv meec yings nyenc
tai³³ jun⁵³ qaŋ³²³ qau³¹ tiŋ⁵³ mən⁵³ me²² jiŋ³²³ nən²²
突　然　讲　告　底　井　有　影　人
突然说到井底人影晃。

门　渰　哈　海　给　奴　丁
Menv naemx hap heit kgeis nuv dingv
mən⁵³ nɐm³¹ ha³⁵ həi¹³ qəi³²³ nu⁵³ tiŋ⁵³
井　水　似　海　不　见　底
井深似海不见底，

赖　赖　拜　棍　听　系　阴　本　身
Lail lail bail guingv jingv xih yings bens xenp
lai⁵⁵ lai⁵⁵ pai⁵⁵ kwiŋ⁵³ tiŋ⁵³ ɕi³³ jiŋ³²³ pən³²³ ɕən³⁵
好　好　去　看　真　是　影　本　身
仔细去看那是本身影。

奴　歹　给　拜
Nuv diaix kgeis bail
nu⁵³ tjai³¹ qəi³²³ pai⁵⁵
若　兄　不　去
如兄不去，

引　歹　类　该　东　门　去
Yenx diaix luih kgail dongc maenh quk
jən³¹ tjai³¹ lui³³ qai⁵⁵ toŋ²² mɐn³³ tʰu⁴⁵³
引　兄　下　街　东　门　去
引兄下街东门走，

锦　歹　很　路　去　村　客
Jaeml diaix heengp luh quk senp gkeep
tɐm⁵⁵ tjai³¹ heŋ³⁵ lu³³ tʰu⁴⁵³ sən³⁵ qʰe³⁵
约　兄　行　路　去　村　别
约你游玩走他乡。

队　　榜　　告　　县
Duil baengl kgaox xanp
tui⁵⁵ pɐŋ⁵⁵ qau³¹ ɕan³⁵
果　　桃　　里　　园
园中桃子

吗　　乃　　宁　　亚　　芒
Mads　naih　nyaengc　yak　mangv
mat³²³　nai³³　ȵɐŋ²²　ja⁴⁵³　maŋ⁵³
此　时　才　　红　边
此时红半边，

很　　歹　　梁　　山
Haemk diaix Liangc Sans
hɐm⁴⁵³ tjai³¹ ljaŋ²² san³²³
问　　兄　　梁　　山
问你山伯兄长

给　　我　　单　　给　　单
Kgeis wox janl kgeis janl
qəi³²³ wo³¹ ʈan⁵⁵ qəi³²³ ʈan⁵⁵
不　　知道　吃　不　　吃
不知吃不吃？

刀　漏　先　　生　门　　拜　　喀
Daol loux xangp saenp maenl bail ngabs
tau⁵⁵ ləu³¹ ɕaŋ³⁵ sɐn³⁵ mɐn⁵⁵ pai⁵⁵ ŋat³²³
咱　哄　先　　生　天　　去　游泳
咱骗先生去游泳，

要　　喀　　登　　无　　孖　　登　　客
Yaoc ngabs domx wul　nyac domx geel
jau²² ŋat³²³ tom³¹ wu⁵⁵ n̠a²² tom³¹ ke⁵⁵
我　　游　　潭　　上　　你　　潭　　下
我游上潭你下潭。

卡　蒙　卡　梦
Kgags mungx kgags maengl
qak³²³ muŋ³¹ qak³²³ mɐŋ⁵⁵
各　人　各　潭
一人一潭

本　要　囊　被　叁
Bens yiuv naengc peep sanh
pən³²³ jiu⁵³ nɐŋ²² pe³⁵ san³³
本　要　看　尾　滩
也要看滩头，

笑　嗯　莫　鹕　本　门
Xaot eengv mogc nganh bens menl
çau¹³ eŋ⁵³ mok²² ŋan³³ pən³²³ mən⁵⁵
怕　有　鸟　鹅　飞　天
只怕天鹅飞过

笑　孖　锦　本　栏　我　迈
Xaot nyac jenl bens lianx wox meel
çau¹³ ɲa²² tən⁵⁵ pən³²³ ljan³¹ wo³¹ me⁵⁵
怕　你　人　本　不　认　识
恐怕你也不认识。

都　奴　多　管　尾　九　本
Duc noup dos kgunv weex juh bens
tu²² nəu³⁵ to³²³ qun⁵³ we³¹ ʨu³³ pən³²³
只　那　在　前　做　情　人
哪只在前是情人，

独　奴　多　客　呀　客　霞　字　热
Duc noup dos geel yac gkeep xah siih leec
tu²² nəu³⁵ to³²³ ke⁵⁵ ja²² qʰe³⁵ ça³³ sji³³ le²²
只　那　做　边　那　他　写　字　书
哪只在后他俩合八字。

乃　刀　囧　鸟　堂　学　多　热　告
Naih daol jungh nyaoh dangc xot dos leec kgaov
nai³³ tau⁵⁵ ʦuŋ³³ ɲau³³ taŋ²² ɕo¹³ to³²³ le²² qau⁵³
现　咱　共　住　堂　学　读　书　旧
如今咱俩共学堂读诗书，

门　门　思　鸟　笑　得　记　个　热
Maenl maenl siic nyaoh xaox deec jix gol leec
mɐn⁵⁵ mɐn⁵⁵ sji²² ɲau³³ ɕau³¹ te²² ʨi³¹ ko⁵⁵ le²²
天　天　齐　住　晓　得　几　个　字
同吃同住晓得几个字。

三　伯　单　报
Sans Beec dans baov
san³²³ pe²² tan³²³ pau⁵³
山　伯　说　道
山伯回答道，

呀　刀　伙　计　思　当　孖　忙　解　丢
Yac daol hox jeel siic daengl nyac mangc jais diiul
ja²² tau⁵⁵ ho³¹ ʨe⁵⁵ sji²² tɐŋ⁵⁵ ɲa²² man²² ʨai³²³ tjiu⁵⁵
两　我　伙　计　齐　来　你　怎么　问　我
咱俩伙伴一场

谷　卡　忙　北　散
Ngabs kgah maengl peep sanh
ŋap³²³ qa³³ mɐŋ⁵⁵ pe³⁵ san³³
游　另　潭　尾　滩
为何要我游下潭，

呀　刀　囧　系　啦　汉
Yac daol jungh xic lagx han
ja²² tau⁵⁵ ʦuŋ³³ ɕi²² lak³¹ han⁴⁵³
两　我　同　是　儿　男
咱俩都是儿男，

孬 忙 解 丢 谷 卡 散 忙 客
Nyac mangc jais diiul ngabs kgah sanh maengl geel
ȵa²² maŋ²² ʨai³²³ tjiu⁵⁵ ŋap³²³ qa³³ san³³ mɐŋ⁵⁵ ke⁵⁵
你 怎么 问 我 游 那 滩 潭 别
为何要我在另潭？

啦 莫 本 门 进 我 话
Lagx mogc bens menl jenl wox wah
lak³¹ mok²² pən³²³ mən⁵⁵ tən⁵⁵ wo³¹ wa³³
小 鸟 飞 天 真 会 话
天上飞鸟会鸣叫，

啦 莫 很 大
Lagx mogc heengp dah
lak³¹ mok²² heŋ³⁵ ta³³
小 鸟 行 过
鸟儿飞过

孬 忙 囊 又 阿 本 白
Nyac mangc naengl yiuv ah dens peep
ȵa²² maŋ²² nɐŋ⁵⁵ jiu⁵³ a⁵³ tən³²³ pe³⁵
你 怎么 还 要 自 本 尾
为何要我说缘由。

先 生 寸 报
Xeenp Saenp senk baov
ɕen³⁵ sɐn³⁵ sən⁴⁵³ pau⁵³
先 生 说 道
先生他说，

海 乃 呀 笑 拜 僧
Hedp naih yac xaop bail saemp
hət³⁵ nai³³ ja²² ɕau³⁵ pai⁵⁵ sɐm³⁵
早 这 两 你 去 早
今早你俩出去，

尾　忙　多　啦　您
Weex mangc dos　labp nyaemv
we³¹　maŋ²²　to³²³ lap³⁵ ȵɐm⁵³
为　　什么　道　黄昏 晚
为何夜晚回，

尾　忙　给　门　本　文　章
Weex mangc kgeis menh benh wenc jangl
we³¹　maŋ²²　qəi³²³ mən³³ pən³³ wən²² ȶaŋ⁵⁵
为　　什么　不　思考 办　文　章
为何不想作文章？

英　台　寸　报
Yens Taic senp baov
jən³²³ tʰai²² sən³⁵ pau⁵³
英　台　说　道
英台回答道，

海　乃　呀　丢　拜　僧
Hedp naih yac diiul bail saemp
hət³⁵ nai³³ ja²² tjiu⁵⁵ pai⁵⁵ sɐm³⁵
早　这　两　我　去　早
今早我俩出去，

娘　　霞　多　腊　您
Nyaengc xah dos labp nyaemv
ȵɐŋ²²　ɕa³³ to³²³ lap³⁵ ȵɐm⁵³
真　　才　到　黄昏 晚
夜晚时分才回来，

呀　丢　弟　门　都　锦
Yac diiul dih maenl dos qaemk
ja²² tjiu⁵⁵ ti³³ mɐn⁵⁵ to³²³ tʰɐm⁴⁵³
两　我　整天　　放　猜
咱俩一天猜谜，

加　客　歹　给　光
Jav gkeep diaix kgeis guangl
ta⁵³ qʰe³⁵ tjai³¹ qəi³²³ kwaŋ⁵⁵
那　他　兄　不　亮
梁兄猜不透。

英　台　单　报
Yens Taic dans baov
jən³²³ tʰai²² tan³²³ pau⁵³
英　台　说　道
英台说，

但　乃　要　边　给　赖　想
Dianl naih yaoc biaenl kgeis lail xangk
tjan⁵⁵ nai³³ jau²² pjɐn⁵⁵ kəi³²³ lai⁵⁵ ɕaŋ⁴⁵³
晚　这　我　梦　不　好　想
昨夜做梦不好想，

单　眼　得　样
Dianl yaenc dees yangh
tjan⁵⁵ jɐn²² te³²³ jaŋ³³
晚　梦　下　单
床上做梦

给　我　类　贾　样　编　忙
Kgeis wox lis jagc yangh biaenl mangc
qəi³²³ wo³¹ lɪ³²³ tak²² jaŋ³³ pjɐn⁵⁵ maŋ²²
不　知道得　个　样　梦　什么
不知是凶祥。

定　卡　言　丢　多　白　事
Tiingk kgah yanc diiul dos beec xic
tʰjiŋ⁴⁵³ qa³³ jan²² tjiu⁵⁵ to³²³ pe²² ɕi²²
听　那　家　我　做　白　事
梦见我家有白事，

务　楼　得　地
Wul　louc　deec　dih
wu⁵⁵　ləʊ²²　te²²　ti³³
上　楼　下　地
楼上楼下

银　霞　很　信　项
Nyenc xedp henp xingc xangc
nən²²　ɕət³⁵　hən³⁵　ɕiŋ²²　ɕaŋ²²
人　都　很　齐　全
人挤墙。

萨　傀　萨　神
Sat　guic　sat　senc
sa¹³　kui²²　sa¹³　sən²²
杀　水牛　杀　黄牛
水牛黄牛都宰杀，

银　霞　很　地　崩
Nyenc xah henp dih bongs
nən²²　ɕa³³　hən³⁵　ti³³　poŋ³²³
人　也　顺　地　堆
人们挤成堆，

囊　囵　英　台　鸟　客　项
Naengl jongs Yens Taic nyaoh geel xangc
nɛŋ⁵⁵　ʈoŋ³²³　jən³²³　tʰai²²　ȵau³³　ke⁵⁵　ɕaŋ²²
好　像　英　台　坐　边　床
英台坐在床边上。

奴　猫　锦　高　腊　您　怕　腮　戏
Nuv maoh jaems gaos lebl nyenh pak sait xik
nu⁵³　mau³³　tɛm³²³　kau³²³　ləp⁵⁵　nən³³　pʰa⁴⁵³　sai¹³　ɕi⁴⁵³
看　他　低　头　缩　颈　伤　心　极
见她低头缩脑伤透心，

「君」山伯

丢　荡　坤　耶
Diiul daengl kuenp yais
tjiu⁵⁵ tɐŋ⁵⁵ kʰwən³⁵ jai³²³
我　来　路　长
我今离家路途远，

锦　笑　歹　送　量
Jaeml xaop diaix songp liangc
ȶɐm⁵⁵ ɕau³⁵ tjai³¹ soŋ³⁵ ljaŋ²²
邀　你　兄　商　量
特与兄长商量。

三　伯　单　报
Sans Beec dans baov
san³²³ pe²² tan³²³ pau⁵³
山　伯　说　道
山伯回答说，

定　边　给　赖
Tiingk biaenl kgeis lail
tʰjiŋ⁴⁵³ pjɐn⁵⁵ qəi³²³ lai⁵⁵
感觉 梦　不　好
做了恶梦，

赖　该　蒙　样　旦
Lail gaix mongl yangh dianl
lai⁵⁵ kai³¹ moŋ⁵⁵ jaŋ³³ tjan⁵⁵
好　解　怎　么　样　讲
怎么来解梦，

边　义　加　刚
Biaenl il jav kgangs
pjɐn⁵⁵ i⁵⁵ ȶa⁵³ qaŋ³²³
梦　那　样　讲
梦里怎样，

刀 听 阴 阳 先 生 来 言 课
Daol qingt yeml yangc xeenp saenp laic jans kot
tau⁵⁵ tʰiŋ¹³ jəm⁵⁵ jaŋ²² ɕen³⁵ sɤn³⁵ lai²² tan³²³ kʰo¹³
咱 请 阴 阳 先 生 好 占 课
咱请阴阳先生来占卦，

猫 我 占 命 义 加 银 素 行
Maoh wox sonv mienl il jav nyenc suh hangc
mau³³ wo³¹ son⁵³ mjəŋ⁵⁵ ɿ⁵⁵ ta⁵³ nən²² su³³ haŋ²²
他 会 算 命 那 样 人 熟 行
他会算命是个熟行人。

猫 刚 娘 桑
Maoh kgangs nyaengc saengc
mau³³ qaŋ³²³ ȵɤŋ²² sɤŋ²²
他 讲 真 准
他讲真话

又 笑 义 郎 鸟
Yiuv xaop Nyih Langc nyaoh
jiu⁵³ ɕau³⁵ ȵi³³ laŋ²² ȵau³³
要 你 二 郎 住
要你二郎留下来，

奴 笑 给 鸟
Nuv xaop kgeis nyaoh
nu⁵³ ɕau³⁵ qəi³²³ ȵau³³
若 你 不 住
若不留下，

笑 独 到 回 乡
Xaop dogl taok wuip xangc
ɕau³⁵ tok⁵⁵ tʰau⁴⁵³ wui³⁵ ɕaŋ²²
你 独 自 回 乡
你就返回乡。

先　生　寸　报
Xangp Saenp senv baov
ɕaŋ³⁵　sɐn³⁵　sən⁵³　pau⁵³
先　生　说　道
先生说，

笑　解　要　算　段　地　刚
Xaop jais　yaoc sonk　donh dih kgangs
ɕau³⁵　tai³²³　jau²²　son⁴⁵³　ton³³　ti³³　qaŋ³²³
你　问　我　算　顺　着　讲
要我推算我就讲，

囊　车　呀　笑　义　起　洛　囵　奖
Nangs seeh yac xaop il jigs　lol jungh jangl
naŋ³²³　se³³　ja²²　ɕau³⁵　i⁵⁵　tik³²³　lo⁵⁵　tuŋ³³　taŋ⁵⁵
难　舍　两　你　一　条　船　共　桨
你俩本是一条共桨船。

务　门　送　笑　类　荡
Wul menl　songv xaop luih daengl
wu⁵⁵　mən⁵⁵　soŋ⁵³　ɕau³⁵　lui³³　tɐŋ⁵⁵
上　天　放　你们　下　来
天派你俩下凡，

尾　啦　金　童　义　女
Weex lagx jins　tongc yil nyix
we³¹　lak³¹　tin³²³　tʰoŋ²²　ji⁵⁵　ȵi³¹
做　那　金　童　玉　女
是对金童玉女，

类　荡　水　学　堂
Luih daengl suiv xot dangc
lui³³　tɐŋ⁵⁵　sui⁵³　ɕo¹³　taŋ²²
下　来　坐　学　堂
下凡共学堂。

笑　解　要　算　段　娘　金
Xaop jais　yaoc sonk　donh nyangc jeml
ɕau³⁵ ʈai³²³ jau²² son⁴⁵³ ton³³ ɲaŋ²² tɕəm⁵⁵
你们 请　我 算　说 娘　金
请我推算我说二郎是姑娘，

乃　要　刚　　里 都　登　都　伯
Naih yaoc kgangs lix douh dens　douh peep
ŋai³³ jau²² qaŋ³²³　li³¹ təu³³ tən³²³ təu³³ pe³⁵
这　我　讲　　花 和　根　　和　尾
如今我说有根有据，

木　笑　尾　九　项
Mus　xaop weex juh　xangp
wu³²³ ɕau³⁵ we³¹ tɕu³³ ɕaŋ³⁵
明　你们 做　夫　妻
以后你俩是夫妻。

堂　　学　平　　伴　　单　　报
Dangc xot　biingc banx　dans　baov
taŋ²²　ɕo¹³ pjiŋ²² pan³¹ tan³²³ pau⁵³
堂　　学　同　　伴　　说　　道
学堂同学都说，

呀　笑　伙　计　思　荡
Yac xaop hox　jees siic daengl
ja²² ɕau³⁵ ho³¹ tɕe³²³ sji²² təŋ⁵⁵
两　你们 伙　计　齐　来
你俩结伴同来，

丢　　囊　　义　　郎　　僧　　独　　银　　灭
Diiul naengc Nyih Langc senh　duc　nyenc miegs
tɕiu⁵⁵ nəŋ²²　ɲi³³ laŋ²² sən³³ tu²² nən²² mjək³²³
我们　看　　二　　郎　　像　个　人　女
咱看二郎女人貌，

喀　样　南　那　忙
Kgags yangh nanx nas　wangc
kak³²³ jaŋ³³　nan³¹ na³²³ waŋ²²
别　样　肉　练　什么
脸色白净像姑娘。

赶　囵　堂　学
Gaenx jungh dangc xot
kɐn³¹　ʨuŋ³³　taŋ²²　ɕo¹³
一起　共　堂　学
共个学堂

丢　本　多　大　彼
Diiul bens　dos　dal biv
tjiu⁵⁵　pən³²³ to³²³ ta⁵⁵ pi⁵³
我们　一直　放　眼　看
我们注意看，

他　不　像　你　歹　姓　梁
Tah　buc　xangl nyix diaix singv Liangc
tʰa³³ pu²² ɕaŋ⁵⁵ ɲi³¹ tjai³¹ siŋ⁵³ ljaŋ²²
她　不　像　你　兄　姓　梁
她不像你梁哥郎。

三　伯　听　松　伴　刚
Sans　Beex tiingk sungp banx　kgangs
san³²³ pe³¹ tjiŋ⁴⁵³ suŋ³⁵ pan³¹ qaŋ³²³
山　伯　听　话　伴　讲
山伯听同学讲，

加　猫　囊　浪　喊
Jav maoh nangs laengx haemk
ta⁵³ mau³³ naŋ³²³ lɐŋ³¹ hɐm⁴⁵³
那　他　就　立即　问
那他马上问，

松　　榜　　里　登
Sungp pangp lix　taemk
suŋ³⁵　paŋ³⁵　li³¹　tʰɐm⁴⁵³
话　　高　　语　低
好话坏话

猫　　浪　　喊　　里　进
Maoh　laengx　haemk　lix　jenl
mau³³　leŋ³¹　hɐm⁴⁵³　li³¹　tɤn⁵⁵
他　　立即　问　　语　真
他便问端详。

松　　榜　　里　顿
Sungp pangp lix　taemk
suŋ³⁵　pʰaŋ³⁵　li³¹　tʰɐm⁴⁵³
话　　高　　语　低
好话坏话

猫　　浪　　喊　　里　呢
Maoh　laengx　haemk　lix　nids
mau³³　leŋ³¹　hɐm⁴⁵³　li³¹　nit³²³
他　　立即　问　　语　细
他就仔细问，

呀　比　吧　必　告　亚
Yah　bis　bal　begx　kgaox yav
ja³³　pi³²³　pa⁵⁵　pək³¹　qau³¹　ja⁵³
就　比　鱼　小　里　田
田中鱼儿，

客　　霞　　报　孖　独　赶　身
Gkeep xedp baov nyac duc kgeenv xenp
qʰe³⁵　ɕət³⁵　pau⁵³　ɳa²²　tu²²　qen⁵³　ɕen³⁵
别　　都　说　你　个　花　身
别人说你是花鱼。

赶　囧　堂　学　给　本　大　比
Gaenx jungh dangc xot gkeep bens dal biv
kɐn³¹　ʈuŋ³³　taŋ²²　ço¹³　qʰe³⁵　pen³²³　ta⁵⁵　pi⁵³
一起　共　堂　学　别　本　眼　看
共个学堂他们注意看，

荡　搞　丢　省　杭　州　讲　你
Daengc kgaox diiuc senp hangc jul jangx nyix
tɐŋ²²　qau³¹　tjiu²²　sən³⁵　haŋ²²　ʈu⁵⁵　taŋ³¹　ɲi³¹
整　里　条　村　杭　州　讲　你
整个杭州城里都讲，

给　血　报　孖　妹　锦　锦
Gkeep xedt baov nyac muih jenl jenl
qʰe³⁵　çət¹³　pau⁵³　ɲa²²　mui³³　tən⁵⁵　tən⁵⁵
别　都　说　你　女　真　真
他们说你是姑娘。

英　台　单　报
Yens Taic dans baov
jən³²³　tʰai²²　tan³²³　pau⁵³
英　台　说　道
英台答，

孖　刚　里　加　霞　给　当
Nyac kgangs lix jav xah kgeis diangs
ɲa²²　qaŋ³²³　li³¹　ta⁵³　ça³³　qəi³²³　tjaŋ³²³
你　讲　语　那　也　不　对
你说这话不是真，

刚　吧　里　乃　忙　思　给　都　银
Kgangs bags lix naih mangc siih kgeis douh nyenc
qaŋ³²³　pak³²³　li³¹　nai³³　maŋ²²　sji³³　qəi³²³　təu³³　nən²²
讲　句　话　这　什么　那　不　受　人
讲这些话怎么对得起人。

管　　公　　补　　丢
Kgunv kgongs bux diiul
qun⁵³　qoŋ³²³　pu³¹　tjiu⁵⁵
前　　公　　父　　我
以前我家祖宗

葬　　豆　　丢　　岑　　记　　务
Sangk douh diiuc jenc jih wul
saŋ⁴⁵³　təu³³　tjiu²²　tən²²　ţi³³　wu⁵⁵
葬　　得　　条　　坡　　岭　　上
葬得山岗好坟，

类　　尾　　蒙　　麻
Lis weex mungx mags
li³²³　we³¹　muŋ³¹　mak³²³
有　　做　　官　　大
有人当大官，

银　　刀　　呀　　比　　得　　撒　　卡　　样
Nyenc daol yah bis dees sags kgags yangh
ɲən²²　tau⁵⁵　ja³³　pi³²³　te³²³　sak³²³　qak³²³　jaŋ³³
人　　我　　好　　比　　下　　腋　　别　　样
祝家与众不同，

墓　　哈　　类　　尾　　夯　　崩　　门
Mus habp lis weex hangk biongv menl
mu³²³　hap³⁵　li³²³　we³¹　haŋ⁴⁵³　pjoŋ⁵³　mən⁵⁵
明　　将　　得　　做　　行　　平　　天
以后还要当大官。

英　　台　　腮　　瓜　　都　　捞　　洛　　荡　　榜
Yens Taic sais guas duh laos lol daengh bangl
jən³²³　tʰai²²　sai³²³　kwa³²³　tu³³　lau³²³　lo⁵⁵　tɐŋ³³　paŋ⁵⁵
英　　台　　肠　　硬　　个　　进　　船　　比　　高
英台硬性进船去相比，

孓 歹 地 帮
Nyac diaix dih pangp
ȵa²² tjai³¹ ti³³ paŋ³⁵
你 兄 人 高
哥哥个高，

加 要 农 地 登
Jav yaoc nongx dih taemk
ta⁵³ jau²² noŋ³¹ ti³³ tʰəm⁴⁵³
那我 弟弟 人 矮
弟弟比你矮，

补 又 案 农
Buh yiuv ngaemv nongx
pu³³ jiu⁵³ ŋem⁵³ noŋ³¹
也 要 背 弟弟
要你背弟

大 卡 孓 忙 烂
Dah kgah nyal mangv lanl
ta³³ qa³³ ȵa²² maŋ⁵³ lan⁵⁵
过 那 河边 对岸
过去河对岸。

案 农 大 孓
Ngaemv nongx dah nyal
ŋem⁵³ noŋ³¹ ta³³ ȵa⁵⁵
背 弟弟 过 河
背弟过河

呀 笑 亚 身 妹
Yah xaot yagl xenp mih
ja³³ xau¹³ jak⁵⁵ ɕən³⁵ mi³³
又 怕 湿 身 媄
只怕枉湿身，

笑　　嗯　　银　　给　　正　　字
Xaot eengv nyenc kgeis sengx siih
çau¹³ eŋ⁵³　ȵən²²　qəi³²³　səŋ³¹　sji³³
你　　又　　人　　不　　明　　白
恐怕人不懂事，

给　　我　　报　　白　　忙
Kgeis wox baov bags mangc
qəi³²³　wo³¹　pau⁵³　pak³²³　maŋ²²
不　　知道　告诉　百　　什么
不知怎么说。

呀　　给　　大　　拜
Yac gkeep dah bail
ja²²　qʰe³⁵　ta³³　pai⁵⁵
俩　　他　　过　　去
他俩走到

白　　孖　　归　　阳　　娘　　霞　　多　　义　　萨
Bags nyal guis yangc nyaengc xah dos il sak
pak³²³　ȵa⁵⁵　kui³²³　jaŋ²²　ȵɛŋ²²　ça³³　to³²³　i⁵⁵　sa⁴⁵³
口　　河　　贵　　阳　　真　　也　　放　　一　　歇
贵阳河口歇一歇，

呀　　给　　记　　加　　里　　松　　王
Yac gkeep gis jav lix songp wanc
ja²²　qʰe³⁵　ki³²³　ta⁵³　li³¹　soŋ³⁵　wan²²
俩　　他　　那　　里　　话　　语　　谈
他俩那里话离别。

要　　娇　　加　　拜　　坤　　样　　也
Yaoc jodx jav bail kuenp yangv yais
jau²²　tot³¹　ta⁵³　pai⁵⁵　kʰwən³⁵　jaŋ⁵³　jai³²³
我　　头　　那　　去　　路　　还　　长
我走那头路途远，

孬 歹 登 腮 拜 考
Nyac diaix dens sait bail kaox
ȵa²² tjai³¹ tən³²³ sai¹³ pai⁵⁵ kʰau³¹
你 兄 下 心 去 考
梁兄一心想考功名，

共 嗯 鸟 等 唸
Gungc eengv nyaoh daems nyanl
kuŋ²² eŋ⁵³ ȵau³³ tɐm³²³ ȵan⁵⁵
多 还 住 等 月
再多住几个月。

要 娇 加 拜
Yaoc jodx jav bail
jau²² ȶot³¹ ȶa⁵³ pai⁵⁵
我 头 那 去
我那头走，

加 孬 歹 最 卷
Jav nyac diaix seik jonv
ȶa⁵³ ȵa²² tjai³¹ səi⁴⁵³ ȶon⁵³
那 你 兄 慢 转
哥你慢回去，

墓 刀 寸 岸 高 段 囙 嘎 现
Mus daol semp ngaemc gaos tonk jongv kgabs xanp
mu³²³ tau⁵⁵ səm³⁵ ŋɐm²² kau³²³ tʰon⁴⁵³ ȶon⁵³ qap³²³ ɕan³⁵
明 咱 芯 韭菜 头 蒜 共 掺 园
以后咱们韭菜大蒜共一园。

要 农 拜 管
Yaoc nongx bail kgunv
jau²² noŋ³¹ pai⁵⁵ qun⁵³
我 弟弟 去 先
弟弟先走

豆　嘎　我　没　该
Touk　kgah　Woc　Mic　Gais
tʰəu⁴⁵³　qa³³　wo²²　mi²²　kai³²³
到　那　峨　眉　街
到那峨嵋街，

孖　歹　梁　家
Nyac　diaix　Liangc　gas
ɲa²²　tjai³¹　ljaŋ²²　ka³²³
你　兄　梁　家
梁家哥哥

孖　独　麻　寸　言
Nyac　dogl　map　semh　yanc
ɲa²²　tok⁵⁵　ma³⁵　səm³³　jan²²
你　独　来　寻　家
那你来探家。

八　多　补　丢　将　花　够
Bags　dol　bux　diiul　qaengp　wap　guh
pak³²³　to⁵⁵　pu³¹　tjiu⁵⁵　tʰɐŋ³⁵　wa³⁵　ku³³
口　门　父　我　装　花　雕
我家门前雕有花，

比　分　清　楚　加　孖　祖　捞　言
Biv　wenp　qens　cux　jav　nyac　xuh　laos　yanc
Pi⁵³　wən³⁵　tʰən³²³　ɕu³¹　ta⁵³　ɲa²²　ɕu³³　lau³²³　jan²²
看　分　清　楚　那　你　就　进　屋
看清楚了那你进屋来。

关　字　补　丢　就　热　告
Guanl　siih　bux　diiul　qeeup　leec　kgaov
kwan⁵⁵　sji³³　pu³¹　tjiu⁵⁵　tʰeu³⁵　le²²　qau⁵³
名　字　父　我　抄　书　报
父亲名字写在上，

就　　啦　　姓　祝　　等　　清
Qeeup lagx xingp zuc teengp singh
tʰeu³⁵ lak³¹ ɕiŋ³⁵ tsu²² tʰeŋ³⁵ siŋ³³
抄　　仔　　姓　祝　　清　　清
祝姓写得清楚，

加　　孖　　等　　里　关
Jav nyac diingh lis guanl
ta⁵³ na²² tjiŋ³³ li³²³ kwan⁵⁵
那　你　　定　　得　名
那你便知道。

三　　伯　　单　报
Sans Beec dans baov
san³²³ pe²² tan³²³ pau⁵³
山　　伯　　说　道
山伯回答道，

郎　　　义　乃　　散
Laengx il naih sanv
leŋ³¹ i⁵⁵ nai³³ san⁵³
就　　　这这　散
就此分别

要　　听　　盘　　腮　阿
Yaoc tiingk banh sait ags
jau²² tʰjiŋ⁴⁵³ pan³³ sai¹³ ak³²³
我　觉　　忧　伤　　很
觉得好伤心，

啦　　麻　　松　　三　　蒙　　义　坤
Lagx mags songk sanv mungx il kuenp
lak³¹ mak³²³ soŋ⁴⁵³ san⁵³ muŋ³¹ i⁵⁵ kwən³⁵
儿　　大　　相　　散　　个　　一　路
如今分别各一方。

孖　　农　　拜　　管
Nyac nongx bail kgunv
ɳa²² noŋ³¹ pai⁵⁵ qun⁵³
你　弟弟　去　先
弟弟你先走

豆　　卡　　鹅　　眉　　山
Touk   kgah Woc Mic Sans
tʰəu⁴⁵³ qa³³ wo²² mi²² san³²³
到　　那　　峨　　眉　　山
到那峨嵋山，

要　歹　梁　卡
Yaoc diaix Liangc gas
jau²² tjai³¹ ljaŋ²² ka³²³
我　兄　梁　家
梁家哥哥

要　喀　麻　寸　言
Yaoc kgags map semh yanc
jau²² qak³²³ ma³⁵ səm³³ jan²²
我　自　来　寻　家
自会来家找。

英　台　单　报
Yens Taic dans baov
jən³²³ tʰai²² tan³²³ pau⁵³
英　台　说　道
英台说，

情　义　呀　刀
Jingc xis   yac daol
tiŋ²² çi³²³ ja²² tau⁵⁵
情　义　俩　咱
咱俩有情有意，

要 别 舅 还 腮 歹 登
Yaoc pieek jouh haic saip diaix daens
jau²² pʰje⁴⁵³ ȵəu³³ hai²² sai³⁵ tjai³¹ tɛn³²³
我 分 双 鞋 给 兄 穿
送双布鞋给哥穿，

平 伴 多 热
Biingc banx dos leec
pjiŋ²² pan³¹ to³²³ le²²
同 伴 读 书
同堂学友，

要 本 别 登 行
Yaoc bens pieek daems hangc
jau²² pən³²³ pje⁴⁵³ tɛm³²³ haŋ²²
我 也 送 等 样
我要送件纪念物。

奴 要 拜 里 三 门
Nuv yaoc bail lis samp maenl
nu⁵³ jau²² pai⁵⁵ li³²³ sam³⁵ mɛn⁵⁵
等 我 去 得 散 天
我走三天过后，

孖 歹 赖 赖 比 得 江
Nyac diaix lail lail biv dees jangc
ȵa²² tjai³¹ lai⁵⁵ lai⁵⁵ pi⁵³ te³²³ ȵaŋ²²
你 兄 好 好 看 下 床
仁兄好好看鞋底。

松 里 样 忙 奥 麻 奴
Songx lis yangh mangc aol map nuv
soŋ³¹ li³²³ jaŋ³³ maŋ²² Au⁵⁵ ma³⁵ nu⁵³
话 语 样 什么 拿 来 看
不管哪样拿来看，

比　文　清　楚　加　孖　祖　卷　言
Biv wenp qens　cux jav nyac xuh jonv yanc
pi⁵³ wən³⁵ tʰən³²³ ɕu³¹ ta⁵³ na²² ɕu³³ ton⁵³ jan²²
看　完　清　楚　那　你　就　转　屋
看清楚了你就把家还。

三　伯　单　报
Sans　Beec dans　baov
san³²³ pe²² tan³²³ pau⁵³
山　伯　说　道
山伯回答说，

情　义　呀　丢
Singc xis　yac diiul
siŋ²²　ɕi³²³ ja²² tjiu⁵⁵
情　谊　俩　我
我俩情谊长，

猫　又　别　舅　还　赖　腮　要　奴
Maoh yuh pieek jouh haic lail saip yaoc nuv
mau³³ ju³³ pje⁴⁵³ tou³³ hai²² lai⁵⁵ sai³⁵ jau²² nu⁵³
他　又　送　双　鞋　好　给　我　看
贤弟送鞋让我看，

呀　定　穿　补　告　没　抢
Yac dinl qonp puk kgaox meec qangl
ja²² tin⁵⁵ tʰon³⁵ pu⁴⁵³ kau³¹ me²² qaŋ⁵⁵
两　脚　穿　进　里　有　张
试穿鞋里有名堂。

给　邑　麻　囊　娘　霞　没　行　字
Gkeip piadt map naengc nyaengc xah meec hongp siih
qʰəi³⁵ pjat¹³ ma³⁵ nɐŋ²² nɐŋ²² ɕa³³ me²² hoŋ³⁵ sji³³
开　摆　来　看　真　也　有　封　字
打开来看里面有封信，

本　七　情　义　霞　宁　　字　没　行
Bens　tip　singc nyih xat　nyings siih　meec hangc
pen³²³　tʰi³⁵　siŋ²²　n̠i³³　ɕa¹³　n̠iŋ³²³　sji³³　me²²　haŋ²²
本　妻　情　义　写　真　　字　有　行
情人书信句句动心房。

三　　伯　　补　听　　给　　寸　　腮
Sans　Beec　buh　tiingk　kgeis　senv　sait
san³²³　pe²²　pu³³　tjiŋ⁴⁵³　qəi³²³　sən⁵³　sai¹³
山　　伯　　感　觉　　不　　信　　肠
山伯心里不相信，

奥　　腮　　先　　生　　多　　义　课
Aol　saip　xangp　saenp　dos　il　kop
Au⁵⁵　sai³⁵　ɕaŋ³⁵　sɛn³⁵　to³²³　i⁵⁵　kʰo³⁵
拿　　给　　先　　生　　占　　一　卦
去找先生算一算，

多　　课　　第　一　课　　情　　义
Dos　kop　dih　edl　kop　singc　nyih
to³²³　kʰo³⁵　ti³³　ət⁵⁵　kʰo³⁵　siŋ²²　n̠i³³
占　　卦　　第　一　卦　　情　　义
算第一卦是情人，

多　　课　　第　你　　妹　　良　　郎
Dos　kop　dih　nyih　muih　liangp　langc
to³²³　kʰo³⁵　ti³³　n̠i³³　mui³³　ljaŋ³⁵　laŋ²²
占　　卦　　第　二　　女　　想　　郎
再占二卦妹想郎。

多　　课　　第　三
Dos　kop　dih　samp
to³²³　kʰo³⁵　ti³³　sam³⁵
占　　卦　　第　三
算第三卦，

墓　门　呀笑　囧　文　墓
Mus　maenl　yac xaop　jungh　wenc　muh
mu³²³ mɛn⁵⁵ ja²² ɕau³⁵ ʈuŋ³³ wən²² mu³³
明　天　俩　你　共　坟　墓
以后你俩共坟墓,

多　课　第　四
Dos　kop　dih siik
to³²³ kʰo³⁵ ti³³ sji⁴⁵³
占　卦　第　四
算第四卦,

墓　门　呀笑　变　文　鸳　鸯　赖　路
Mus　maenl　yac xaop　biinv　wenp　yeenl　yangl　lail　louh
mu³²³ mɛn⁵⁵ ja²² ɕau³⁵ pjin⁵³ wən³⁵ jen⁵⁵ jaŋ⁵⁵ lai⁵⁵ ləu³³
明　天　俩　你　变　成　鸳　鸯　好　看
将来你俩变成鸳鸯一对

尾　义　古　本　榜
Weex il　gouv bens　pangp
we³¹ i⁵⁵ kəu⁵³ pən³²³ paŋ³⁵
做　一　对　飞　高
飞在蓝天上。

卑　加　龙　阴
Beix jav　longc yaeml
pəi³¹ ta⁵³ loŋ²² jɛm⁵⁵
女　那　肚　深
姑娘心里城府深,

猫　喀　登　但　清
Maoh kgags diaeml teengp singh
mau³³ qak³²³ tjɛm⁵⁵ teŋ³⁵ siŋ³³
她　自　藏　隐　深
她自行隐藏瞒得好,

墓 孖 命 代
Nuv nyac mingh daiv
nu⁵³ ȵa²² mjŋ³³ tai⁵³
明 你 命 带
以后你们命中注定,

贴 门 墓 哈
Jedl menl mus habp
ȶət⁵⁵ mən⁵⁵ mu³²³ hap³⁴
星 天 明 合
天星相配

东 姓 梁
Tongp singv Liangc
tʰoŋ³⁵ siŋ⁵³ ljaŋ²²
遇到 姓 梁
遇到姓梁郎。

三 伯 听 先 生 刚
Sans Beec tiingk xeengp saenp kgangs
san³²³ pe²² tjiŋ⁴⁵³ ɕeŋ³⁵ sen³⁵ qaŋ³²³
山 伯 听 先 生 讲
山伯听罢,

加 猫 给 加 杭 州 安 记 都
Jav maoh kgeev jav Hangc Jul unc jih duh
ȶa⁵³ mau³³ qe⁵³ ȶa⁵³ haŋ²² ȶu⁵⁵ un²² ȶi³³ tu³³
那 他 边 那 杭 州 收 东 西
赶快收拾东西离杭州,

回 家 退 步 加 猫 祖 卷 言
Feic jas toik buh jav maoh xuh jonv yanc
fəi²² ȶa³²³ toi⁴⁵³ pu³³ ȶa⁵³ mau⁵³ ɕu³³ ȶon⁵³ jan²²
回 家 退 步 那 他 就 转 家
赶路回家那他走得忙。

三　伯　登　定　类　孖
Sans　Beec diiml dinl　luih　nyal
san³²³ pe²² tjim⁵⁵ tin⁵⁵ lui³³ ȵa⁵⁵
山　伯　抬　脚　下　河
山伯起步返程

麻　补　给　豆　对
Map　buh　kgeis touk　doiv
ma³⁵ pu³³ qəi³²³ tʰəu⁴⁵³ toi⁵³
来　也　不　到　地方
来到目的地，

号　郎　按　泪　最　地　样
Haot langc ngeenx liuih suiv dih yangl
hau¹³ laŋ²² ŋen³¹ ljui³³ sui⁵³ ti³³ jaŋ⁵⁵
独　郎　眼　泪　坐　地　叹
孤身一人坐地叹。

呀　嗯　弄　三　唸　坤
Yah eengv longp samp nyanl kuenp
ja³³ eŋ⁵³ loŋ³⁵ sam³⁵ ȵan⁵⁵ kʰwən³⁵
又　还　错　三　月　路
错路多走三月，

加　猫　锦　定　崖
Jav maoh jenl tiingk yais
ta⁵³ mau³³ tən⁵⁵ tʰjiŋ⁴⁵³ jai³²³
那　他　还　觉　远
那他觉得路更远。

麻　都　我　米　三　寨
Map touk　Woc　Mic Sans Zail
ma³⁵ tʰəu⁴⁵³ wo²² mi²² san³²³ tsai⁵⁵
来　到　峨　眉　三　寨
来到峨嵋山寨，

鸟　卡　大　该　咯　尾　娘
Nyaoh kgah dav　kgail liogp weec ngangl
ȵau³³　qa³³　ta⁵³　qai⁵⁵　ljok³⁵　we²²　ŋaŋ⁵⁵
在　那　中间　街　慌　做　呆
在那街中呆呆站。

猫　又　喊　解
Maoh yuh haemk jais
mau³³　ju³³　hɐm⁴⁵³　ȶai³²³
他　又　喊　问
又喊又问

平　伴　呀　忙　也　义　郎
biingc banx　yac mangv yeek Nyih Langc
pjiŋ²²　pan³¹　ja²²　maŋ⁵³　je⁴⁵³　ȵi³³　laŋ²²
同　伴　两　边　客　二　郎
向人打听祝二郎。

平　伴　呀　忙　单　报
Biingc banx　yac mangv dans baov
pjiŋ²²　pan³¹　ja²²　maŋ⁵³　tan³²³　pau⁵³
同　伴　两　边　说　道
旁边朋友们说，

村　丢　多　热
Senp diiul dos leec
sən³⁵　tjiu⁵⁵　to³²³　le²²
村　我　读　书
村上在外读书

没　号　祝　家　妹
Meec haot Zuc gas muih
me²²　hau¹³　tsu²²　ka³²³　mui³³
有　独　祝　家　女
只有祝家妹，

孔 给 我 妹 寸 给 妹 义 郎
Nyac kgeis wox wuih sins gkeep muih Nyih Langc
ȵa²² qəi³²³ wo³¹ wui³³ sin³²³ qʰe³⁵ mui³³ ȵi³³ laŋ²²
你 不 知道 为 叫 她 妹 二 郎
你不知情把她叫二郎。

朗 义 英 台
Laengx lis Yens taic
leŋ³¹ li³²³ jən³²³ tʰai²²
即 时 英 台
这时英台

鸟 告 学 房 卡 类 听
Nyaoh gkaox xot fangc kap lis tiingk
ȵau³³ qʰau³¹ ɕo¹³ faŋ²² kʰa³⁵ li³²³ tʰjiŋ⁴⁵³
在 里 书 房 耳 得 听
她在书房听得见，

修 身 大 伴 完 义 唱
Suit xenp dal beenv wanh il xangc
sui¹³ ɕən³⁵ ta⁵⁵ pen⁵³ wan³³ i⁵⁵ ɕaŋ²²
修 身 打扮 换 一 装
梳妆打扮换模样。

身 登 绸 缎 花 湳 湳
Xenp daens couc donl wap nemh nemh
ɕən³⁵ tɛn³²³ tsʰəu²² ton⁵⁵ wa³⁵ nəm³³ məm³³
身 穿 绸 缎 花 艳 艳
身穿绸缎花色艳，

嗯 奥 花 银 别 干
Eengv aol wap nyaenc qebt kgemh
eŋ⁵³ au⁵⁵ wa³⁵ nɛn³⁵ tʰəp¹³ qəm³³
又 拿 花 银 插 发髻
再把银花插头，

门　　加　　堂　　高　　光
Maenl jav daengc gaos guangl
mɐn⁵⁵ ȶa⁵³ tɐŋ²² kau³²³ kwaŋ⁵⁵
显　　得　　整　　头　　亮
头上闪闪亮。

英　台　给　多　东　门　寸　歹　捞
Yens Taic gkeip dol dongs menc sins diaix laos
jən³²³ tʰai²² qʰəi³⁵ to⁵⁵ toŋ³²³ mən²² siŋ³²³ tjai³¹ lau³²³
英　台　开　门　东　门　喊　兄　进
英台打开东门请兄进，

三　　伯　　给　　敢　　定　　高
Sans Beec kgeis kgams diiml gaos
san³²³ pe²² qəi³²³ qam³²³ tjim⁵⁵ kau³²³
山　　伯　　不　　敢　　抬　　头
山伯不敢抬头

义　加　见　面　　娘
Yil jav jinv miinh nyangc
ji⁵⁵ ȶa⁵³ ȶin⁵³ mjin³³ ȵaŋ²²
一　点　见　妹　　娘
对视英台娘。

三　　伯　　单　　报
Sans Beec dans baov
san³²³ pe²² tan³²³ pau⁵³
山　　伯　　说　　道
山伯问，

囊　　门　　农　　丢　　义　　郎
Naengl maenv nongx diiul Nyih Langc
nɐŋ⁵⁵ mɐn⁵³ noŋ³¹ tjiu⁵⁵ ȵi³³ laŋ²²
还　　有　　弟弟　我们　二　　郎
还有弟弟二郎

给 我 拜 卡 对 奴 鸟
Kgeis wox bail kgah doiv noup nyaoh
qəi³²³ wo³¹ pai⁵⁵ qa³³ toi⁵³ nəu³⁵ kau³³
不 知道 去 那 处 那 住
不知在哪儿？

要 给 奴 猫
Yaoc kgeis nuv maoh
jau²² qəi³²³ nu⁵³ mau³³
我 不 见 他
我不见他

哈 类 奴 笑 娘
Habp lis nuv xaop nyangc
hap³⁵ li³²³ nu⁵³ ɕau³⁵ ȵaŋ²²
恰 得 见 你 姑娘
只见你娇娘。

英 台 单 报
Yens Taic dans baov
jən³²³ tʰai²² tan³²³ pau⁵³
英 台 说 道
英台说，

喊 农 义 郎
Haemk nongx Nyih Langc
hɐm⁴⁵³ noŋ³¹ ȵi³³ laŋ²²
喊 弟弟 二 郎
家无二郎

锦 丢 娘 灭 淋
Jingv diiul nyangc miegs liingh
ȶiŋ⁵³ tʝiu⁵⁵ ȵaŋ²² mjək³²³ ljiŋ³³
只 我 娘 女 单
就我单身女，

229

「君」山伯

管　　浓　　呀　刀
Kgunv nyongs yac daol
kun⁵³ ȵoŋ³²³ ja²² tau⁵⁵
前　　昨　　两　咱
以前咱俩

鸟　　卡　　定　村　杭　　州
Nyaoh kgah dinl senp Hangc Jul
ȵau³³ qa³³ tin⁵⁵ sən³⁵ haŋ²² ʈu⁵⁵
在　　那　脚　村　杭　　州
在那杭州学堂

独　　啦　字　书　清　　清
Dogc leeh siih xup tingp singh
tok²² le²² sji³³ ɕu³⁵ tʰiŋ³⁵ siŋ³³
读　　书　认　字　清　　清
整天背诗文,

娘　　　霞　锦　　丢　　娘
Nyaengc xah jingv diiul nyangc
ȵɐŋ²² ɕa³³ ʈiŋ⁵³ tjiu⁵⁵ ȵaŋ²²
真　　的　是　我　姑娘
真的就是英台娘。

管　　浓　　呀　刀　娘　　囝　具
Kgunv nyongl yac daol nyangc jungh juih
qun⁵³ ȵoŋ⁵⁵ ja²² tau⁵⁵ ȵɐŋ²² ʈuŋ³³ ʈui³³
前　　昨　　两　咱　真　　共　床
以前咱俩同床睡,

代　字　用　囝　湳　　多　大
Daih siic yongl jongl naemx dos dav
tai³³ sji²² joŋ⁵⁵ ʈoŋ⁵⁵ nɐm³¹ to³²³ ta⁵³
大　齐　用　碗　水　　在　中间
床中用碗装水

代 拜 挂 卡 床
Deic bail guav kgah xangc
təi²² pai⁵⁵ kwa⁵³ qa³³ ɕaŋ²²
拿 去 放 架 床
放在床中间。

呀 猫 老 搞 学 房
Yac maoh laos kgaox xot fangc
ja²² mau³³ lao³²³ qau³¹ ɕo¹³ faŋ²²
两 他 进 里 学 房
他俩走进书房

拜 岜 古
Bail piat guh
pai⁵⁵ pja¹³ ku³³
去 讲 故事
聊往事,

男 男 血 都
Nadl nadl sedt douh
nat⁵⁵ nat⁵⁵ sət¹³ tdu³³
句 句 符 合
句句说对,

里 猫 三 伯
Lis maoh Sans Beec
li³²³ mau³³ san³²³ pe²²
时 他 山 伯
这时山伯

加 哈 松 腮 良
Jav habp songk sait liangp
ta⁵³ hap³⁵ soŋ⁴⁵³ sai¹³ ljaŋ³⁵
那 才 放 肠 想
才爱恋英台娘。

补 猫 英 台 单 报
Bux maoh Yens Taic dans baov
pu³¹ mau³³ jən³²³ tʰai²² tan³²³ pau⁵³
父 她 英 台 说 道
英台的父亲说,

孖 引 银 奴
Nyac yenx nyenc nouc
ȵa²² jən³¹ ȵən²² nəu²²
你 带 人 谁
你把谁人

捞 搞 学 房 鸟
Laos kgaox xot fangc nyaoh
lao³²³ qau³¹ ɕo¹³ faŋ²² ȵau³³
进 里 学 房 坐
请到书房坐?

要 诶 我 猫 姓 关 忙
Yaoc eis wox maoh singv guanl mangc
jau²² əi³²³ wo³¹ mau³³ siŋ⁵³ kwan⁵⁵ maŋ²²
我 不 知道 他 姓 名 什么
我不知他姓什么。

给 我 农 乃
Kgeis wox nongx naih
qəi³²³ wo³¹ noŋ³¹ nai³³
不 知道 弟 这
不知客人

鸟 卡 定 村 华 引
Nyaoh kagh dinl senp Wac Yenh
ȵau³³ kʰak³³ tin⁵⁵ sən³⁵ wa²² jən³³
在 那 脚 村 华 引
是华引①寨上

---

① 华引:山名,在广西三江。常在诗歌中出现。

字　　坤　　　也
Siih　kuenp　yais
sji³³　kʰwən³⁵　jai³²³
是　　路　　　长
还是在远方？

喊　　解　　农　　听
Haemk jais　nongx tiingk
hɐm⁴⁵³　ȶai³²³　noŋ³¹　tʰjiŋ⁴⁵³
问　　问　　弟弟　听
请问弟郎

给　　我　　姓　　关　　忙
Kgeis　wox　singv　guanl　mangc
qəi³²³　wo³¹　siŋ⁵³　kwan⁵⁵　maŋ²²
不　知道　姓　　名　　什么
叫何名？

三　　拜　　单　　报
Sans　Beec　danl　baov
san³²³　pe²²　tan⁵⁵　pau⁵³
山　　伯　　说　　道
山伯回答，

囵　　啦　　章　　良
Jungh lagx　Jangl Liangc
ȶuŋ³³　lak³¹　ȶaŋ⁵⁵　ljaŋ²²
共　　仔　　张　　良
都是张良①子孙，

加　　丢　　郎　　嘎　　姓
Jav　diiul　langc　kgags　singv
ȶa⁵³　tjiu⁵⁵　laŋ²²　qak³²³　sin⁵³
那　　我　　郎　　别　　姓
郎我是别姓，

---
① 张良：侗族神话人物，传说张良、张妹繁衍了人类。

刚　给　补　听
Kgangs geel bux tiingk
qaŋ³²³　ke⁵⁵　pu³¹　tjiŋ⁴⁵³
讲　给　父　听
说给你人听

要　霞　啦　姓　梁
Yaoc xah lagx singv liangc
jau²²　ça³³　lak³¹　siŋ⁵³　ljaŋ²²
我　是　仔　姓　梁
我是梁家人。

英　台　又　报
Yens Taic yuh baov
jən³²³　tʰai²²　tan³²³　pau⁵³
英　台　说　道
英台说，

关　浓　呀　丢
Kgunv nyongl yac diiul
qun⁵³　ȵoŋ⁵⁵　ja²²　tjiu²²
前　昨　两　我
以前我俩

鸟　卡　定　村　杭　州
Nyaoh kgah dinl senp Hangc Jul
ȵau³³　qa³³　tin⁵⁵　sən³⁵　haŋ²²　ʈu⁵⁵
在　那　脚　村　杭　州
在那杭州城头，

最　乂　喜　艳　宫
Suik nyil xix yens kongx
sui⁴⁵³　ȵi⁵⁵　çi³¹　jən³²³　koŋ³¹
坐　在　习　练　宫
同住习练宫，

要 鲁 歹 梁 关 义 郎
Yaoc loux diaix liangc guanl ŋyih Langc
jau²² ləu³¹ tjai³¹ ljaŋ²² kwan⁵⁵ n̟i³³ laŋ²²
我 骗 兄 梁 名 二 郎
我骗梁兄叫二郎。

内 猫 英 台 寸 报
Neix maoh Yens Taic senv baov
nəi³¹ mau³³ jən³²³ tʰai²² sən⁵³ pau⁵³
母 她 英 台 说 道
英台母亲说,

农 刚 里 乃
Nongx kgangs lix naih
noŋ³¹ qaŋ³²³ li³¹ nai³³
弟 讲 语 这
弟讲这话,

刀 又 等 腮
Daol yiuv dens sait
tau⁵⁵ jiu⁵³ tən³²³ sai¹³
咱 要 诚 心
咱要诚心

得 猫 鸟 棉 唫
Deic maoh nyaoh miingc nyanl
təi²² mau³³ n̟au³³ mjiŋ²² n̟an⁵⁵
六 他 住 几 月
留他住几月。

三 伯 鸟 里 三 唫
Sans Beec nyaoh lis samp nyanl
san³²³ pe²² n̟au³³ li³²³ sam³⁵ n̟an⁵⁵
山 伯 住 得 三 月
山伯住上三月,

加　猫　　干　卷　拿
Jav maoh kganl jonv nas
ȵa⁵³ mau³³ qan⁵⁵ ton⁵³ na³²³
那　他　赶　转　家
心里也想家，

回　家　退　步
Weic jas toik buh
wəi²² ȵa³²³ tʰoi⁴⁵³ pu³³
回　家　退　步
回家心切

加　猫　　又　卷　言
Jav maoh yuh jonv yanc
ȵa⁵³ mau³³ ju³³ ton⁵³ jan²²
那　他　就　转　家
他立刻往家还。

内　猫　英　台　单　报
Neix maoh Yens Taic dans baov
nəi³¹ mau³³ jən³²³ tʰai²² tan³²³ pau⁵³
母　她　英　台　说　道
英台母亲说，

门　墓　农　拜
Maenl mus nongx bail
mɯn⁵⁵ mu³²³ noŋ³¹ pai⁵⁵
天　明　弟弟　去
明天梁弟要走，

该　里　样　传　忙　赖　腮　农　去
Kgeis lis yangh xonh mangc lail saip nongx quk
qəi³²³ li³²³ jaŋ³³ ɕon³³ maŋ²² lai⁵⁵ sai³⁵ noŋ³¹ tʰu⁴⁵³
不　得　样　种　声　母　好　给　少数　去
没有好的礼物送给他，

嗯　奥　英台　鞋子
Eengv aol Yens Taic xeec zix
eŋ⁵³　au⁵⁵　jən³²³ tʰai²² ɕe²² tsi³¹
就　拿　英台　鞋子
就拿英台绣的花鞋

哈　义　补　学　堂
Gabl il buh xot dangc
kap⁵⁵ i⁵⁵ pu³³ ɕo¹³ taŋ²²
合　一　部　学　堂
送给梁家郎。

三　伯　报　拜
Sans Beec baov bail
san³²³ pe²² pau⁵³ pai⁵⁵
山　伯　说　道
山伯说走

英　台　麻　囊
Yens Taic map naengc
jən³²³ tʰai²² ma³⁵ nɐŋ²²
英　台　来　看
英台忙来看，

娘　霞　里　丢　腮　到　洞
Nyaengc xah lis diiuc sait daoc dongh
nɐŋ²² ɕa³³ li³²³ tjiu²² sai¹³ tao²² toŋ³³
真　是　得　条　肠　乱　乱
真是有些心不安，

寸　歹　梁　兄　大　脚　盘
Sins diaix Liangc xongs dah jodx banc
sin³²³ tjai³¹ ljaŋ²² ɕoŋ²³² ta³³ ʈot³¹ pan²²
叫　兄　梁　兄　过　头　盘
送上梁兄过盘山。

呀给 大伯 高 该 定该 再 里 四
Yac gkeep dah bail gaos kgail dinl kgail saip lix siik
ja²² qʰe³⁵ ta³³ pai⁵⁵ kao³²³ qai⁵⁵ tin⁵⁵ qai⁵⁵ sai³⁵ li³¹ sji⁴⁵³
两 他 过去 头 街 脚 街 给 话 细
他俩走在街头巷尾慢慢谈，

奴 笑 修 分 和 意
Nuv xaop xebc wenp hoc yil
nu⁵³ ɕau³⁵ ɕəp²² wən³⁵ ho²² ji⁵⁵
若 你 十 分 合 意
如兄十分合意，

笑 主 会 麻 量
Xaop xuh hoik map liangc
ɕau³⁵ ɕu³³ hoi⁴⁵³ ma³⁵ ljaŋ²²
你 就 快 来 量
你就快请媒人来下聘。

荡 拿 父 母 告 言 给 赖 刚
Dangl nas hus mux kgaox yanc kgeis lail kgangs
taŋ⁵⁵ na³²³ hu³²³ mu³¹ qau³¹ jan²² qəi³²³ lai⁵⁵ qaŋ³²³
当 脸 父 母 里 家 不 好 讲
父母面前不好讲，

号 郎 号 妹
Haos langc haos muih
hau³²³ laŋ²² hau³²³ mui³³
一 郎 一 媄
独男单女

哇 丢 里 同 堂
Wah diiuc lix dongc dangc
wa³³ tjiu²² li³¹ toŋ²² taŋ²²
话 条 语 同 堂
谈些同堂事。

呀　刀　松　刚　卡　半　路
Yac daol songk kgangs kgah banv luh
ja²² tau⁵⁵ soŋ⁴⁵³ qaŋ³²³ ka³³ pan⁵³ lu³³
两　咱　相　讲　到　半　路
咱俩交谈半路上，

奴　笑　有　娘　　登　腮
Nuv xaop yuh nyaengc dens sait
nu⁵³ ɕau³⁵ ju³³ ȵɐŋ²² tən³²³ sai¹³
若　你　有　很　　和　肠
如你真心爱我，

解　笑　会　松　银　吗　喊
Jais xaop hoik songk nyenc map haemk
ʈai³²³ ɕau³⁵ hoi⁴⁵³ soŋ⁴⁵³ ȵən²² ma³⁵ hɐm⁴⁵³
那　你　快　放　人　来　问
你就快请媒人把事谈，

汉　　卡　补　唸　三
Henk kgah buh nyanl samp
hen⁴⁵³ qa³³ pu³³ ȵan⁵⁵ sam³⁵
限　　时　就　月　三
限在三月间。

三　　伯　登　　定　古　多
Sans Beec diiml dinl ugs dol
san³²³ pe²² tjim⁵⁵ tin⁵⁵ uk³²³ to⁵⁵
山　　伯　抬　　脚　出　门
山伯起步出门，

弄　　坤　　三　年　半
Longp kuenp samp nyinc banv
loŋ³⁵ kʰwən³⁵ sam³⁵ ȵin²² pan⁵³
错　　路　　三　年　半
迷路走了三年半，

荡　高　心　中　栏　单
Daengc kgaox semp jongl lanc danh
teŋ²² qau³¹ səm³⁵ ʈoŋ⁵⁵ lan²² tan³³
整　头　心　中　懒　淡
整个心中懒散

猫　哈　到　本　乡
Maoh habp daov benh xangp
mau³³ hap³⁵ tau⁵³ pɔn³³ ɕaŋ³⁵
他　才　到　本　乡
糊涂返本乡。

乃　猫　三　伯　寸　报
Neix maoh Sans Beec senp baov
nəi³¹ mau³³ san³²³ pe²² sən³⁵ pao⁵³
母　他　山　伯　说　道
山伯母亲问道，

管　农　丢　拜　义　奴　样
Kgunv nongx diiul bail il noup yangh
kun⁵³ noŋ³¹ tjiu⁵⁵ pai⁵⁵ ɿ⁵⁵ nəu³⁵ jaŋ³³
前　弟弟　我　去　一　那　样
以前你去好模样，

乃　农　地　麻
Naih nongx diil map
nai³³ noŋ³¹ tji⁵⁵ ma³⁵
这　弟弟　回　来
孩儿回来

忙　呀　南　蛮　黄
Mangc yah nanx mant wangc
maŋ²² ja³³ nan³¹ man¹³ waŋ²²
什么　那　肉　黄　黄
为何脸发黄？

三 伯 单 报
Sans Beec dans baov
san³²³ pe²² tan³²³ pau⁵³
山 伯 说 道
山伯回答道，

要 奴 英 台 修 身 都 大
Yaoc nuv Yens Taic suit xenp douh dal
jau²² nu⁵³ jən³²³ tʰai²² sui¹³ ɕən³⁵ təu³³ ta⁵⁵
我 看 英 台 修 身 漂 亮
我见英台打扮漂亮，

义 堂 银 刀 阴 随 桂
Il dangc nyenc daol yenl seit kguih
ɪ⁵⁵ taŋ²² n̩ən²² tau⁵⁵ jən⁵⁵ səi¹³ qui³³
就 像 人 我 提 雄 画眉
像那笼中画眉鸟，

遇 猫 类 病 捞 身
Yuih maoh lis biingh laos xenp
jui³³ mau³³ li³²³ pjiŋ³³ lau³²³ ɕən³⁵
为 她 得 病 上 身
因她得病上身，

门 加 锦 害 郎
Maenv jav jenl haik langc
mɐn⁵³ ta⁵³ tən⁵⁵ hai⁴⁵³ laŋ²²
个 那 真 害 郎
恐怕害死郎。

乃 猫 三 伯 寸 报
Neix maoh Sans Beec senp baov
nəi³¹ mau³³ san³²³ pe²² sən³⁵ pau⁵³
母 他 山 伯 说 道
山伯母亲说，

农　　刚　　义　　乃
Nongx kgangs lix naih
noŋ³¹　qaŋ³²³　li³¹　nai³³
弟　　讲　　话　　这
孩儿这话，

喀　　补　　给　　又　　紧
Kgags buh kgeis yiuv jens
qak³²³　pu³³　qəi³²³　jiu⁵³　ʦən³²³
那　　也　　不　　要　　紧
这也不要紧，

哈　　墓　　要　　内
Hedp mus yaoc neix
hət³⁵　mu³²³　jau²²　nəi³¹
早　　明　　我　　母
明早母亲

身　　赶　　会　　拜　　量
Xenp gaens hoik bail liangc
ɕən³⁵　kɐn³²³　hoi⁴⁵³　pai⁵⁵　ljaŋ²²
身　　赶　　快　　去　　量
亲自去商量。

内　　猫　　英　　台　　单　　报
Neix maoh Yens Taic dans baov
nəi³¹　mau³³　jən³²³　tʰai²²　tan³²³　pau⁵³
母　　她　　英　　台　　说　　道
英台母亲问道，

乃　　孖　　捞　　大　　寨　　麻
Naih nyac laos dah xaih mags
nai³³　n̠a²²　lau³²³　ta³³　ɕai³³　mak³²³
现　　你　　老　　到　　寨　　大
你老到来，

没　里　独　忙
Meec lix　duc mangc
me²² li³¹ tu²² maŋ²²
有　话　个　什么
有什么话，

捞　搞　言　要　鸟
Laos　kgaox yanc yaoc nyaoh
lau³²³ qau³¹ jan²² jau²² n̠au³³
进　里　屋　我　坐
请到家中讲。

乃　猫　三　伯　寸　报
Neix maoh Sans　Beec senp baov
nəi³¹ mau³³ san³²³ pʰe²² sən³⁵ pau⁵³
母　他　山　伯　说　道
山伯母亲回答道，

乃　要　捞　大　寨　麻
Naih yaoc laox dah xaih mags
nai³³ jau²² lau³¹ ta³³ ɕai³³ mak³²³
现　我　老　到　寨　大
我到寨上，

要　又　锦　笑
Yaoc yuh jaeml xaop
jau²² ju³³ tɛm⁵⁵ ɕau³⁵
我　要　约　你
是想约你

多　没　嘎　耶
Dos　meix kgal yeeh
to³²³ məi³¹ qa⁵⁵ je³³
唱　首　歌　耶
唱首踩堂歌。

又　　笑　　银　　我　　乜
Yiuv xaop nyenc wox mieeh
jiu⁵³ ɕau³⁵ ȵən²² wo³¹ mje³³
要　你　人　会　想
望你老人家帮着想想，

呀　　堂　　别　　门　　　啦　笑　尾　蜡
Yah diangs pieek　maenv lagx xaop weex liat
ja³³ tjaŋ³²³ pʰje⁴⁵³ mɐn⁵³ lak³¹ ɕau³⁵ we³¹ lja¹³
也　想　分　个　儿　你　做　媳
求你嫁那女儿给我当儿媳，

刀　　独　　尾　　没　　拉　　囧　　塘
Daol dogl weex meix lias　jungh dangc
tau⁵⁵ tok⁵⁵ we³¹ məi³¹ lja³²³ ʈuŋ³³ taŋ²²
咱　独　做　株　禾　共　塘
咱就为那秧苗共丘田。

内　　猫　　英　台　　单　　报
Neix maoh Yens Taic dans baov
nəi³¹ mau³³ jən³²³ tʰai²² tan³²³ pau⁵³
母　她　英　台　说　道
英台母亲答道，

样　　笑　　回　　麻　　三　　门
Yangh xaop hoik　map samp maenl
jaŋ³³ ɕau³⁵ hoi⁴⁵³ ma³⁵ sam³⁵ mɐn⁵⁵
若　你们　快　来　三　天
若你早来三日，

加　　丢　　没　　给　　妹
Jav diiul muix kgeev muih
ta⁵³ tjiu⁵⁵ mui³¹ qe⁵³ mui³³
那　我　未　嫁　女
那我未许配，

乃　给　赶　拜　接　队
Naih gkeep gaenx bail jids duih
nai³³ qʰe³⁵ kɐn³¹ pai⁵⁵ ʨt³²³ tui³³
现　她　赶　去　接　亲
现她都已许配，

给　拜　马　家　郎
Kgeev bail max jas langc
qe⁵³　pai⁵⁵ ma³¹ ʨa³²³ laŋ²²
嫁　去　马　家　郎
嫁给马家郎。

给　拜　马　家
Kgeev bail Max jas
qe⁵³　pai⁵⁵ ma³¹ ʨa³²³
嫁　去　马　家
嫁去马家，

够　记　囧　罗
Kgoux jih jungh lac
qəu³¹ ʨi³³ ʨuŋ³³ la²²
饭　是　共　箩
饭菜共桌，

哇　囧　凉
Wac jungh liangv
wa²² ʨuŋ³³ ljaŋ⁵³
禾　共　晾
禾把共晾杆。①

报　笑　三　伯　别　想
Baov xaop Sans Beec buix xangk
pau⁵³ ɕau³⁵ san³²³ pʰe²² pui³¹ ɕaŋ⁴⁵³
告诉　你　山　伯　别　想
劝山伯不再思念，

---
① 意思是禾把已经上杆晾晒，不能再还回田里。

笑　独　四　拜　找　亚　娘
Xaop dogl siip bail zaox yal nyangc
ɕao³⁵ tok⁵⁵ sji³⁵ pai⁵⁵ tau³¹ ja⁵⁵ ȵaŋ²²
你们　单　自　去　找　家　娘
你们另找好爹娘（姑娘）。

三　伯　单　报
Sans Beec dans baov
san³²³ pe²² tan³²³ pau⁵³
三　伯　说　道
山伯问道，

门　浓　老　拜　义　奴　样
Maenl nyul laox bail il noup yangh
mɐn⁵⁵ ȵu⁵⁵ lau³¹ pai⁵⁵ ɿ⁵⁵ nəu³⁵ jaŋ³³
天　昨　老　去　怎么　样
昨天去问事如何？

门　乃　老　拜　义　奴　行
Maenl naih laox bail il noup hangc
mɐn⁵⁵ nai³³ lau³¹ pai⁵⁵ ɿ⁵⁵ nəu³⁵ haŋ²²
天　这　老　去　怎么　行
今天回来怎么样？

乃　猫　三　伯　寸　报
Neix maoh Sans beec senp baov
nəi³¹ mau³³ san³²³ pʰe²² sən³⁵ pau⁵³
母　他　山　伯　说　道
山伯母亲说道，

样　刀　回　拜　三　唸
Yangh daol hoik bail samp maenl
jaŋ³³ tau⁵⁵ hoi⁴⁵³ pai⁵⁵ sam³⁵ mɐn⁵⁵
若　咱　快　去　三　天
如咱早去三天，

加　客　美　给　妹
Jav gkeep muix kgeev muih
ʨa⁵³ qʰe³⁵ mui³¹ qe⁵³ mui³³
那　她　未　嫁　妹
那英台未许配，

乃　客　赶　拜　解　队
Naih gkeep gaenx bail jids duih
nai³³ qʰe³⁵ kɐn³¹ pai⁵⁵ ʨit³²³ tui³³
现　她　赶　去　接　妻
如今她已婚配，

给　拜　马　家　郎
Kgeev bail Max jas langc
qe⁵³ pai⁵⁵ ma³¹ ʨa³²³ laŋ²²
嫁　去　马　家　郎
嫁给马家郎。

给　拜　马　家
Kgeev bail Max jas
qe⁵³ pai⁵⁵ ma³¹ ʨa³²³
嫁　去　马　家
嫁到马家，

够　记　囧　箩　哇　囧　凉
Kgoux jih jungh lac wac jungh liangv
qəu³¹ ʨi³³ ʨuŋ³³ la²² wa²² ʨuŋ³³ ljaŋ⁵³
饭　是　共　箩　禾　共　晾
饭菜共桌禾共晾。

报　刀　三　伯　别　想
Baov daol Sans Beec buix xangk
pau⁵³ tau⁵⁵ san³²³ pʰe²² pui³¹ ɕaŋ⁴⁵³
告诉　我　山　伯　别　想
劝你山伯别恋她，

刀　独　字　拜　考　文　章
Daol dogl siip bail kaox wenc jangl
tau⁵⁵ tok⁵⁵ sji³⁵ pai⁵⁵ kau³¹ wən²² ȶaŋ⁵⁵
咱　单　齐　去　考　文　章
咱就再去考文章。

告　　城　　该　麻
Kgaox senp kgail mags
qau³¹　sən³⁵　qai⁵⁵ mak³²³
里　　城　　街　大
城里街宽，

补　囊　　没　银　　赖　囵　　猫
Buh naengl meec nyenc lail jongs maoh
pu³³ nɛŋ⁵⁵　me²² ȵən²² lai⁵⁵ ȶoŋ³²³ mau³³
也　还　　有　人　　好　过　　她
也还有人比她好，

刀　拜　　考　　试　自　拜　　找　　亚　娘
Daol bail kaox sil siip bail zaox yal nyangc
tau⁵⁵ pai⁵⁵ kʰau³¹ si⁵ si³⁵ pai⁵⁵ tsau³¹ ja⁵⁵ ȵaŋ²²
咱　去　　考　　试　再　去　　找　　爹　娘
你去考试再去找爹娘（姑娘）。

三　　伯　寸　报
Sans Beec senp baov
san³²³ pe²² sən³⁵ pau⁵³
山　　伯　说　道
山伯回答说，

告　　丢　　村　　刀
Kgaox diiuc senp daol
qau³¹　tjiu²² sən³⁵ tao⁵⁵
里　　条　　村　　咱
咱们寨上

补　娘　　囊　　没　银　　漏　　猫
Buh nyaengc naengl meec nyenc louk　maoh
pu³³ ȵeŋ²² 　ȵeŋ⁵⁵ 　me²² ȵən²² ləu⁴⁵³ mau³³
也　真　　还　　有　人　　像　　她
也真有人比她好，

要　补　给　合　意
Yaoc buh kgeis hoc yil
jau²² pu³³ qəi³²³ ho²² ji⁵⁵
我　也　不　合　意
但不合郎心意，

给　里　英　台　系　配
Kgeis lis　Yens Taic　xih　pip
qəi³²³ li³²³ jən³²³ tʰai²² ɕi³³ pʰi³⁵
不　得　英　台　许　配
娶不到英台，

丢　补　给　拜　鸟　尾　忙
Diiul buh kgeis bail nyaoh weex mangc
tjiu⁵⁵ pu³³ qəi³²³ pai⁵⁵ ȵau³³ we³¹ maŋ²²
我　也　不　去　活　做　什么
我也不想活世上。

门　习　你　时
Maenl xebc nyih xic
mɐn⁵⁵ ɕəp²² ȵi³³ ɕi²²
天　十　二　时
一天十二时辰，

丢　补　本　里　三　习　想　豆　久
Diiul buh bens　lis　samp xic xangk touk　juh
tjiu⁵⁵ pu³³ pən³²³ li³²³ sam³⁵ ɕi²² ɕaŋ⁴⁵³ tʰəu⁴⁵³ tu³³
我　也　真　有　三　时　想　到　情人
我时时刻刻都想她，

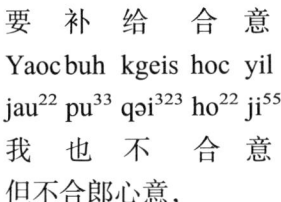

「君」山伯

249

义门　三　扽　够　难　见
Il maenl samp denv kgoux nanc janl
i⁵⁵ mɐn⁵⁵ sam³⁵ tən⁵³ qəu³¹ nan²² t̠an⁵⁵
一　天　三　餐　饭　难　咽
一天三餐饭难吃。

义门　义麻　呀笑　嘎　难　鸟
Il maenl il mas yah xaot gas nanc nyaoh
i⁵⁵ mɐn⁵⁵ i⁵⁵ ma³²³ ja³³ ɕau¹³ ka³²³ nan²² n̠au³³
一　天　一　软　也　怕　等　难　活
一天比一天无力恐怕活不久,

千　担　亚　编
Tinp denx yav bianv
tʰin³⁵ tən³¹ ja⁵³ pjan⁵³
千　担　田　坝
千担坝田,

呀笑　散　腮　乡
Yah xaot sank saip xangp
ja³³ ɕau¹³ san⁴⁵³ sai³⁵ ɕaŋ³⁵
只　怕　散　寨　乡
恐怕分给乡村人。

内　猫　三　伯　单　报
Neix maoh Sans Beec dans baov
nəi³¹ mau³³ san³²³ pʰe²² tan³²³ pau⁵³
母　他　山　伯　说　道
山伯母亲说道,

农　丢　给　清
Nongx diiul kgids qaenp
noŋ³¹ tjiu⁵⁵ qit³²³ tʰɐn³⁵
弟　我　病　重
孩儿病重,

门　丢　补　补　给　我
Maenl diiul buh kgeis wox
mɐn⁵⁵ tjiu⁵⁵ pu³³ qəi³²³ wo³¹
个　我　也　不　知道
我不知怎么办，

给　我　类　闷　嗯　忙　麻　笑　多
Kgeis wox lis menv ems mangc map xaok dos
qəi³²³ wo³¹ li³²³ mən⁵³ əm³²³ maŋ²² ma³⁵ ɕau⁴⁵³ to³²³
不　知道　有　个　药　什么　来　修　医
不知有什么药可医治，

嘎　字　农　丢　身　赖　义　告
Gas siih nongx diiul xenp lail il kgaov
ka³²³ sji³³ noŋ³²³ tjiu⁵⁵ ɕən³⁵ lai⁵⁵ i⁵⁵ qau⁵³
等　到　弟　我　身　好　依　旧
等待孩儿身体康复，

四　拜　搞　文　章
Siip bail kaox wenc jangl
sji³⁵ pai⁵⁵ kʰau³¹ wən²² tɕaŋ⁵⁵
再　去　考　文　章
再去考文章。

英　台　单　报
Yens Taic dans baov
jən³²³ tʰai²² tan³²³ pau⁵³
英　台　说　道
英台说，

歹　丢　给　清
Diaix diiul kgids qaenp
tɕai³¹ tjiu⁵⁵ qjt³²³ tʰɐn³⁵
兄　我　病　重
梁兄病重，

要 又 啦 腊 十 样 嗯 赖
Yaoc yuh lebc lagx xebc yangh ems lail
jau²² ju³³ ləp²² lak³¹ ɕəp²² jaŋ³³ əm³²³ lai⁵⁵
我 要 告诉 那 十 样 药 好
我有十样好药，

肖 笑 老 难 生
Xaot xaop laox nanc semh
ɕau¹³ ɕau³⁵ lau³¹ nan²² səm³³
怕 你 老 难 找
怕老人难找，

给 荡 岑 锦 没 麻 忙
Kgeis diangs jenc jemh meix mal mangc
qəi³²³ tjaŋ³²³ tən²² təm³³ məi³¹ ma⁵⁵ maŋ²²
不 是 山 坡 草 菜 什么
不是山里野花野草。

啦 行 第 一
Lebc hangc dih edl
ləp²² haŋ²² ti³³ ət⁵⁵
说 行 第 一
第一种药，

类 拜 完 桑 哈 海 给 奴 定
Luih bail weenh jangh hap heit kgeis nuv dingv
lui³³ pai⁵⁵ wen³³ tan³³ ha³⁵ həi¹³ qəi³²³ nu⁵³ tiŋ⁵³
下 到 万 丈 河 海 不 见 底
下到万丈深潭不见底，

岑 又 浦 俩 凉
Jenl yiuv naemx liagp lengh
tən⁵⁵ jiu⁵³ nɐm³¹ ljak³⁵ ləŋ³³
定 要 水 冷 凉
取来冰凉水，

鸟　卡　登　卡　望
Nyaoh kgah dengv kgags wangp
n̠au³³　qa³³　tən⁵³　qak³²³　waŋ³⁵
在　那　底　别　方
在那海中央。

啦　行　第　义
Lebc hangc dih nyih
ləp²²　haŋ²²　ti³³　n̠i³³
说　行　第　二
第二种药，

岑　又　木　龙　王
Jenl yiuv mudx liongc wangc
t̠ən⁵⁵　jiu⁵³　mut³¹　ljoŋ²²　waŋ²²
定　要　须　龙　王
定要拿到龙胡须。

啦　行　第　三
Lebc hangc dih samp
ləp²²　haŋ²²　ti³³　sam³⁵
说　样　第　三
第三种药，

捞　拜　大　弄　略　扫
Laos baih das longl liogc saoc
lau³²³　pai³³　ta³²³　loŋ⁵⁵　ljok²¹　sau²²
进　到　中间　森林　六　草
进到深山老林，

杀　独　霞　怪　　到
Sat duc xac guail daoh
sa¹³　tu²²　ça²²　kwai⁵⁵　tau³³
杀　只　蛇　怪　道
杀那得道① 老蛇，

---

① 得道：成精。

岑　又　特　南　高　猫
Jenl　yiuv　dadl　nadl　gaos　maoh
ȶən⁵⁵　jiu⁵³　tat⁵⁵　nat⁵⁵　kau³²³　mau³³
定　要　砍　个　头　它
只要砍到蛇头，

门　　家　就　搞　　龙
Maenl jav　juv　kgaox longc
mɐn⁵⁵　ȶa⁵³　ȶu⁵³　qau³¹　loŋ²²
那　　样　救　里　心
那是救心药。

啦　行　第　四
Lebc hangc dih siik
ləp²²　haŋ²²　ti³³　sji⁴⁵³
说　种　第　四
第四种药，

内　章　包　义
Neix sangx baos　yil
nəi³¹　saŋ³¹　pau³²³　ji⁵⁵
母　养　胎　盘
娘生胎盘，

门　　家　系　样　行
Maenv jav　xic yangh hangc
mɐn⁵³　ȶa⁵³　ɕi²²　jaŋ³³　haŋ²²
那　　是　奇　样　行
那是有特效。

啦　行　第　五
Lebc hangc dih ngox
ləp²²　haŋ²²　ti³³　ŋo³¹
说　行　第　五
第五种药，

又 猫 记 龙 哈 列
Yiul maoh jiv liongc hap liees
jiu⁵⁵ mau³³ ʈi⁵³ ljoŋ²² ha³⁵ lje³²³
要 它 指 龙 和 羊
要得指龙成羊，①

栏 本 哈 节
Lianx benh hap jees
ljan³¹ pən³³ ha³⁵ ʈe³²³
全 本 下 水
心肝内脏，

门 加 系 样 行
Maenv jav xic yangh hangc
mɛn⁵³ ʈa⁵³ ɕi²² jaŋ³³ haŋ²²
那 是 奇 样 行
那是仙丹药。

啦 行 第 略
Lebc hangc dih liogc
ləp²² haŋ²² ti³³ ljok²²
说 行 第 六
第六种药，

独 拜 务 闷
Dogl bail wul menl
tok⁵⁵ pai⁵⁵ wu⁵⁵ mən⁵⁵
单 去 上 天
要到天上，

奥 浦 心 萨 岜
Aol nadl semp sax bias
au⁵⁵ nat⁵⁵ səm³⁵ sa³¹ pja³²³
拿 个 心 婆 雷
取她雷婆心，

---

① 指龙成羊：传说一种龙首羊身的怪物。

岑　又　杀　猫
Jenl yiuv sat maoh
tɕən⁵⁵ jiu⁵³ sa¹³ mau³³
定　要　杀　她
把她杀死,

门　　家　奥　题　行
Maenv jav aol tiik hangc
mɛn⁵³ ȶa⁵³ au⁵⁵ tji⁴⁵³ haŋ²²
那　　种　拿　替　行
不能其他来替代。

啦　行　第　特
Lebc hangc dih tedp
ləp²² haŋ²² ti³³ tʰət³⁵
说　行　第　七
第七种药,

类　拜　万　　尚　哈　海
Luih bail weenh jangh hap heit
lui³³ pai⁵⁵ wen³³ ȶaŋ³³ ha³⁵ həi¹³
下　去　万　　丈　河　海
下到万丈海底,

歹　囧　宝　龙
Deis jungv baox liongc
təi³²³ ȶuŋ⁵³ pau³¹ ljoŋ²²
得　个　宝　龙
找到龙王宝。

啦　行　第　八
Lebc hangc dih beds
ləp²² haŋ²² ti³³ pət³²³
说　行　第　八
第八种药,

独 拜 务 闷
Dogl bail wul menl
tok⁵⁵ pai⁵⁵ wu⁵⁵ mən⁵⁵
单 去 上 天
飞上天去，

奥 男 先 人 丹
Aol nadl xeenh renc danx
au⁵⁵ nat⁵⁵ ɕen³³ Qən²² tan³¹
要 颗 仙 人 胆
取来仙人胆，

馁 没 千 年 不 烂
Nuil meel tinp nyinc buix lanh
nui⁵⁵ me⁵⁵ tʰin³⁵ ȵin²² pui³¹ lan³³
雪 霜 千 年 不 烂
千年雪霜不融，

门 加 奥 替 行
Maenv jav aol tiik hangc
mɛn⁵³ ʈa⁵³ au⁵⁵ tʰi⁴⁵³ haŋ²²
那 也 拿 替 样
不能其他来替代。

啦 行 第 九
Lebc hangc dih jus
ləp²² haŋ²² ti³³ ʈu³²³
说 行 第 九
第九种药，

独 拜 务 闷
Dogl bail wul menl
tok⁵⁵ pai⁵⁵ wu⁵⁵ mən⁵⁵
单 去 上 天
到天上去，

奥 囧 浦 汤 人 生
Aol jongl naemx tangs renc saens
au⁵⁵ ȶoŋ⁵⁵ nɐm³¹ tʰaŋ³²³ Qən²² sɐn³²³
拿 碗 水 汤 人 参
取来一碗人参汤,

笑 捞 浦 银 记 样 行
Xaot laox nanc nyenh jih yangh hangc
ɕau¹³ lau³¹ nan²² nən³³ ti³³ jaŋ³³ haŋ²²
怕 老 难 记 几 样 行
怕你老人难记这几样。

啦 行 第 十
Lebc hangc dih xebc
ləp²² haŋ²² ti³³ ɕəp²²
说 行 第 十
第十种药,

奴 歹 给 赖
Nuv diaix kgeis lail
nu⁵³ ȶjai³¹ qəi³²³ lai⁵⁵
若 兄 不 好
如兄之病不好,

独 拜 东 门 大 路 务 坤 葬
Dogl bail dongs menc dal lul wul kuenp sangv
tok⁵⁵ pai⁵⁵ toŋ³²³ mən²² ta⁵⁵ lu⁵⁵ wu⁵⁵ kʰwən³⁵ saŋ⁵³
单 去 东 门 大 路 上 路 葬
就去东门大路旁边葬,

岑 加 赖 样 好 面 样
Jenc jav lail yangh haox mieenl jangc
ȶən²² ta⁵³ lai⁵⁵ jaŋ³³ hau³¹ mjen⁵⁵ ȶaŋ²²
山 那 好 样 好 面 样
那山风光好看龙脉旺。

大 哭 三 声 梁 山 伯
Dal kuc sanh senh Liangc Sans Beec
ta⁵⁵ kʰu²² san³³ sən³³ ljian²² san³²³ pe²²
大 哭 三 声 梁 山 伯
大哭三声梁山伯,

小 哭 三 声 马 家 郎
Xaox kuc sanh senh max jas langc
ɕau³¹ kʰu²² san³³ sən³³ ma³¹ ʈa³²³ laŋ²²
小 哭 三 声 马 家 郎
小哭三声马家郎。

有 灵 有 神 给 文 墓
Youx lienc youx senc gkeip fenc mul
jəu³¹ ljən²² jəu³¹ sən²² qʰəi³⁵ fən²² mu⁵⁵
有 灵 有 神 开 坟 墓
有灵有神开坟墓,

无 灵 无 神 嫁 给 马 家 郎
Wuc lienc wuc senc jal geex max jas langc
wu²² ljən²² wu²² sən²² ʈa⁵⁵ ke³¹ ma³¹ ʈa³²³ laŋ²²
无 灵 无 神 嫁 他 马 家 郎
无灵无神嫁给马家郎。

九 啦 银 赖
Juh lagx nyenc lail
ʈu³³ lak³¹ n̻ən²² lai⁵⁵
情 人 人 好
美丽姑娘

笑 卡 尾 门 卖 腮 队
Xaop kgah weex maenv maix saip duih
ɕau³⁵ qa³³ we³¹ mɯn⁵³ mai³¹ sai³⁵ tui³³
你 嫁 做 那 妻 给 对方
你嫁给别人为妻子,

九　　项　　回　　赖　　丢　　难　　类
Juh xangp hoik laih diiul nanc lis
ȶu³³ ɕaŋ³⁵ hoi⁴⁵³ lai³³ tjiu⁵⁵ nan²² li³²³
情　　人　　快　　好　　我　　难　　得
你得如意我难舍，

鸟　　荡　　类　　给
Nyaoh dangc lis kgeis
n̠au³³ taŋ²² li³²³ qəi³²³
坐　　堂　　得　　不
不能同堂共屋，

呀　　赶　　晒　　给　　银　　里
Yah gaenx sait kgeis nyenc liih
ja³³ kʋn³¹ sai¹³ qəi³²³ n̠ən²² lji³³
那　感情　给　不　人　青年
让人伤心痛无比，

笑　　独　　定　　腮　　给
Xaop dogc dingh saip gkeep
ɕau³⁵ tok²¹ tiŋ³³ sai³⁵ qʰe³⁵
你　　独　　定　　给　　别人
人已离我嫁他乡。

嘎英台
Gal Yenh Taic

流传地：贵州省从江县龙图村
汉字记侗音文本：梁定修
侗语翻译：杨再荣
汉译整理：龙耀宏

犯　　凡　　重　　卡
Wangp wangp jongl kap
waŋ³⁵　waŋ³⁵　toŋ⁵⁵　kʰa³⁵
慢　　慢　　装　　耳
静静地听，

腰　舵　梅　嘎　省　搞
Yaoc dos　meix kgal saemh kgaov
jau²²　to³²³　məi³¹　ka³⁵　sɐm³³　qau⁵³
我　唱　首　歌　那　旧
我来唱支古歌，

晒　笑　王　响　痛
Saip xaop wagx　xangh tingt
sai³⁵　ɕau³⁵　wak³¹　xaŋ³³　tʰiŋ¹³
给　你们　大　家　听
让你们众人听。

糯　利　祖　共　　鸟　刁　顺　闪　行
Nop lis　Zuc kgongs nyaoh jiuc senl Samp Xingc
no³⁵　li³²³　tsu²²　qoŋ³²³　ȵau³³　jiu²²　sən⁵⁵　sam³⁵　ɕiŋ²²
前　有　祝　公　　在　条　村　蝉　村
古有祝公住在那蝉村，

行　　隔　　歹　府　　宁　　出　　按
Xingc kgeel daih huh　nyenc　suc　anl
xiŋ²²　qe⁵⁵　tai³³　hu³³　ȵən²²　su²²　an⁵⁵
发　　家　　大　户　　人　　出　　名
宅邸宽敞很有名，

家　财　　万　担　利　腻　关　　楼　名
Jah caic　wanl danl lis　nyil guanl　louh mienc
ʈa³³ tsʰai²²　wan⁵⁵ tan⁵⁵ li³²³　ȵi⁵⁵ kwan⁵⁵　ləu³³ mjən²²
家　财　　万　担　有　个　名　　楼　名
家财万贯名望盖乡村，

家　空　腊　办　干　年　垒
Yanc gkongp lagx banl kganl nyinc luih
jan²² qʰoŋ³⁵ lak³¹ pan⁵⁵ qan⁵⁵ ȵin²² lui³³
家　无　儿　男　名　年　下
家无男儿渐衰败，

号　果　流　美　领　去　信
Haot gobs liuuc muih lianh qit xenp
hau¹³ kap³²³ ljəu²² mui³³ ljan³³ tʰi¹³ ɕən³⁵
独　独　姑　娘　难　起　兴
唯有一女难振兴，

号　果　流　美　鸟　卡　家　和　共
Haot gobs liuuc muih nyaoh kgaox yanc ogl jungh
hau¹³ kap³²³ ljəu²² mui³³ ȵau³³ qau³¹ jan²² ok⁵⁵ ʈuŋ³³
唯　独　女　儿　在　里　家　屋　中
唯有爱女家中来相伴，

十　五　年　中　格　依　怒　耿　银
Xebc ngox nyinc jongl kgeev il nugs kgaenx nyaenc
ɕəp²² ŋo³¹ ȵin²² toŋ⁵⁵ qe⁵³ i⁵⁵ nuk³²³ qɐn³¹ ȵɐn²²
十　五　年　中　像　一　花　逗　人
十五年华如花怒放撩拨人。

白　宁　哑　鸟　保　都　不　好　坐
Bagx nyenh yah nyaoh baov duh buc haox zol
pak³¹ ȵən³³ ja³³ ȵau³³ pau⁵³ tu³³ pu²² hau³¹ tso⁵⁵
白　人　也　住　说　那　不　好　坐
闲得无聊无事做，

有　拜　涝　学　舵　武　文
Yuv bail laos xot dos wux wenc
ju⁵³ pai⁵⁵ lau³²³ ɕo¹³ to³²³ wu³¹ wən²²
要　去　进　学　堂　读　武　文
要进学堂博功名。

有 拜 涝 学 拜 课 水
Yuv bail laos yot baiv Kongp Siih
ju⁵³ pai⁵⁵ lau³²³ jo¹³ pai⁵³ kʰoŋ³⁵ si³³
要 去 进 学 拜 孔 子
要进学堂拜孔子，

通 勒 义 理 算 笑 歹 一 宁
Tongt lieeux yil liix sonk xaop daih edl nyenc
tʰoŋ¹³ ljeu³¹ ji⁵⁵ lji³¹ son⁴⁵³ ɕau³⁵ tai³³ ət⁵⁵ nən²²
通 晓 义 理 算 她 第 一 人
通晓义理算她第一人。

补 刻 英 台 省 保
Bux gkeep Yenh Taic senp baov
pu³¹ qʰe³⁵ jən³³ tʰai¹³ sən³⁵ pau⁵³
父 她 英 台 说 道
英台父亲说：

笑 杠 力 乃 盖 陡 样
Xaop kgangs lix niah kgeis douh yangh
ɕau³⁵ qaŋ³²³ li³¹ nia³³ qəi³²³ təu³³ jaŋ³³
你 讲 话 这 不 和 样
你说此话不在理，

杠 坝 力 乃 盖 陡 困
Kgangs bags lix naih kgeis douh kuenp
qaŋ³²³ pak³²³ li³¹ nai³³ qəi³²³ tou³³ kʰwən³⁵
讲 句 话 这 不 和 情
你言此语不合情。

兵 裂 登 闷
Biedc lieeux dinl menl
pjət²² ljeu³¹ tin⁵⁵ mən⁵⁵
望 完 底 天
放眼天下，

265

嘎英台

过　利　腊　办　涝　当　学
Gobs lis lagx banl laos dangc yot
kop³²³ li³²³ lak³¹ pan⁵⁵ lau³²³ taŋ²² jo¹³
唯　有　儿　男　进　堂　学
唯有男儿学堂坐，

怒　利　奴　婢　舵　武　尽
Nup lis nuv beix dos wux jenl
nu³⁵ li³²³ nu⁵³ pəi³¹ to³²³ wu³¹ ʨən⁵⁵
哪　有　看　女　读　书　文
哪有姑娘博功名。

腊　办　舵　勒　舵　贵　纪，
Lagx banl dos leec dos guil jiv
lak³¹ pan⁵⁵ to³²³ le²² to³²³ kwi⁵⁵ ʨi⁵³
儿　男　读　书　读　规　矩
男孩读书读规矩，

怒　利　腊　蔑　流　美
Nup lis lagx miegs liuuc muih
nu³⁵ li³²³ lak³¹ mjək³²³ ljəu²² mui³³
哪　有　儿　女　姑　娘
哪有女儿姑娘

眼　拜　越　先　生
Eengv baiv weex xeenp saenp
eŋ⁵³ pai⁵³ we³¹ ɕen³⁵ sɐn³⁵
还　去　做　先　生
还能做先生？

英　台　省　保
Yenh Taic senl baov
jən³³ tʰai²² sən⁵⁵ pau⁵³
英　台　说　道
英台答：

劳　宁　犯　坐　听　美　杠
Laox nyenc wanp suiv qingk muih kgangs
lau³¹ ȵən²² waŋ³⁵ sui⁵³ tʰiŋ⁴⁵³ mui³³ qaŋ³²³
老　人　慢　坐　听　女　讲
您老静坐听我讲，

糯　利　结　殿　越　王
Nop lis　xeeuc jeenh weex wangc
no³⁵ li³²³ ɕeu²² ʈen³³ we³¹ waŋ²²
前　有　朝　廷　做　王
古来朝中为皇

清　西　流　美　宁
Tingp xih liuuc muih nyenc
tʰiŋ³⁵ xi³³ ljəu²² mui³³ ȵən²²
真　有　姑　娘　人
真的有女子。

结　殿　皇　帝　尽　流　美
Xeeuc jeenh Wangc Diiv jenl liuuc muih
ɕeu²² ʈen³³ waŋ²² ti⁵³ ʈən⁵⁵ ljəu²² mui³³
朝　廷　王　帝　真　女　人
朝中皇帝女人做，

当　卡　务　闷　补　育　傲　卯
Daengc kgaox ul menl buh yuv aol maoh
tɐŋ²² qau³¹ u⁵⁵ mən⁵⁵ pu³³ ju⁵³ au⁵⁵ mau³³
整　里　上　天　也　要　让　她
整个天下也要让她

坐　腻　减　金　凳
Suiv nyil jeenh jeml denl
sui⁵³ ȵi⁵⁵ ʈen³³ ʈəm⁵⁵ ʈən⁵⁵
坐　那　金　銮　凳
坐那金龙凳。

267

嘎英台

六　　挂　　向　　哈　　晒　　美　　办
Liogc kuagp yangl hak saip muih beenh
ljok²² kʰwak³⁵ jaŋ⁵⁵ ha⁴⁵³ sai³⁵ mui³³ pen³³
六　　卦　　乡　　下　　让　　女　　办
天下人民听她话，

紧　　越　　万　　岁　　傲　　卯　　堆　　柄　　闷
Qenx weex wanl suip aol maoh deic biingv menl
tʰən³¹ we³¹ wan⁵⁵ sui³⁵ au⁵⁵ mau³³ təi²² pjiŋ⁵³ mən⁵⁵
称　　做　　万　　岁　　拿　　她　　把　　平　　天
称她万岁掌管天下人！

奶　　刻　　英　　台　　省　　保
Neix gkeep Yenh Taic senp baov
nəi³¹ qʰe³⁵ jən³³ tʰai²² sən³⁵ pau⁵³
母　　她　　英　　台　　说　　道
祝母听了来说道：

腊　　乃　　杠　　力　　陡　　角
Lagx naih kgangs lix douh jogl
lag³¹ nai³³ qaŋ³²³ li³¹ təu³³ tog⁵⁵
儿　　这　　讲　　话　　落　　脚
女儿说话在理。

补　　卯　　课　　腻　　果　　伙　　伙
Bux maoh kogp nyil gol hox kox
pu³¹ mau³³ khok³⁵ ȵi⁵⁵ ko³¹ ho³¹ ho³¹
父　　她　　角　　屋　　笑　　哈　　哈
父亲会心哈哈笑，

连　　盖　　恰　　所　　转　　舵　　倒　　力　　更
Lianh kgeis pak soh jonv dos daoc lix kgenl
ljan³³ qəi³²³ pʰa⁴⁵³ so³³ ton⁵³ to³²³ tau²² li³¹ kən⁵⁵
不　　不　　上　　气　　转　　来　　说　　话　　跟
不再阻挠好话随后跟。

杠　　力平　谱　补　哑　骂
Kgangs lix biingc puk　bux yah mas
qaŋ³²³　li³¹　pjiŋ²²　pʰu⁴⁵³　pu³¹　ja³³　ma³²³
讲　　的　平　和　父　也　软
话说在理父心软，

育　　得　说　话　是　个　大　理　性
Youl deec soc wap sip gol dal liix xenp
jəu⁵⁵　te²²　so²²　wa³⁵　si³⁵　ko⁵⁵　ta⁵⁵　lji³¹　ɕən³⁵
又　　得　说　话　是　个　过　理　性
转夸女儿说话有理性。

奶　　刻　英　台　省　保
Neix gkeep Yenh Taic senp baov
nəi³¹　qʰe³⁵　jən³³　tʰai²²　sən³⁵　pau⁵³
母　　她　英　台　说　道
祝母又来细叮嘱：

乃　　笑　涝　搞　当　学　舵　勒
Naih xaop laos kgaox dangc yot dos leec
nai³³　ɕau³⁵　lau³²³　qau³¹　taŋ²²　jo¹³　to¹³　le²²
现　　你　进　到　堂　学　读　书
如今你去学堂读书，

特　　毕　跟　腊　刻　松　吵
Digs bix nyimp lagx gkeep songp qaox
tik³²³　pi³¹　ȵim³⁵　lak³¹　qʰe³⁵　soŋ³⁵　tʰau³¹
切　　别　跟　儿　别　相　吵
切莫与人来争吵，

各　　蒙　各　鸟　坐　卡　格　先　生
Kgags mungx kgags nyaoh suiv kgaox geel xeengp saenp
qak³²³　muŋ³¹　qak³²³　ȵau³³　sui⁵³　qau³¹　ke⁵⁵　xeŋ³⁵　sɯn³⁵
各　　人　各　住　坐　在　边　先　生
先生教导要用心听。

英　台　省　保
Yenh Taic senl baov
jən³³ tʰai²² sən⁵⁵ pau⁵³
英　台　说　道
英台回答说：

闷　吊　松　书　盖　跟　奴　松　吵
Maenl jiul songc xup kgeis nyimp nouc songp qaox
mɐn⁵⁵ ȶiu⁵⁵ soŋ²² ɕu³⁵ qəi³²³ ȵim³⁵ nəu²² soŋ³⁵ tʰau³¹
天　我　诵　书　不　跟　人　相　吵
女儿白天读书不与人争吵，

各　蒙　各　鸟　坐　卡　格　先　生
Kgags mungx kgags nyaoh suiv kgaox geel xeengp saenp
qak³²³ muŋ³¹ qak³²³ ȵau³³ sui⁵³ qau³¹ ke⁵⁵ ɕeŋ³⁵ sɐn³⁵
各　人　各　住　坐　在　边　先　生
先生教导用心听。

打　那　孔　子　奴　干　尚
Dav nas Kongs Zix nouc kgamc sags
ta³⁵ na³²³ kʰoŋ³²³ tsi³¹ nəu²² qam²² sak³²³
中间脸　孔　子　谁　敢　乱
孔子① 面前谁敢乱，

乃　吊　鸟　搞　当　样
Naih jiul nyaoh kgaox dangc hagt
nai³³ ȶiu⁵⁵ ȵau³³ qau³¹ taŋ²² hak¹³
这　我　在　里　堂　学
如今去那学堂，

吊　补　各　拜　俄　小　心
Jiul buh kgags bail wox xaox xenp
ȶiu⁵⁵ pu³³ qak³²³ pai⁵⁵ wo³¹ ɕau³¹ ɕən³⁵
我　会　自　去　知道　修　身
我也自会倍小心。

―――――――
① 孔子：此处当先生解。

奶　刻　英　台　省　保
Neis　gkeep　Yenh　Taic　senl　baov
nəi³²³　qʰe³⁵　jən²²　tʰai²²　sən⁵⁵　pau⁵³
母　她　英　台　说　道
祝母说道：

乃　到　利　腊　岁　虽　堆　腊　瓦
Naih　daol　lis　lagx　singp　seic　deic　lagx　wah
nai³³　tau⁵⁵　li³²³　lak³¹　siŋ³⁵　səi²²　təi²²　lak³¹　wa³³
这　我　得　儿　清　秀　拿　儿　话
今咱女儿聪明也要听她话，

补　许　口　马　奶　口　信
Bux　xih　kouk　max　neix　kouk　xenp
pu³¹　ɕi³³　kʰəu⁴⁵³　ma³¹　nəi³¹　kʰəu⁴⁵³　ɕən³⁵
父　是　备　马　母　备　身
父备马来母备行李好启程。

英　台　大　板　腊　办
Yenh　Taic　dal　beenv　lagx　banl
jən²²　tʰai²²　ta⁵⁵　pen⁵³　lak³¹　pan³⁵
英　台　打　扮　儿　男
英台女扮男装

奶　卯　干　盖　俄　闷　底
Neix　maoh　kganl　kgeis　wox　menl　dih
nəi³¹　mau³³　qan⁵⁵　qəi³²³　wo³¹　mən⁵⁵　ti³³
母　她　真　不　知　道　天　地
母亲都不敢认，

顿　孩　包　底　歹　问　纹
Daens　haic　baoh　jix　daih　wenl　wenc
tɐn³²³　hai²²　pau³³　tɕi³¹　tai³³　wən⁵⁵　wən²²
穿　鞋　包　底　很　稳　稳
包底鞋穿上步轻盈。

西　　转　　果　　告　　套　　帽　　顶
Xiut　xods　kgoc　gaos　taot　kgemh　dienx
ɕiu¹³　ɕot³²³　qo²²　kau³²³　tʰau¹³　qəm³³　tjən³¹
修　　髻　　盘　　头　　换　　帽　　顶
盘好发髻换帽顶，

谜　　辫　　你　　囤　　本　　垒　　轮
Miedl　bial　nyih　denv　baenv　luih　lenc
mjət⁵⁵　pja⁵⁵　n̠i³³　tən⁵³　pen⁵³　lui³³　lən²²
编　　辫　　一　　跟　　放　　下　　后
织好辫子甩后庭。

英　　台　　定　　脚　　庆　　门　　鲁　　寡　　鲁
Yenh　Taic　jiml　dinl　jemv　menc　luh　guav　luh
jən³³　tʰai¹³　tim⁵⁵　tin⁵⁵　tɕəm⁵³　mən²²　lu³³　kwa⁵³　lu³³
英　　台　　抬　　脚　　出　　门　　路　　赶　　路
英台举步出门走啊走，

定　　将　　雷　　补　　金　　打　　金
Jiml　jangs　lic　buh　jenc　dah　jenc
tim⁵⁵　tɕaŋ³²³　li²²　pu³³　ta³³　tən²²
移　　步　　行　　路　　山　　过　　山
跋山涉水往前行。

拜　　抖　　顿　　梅　　六　　瞎　　傻　　所　　坐
Bail　touk　dens　meix　Liogc　Xac　sav　soh　suiv
pai⁵⁵　tʰəu⁴⁵³　tən³²³　məi³¹　ljok²²　ɕa²²　sa⁵³　so³³　sui⁵³
来　　到　　根　　树　　六　　霞　　休　　息　　坐
来到"六霞"树下休息坐，

盖　　关　　偏　　补　　坐　　底　　敦
Kgeis　guanv　piinp　buih　suiv　dih　jaenc
qəi³²³　kwan⁵³　pʰjin³⁵　pui³³　sui⁵³　ti³³　tɛn²²
不　　管　　平　　否　　坐　　地　　凳
不管如何坐在那石凳。

扯　东　水　壶　出　逃　伞
Gaic dongc xuit huc cuc daos sank
kai²² toŋ²² ɕui¹³ hu²² ɕu²² tau³²³ san⁴⁵³
扯　筒　水　壶　绸　放　伞
扯出烟壶绸花伞，

耸　务　岩　板　白　过　银
Songk ul ngaic banx bagx kgov nyaenc
soŋ⁴⁵³ u⁵⁵ ŋai²² pan³¹ pak³¹ qo⁵³ nɐn²²
放　上　岩　板　白　如　银
摆岩板上白如银。

烟　耿　怕　我　约　格　顾
Yeenl gaeml padt ngoh yoh kgeex gkudt
jen⁵⁵ kɐm⁵⁵ pʰat¹³ ŋo³³ jo³³ qe³¹ qʰut¹³
烟　侗　涩　多　烧　不　燃
土烟涩涩点不燃，

缩　了　水　壶　更　更
Sods lagx xuit huc kemt kemt
sod³²³ lak³¹ ɕui¹³ hu²² kʰəm¹³
吸　那　水　壶　咕　咕
口吸烟筒咕咕

当　卡　嫩　饱　棍
Daengc kgax naengl beeuv guaenc
tɐŋ²² qa³¹ nɐŋ⁵⁵ peu⁵³ kwɐn²²
从　那　鼻　冒　烟
从鼻孔冒烟。

宁　小　项　鲁　定　顿　将
Nyenc siut heengp luh dinl daens jags
n̠ən²² siu¹³ heŋ³⁵ lu³³ tin⁵⁵ tən³²³ ȶak³²³
人　贫　行　路　脚　穿　草鞋
平民出行穿草鞋，

宁　　大　　项　　　鲁　　顿　　顾　　　并
Nyenc mags　heengp luh　daens kgugs bienl
ȵən²² mak³²³ heŋ³⁵　lu³³ tən³²³ quk³²³ pjən⁵⁵
人　　大　　行　　　路　　穿　　衣　　雨
富人出门穿雨衣。

嘎　　蒙　　忙　　久　　　顿　　卡　　抖
Gas　meec mangc jaengl deml　gkeep touk
ka³²³ me²² maŋ²² tɛŋ⁵⁵　təm⁵⁵ qʰe³⁵ tʰəu⁴⁵³
等　　不　　什么　久　　　遇　　别人　到
歇气不久遇见有人到,

丫　　刻　　打　　过　　空　　　手
Yac gkeep dax gol　kongh soux
ja²² qʰe³⁵ ta³¹ ko⁵⁵ kʰoŋ³³ səu³¹
两　　她　　打　　过　　拱　　　手
他俩打过招呼,

耿　　　拜　　略　　　先　　生
Gaenx bail　lionc　xeenp saenp
kɐn³¹　pai⁵⁵ ljon²² ɕen³⁵ sɐn³⁵
赶　　　去　　见　　　先　　生
携手同去拜先生。

英　　台　　省　　保
Yenh Taic　senp baov
jən³³ tʰai²² sən³⁵ pau⁵³
英　　台　　说　　道
英台问：

笑　　叠　　岁　　虽　　擂　　拜　　困　　　怒　　出
Xaop jaix　singp singh luih bail kuenp　nup ugs
ɕau³⁵ ȶai³¹ siŋ³⁵ siŋ³³ lui³³ pai⁵⁵ kʰwɐn³⁵ nu³⁵ uk³²³
你　　兄　　清　　清　　下　　去　　路　　那　　出
仁兄清秀不知何处来？

乃 吊 歹 省 盖 努 宁 各 顺
Naih jiul daih saemh kgeis nuv nyenc kgags senl
nai³³ ȶiu⁵⁵ tai³³ sɐm³³ qəi³²³ nu⁵³ ȵən²² qak³²³ sən⁵⁵
这 我 整 世 不 见 人 别 村
愚弟从未见过外乡人。

歹 省 盖 冲 龙 搞 海
Daih saemh kgeis xongp liongc kgaox heit
tai³³ sɐm³³ qəi³²³ xoŋ³⁵ ljoŋ²² qau³¹ həi¹³
整 世 不 遇 龙 里 海
从未见过海中龙，

干 顿 闷 乃 树 笑 叠 肿 困
Kganl daengl maenl naih subt xaop jaix jungh kuenp
qan⁵⁵ tɐŋ⁵⁵ mɐn⁵⁵ nai³³ sup¹³ ɕau³⁵ ȶai³¹ ȶuŋ³³ kʰwən³⁵
如 若 天 这 与 你 兄 共 路
今日有缘与仁兄同行。

盖 俄 何 州 许 何 县
Kgeis wox hoc xul xih hoc yeenk
qəi³²³ wo³¹ ho²² ɕu⁵⁵ ɕi³³ ho²² jen⁴⁵³
不 知 何 州 是 何 县
仁兄住在何州或何县？

盖 俄 越 反 扣 牛
Kgeis wox weex weenk gkout nyouc
qəi³²³ wo³¹ we³¹ wen⁴⁵³ qʰəu¹³ ȵəu²²
不 知道 做 生意 发 财
不知去做生意发财，

依 许 拜 卡 怒 探 囲
Il xih bail kgax nup tamk tenp
i⁵⁵ ɕi³³ pai⁵⁵ qa³¹ nu³⁵ tʰam⁴⁵³ tʰən³⁵
还 是 去 里 那 走 亲
还是要去哪探亲？

山 伯 省 保
Sanh Beec senp baov
san³³ pe²² sən³⁵ pau⁵³
山 伯 说 道
山伯回答：

吊 鸟 梁 家 本 顺
Jiul nyaoh Liangc kgal bens senl
ȶiu⁵⁵ ȵau³³ ljaŋ²² qa⁵⁵ pən³²³ sən⁵⁵
我 在 梁 家 本 村
我本梁家乡下人，

鸟 卡 河 南 省
Nyaoh kgax Hoc Nanc Saenx
ȵau³³ qa³¹ ho²² nan²² sɐn³¹
在 那 河 南 省
家住在那河南省，

聪 明 一 等 鸟 打 顺
Songh mienc yic daenx nyaoh dav senl
soŋ³³ mjən²² ji²² tɐn³¹ ȵau³³ ta⁵³ sən⁵⁵
聪 明 一 等 住 中间 村
家在寨中人本分。

按 蔑 先 生 赖 赖
Kgangs meec xangp saenp lail lail
qaŋ³²³ me²² ɕaŋ³⁵ sɐn³⁵ lai⁵⁵ lai⁵⁵
说 有 先 生 好 好
听说有位好先生，

鸟 卡 杭 州 府
Nyaoh kgax Hangc Xul Hux
ȵau³³ qa³¹ haŋ²² xu⁵⁵ hu³¹
住 那 杭 州 府
住在那杭州城，

现　　布　　卯　　楼　　鸟　　卡　　移　　鲁　　困
Xedt bus　maoh louk　nyaoh kgax yinc　luh　kuenp
ɕət¹³ pu³²³ mau³³ ləu⁴⁵³ ȵau³³ qa³¹ jin²² lu³³ kʰwən³⁵
都　赞　她　强　在　那　远　路　路
都夸他强在那远方村。

家　　蔑　　先　生　吊　听　　盖　　陡　晒
Yanc meec xeenp saenp jiul qingk kgeis douh sais
jan²² me²² ɕen³⁵ sen³⁵ tɕiu⁵⁵ tʰiŋ⁴⁵³ qəi³²³ təu³³ sai³²³
家　有　先　生　我　觉　不　合　意
家乡先生我觉不合意，

乃　吊　有　拜　杭　　州　困　　长　　舵　勒
Naih jiul yuv bail Hangc Xul kuenp yais dos leec
nai³³ tɕiu⁵⁵ ju⁵³ pai⁵⁵ haŋ²² ɕu⁵⁵ kʰwən³⁵ jai³²³ to³²³ le²²
现　我　要　去　杭　　州　路　　长　　读　书
如今我乃奔赴杭州求学，

吊　　本　　国　　探　　囤
Jiul bens gueec tamk teenk
tɕiu⁵⁵ kwe²² tʰam⁴⁵³ tʰən⁴⁵³
我　本　不　探　亲
并非去探亲。

英　台　省　保
Yenh Taic senl baov
jən³³ tʰai²² sən⁵⁵ pau⁵³
英　台　说　道
英台又问：

笑　叠　岁　虽　擂　拜　困　　怒　倒
Xaop jaix singp seic leic bail kuenp nup daov
ɕau³⁵ tɕai³¹ siŋ³⁵ səi²² ləi²² pai⁵⁵ kʰwən³⁵ nu³⁵ pau⁵³
你　兄　行　此　下　去　路　那　说
兄台要哪条道上走？

乃 到 各 蒙 各 鸟 各 端 闷
Naih daol kgags mungx kgags nyaoh kgags domx menl
nai⁵⁵ pau⁵⁵ qak³²³ muŋ³¹ qak³²³ ȵau³³ qak³²³ tom³¹ mən⁵⁵
这 说 各 人 各 在 各 边 天
虽说你我人各一方，

孔 子 且 说 也 要 说 登 底
Kongx Zix qeex soc yeex yaol soc daenh diix
n̦hoŋ³¹ tsi³¹ tʰe³¹ so²² je³¹ jau⁵⁵ so²² tɐn³³ tji³¹
孔 子 且 说 也 要 说 登 底
孔子且说也要说根底，

你 要 问 我 何 方 人
Nyix yaol wenl ngox hoc fangh renc
ȵi³¹ jau⁵⁵ wən⁵⁵ ŋo³¹ ho²² faŋ³³ Qən²²
你 要 问 我 何 方 人
你又问我何方人。

吊 腊 姓 祝 鸟 卡 柳 州 县
Jiul lagx singk Sut nyaoh kgax Liuux Xul Yeeŋ
tiu⁵⁵ lak³¹ siŋ⁴⁵³ su¹³ ȵau³³ qa³¹ ljəu³¹ ɕu⁵⁵ jen⁴⁵³
我 仔 姓 祝 住 那 柳 州 县
我本姓祝家住柳州县，

千 隔 千 万 蔑 更 敦
Sinp kgeel sinp weenh mieengc kaenk daeml
sin³⁵ qe⁵⁵ sin³⁵ wen³³ mjeŋ²² kʰɐn⁴⁵³ tɐm⁵⁵
千 家财 千 万 多少 坎 塘
家有千顷万亩田塘数不清。

刀 利 九 千 补 有 榜 腻 定 越 利
Miax yaih jus sinp buh yuv baengh nyil jinl weex yaih
mja³¹ jai³³ tu³²³ sin³⁵ pu³⁵ ju⁵³ pɐŋ³³ ȵi⁵⁵ tin⁵⁵ we³¹ jai³³
刀 利 九 千 也 要 靠 那 石 做 快
刀利九分全靠石来磨，

干　　顿　　闷　　乃　　树　　笑　　叠　　肿　　困
Kganl daengl maenl naih　subt　xaop　jaix　jungh kuenp
qan⁵⁵　tɐŋ⁵⁵　mɐn⁵⁵　nai³³　sup¹³　ɕau³⁵　ʈai³¹　tuŋ³³　kʰwən³⁵
刚　　好　　天　　这　　遇　　你　　兄　　共　　路
今天有缘相遇与你兄同行。

丫　卯　　结　拜　　弟　　兄　　东　　路　　走
Yac maoh　jeec bail　xongs　diil　dongc　luh　quk
ja²²　mau³³　ʈe²²　pai⁵⁵　ɕoŋ³²³　tji⁵⁵　toŋ²²　lu³³　tʰu⁴⁵³
两　他　　结　拜　　兄　　弟　　同　　路　　去
俩人结拜兄弟一路走，

当　　困　　　项　　鲁　　宁　　依　　宁
Daengc kuenp　heengp　luh　nyenc　il　nyenc
tɐŋ²²　kʰwən³⁵　heŋ³⁵　lu³³　ɲən²²　i⁵⁵　ɲən²²
整　　路　　　行　　路　　人　　跟　　人
整条道上结伴行。

拜　　抖　　杭　　州　　丫　卯　　否　　涝　　铺
Bail　touk　Hangc　Xul　yac maoh　woup　laos　puk
pai⁵⁵　tʰəu⁴⁵³　haŋ²²　ɕu⁵⁵　ja²²　mau³³　wəu³⁵　lau³²³　pʰu⁴⁵³
去　　到　　杭　　州　　两　他　　找　　住　　铺
走到杭州俩人找住铺，

早　　轮　　无　　数　　耿　　败　　拜　　先　　生
Hedp　henc　wuic　sup　gaenx　bail　baiv　xeenp　saenp
hət³⁵　hən²²　wui²²　su³⁵　kɐn³¹　pai⁵⁵　pai⁵³　ɕen³⁵　sɐn³⁵
早　　后　　洗　　漱　　再　　去　　拜　　先　　生
次日清晨两人同去拜先生。

丫　卯　　涝　　搞　　当　　学　　舵　　依　　夺
Yac maoh　laos　kgax　dangc　yot　dogl　il　doiv
ja²²　mau³³　lau³²³　qa³¹　taŋ²²　jo¹³　tok⁵⁵　i⁵⁵　toi⁵³
两　他　　进　　那　　堂　　学　　落　　一　　处
他俩走进学堂共住处，

279

嘎英台

闷　肿　凳　坐　电　肿　天
Maenl jungh dengl suiv janl jungh menl
mɐn⁵⁵ ʈuŋ³³ təŋ⁵⁵ sui⁵³ ʈan⁵⁵ ʈuŋ³³ mən⁵⁵
天　共　凳　坐　晚　共　枕头
白天同坐夜同眠，

闷　肿　虽　班　电　肿　养
Maenl jungh siic banc janl jungh yangh
mɐn⁵⁵ ʈuŋ⁵⁵ si²² pan²² ʈan⁵⁵ ʈuŋ³³ jaŋ³³
天　共　桌子　夜　共　被
读书共桌夜共被，

眼　利　英　台
Ngeenx lis Yenh Taic
ŋen³¹ li³²³ jən³³ tʰai²²
眼　得　英　台
眼见英台睡觉

顾　恰　信　响　依　假　睡　光　闷
Kgugs kgabs xenp xangh il jav nunc kguangl menl
quk³²³ qap³²³ ɕən³⁵ ɕaŋ³³ i⁵⁵ ʈa⁵³ nun²² qwaŋ⁵⁵ mən⁵⁵
衣　和　身　上　那样　睡　亮　天
整夜衣裤不离身。

山　伯　省　保
Sanh Beec senp baov
san³³ pai²² sən³⁵ pau⁵³
山　伯　说　道
山伯说：

乃　到　脚　盖　访　孩　怒　越　赖　涝　哑
Naih daoh jos kgeis wangk haic nup weex lail laos yav
nai³³ tau³³ to³²³ qəi³²³ waŋ⁴⁵³ hai²² nu³⁵ we³¹ lai⁵⁵ lau³²³ ja⁵³
这　咱　脚　不　离　鞋　怎么　好　进　田
今咱脚不离鞋如何下得田，

梅　假　省　卡　连　课　怒　越　拖　恰　金
Meix jav semp kgav lianh gkop nup weex tot qak jenc
məi³¹ ta̠⁵³ səm³⁵ qa⁵³ ljan³³ qʰo³⁵ nu³⁵ we³¹ tʰo¹³ tʰa⁴⁵³ ta̠n²²
树　那　芯　丫　连　角　怎　么　拖　上　坎
那树枝桠交叉哪好拖前行，

电　到　瓦　将　有　露　顾
Janl daol nguah xangc yuv todt kgugs
ta̠n⁵⁵ tau⁵⁵ ŋwa³³ ɕaŋ²² ju⁵³ tʰot¹³ quk³²³
晚　咱　卧　床　要　脱　衣
晚上睡觉衣要脱。

乃　孖　嫩　给　连　剥
Naih nyac naenl geiv lianh bugs
nai³³ n̠a²² nɯn⁵⁵ kəi⁵³ ljan³³ puk³²³
这　你　个　蛋　连　壳
今你蛋不剥壳，

怒　越　恰　嫩　壳　假　吞
Nup weex liabs naenl kgogx jav gkaenp
nu³⁵ we³¹ ljap³²³ nɯn⁵⁵ qok³¹ ta̠⁵³ qʰɐn³⁵
如　何　带　个　壳　那　吞
如何连壳往下吞。

英　台　省　保
Yenh Taic senp baov
jən³³ tʰai²² sən³⁵ pau⁵³
英　台　说　道
英台回答：

乃　到　秀　应　参　鲁
Naih daol xiut yenk qamt luh
nai³³ tau⁵⁵ ɕiu¹³ jən⁴⁵³ tʰam¹³ lu³³
现　咱　就　因　走　路
如今因为我们长途跋涉

困　　裂　　痛　晒　　陡　　港
Kuenp　liail　kgids sais　touk　kaenk
kʰwən³⁵　ljai⁵⁵　qit³²³　sai³²³　tʰəu⁴⁵³　kɐn⁴⁵³
路　　长　　痛　心　　到　　底
辛苦全身痛，

荡　　都　　宁　　领　　土
Dangl　duc　nyenc　liinh　tut
taŋ⁵⁵　tu²²　ṇən²²　ljin³³　tʰu¹³
像　　个　　人　　练　　土
像那人犁田。

乃　　腰　　本　　保　　露　　顾　　垫　　告
Naih　yaot　bens　baov　todt　kgugs　jimh　gaos
nai³³　jau¹³　pən³²³　pau⁵³　tʰot¹³　quk³²³　jim³³　kau³²³
这　　我　　本　　相　　脱　　衣　　垫　　头
本想脱衣来当枕，

有　　校　　国　　俄　　金
Yuh　yaot　gueec　wox　jenc
ju³³　jau¹³　kwe²²　wo³¹　tɕən²²
又　　怕　　不　　会　　起
又怕睡沉难起身。

山　　伯　　省　　保
Sanh　Beec　senp　baov
san³³　pe²²　sən³⁵　pau⁵³
山　　伯　　说　　道
山伯劝说道：

宁　　到　　尚　　工　　别　　别　　补　　有　　灭　　西　　耍
Nyenc daol　sags　kgongl bieel bieel buh　yuv　mieeh xic　sav
ṇən²²　tau⁵⁵　sak³²³　qoŋ⁵⁵　pje⁵⁵　pje⁵⁵　pu³³　ju⁵³　mje³³　ɕi²²　sa⁵³
人　　我　　种　　田　　啪　　啪　　也　　要　　想　　时　　歇
人们整天干活要歇息，

买　　卖　困　　寡　　有　占　英
Beel jeis　kuenp　guah　yuv janl yenc
pe⁵⁵ ʨəi³²³ kʰwən³⁵ kwa³³ ju⁵³ ʨan⁵⁵ jən²²
买　卖　路　　生意　要　吃　烟
做买卖生意要抽烟。

吊　　各　　俄　　略　　保　　笑　　莫　　脑
Jiul　kgags　wox　liop　baov　xaop　bix　souc　nagl
ʨiu⁵⁵ qak³²³ wo³¹ ljo³⁵ pau⁵³ xau³⁵ pi³¹ səu³¹ nak⁵⁵
我　自　　会　醒　告诉你　别　愁　睡
我自会醒劝君别愁睡，

明　　天　　清　　早　　灭　　或　　闷
Mienc tieenh qenh　zaox　meec weep menl
mjən²² tʰjen³³ tʰən³³ tsau³¹ me²² we³⁵ mən⁵⁵
明　　天　　清　　早　　不　　晚　　天
明天清早绝不误时辰，

光　　　闷　　英　　养　　吊　　各　　两　　能　　圣
Guangl menl yemc yangh jiul kgags liangh daengl sint
kwaŋ⁵⁵ mən⁵⁵ jəm²² jaŋ³³ ʨiu⁵⁵ qak³²³ ljaŋ³³ təŋ⁵⁵ sin¹³
亮　　天　阴　阳　我　自　　会　　来　　醒
天蒙蒙亮帮你来提醒，

眼　　　保　　天　　亮　　得　　见
Eengv baov guangl menl lis　jinv
eŋ⁵³　pau⁵³ kwaŋ⁵⁵ mən⁵⁵ li³²³ ʨin⁵³
若　说　亮　天　得　见
等到早晨天亮

腰　　各　　圣　　孖　　农　　许　金
yaoc kgags sint　nyac nongx siic jenc
jau²² qak³²³ sin¹³ ɲa²² noŋ³¹ si²² təŋ²²
我　自　叫　你　弟　齐　起
我自会叫弟起床。

283

嘎英台

英　台　省　保
Yenh Taic senl baov
jən³³ tʰai²² sən⁵⁵ pau⁵³
英　台　说　道
英台答道：

乃　孖　瓦　将　脱　衣
Naih nyac wah jaeml todt yil
nai³³ ȵa²² wa³³ tɐm⁵⁵ tʰot¹³ ji⁵⁵
这　你　说　邀　脱　衣
今你劝说脱衣睡，

到　许　傲　腻　杯　舵　打
Daol xih aol nyil bil dos dav
tau⁵⁵ ɕi³ au⁵⁵ ȵi⁵⁵ pi⁵⁵ to³²³ ta⁵³
咱　要　拿　个　杯　放　中间
咱要用杯水中间隔，

脱　衣　赖　瓦　能　越　增
Todt kgugs lail nguah naemx weex jaenl
tʰot¹³ quk³²³ lai⁵⁵ ŋwa³³ nɐm³¹ we³¹ tɐn⁵⁵
脱　衣　好　睡　水　做　坎
脱衣睡觉水为埂。

钟　能　舵　打　保　孖　毕　晒　抹
Jongl naemx dos dav baov nyac bix saip mads
toŋ⁵⁵ nɐm³¹ to³²³ ta⁵³ pau⁵³ ȵa²² pi³¹ sai³⁵ mat³²³
装　水　放　中间　告诉　你　别　让　泼
水杯隔中叫你莫把水泼掉，

抹　增　哑　困
Mads jaenl yagl kuedt
mat³²³ tɐn⁵⁵ jak⁵⁵ kʰwət¹³
漫　坎　湿　被
过界相挤水泼

腰　囊　拜　秉　先　生
Yaoc laengx bail bienx xeenp saenp
jau²² lɐŋ³¹ pai⁵⁵ pjən³¹ ɕen³⁵ sɐn³⁵
我　马上　去　禀　先　生
我即去禀告先生。

山　伯　省　保
Sanh Beec senp baov
san³³ pe²² sən³⁵ pau⁵³
山　伯　说　道
山伯说：

乃　到　肿　鸟　当　学　舵　勒
Naih daol jungh nyaoh dangc yot dos leec
nai³³ tau⁵⁵ ʈuŋ³³ ȵau³³ taŋ²² jo¹³ to³²³ le²²
这　咱　共　在　堂　学　读　书
今咱同在学堂上学，

吊　忙　努　笑　克　信　响
Jiul mangc nuv xaop keep xenp xangh
ʈiu⁵⁵ maŋ²² nu⁵³ ɕau³⁵ ke³⁵ ɕən³⁵ ɕaŋ³³
我　怎么　坎　你　不　正　常
我却看你太认真，

肿　许　兵　班　号　养
Jungh xih biingc banx haot yangh
ʈuŋ³³ ɕi³³ pjiŋ²² pan³¹ hau¹³ jaŋ³³
同　是　平　伴　一　样
彼此都是朋友，

吊　忙　努　笑　两　克　信
Jiul mangc nuv xaop liangh keep xenp
ʈiu⁵⁵ maŋ²² nu⁵³ ɕau³⁵ ljaŋ³³ kʰe³⁵ ɕən³⁵
我　怎么　坎　你　那样　隔　身
你却因何多防身。

苦　盖　出　岜　吊　吓　俄　灭　敢
Kgus kgeis ugs biac jiul xah wox meec kgams
qu³²³ qəi³²³ uk³²³ pia²² ȶiu⁵⁵ ɕa³³ wo³¹ me⁷⁵ qam³²³
虎　不　出　丛　我　就　知道　有　印
虎不出山知道虎有印，

龙　盖　出　顶　吊　吓　俄　蔑　年
Liongc kgeis ugs jeenh jiul xah wox meel nyinc
ljoŋ²² qəi³²³ uk³²³ ten³³ ȶiu⁵⁵ ɕa³³ wo³¹ me⁵⁵ ȵin²²
龙　不　出　海　我　就　知道　有　银
龙不出海也知龙有银。

必　绷　参　困　　盖　重　楼
Bigx bungh qamt kuenp kgeis jongs louv
pik³¹ puŋ³³ tʰam¹³ kʰwən³⁵ qəi³²³ ʈoŋ³²³ ləu⁵³
大　蚌　走路　不　像　螺蛳
蚌壳走路不会像螺蛳，

公　　猪　项　　鲁　盖　重　神
Kgongs jul heengp luh kgeis jongs senc
qoŋ³²³ ȶu⁵⁵ heŋ³⁵ lu³³ qəi³²³ ʈoŋ³²³ sən²²
公　　猪　行　路　不　像　黄牛
公猪走路哪会像牛行。

都　店　都　养　　国　保　养　都　再
Duc jagl duc nyangh gueec baov yangh duc seit
tu²² ȶak⁵⁵ tu²² ȵaŋ³³ kwe²² pau⁵³ jaŋ³³ tu²² səi¹³
个　蝗虫　个　女　　不　说　像　个　雄
蝗虫雌雄虽说难分辨，

水　囊　　兵　　班　英　台
Seik naengc biingc banx Yenh Taic
səi⁴⁵³ nɐŋ²² pjiŋ²² pan³¹ jən³³ tʰai²²
细　看　　同　　伴　英　台
再看朋友英台

清　西　流　美　宁
Tingp xih liuuc muih nyenc
tʰiŋ³⁵ ɕi³³ ljəu²² mui³³ ȵən²²
清　是　刘　媄　人
确实像个女儿身。

英　台　省　保
Yenh Taic senp baov
jən²² tʰai²² sən³⁵ pau⁵³
英　台　说　道
英台说道：

笑　杠　力　乃　吊　囊　听　有　哭
Xaop kgangs lix naih jiul nangl qingk yuv nees
ɕau³⁵ qaŋ³²³ li³¹ nai³³ ʨiu⁵⁵ naŋ⁵⁵ tʰiŋ⁴⁵³ ju⁵³ ne³²³
你　讲　话　这　我　鼻　听　要　哭
兄讲这话叫我好难受，

乃　到　肿　许　兵　班　舵　勒
Naih daol jungh xih biingc banx dos leec
nai³³ tau⁵⁵ ʨuŋ³³ ɕi³³ pjiŋ²² pan³¹ to³²³ le²²
这　咱　同　是　伙　伴　读　书
如今咱们均是学友，

吊　能　裂　笑　舵　腻　夜　打　门
Jiul naengl liail xaop dagl nyil eel dav menl
ʨiu⁵⁵ nɐŋ⁵⁵ ljai⁵⁵ ɕau³⁵ tak⁵⁵ ȵi⁵⁵ e⁵⁵ ta⁵³ mən⁵⁵
我　真　因为　你　落　得　害羞　过　日子
你却让我如此难为情。

肿　许　都　笨　各　许　敢
Jungh xih duc bedl kgags xih kgeenv
ʨuŋ³³ ɕi³³ tu²² pət⁵⁵ qak³²³ ɕi³³ qen⁵³
同　是　只　鸭　各　是　花色
同是鸭子各花色，

肿　许　都　解　各　　刁　并
Jungh xih duc kgaiv kgags xih bienl
ȶuŋ³³ ɕi³³ tu²² qai⁵³ qak³²³ ɕi³³ pjən⁵⁵
同　是　只　鸡　各　　是　毛
同是鸡类各色毛。

肿　许　笨　骂　　各　许　把
Jungh xih baenl mags　kgags xih bav
ȶuŋ³³ ɕi³³ pɐn⁵⁵ mak³²³ qak³²³ ɕi³³ pa⁵³
同　是　竹　大　　各　是　叶子
一根竹子叶各异，

肿　许　当　哑　各　刁　增
Jungh xih dangc yav kgags jiuc jaenl
ȶuŋ³³ ɕi³³ taŋ²² ja⁵³ qak³²³ ȶiu²² ȶɐn⁵⁵
同　是　塘　田　各　条　埂
一丘田塘几条埂。

各　　宁　　各　约　盖　松　江
Kgags nyenc kgags yos　kgeis jungh jangs
qak³²³ ȵən²² qak³²³ jo³²³ qəi³²³ ȶuŋ³³ ȶaŋ³²³
各　人　各　脚　不　同　步
各人走路不同步，

乃　孖　叠　又　越　夜　都　忙
Naih nyac jaix yuh weex ees duc mangc
nai³³ ȵa²² ȶai³¹ ju³³ we³¹ e³²³ tu²² maŋ²²
这　你　兄　要　做　羞　怎么
不知兄长为何要羞人，

杠　　补　盖　陡　困
Kgangs buh kgeis douh kuenp
qaŋ³²³ pu³³ qəi³²³ təu³³ kʰwən³⁵
讲　得　不　合　路
说话说得不合心。

山　伯　省　保
Sanh Beec senp baov
san³³ pe²² sən³⁵ pau⁵³
山　伯　说　道
山伯又说：

坑　牢　坑　顿　重　移　恰
Ngagx laoc kimt daeml jongl yebc qak
ŋak³¹ lau²² kʰim¹³ tɛm⁵⁵ toŋ⁵⁵ jəp²² tʰa⁴⁵³
关　进　开　塘　装　鱼　上
撬洞开塘定把拦鱼之网安在内。

坑　牢　坑　哑　舵　依　重　恰
Ngagx laoc kimt yav dos yebc jongl qak
ŋak³¹ lau²² kʰim¹³ ja⁵³ to³²³ jəp²² toŋ⁵⁵ tʰa⁴⁵³
关　进　开　田　放　鱼　装　上
开田放水拦网装内，

奴　哑　岁　拜　扫　腻　依　得　增
Nouc yah siip bail saoh nyil yebc dees jaenl
nəu²² ja³³ si³⁵ pai⁵⁵ sau³³ ni⁵⁵ jəp²² te³²³ tɛn⁵⁵
谁　也　还　去　造　那　渔网　下　关
谁还把那拦网埂外横？

难　柱　灭　架　大　利　努
Nanx xus mieec jal dal lis nuv
nan³¹ ɕu³²³ mje²² ta⁵⁵ ta⁵⁵ li³²³ nu⁵³
肉　主　不　剩　眼　得　见
自身如何各知晓，

铺　雪　压　困　墓　补　嫩　努　信
Pup nuil emv kuenp mus buh naengl nuv xenp
pʰu³⁵ nui⁵⁵ əm⁵³ kʰwən³⁵ mu³²³ pu³³ nɛŋ⁵⁵ nu⁵³ ɕən³⁵
下　雪　盖　路　明　也　还　看　清
飘雪铺路也还显其形。

嘎 鹰 喷 闷 盖 重 样 应 鹞
Kgal aeml bens menl kgeis jongs yangh yenl yiuh
qa⁵⁵ ɛm⁵⁵ pən³²³ mən⁵⁵ qəi³²³ ʈoŋ³²³ jaŋ³³ jən⁵⁵ jiu³³
鸦 鹰 飞 天 不 像 样 鹰 鹞
老鹰飞行不像鹞子样，

乃 腰 水 囊 兵 班 英 台
Naih yaoc seik naengc biingc banx Yenh Taic
nai³³ jau²² səi⁴⁵³ nɐŋ²² pjiŋ²² pan³¹ jən³³ tʰai²²
这 我 再 看 平 伴 英 台
如今我细看英台，

变 连 重 铛 清 西 流 美 宁
Biinv lianh jongs dags tingp xih liuuc muih nyenc
pjin⁵³ ljan³³ ʈoŋ³²³ tak³²³ tʰiŋ³⁵ ɕi³³ ljəu²² mui³³ nən²²
变 个 像 梭子 清 楚 流 妹 人
变化如梭确实像个女儿身。

英 台 省 保
Yenh Taic senp baov
jən³³ tʰai²² sən³⁵ pau⁵³
英 台 说 道
英台又说：

乃 到 定 脚 舵 勒
Naih daol diml jos dos leec
nai³³ tau⁵⁵ tim⁵⁵ ʈo³²³ ʈo³²³ le²²
这 咱 抬 脚 读 书
我俩离家求学，

那 拜 克 丫 卯
Naengl bail keep yac maoh
nɐŋ⁵⁵ pai⁵⁵ kʰe³⁵ ja²² mau³³
还 去 念 两 他
我还记挂家有老，

嫩 灭 两个 年 老
Naenl meec yac mungx nyenc laox
nɐn⁵⁵ me²² ja²² muŋ³¹ ȵən²² lau³¹
还 有 两 位 人 老
两位老人还在，

腰 本 听 收 顺
Yaoc bens qingp souc senp
jau²² pən³²³ tʰiŋ³⁵ səu²² sən³⁵
我 本 感觉 操 心
我本很担心。

栏 补 奶 久 假 吊 家 盖 抖
Lanh bux neix jaengl jav jiul yanc kgeis touk
lan³³ pu³¹ nəi³¹ tɐŋ⁵⁵ ta⁵³ tiu⁵⁵ jan²² qəi³²³ tʰəu⁴⁵³
离开 父 母 久 那 我 家 不 到
久离父母我丢家不管，

陡 敏 补 本 搞 家
Douv maenv bux bens kgaox yanc
təu⁵³ mɐn⁵³ pu³¹ pən³²³ qau³¹ jan²²
放弃 个 父 本 里 家
丢那亲生父母不见，

盖 努 腰 本 有 去 信
Kgeis nuv yaoc bens yuv qit xenp
qəi³²³ nu⁵³ jau²² pən³²³ ju⁵³ tʰi¹³ ɕən³⁵
不 看 我 本 要 起 身
我本想回程。

山 伯 省 保
Sanh Beec senp baov
san³³ pe²² sən³⁵ pau⁵³
山 伯 说 到
山伯说：

乃　到　定　脚　出　舵　舵　勒
Nais daol jiml dinl ugs dos dos leec
nai³²³ tau⁵⁵ tim⁵⁵ tin⁵⁵ uk³²³ to³²³ to³²³ le²²
现　咱　抬　脚　出　门　读　书
如今咱俩举步出门读书，

各　灭　刻　档　管
Kgags meec gkeep daengh gonx
qak³²³ me²² qʰe³⁵ teŋ³³ kon³¹
自　有　别　来　管
家中自有仆人管理，

孖　特　毕　卵　家　灭　宁
Nyac digs bix lonh yanc meec nyenc
n̯a²² tik³²³ pi³¹ lon³³ jan²² me²² n̯ən²²
你　点　别　担心　家　有　人
你不用愁家中无人。

侍候　奇　理　劳　安　号
Sip houp qic liix laox anl haot
si³⁵ həu³⁵ tʰi²² lji³¹ lau³¹ an⁵⁵ hau¹³
伺　候　料　理　老人 安　好
侍候料理老人，

照　顾　楼　到　特　毕　靠　卯　门
Zaol gul louh daol digs bix gkaop maoh menc
tsau⁵⁵ ku⁵⁵ ləu³³ tau⁵⁵ tik³²³ pi³¹ qʰau³⁵ mau³³ mən²²
照　顾　周　到　切　莫　靠　他　们
照顾周全请你别操心。

各　灭　忙　格　刻　王　武
Kgags meec mangv geel gkeep wangc wuh
qak³²³ me²² maŋ⁵³ ke⁵⁵ qʰe³⁵ waŋ²² wu³³
自　有　边　边　别　看　护
还有两边①人呵护。

---

① 两边：这里指家族兄弟。

等 孑 有 出 等 拜 努 顿 闷
Gas nyac yuh ugs deenh bail nuv daems maenl
ka³²³ ɳa²² ju³³ uk³²³ tɛn³³ pai⁵⁵ nu⁵³ tɛm³²³ mɛn⁵⁵
等 你 要 出 赶 去 看 等 天
如你想回也要等一等。

英 台 夜 血 灭 想 鸟
Yenh Taic ees sais meec xangk nyaoh
jən³³ tʰai²² e³²³ sai³²³ me²² ɕaŋ⁴⁵³ ɳau³³
英 台 担 心 不 想 在
英台忧心不想住,

校 刻 俄 卵 腊 蔑 宁
Yaot gkeep wox maoh lagx miegs nyenc
jau¹³ qʰe³⁵ wo³¹ mau³³ lak³²³ mjək³²³ nən²²
怕 别 知 道 她 儿 女 身
恐人识破女儿身。

顶 杠 搞 家 盖 访 柄
Dingv kgangs kgaox yanc kgeis wangk biinh
tiŋ⁵³ qaŋ³²³ qau³¹ jan²² qəi³²³ waŋ⁴⁵³ pjin³³
骗 讲 里 家 不 方 便
骗说家中不方便,

赖 刻 班 关 两 庆 门
Lail gkeep banx gueenv liangh jemv menc
lai⁵⁵ qʰe³⁵ pan³¹ kwen⁵³ ljaŋ³³ tɕəm⁵³ mən²²
赖 别 伴 熟 悉 就 动 身
怕友知晓即动身。

山 伯 缩 出 东 门 处
Sanh Beec sunx ugs dongl menc quk
san³³ pe²² sun³¹ uk³²³ toŋ⁵⁵ mən²² tʰ⁴⁵³
山 伯 送 出 东 门 处
山伯送出东门走,

拜 抖 半 鲁 杠 刁 力 松 林
Bail touk banv luh kgangs jiuc lix songp lienc
pai⁵⁵ tʰəu⁴⁵³ pan⁵³ lu³³ qaŋ³²³ tiu²² li³¹ soŋ³⁵ ljən²²
去 到 半 路 讲 句 语 话 连
送到半路透露其深情。

丫 刻 蒙 许 门 灭 蒙 门 汉
Yac gkeep mungx xih menh miegs mungx menh hank
ja²² qʰe³⁵ muŋ³¹ ɕi³³ mən³³ mjək³²³ muŋ³¹ mən³³ han⁴⁵³
两 他 个 是 思 女 个 思 男
他俩一人恋女一恋男,

卡 信 破 胆 丫 刻 挽 力 尽
Kat xenp pogp dans yac gkeep wanh lix jenl
kʰa¹³ ɕən³⁵ pʰok³⁵ tan³²³ ja²² qʰe³⁵ wan³³ li³¹ ʈən⁵⁵
脱 衣 掀 被 两 他 摆 话 真
揭身掀被他俩透真情。

英 台 省 保
Yenh Taic senp baov
jən³³ tʰai²² sən³⁵ pau⁵³
英 台 说 道
英台说道:

乃 孖 班 抖 江 边
Naih nyac banx touk jangh bieenh
nai³³ ȵa²² pan³¹ tʰəu⁴⁵³ ʈaŋ³³ pjen³³
这 你 陪 到 江 边
今你送到江边,

领 腻 定 叠 参
Liingh nyil dinl jaix qamt
ljiŋ³³ ȵi⁵⁵ tin⁵⁵ ʈai³¹ tʰam¹³
拉 点 脚 兄 走
拉兄同步走,

哑　 被　 岁　 干　 懂　 典
Yah bis　seit gams jamx jeih
ʈa³³　pi³²³　səi¹³　kam³²³　ʈam³¹　ʈəi³³
好　 比　 雄 鱼　 玩　 水
犹如鱼儿戏水

项　　 卡　 浪　 格　 门
Heengp kgax langh geel menc
heŋ³⁵　qa³¹　laŋ³³　ke⁵⁵　mən²²
行　　自　 浪　 边　 塘
双双游在浪中心。

两　 个　 银　 相　 东　 项　 鲁
Liangx gol yings yangh dongc heengp luh
ljaŋ³¹　ko⁵⁵　jiŋ³²³　jaŋ³³　toŋ²²　heŋ³⁵　lu³³
两　 个　 影　 样　 同　 行　 路
两个影子同散步，

男　 怕　 出　 手　 女　 有　 怕　 出　 信
Nanc pap cuc soux nyux yuh pap cuc xenp
nan²²　pʰa³⁵　tsʰu²²　səu³¹　n̪u³¹　ju³³　pʰa³⁵　tsʰu²²　ɕən³⁵
男　 怕　 出　 粗　 女　 也　 怕　 出　 身
男怕动手女又怕漏身。

敌　 号　 腰　 孖　 连　 赖　 瓦
Jegl haot yaoc nyac lianh lail wah
ʈək⁵⁵　hau¹³　jau²²　n̪a²²　ljaŋ³³　lai⁵⁵　wa³³
恰　 好　 我　 你　 不　 好　 说
唯独我俩不好讲，

细　 嫩　 当　 打　 连　 媒　 宁
Xiut naenl dangs dav lianh muic nyenc
ɕiu¹³　nɐn⁵⁵　taŋ³²³　ta⁵³　ljaŋ³³　mui²²　nən²²
少　 个　 中　 间　 无　 媒　 人
缺个中人欠媒人。

过　利　汪　够　省　衬（"兽"）底
Gobs　lis　wangs　gkout　semh　nyaenp　　　jih
kop³²³ li³²³ waŋ³²³ qʰəu¹³ səm³³ ȵɐn³⁵　　ȶi³³
只　有　王　口　寻　野　　　兽
只有老虎寻"野兽"，

怒　利　毛　许　省　定　印
Nup lis　meeuc xix semh dinl yenl
nu³⁵　li³²³　meu²²　ɕi³¹　səm³³　tin⁵⁵　jən⁵⁵
哪　有　山　鸡　寻　脚　鹰
哪有野鸡找老鹰。

能　沟　盖　打　哑　金　索
Naemx mieengl kgeis dah yav jenc sot
nɐm³¹　mjeŋ⁵⁵　qəi³²³　ta³³　ja⁵³　ȶən²²　so¹³
水　沟　不　过　田　坎　干
水沟无水田干裂，

电　腰　睡　滚　三　略
Janl　yaoc　nunc　gogl　samp　liop
ȶan⁵⁵ jau²² nun²² kok⁵⁵ sam³⁵ ljo³⁵
晚　我　睡　着　早　醒
夜晚睡觉三醒，

过　利　洛　省　金
Gobs　lis　lol　semh　jenc
kop³²³ li³²³ lo⁵⁵ sən³³ ȶən²²
只　有　船　寻　岸
只有船儿靠岸停。

山　伯　省　保
Sanh Beec senp baov
san³³　pe²²　sən³⁵　pau⁵³
山　伯　说　道
山伯说：

假 笑 忙 许 害
Jav xaop mangc xih haik
ʨa⁵³ ɕau³⁵ maŋ²² ɕi³³ hai⁴⁵³
那 你 怎么 是 害
我们因何相害，

干 顿 闷 乃 害 顿 金
Kganl daengl maenl naih haik denl jenc
qan⁵⁵ tɐŋ⁵⁵ mɐn⁵⁵ nai³³ hai⁴⁵³ tɐn⁵⁵ tɐn²²
赶 来 天 这 害 崩 山
来到今天害山崩。

越 工 角 黑 腻 冷 所
Weex kgongl jodx dengv nyenp ledp soh
we³¹ qoŋ⁵⁵ ʨot³¹ tɐŋ⁵³ ȵɐn³⁵ lɐt³⁵ so³³
做 工 头 黑 人 流 气
干活到晚也下劲，

顿 荡 轮 果 俄 怒 纷
Daems dags laenh kgov wox nup wenp
tɐm³²³ tak³²³ lɐn³³ qo⁵³ wo³¹ nu³⁵ wɐn³⁵
织 布 到 尾 会 怎么 完
织机纱散难织成，

能 垒 哑 得 心 俄 垒
Naemx luih yav dees xenh wox luih
nɐm³¹ lui³³ ja⁵³ te³²³ ɕɐn³³ wo³¹ lui³³
水 下 田 下 才 知道 下
水流下田难打转。

抗 慢 书 省 娘 俄 补 令 金
Kangp mant suc singh nyaengc wox buih laent jenc
kʰaŋ³⁵ man¹³ su²² siŋ³³ ȵɐŋ²² wo³¹ pui³³ lɐn¹³ tɐn²²
阳光 黄 清 清 才 懂得 背 到 山
夕阳西下已知近黄昏，

嘎英台

到 越 班 久 假 笑 忙 盖 想
Daol weex banx jaengl jav xaop mangc kgeis xangk
tau⁵⁵ we³¹ pan³¹ ȶeŋ⁵⁵ ȶa⁵³ ɕau³⁵ maŋ²² qəi³²³ ɕan⁴⁵³
咱 做 伴 久 那 你 怎么 不 想
咱做伴久你何不思量。

俄 孖 信 晒 移 养
Wox nyac xenp seic yebl yangv
wo³¹ ȵa²² ɕən³⁵ səi²² jəp⁵⁵ jaŋ⁵³
知道 你 身 分别 样
明知你是姑娘，

忙 盖 再 吊 两 尚 春
Mangc kgeis xais jiul liangh sags xenp
maŋ²² qəi³²³ ɕai³²³ ȶiu⁵⁵ ljaŋ³³ sak³²³ ɕən³⁵
怎么 不 问 我 郎 种 春
何不让我早开春。

英 台 省 保
Yenh Taic senp baov
jən³³ tʰai²² sən³⁵ pau⁵³
英 台 说 道
英台说道：

模 许 林 林 连 赖 把
Mogx xuh liemc liemc lianh lail bav
mok³¹ ɕu³³ ljəm²² ljəm²² ljan³³ lai⁵⁵ pa⁵³
木 树 荫 荫 长 好 叶
榕树荫荫叶茂盛。

鸣 笨 赖 卡 恰 赖 嫩
Minx bens lail kgav hak lail naenl
min³¹ pən³²³ lai⁵⁵ qa⁵³ ha⁴⁵³ lai⁵⁵ nen⁵⁵
柿子本 好 枝丫 才 好 果
柿子枝茂好收成，

良　水　约　抖　　努　灭　长
Lianc xuit yos touk　nuv meec yais
ljan²² ɕui¹³ jo³²³ tʰəu⁴⁵³ nu⁵³ me²² ʨai³²³
凉　水　伸　到　　看　不　久
凉水伸手可得太容易，

腰　号　保　再　有　校　叠　灭　吞
Yaoc haot baov saip yuh yaot jaix meec gkaenp
jau²² hau¹³ pau⁵³ sai³⁵ ju³³ ʨau¹³ ʨai³¹ me²² qʰɐn³⁵
我　独　说　送　有　怕　兄　不　吞
我本想送兄又怕梁兄不领情。

山　伯　省　保
Sanh Beec senp baov
san³³ pe²² sən³⁵ pau⁵³
山　伯　说　道
山伯回答道：

等　笛　搞　岜　假　吊　盖　干　　拢
Demh jings kgaox biac jav jiul kgeis kgams longt
təm³³ ʨiŋ³²³ qau³¹ pia²² ʨa⁵³ ʨiu⁵⁵ qəi³²³ qam³²³ loŋ¹³
莓果　长　里　丛　那　我　不　　敢　动
果藏树丛我不敢去动，

鸣　笨　告　　拱　假　吊　盖　干　　镰
Minx binc gaos longl jav jiul kgeis kgams liaemc
min³¹ pin²² kau³²³ loŋ⁵⁵ ʨa⁵³ ʨiu⁵⁵ qəi³²³ qam³²³ ljɐm²²
柿子　结　头　　深山　那　我　不　　敢　寻
林中柿子我也不敢尝。

孖　盖　肚　骂　晒　腰　舵　腻　大　乃　喊
Nyac kgeis dux map gkait yaoc dos nyil dal naih heengk
ȵa²² qəi³²³ tu³¹ ma³⁵ qʰai¹³ jau²² to³²³ ȵi⁵⁵ ta⁵⁵ nai³³ heŋ⁴⁵³
你　不　递　来　害　我　放　点　眼　这　看
你不递来害得我郎空眼望，

乃 腰 杠 干 拢 手
Naih yaoc kganl kgams longx miac
nai³³ jau²² qan⁵⁵ qam³²³ loŋ³¹ mia²²
这 我 敢 不 伸 手
现我不敢伸手，

腰 本 舵 腻 国 乃 吞
Yaoc bens dos nyil ngueec naih gkaenp
jau²² pən³²³ to³²³ ȵi⁵⁵ ŋwe²² nai³³ qʰɛn³⁵
我 只 放 点 口水 这 吞
唯有把那口水吞。

山 伯 转 抖 当 学 略 几 肚
Sanh Beec jonv touk dangc yot liodx jil duh
san³³ pe²² ton⁵³ tʰəu⁴⁵³ taŋ²² jo¹³ ljot³¹ ȶi⁵⁵ tu³³
山 伯 转 到 堂 学 收 东 西
山伯回到学堂收行李，

一 拜 朋 友 二 有 拜 先 生
Edl baiv pongc youx nyih yuh baiv xeenp saenp
ət⁵⁵ pai⁵³ pʰoŋ²² jəu³¹ ȵi³³ ju³³ pai⁵³ ɕen³⁵ sɛn³⁵
一 别 朋 友 二 又 别 先 生
一别朋友二又别先生。

晒 卵 杠 更 囊 盖 努
Sais lonh gangv gangv naengs kgeis nuv
sai³²³ lon³³ kaŋ⁵³ kaŋ⁵³ nɛŋ³²³ qəi³²³ nu⁵³
肠 乱 急 急 看 不 见
心急如焚难相见，

闷 三 庚 五 听 鸟 盖 利
Maenl samp kgeengl ngonh qingk nyaoh kgeis lis
mɛn⁵⁵ sam³⁵ qen⁵⁵ ŋon³³ tʰiŋ⁴⁵³ ȵau³³ qəi³²³ li³²³
天 早 晚 夜 感觉 坐 不 得
日夜思念坐卧不宁，

卯　哈　去　腻　定　紧　轮
Maoh hap qit nyil dinl jaemh lenc
mau³³ ha³⁵ tʰi¹³ ɲi⁵⁵ tin⁵⁵ tɐm³³ lən²²
他　才　起　点　脚　跟　后
他才动身我就随后跟。

山　伯　定　脚　庆　门　鲁　寡　鲁
Sanh Beec jiml dinl jemv menc luh guav luh
san³³ pe²² tim⁵⁵ tin⁵⁵ təm⁵³ mən²² lu³³ kwa⁵³ lu³³
山　伯　抬　脚　跟　门　路　过　路
山伯举步出门走啊走，

定　将　雷　补　金　打　金
Jiml jangs lic buh jenc dah jenc
tim⁵⁵ taŋ³²³ li²² pu³³ tən²² ta³³ tən²²
抬　步　离　步　山　过　山
跋山涉水往前行。

骂　抖　罢　向　洒　所　坐
Map touk bags singl sav soh suiv
ma³⁵ tʰəu⁴⁵³ pak³²³ siŋ⁵⁵ sa⁵³ so³³ sui⁵³
来　到　口　村　休　息　坐
来到寨门休息坐，

宁　项　恰　垒　歹　奔　奔
Nyenc heengp qak luih liuih benl benl
nən²² heŋ³⁵ tʰa⁴⁵³ lui³³ ljui³³ pən⁵⁵ pən⁵⁵
人　行　上　下　泪　纷　纷
眼望行人穿梭愁上心。

盖　俄　灭　那　想　宁　米
Kgeis wox meel nas xangk nyenc mih
qəi³²³ wo³¹ me⁵⁵ na³²³ ɕaŋ⁴⁵³ ɲən²² mi³³
不　认　识　脸　想　人　空
不曾相识哪知晓，

不 记 奴 比 主 家 人
Buc jil nuc biil zux jah renc
pu²² ȶi⁵⁵ nu²² pji⁵⁵ tsu³¹ ȶa³³ Qən²²
恰 结 女 婢 主 家 人
恰巧遇到奴婢主家人。

盖 俄 灭 那 卯 能 度 等 再
Kgeis wox meel nas maoh naengl dul deenh jais
qəi³²³ wo³¹ me⁵⁵ na³²³ mau³³ nɛn⁵⁵ tu⁵⁵ ten³³ ȶai³²³
不 认 识 脸 他 也 随 便 问
不曾相识他只随口问:

问 再 兵 班 英 台
Haemk jais biingc banx Yenh Taic
hɐm⁴⁵³ ȶai³²³ pjiŋ²² pan³¹ jən³³ tʰai²²
问 问 朋 友 英 台
借问英台

打 宰 依 许 鸟 告 顺
Dav xaih il xih nyaoh gaos senl
ta⁵³ ɕai³³ i⁵⁵ ɕi³³ ȵau³³ kau³²³ sən⁵⁵
中 间 寨 一 是 在 头 村
家住寨中还是住寨尾,

兵 班 肿 将 东 将 瓦
Biingc banx jungh xangc dongc xangc nguah
pjiŋ²² pan³¹ ȶuŋ³³ ɕaŋ²² toŋ²² ɕaŋ²² ŋwa³³
朋 友 共 床 同 床 睡
我曾与他同床睡,

松 书 怒 把 坐 肿 凳
Jongv xul nuv bav suiv jungh denl
ȶoŋ⁵³ ɕu⁵⁵ nu⁵³ pa⁵³ sui⁵³ ȶuŋ³³ tən⁵⁵
共 书 看 页 坐 共 凳
同书共看坐同凳。

顺　乃　林　林　吊　补　连　盖　抖
Senl naih liemc liemc jiul buh liumc kgeis touk
sən⁵⁵ nai³³ ʎjəm²² ʎjəm²² ʨiu⁵⁵ pu³³ ʎjum²² qəi³²³ tʰəu⁴⁵³
村　这　荫　荫　我　也　寻　不　到
此村人多我也难寻问，

省　保　兵　班　古　越　晒　旷
Senp baov biingc banx kguv weex sais kuangt
sən³⁵ pau⁵³ pjiŋ²² pan³¹ qu⁵³ we³¹ sai³²³ kʰwaŋ¹³
说　道　朋　友　故意　做　心　宽
请求朋友多点耐心，

哑　电　轮　吊　宁　打　困
Yah jangs lebc jiul nyenc dah kuenp
ja³³ ʨaŋ³²³ ləp²² ʨiu⁵⁵ ȵən²² ta³³ kʰwən³⁵
也你要　　告诉我　人　过路
告知我这过路人。

帮　　工　省　保
Bangs kgongl senp baov
paŋ³²³ qoŋ⁵⁵ sən³⁵ pau⁵³
帮　　工　说　道
帮工问道：

孖　宁　卡　怒
Nyac nyenc kgax nup
ȵa²² ȵən²² qa³¹ nu³⁵
你　人　何　方
你何方人，

跟　卯　东　将　瓦
Nyimp maoh dongc xangc nguah
ȵim³⁵ mau³³ toŋ²² ɕaŋ²² ŋwa³³
跟　她　同　床　睡
跟她同床睡？

顾　吊　英　台　机　假　腊　蔑　　宁
Kgul jiul Yenh Taic jingv jav lagx miegs nyenc
qu⁵⁵ ȶiu⁵⁵ jən³³ tʰai²² tiŋ⁵³ ta⁵³ lak³¹ mjək³²³ nən²²
姑　我　英　台　真　也　女　儿　　身
我姑英台本是女儿身。

主　共　利　听　孖　陡　杀
Zux gongh lis qingk nyac douh sat
ʦs³¹ koŋ³³ li³²³ tʰiŋ⁴⁵³ ɳa²² təu³³ sa¹³
主　公　得　听　你　被　杀
主人听见你被杀，

顿　腰　帮　　工　　奴　婢
Deml yaoc bangs kgongl nuc biil
təm⁵⁵ jau²² paŋ³²³ qoŋ⁵⁵ nu²² pji⁵⁵
遇见　我　帮　　工　　女　婢
遇我帮工下人

辽　　放　　你　狗　命
Liuuc wangk nyac goux mienl
ljəu²² waŋ⁴⁵³ ɳa²² kəu³¹ mjən⁵⁵
留　　放弃　你　狗　命
留放你狗命。

英　　台　省　保
Yenh Taic senp baov
jən³³ tʰai²² sən³⁵ pau⁵³
英　　台　说　道
英台说：

客　腰　赖　赖　孖　忙　度　等　寡
Gkegt yaoc lail lail nyac mangc dul deenh guav
qʰək¹³ jau²² lai⁵⁵ lai⁵⁵ ɳa²² maŋ²² tu⁵⁵ ten³³ kwa⁵³
客人　我　好　好　你　怎么　随　口　骂
我的好友你怎随口骂，

宁　本　赖　打　孖　忙　度　等　增
Nyenc bens lail dah nyac mangc dul deenh jaenc
ȵən²² pən³²³ lai⁵⁵ ta³³ n̠a²² maŋ²² tu⁵⁵ ten³³ ʈɐn²²
人　亲　好　寻　你　怎　随　口　骂
亲人来找你怎乱骂人。

全　四　赖　聋
Qeenc siip lail longt
tʰen²² si³⁵ lai⁵⁵ loŋ¹³
全　是　好　心
全是好心，

补　有　问　腰　公　土　地
Buh yuv haemk yaoc Kgongs Duc Dih
pu³³ ju⁵³ hɐm⁴⁵³ jau²² qoŋ³²³ tu²² ti³³
也　要　喊　我　公　土　地
也要问我土地公，

虎　各　金　几
Gkut kgos jenc jih
qʰu¹³ qo³²³ ʈən²² ʈi³³
虎　过　山　冲
虎过山冲，

补　有　问　腰　公　移　困
Buh yuv haemk yaoc kgongs yenx kuenp
pu³³ ju⁵³ hɐm⁴⁵³ jau²² qoŋ³²³ jən³¹ kʰwən³⁵
也　要　问　我　公　引　路
还要问我引路行。

送　寸　盖　舵
Sungp senl kgeis dos
suŋ³⁵ sən⁵⁵ qəi³²³ to³²³
话　干净　不　说
好话不说，

孓　忙　舵　加　力　歹　能
Nyac mangc dos　jagc lix daih naemv
ɳa²² maŋ²² to³²³ ȶak²² li³¹ tai³³ nɐm⁵³
你　怎么　说　个　话 大　个
你怎满口伤人话，

力　晒　盖　富
Lix saik　kgeis huk
li³¹ sai⁴⁵³ qəi³²³ hu⁴⁵³
话　再　不　好
良言不给，

孓　忙　负　加　力　歹　衬
Nyac mangc wogp jagc lix daih　qaenp
ɳa²² maŋ²² wok³⁵ ȶak²² li³¹ tai³³ tʰɐn³⁵
你　怎么　恶　个　话 这样 重
你怎恶语在伤人？

英　台　打　家　卡　利　听
Yenh Taic　dah yanc kap　lis　qingk
jən³³ tʰai²² ta³³ jan²² kʰa³⁵ li³²³ tʰiŋ⁴⁵³
英　台　从　屋　耳　得　听
英台在家耳听见，

一　许　口　典　二　口　信
Edl xih koup　jeengv nyih koup　xenp
ət⁵⁵ ɕi³³ kʰəu³⁵ ȶeŋ⁵³　ɳi³³ kʰəu³⁵ ɕən³⁵
一　是　带　项圈 二　带　银
一着装来二戴银，

傲　粉　过　那　白　锅　给
Aol fenx kgov nas　bagx gobs　geiv
au⁵⁵ fən³¹ qo⁵³ na³²³ pak³¹ kop³²³ kəi⁵³
拿　粉　擦　脸　白　像　蛋
脸抹香粉白生生，

胭　脂　过　给　红　林　林
Yeenh zix　kgov ngeih yak　liemc　liemc
jen³³　tsi³¹　qo⁵³　ŋəi³³　ja⁴⁵³　ljəm²²　liəm²²
胭　脂　擦　脸蛋　红　晕　晕
脸颊打粉更可人。

傲　了　花　金　插　告
Aol　lagx　wap　jeml　xebt　gaos
au⁵⁵　lak³¹　wa³⁵　təm⁵⁵　ɕəp¹³　kau³²³
拿　枝　花　金　插　头
头配金簪

理　都　腊　龙　腿
Lix　duc　lagx　liongc tongk
li³¹　tu²²　lak³¹　ljoŋ²²　tʰon⁴⁵³
得　只　仔　龙　子
犹如龙女变。

套　梅　顾　大　金　比
Taot　meix　kgugs　mags　jeml　biedc
tʰau¹³　məi³¹　quk³²³　mak³²³　təm⁵⁵　pjət²²
换　件　衣服　大　金　编
换件金边大衣

理　腻　腊　打　闷
Lix　nyil　lagx　dav　maenl
li³¹　ɲi⁵⁵　lak³¹　ta⁵³　mɐn⁵⁵
得　点　仔　太　阳
更像太阳的儿孙。

恰　出　忙　顶　纪　伙　借
Qamt　ugs　mangv jingh jih　hox　qeet
tʰam¹³　uk³²³　maŋ⁵³　tiŋ³³　ti³³　ho³¹　tʰe¹³
走　出　边　情人　几　或　现
走过同伴身旁音容现，

307

嘎英台

山　伯　利　努　约　舵　棍
Sanh Beec lis　nuv yunv dogl　guaenl
san³³ pe²² li³²³ nu⁵³ jun⁵³ tok⁵⁵ kwɐn⁵⁵
山　伯　的　见　惊　落　魂
山伯得见惊落魂。

山　伯　省　保
Sanh Beec senp baov
san³³ pe²² sən³⁵ pau⁵³
山　伯　说　道
山伯说：

笑　鸟　忙　乃　定　闷　骂
Xaop nyaoh mangv naih dinl menl mas
ɕau³⁵ ȵau³³ maŋ⁵³ nai³³ tin⁵⁵ mən⁵⁵ ma³²³
你　在　边　这　脚　云　软
你在这边现云彩，

吊　鸟　忙　假　各　骂　闷
Jiul nyaoh mangv jav kgags mas menl
ȶiu⁵⁵ ȵau³³ maŋ⁵³ ȶa⁵³ qak³²³ ma³²³ mən⁵⁵
我　在　边　那　别　云　天
我在那边是乱云。

乃　到　格　卡　当　学　松　离
Naih daol kgeev kgax dangc yot songp lic
nai³³ tau⁵⁵ qe⁵³ qa³¹ taŋ²² jo¹³ soŋ³⁵ li²²
这　咱　边　那　堂　学　相　离
自从咱俩学堂别，

吊　补　盖　利　哈　西　甩
Jiul buh kgeis lis hap xic saik
ȶiu⁵⁵ pu³³ qəi³²³ li³²³ ha³⁵ ɕi²² sai⁴⁵³
我　也　不　得　下　时　在
我也没有哪时好，

利　蒋　麻　利　移　涝　信
Lis　jangv　miax　yaih　yidx　laos　xenp
li³²³　ȶaŋ⁵³　mja³¹　jai³³　jit³¹　lau³²³　ɕən³⁵
得　把　刀　利　插　进　身
似把利刀刺入心。

告　绑　虽　班　冷　书　水
Gaos　baengh　siic　banc　liagp　suc　singh
kau³²³　pɐŋ³³　sji²²　pan²²　ljak³⁵　su²²　siŋ³³
头　靠　桌　子　冷　搜　清
头靠书桌觉清冷，

乃　腰　想　抖　孖　美
Naih　yaoc　xangk　touk　nyac　muih
nai³³　jau²²　ɕaŋ⁴⁵³　tʰəu⁴⁵³　n̯a²²　mui³³
现　我　想　到　你　妹
今我想到妹妹你，

睡　将　连　睡
Nunc　xangc　lianh　nagp
nun²²　ɕaŋ²²　ljan³³　nak³⁵
睡　床　侧　睡
彻夜难眠，

腰　哈　变　打　金
Yaoc　habp　liabp　dah　jenc
jau²²　hap³⁵　ljap³⁵　ta³³　tən²²
我　才　奔　过　岭
我才跑来寻。

英　台　省　保
Yenh　Taic　senp　baov
jən³³　tʰai²²　sən³⁵　pau⁵³
英　台　说　道
英台说：

乃　孖　涝　大　顿　啥　盖　顿　块
Naih nyac laos das deml sap kgeis denp kuaik
nai³³ ɲa²² lau³²³ ta³²³ təm⁵⁵ sa³⁵ qəi³²³ tən³⁵ kʰwai⁴⁵³
这　你　进　山　遇　树　不　遇　蕨草
今你进林遇树不见藤，

涝　摆　记　鸟　盖　顿　们
Laos baih jebl nyongh kgeis dems mens
lau³²³ pai³³ təp⁵⁵ noŋ³³ qəi³²³ təm³²³ mən³²³
进　草丛　寻　莓　不　见　果
进坡吃苞果难寻，

杨　标　圣　过　盖　拜　合　六　母
Yangc jius sint dah kgeis bail hogc liogc muh
jaŋ²² tiu³²³ sin¹³ ta³³ qəi³²³ pai⁵⁵ hok²² ljok²² mu³³
阳　雀　叫　山　不　去　冲　六　母
阳雀鸣叫不去恋"六母"，

叫　国　项　鲁　盖　拜　陡　补　春
Jiuv guiux heengp luh kgeis bail douv buh xenp
tiu⁵³ kwiu³¹ heŋ³⁵ lu³³ qəi³²³ pai⁵⁵ təu⁵³ pu³³ ɕən³⁵
八　哥　行　路　不　去　留　季　春
"八哥"飞走不丢哪一春。

养　孖　伙　骂　三　闷
Yangh nyac hoik map samp maenl
jaŋ³³ ɲa²² hoi⁴⁵³ ma³⁵ sam³⁵ mɐn⁵⁵
若　你　快　来　三　天
若你快来三天

越　门　韶　晒　美
Weex maenv saox saip muih
we³¹ mɐn⁵³ sau³¹ sai³⁵ mui³³
做　个　丈夫　给　妹
即成我夫君，

乃 孖 更 三 闷
Naih nyac kgaenl samp maenl
nai³³ ȵa²² qɐn⁵⁵ sam³⁵ mɐn⁵⁵
现 你 晚 三 天
今你迟来三天

垒 美 配 马 家 人。
Luih muih pik　Max kgal nyenc
lui³³ mui³³ pʰi⁴⁵³ ma³¹ qa⁵⁵ ȵən²²
留 妹 配 马 家 人
妹配马家人。

乃 吊 哑 被 水 舵 影 像
Naih jiul yah bis　naemx dogl yinc yangp
nai³³ ȶiu⁵⁵ ja³³ pi³²³ nɐm³¹ tok⁵⁵ jin²² jaŋ³⁵
现 我 好 比 水 落 远 洋
现我犹如水下河滩

歹 难 倒 抖 贵 州 佛，
Daih nanc daov touk　guil xul hux
tai³³ nan²² tau⁵³ tʰəu⁴⁵³ kui⁵⁵ ɕu⁵⁵ hu³¹
很 难 倒 到 贵 州 府
难流转，

毛 涝 定 鹋 恰 定 印。
Meeuc laos　dinl yiuh　qak　dinl yenl
meu²² lau³²³ tin⁵⁵ jiu³³ tʰa⁴⁵³ tin⁵⁵ jən⁵⁵
野鸡 进 爪 鹋子 上 爪 鹰
野鸡已进鹰爪局已定。

八 字 松 舵 怒 越 "退"，
Beds siih songp dugs　nup weex toik
pet³²³ sji³³ soŋ³⁵ tuk³²³ nu³⁵ we³¹ tʰoi⁴⁵³
八 字 送 落 怎么 做 退
八字相绑如何退，

311

嘎英台

合　同　松　夺　怒　越　顿
Hoc tongc songk dos nup weex denl
ho²² tʰoŋ²² soŋ⁴⁵³ to⁴⁵³ nu³⁵ we³¹ tən⁵⁵
合　同　送　给　怎么　做　改
婚书相定退不成。

怒　越　跟　刻　蔑　各　果
Nup weex nyimp gkeep mieec kgags kgov
nu³⁵ we³¹ ȵim³⁵ qʰe³⁵ mje²² qak³²³ qo⁵³
怎么　做　跟　别　纱　上　笷
纱已上笷怎拆分？

百　眼　重　所　补　各　盖　重　宁
Begs nginx jongl soh buh kgags keis jongs nyenc
pek³²³ ŋin³¹ ʈoŋ⁵⁵ so³³ pu³³ qak³²³ kʰəi³²³ ʈoŋ⁵⁵ ȵen²²
即　使　同　气　那　也　难　同　人
即便人活也是不如人。

绑　乃　丫　到　吓　俄　陡
Begx naih yac daol xah wox douv
pek³²³ nai³³ ja²² tau⁵⁵ ɕa³³ wo³¹ təu⁵³
到　此　两　我　才　知道　放弃
此生我俩难相聚，

乃　孖　越　都　鸣　细　各　古
Naih nyac weex duc mienx siip kgags guh
nai³³ ȵa²² we³¹ tu²² mjən³¹ si³⁵ kak³²³ ku³³
现　你　做　只　雪　鶒　别　笼
如今你做雪鶒一笼，

腰　有　越　都　鼓　各　金
Yaoc yuh weex duc gugx kgags jenc
jau²² ju³³ we³¹ tu²² kwg³¹ qak³²³ tən²²
我　也　做　只　画眉　别　山
我是画眉在别岭。

乃 吊 蔑 鸟 紧 干
Naih jiul miegs nyaoh jemh kganl
nai³³ ȵiu⁵⁵ mjək³²³ ȵau³³ ȶəm³³ qan⁵⁵
现 我 女 在 处 山
如今女在一山，

假 笑 办 紧 帝
Jav nyac banl jemh jiv
ȶa⁵³ ȵa²² pan⁵⁵ ȶəm³³ ȶi⁵³
那 你 男 处 岭
男又各在一坳，

幕 笑 西 接 特 府
Mus xaop siip sibs tip huh
mu³²³ ɕau³⁵ si³⁵ sip³²³ tʰi³⁵ hu³³
日后 你 再 接 妻 夫
日后你结良缘，

孖 哈 利 腻 肚 兵 英
Nyac hap lis nyil dux biingc yenc
ȵa²² ha³⁵ li³²³ ȵi⁵⁵ tu³¹ pjiŋ²² jən²²
你 才 得 点 肚 平 匀
你才得到好心情。

山 伯 省 保
Sanh Beec senp baov
san³³ pe²² sən³⁵ pau⁵³
山 伯 说 道
山伯说：

乃 吊 定 脚 白 骂
Naih jiul jiml dinl bees map
nai³³ ȶiu⁵⁵ ȶim⁵⁵ tin⁵⁵ pe³²³ ma³⁵
这 我 抬 脚 过 来
今我起身到来，

吓　想　利　孖　越　腻
Xah xangk lis nyac weex nyil
ça³³ çaŋ⁴⁵³ li³²³ ɳa²² we³¹ ɳi⁵⁵
本　想　得　你　做　那
本想连到你，

心　中　平　搞　越　忙　小　添　富，
Semp zongl biingc kgaox weex mangc xaok jimp hut
səm³⁵ tsoŋ⁵⁵ pjiŋ²² qau³¹ we³¹ maŋ²² çau⁴⁵³ tim³⁵ hu¹³
心　中　平　头　做　怎么　修　辛　苦
心中平静为何添伤痛，

角　乃　拜　幕
Jodx naih bail mus
ʈot³¹ nai³³ pai⁵⁵ mu³²³
头　这　去　后
从此往后，

顾　省　乃　坏　歹　省　宁　够
Kgus saemh naih waih daih semh nyenc goul
qu³²³ sɐm³³ nai³³ wai³³ tai³³ sɐm³³ ɳən²² kəu⁵⁵
整　世　这　坏　死　世　人　乞讨
做一世情感乞讨，

吊　俄　依　怒　细　端　金。
Jiul wox il nup xut donc jenc
ʈiu⁵⁵ wo³¹ i⁵⁵ nu³⁵ çu¹³ ton²² tən²²
我　知道　怎样　守　团　生
我该如何度此生？

乃　吊　定　脚　白　骂
Naih jiul jiml dinl bees map
nai³³ ʈiu⁵⁵ tim⁵⁵ tin⁵⁵ pe³²³ ma³⁵
这　我　抬　脚　过　来
这次我跟随寻来，

吓　想　利　孖　轮　省
Xah xangk lis　nyac lenx saemh
ɕa³³ ɕaŋ⁴⁵³ li³²³ n̩a²² lən³¹ sɐm³³
本　想　得　你　登　世
本想得你一生，

宁　宽　格　腻　念　恰　树
Nyenc kobs　kgeev nyil nyanl jabx Sut
n̩ən²² kʰop³²³ qe⁵³　n̩i⁵⁵ n̩an⁵⁵ tap³¹ su³¹
人　刚　隔　点　月　合　树
如同月抱树，

顺　俄　灭　利　腰　吓　富　养　想
Saemp wox meec lis　yaoc xah hut yangh xangk
sɐm³⁵ wo³¹ me²² li³²³ jau²² ɕa³³ hu¹³ jaŋ³³ ɕaŋ⁴⁵³
早　知　不　得　我　也　苦　样　想
早知得不到你，我也免得苦苦等，

到　打　当　学　肿　养
Daoh dah dangc yot　jungh yangh
tau³³ ta³³ taŋ²² jo¹³ tuŋ³³ jaŋ³³
咱　从　堂　学　共　被
咱在学堂同住，

闷　乃　想　骂　傲　力　尽
Maenl naih xangk map aol lix jenl
mɐn⁵⁵ nai³³ ɕaŋ⁴⁵³ ma³⁵ au⁵⁵ li³¹ tɕən⁵⁵
天　这　想　来　取　礼　真
今天想来讨实情。

英　台　省　保
Yenh Taic　senp baov
jən³³ tʰai²² sən³⁵ pau⁵³
英　台　说　道
英台回答说：

保　孖　毕　板　晒
Baov　nyac bix banh sais
pau⁵³　ȵa²² pi³¹ pan³³ sai³²³
告诉　你　别　伤　心
劝哥莫忧心，

省　乃　盖　利　到　各　西　省　轮
Saemh naih kgeis lis daol kgags siip saemh lenc
sɐm³³　nai³³ qəi³²³ li³²³ tau⁵⁵ qak³²³ si³⁵ sɐm³³ lən²²
世　这　不　得　咱　就　齐　世　后
今世难成咱就定来生，

省　轮　到　骂　各　松　歹
Saemh lenh daol map kgags jungh daih
sɐm³³　lən³³ tau⁵⁵ ma³⁵ qak³²³ ȶuŋ³³ tai³³
世　后　咱　来　各　共　代
下辈子来咱相配，

阴　间　东　鲁　保　孖　毕　收　顺
Yeml kgeengl dongc luh baov nyac bix souc senp
jəm⁵⁵ qeŋ⁵⁵　toŋ²² lu³³ pau⁵³ ȵa²² bi³¹ səu²² sən³⁵
阴　间　同　路　告诉　你　别　愁　心
阴间同路劝你别忧心。

阎　王　收　君　闷　大　短
Yeenc Wangc xup jenh maenh dah tonk
jen²² waŋ²² ɕu³⁵ ȶən³³ mɐn³³ ta³³ ton⁴⁵³
阎　王　收　惊　时　过　约
阎王收魂时已过，

傲　被　省　古　楼　迷　分
Aol biul saemh guh louh mieengc wenp
au⁵⁵ pju⁵⁵ sɐm³³ ku³³ ləu³³ mjəŋ²² wən³⁵
拿　火　寻　油灯　漏　几　分
拿火寻灯漏几分。

山　伯　滚　困　　顿　脚　转
Sanh Beec guenx kuenp　denl dinl jonv
san³³ pe²² keən³¹ kʰwən³⁵ tən⁵⁵ tin⁵⁵ ʈon⁵³
山　伯　赶　路　抬　脚　转
山伯无路退步转，

舵　了　将　胖　将　囝　略　轮　困
Dos lagx jangs pangp jangs taemk liogp lenx kuenp
to³²³ lak³¹ ʈaŋ³²³ pʰaŋ³⁵ ʈaŋ³²³ tʰɐm⁴⁵³ ljok³⁵ lən³¹ kʰwən³⁵
放　那　步　高　步　低　慌　登　路
一路踉跄心不宁。

各　压　告　脚　各　转　管
Kgags yags gaos dinl kgags jonv ngonh
qak³²³ jak³²³ kau³²³ tin⁵⁵ qak³²³ ʈon⁵³ ŋon³³
自　草鞋　头　脚　自　转　错
自己碰破脚尖只能怪自己，

鬼　忙　盖　杀　翻　涝
Juis mangc kgeis sat piat laos
ʈui³²³ maŋ²² qəi³²³ sa¹³ pʰia¹³ lau³²³
鬼　什么　不　杀　捏　进
不如了此一生，

令　关　想　平　英
Liaemt guanl xangh biingc yenc
ljɐm¹³ kwan⁵⁵ ɕaŋ³³ pjiŋ²² jən²²
背　名　相　平　匀
进入阴间转太平。

山　伯　定　脚　庆　门　鲁　寡　鲁
Sanh Beec jiml dinl jemv menc luh guav luh
san³³ pe²² tim⁵⁵ tin⁵⁵ tɐm⁵³ mən²² lu³³ kwa⁵³ lu³³
山　伯　抬　脚　赶　程　路　过　路
山伯举步出门走啊走，

定　　将　　雷补　金　　打金
Jiml　jangs　lic　buh　jenc　dah jenc
tim⁵⁵　taŋ³²³　li²² pu³³　tən²²　ta³³ tən²²
抬　　步　　离　步　　山　　过　山
跋山涉水往前行。

山　伯　　转　　抖　　　骂　　家　　力　盖　　瓦
Sanh Beec jonv　touk　　map yanc　lix kgeis　wah
san³³ pe²²　ton⁵³　tʰəu⁴⁵³　ma³⁵ jan²²　li³¹ qəi³²³　wa³³
山　伯　　转　到　　　回　家　　话　不　　讲
山伯回到家中不言语，

批　　涝　　将　　瓦　　盖　　想　　金
Piedp　laos　xangc nguah kgeis　xangk jenc
pʰjət³⁵ lau³²³ ɕaŋ²² ŋwa³³ qəi³²³ ɕaŋ⁴⁵³ tən²²
倒　　进　　床　　硬　　不　　想　　起
倒进床睡难起身。

肯　　重　　涝　　将　　傲　　越　墓
Kaemk jogl　laos　xangc aol　weex muh
kʰem⁴⁵³ tok⁵⁵ lau³²³ ɕaŋ²² au⁵⁵ we³¹ mu³³
滚　　去　　进　　床　　拿　　做　墓
倒下床去为坟墓，

能　　冷　　盖　鲁　　苟　　盖　吞。
Naemx liagp　kgeis luh　kgoux kgeis kgaenp
nɐm³¹　ljak³⁵ qəi³²³ lu³³　qɐu³¹ qəi³²³ qɐn³⁵
水　　冷　　不　进　　饭　　不　咽
凉水不喝饭不吞。

奶　　刻　　山　　伯　　省　　保
Neix　gkeep Sanh　Beec　senp　baov
nəi³¹　qʰe³⁵　san³³　pe²²　sən³⁵　pau⁵³
母　　他　　山　　伯　　说　　道
山伯母亲说：

想　门　腊　吊　痛　告　顿　闷
Xangk maenv lagx jiul kgids gaos daems maenl
ɕaŋ⁴⁵³ mɐn⁵³ lak³¹ ʨiu⁵⁵ qit³²³ kau³²³ tɐm³²³ mɐn⁵⁵
想　个　儿　我　痛　头　等　天
我儿头疼，

越　忙　寸　义　乃
Weex mangc qaenp il naih
we³¹ maŋ²² tʰɐn³⁵ i⁵⁵ nai³³
做　什么　重　那样
哪知如此重，

囊　社　涝　宰　省　先　生
Laengx seet laos xaih xemh xeenp saenp
lɐŋ³¹ se¹³ lau³²³ ɕai³³ ɕɔm³³ ɕen³⁵ sɐn³⁵
赶　请　老　师　寻　先　生
快去村里找先生。

先　生　号　脉　保
Xeenp saenp haop magc baov
ɕen³⁵ sɐn³⁵ hau³⁵ mak²² pau⁵³
先　生　号　脉　说
医生号脉说：

门　腊　乃　病　子　涝　深
Maenv lagx naih biingh siis laos yaeml
mɐn⁵³ lak³¹ nai³³ pjiŋ³³ si³²³ lau³²³ jɐm⁵⁵
个　儿　这　病　事　进　深
这孩子病情严重，

忙　盖　两　顿　修
Mangc kgeis liangh daengl suit
maŋ²² qəi³²³ ljaŋ³³ tɐŋ⁵⁵ sui¹³
怎么　不　提前　来　修
怎不提前来医治，

乃 吊 俄 越 依 怒
Naih jiul wox weex iil nup
nai³³ ȶiu⁵⁵ wo³¹ we³¹ i⁵⁵ nu³⁵
现 我 知道 做 怎样
现在我也不知

利 门 仙 丹 顿 补
Lis maenv xeenh danh daengl bux
li³²³ mɐn⁵³ ɕen³³ tan³³ tɐŋ⁵⁵ pu³¹
得 个 仙 丹 来 补
哪里有那仙丹来补

救 敏 腊 笑 金
Juv mingh lagx xaop jenc
ȶu⁵³ miŋ³³ lak³¹ ɕau³⁵ ȶən²²
救 命 儿 你 起
救你孩子命。

奶 听 送 乃 奶 哑 哭
Neix qingk sungp naih neix yah nees
nəi³¹ tʰiŋ⁴⁵³ suŋ³⁵ nai³³ nəi³¹ ja³³ ne³²³
母 听 话 这 母 也 哭
母听此话泪淋淋，

保 敏 腊 吊 山 伯 盖 困 宁
Baov mingh lagx jiul Sanh Beec kgeis kuenp nyenc
pau⁵³ miŋ³³ lak³¹ ȶiu⁵⁵ san³³ pe²² qəi³²³ kʰwən³⁵ ȵən²²
说 命 儿 我 山 伯 不 成 人
孩儿山伯命休不成人。

号 西 翻 那 盖 出 约
Haot xic piat nas kgeis ugs yoh
hau¹³ ɕi²² pʰj¹³ na³²³ qəi²¹² uk³²³ jo³³
以 时 翻 脸 不 出 学
一时变化病不起，

阳　间　论　所　俄　灭　困
Yangc kgeengl lenx soh wox meec kuenp
jaŋ²² qeŋ⁵⁵ lən³¹ so³³ wo³¹ me²² kʰwən³⁵
阳　间　登　气　知道　不　成
阳间断气阴间行。

抬　腊　恰　金　吓　俄　门　拜　陡
Deic lagx qak qenc xah wox menc bail douv
təi²² lak³¹ tʰa⁴⁵³ tʰən²² ɕa³³ wo³¹ men¹¹ pai⁵⁵ təu⁵³
拿　儿　上　山　才　知　个　去　留
抬儿去葬从此难相见，

难　土　重　墓　许　格　困
Nanx tut jongv muh xut geel kuenp
nan³¹ tʰu¹³ toŋ⁵³ mu³³ ɕu¹³ ke⁵⁵ kʰwən³⁵
泥　土　共　墓　守　边　路
挖井做墓路边坟。

马　家　傲　媳　抬　婢　英　台
Max kgal aol liat jungl beix Yenh tait
ma³¹ qa⁵⁵ au⁵⁵ lja¹³ ʈuŋ⁵⁵ pəi³¹ jən³³ tʰai¹³
马　家　娶　媳　抬　女　英　台
马家接媳抬着英台

索　刁　困　假　处
Sogc jiuc kuenp jav quk
sok²² ʈiu²² kʰwən³⁵ ʈa⁵³ tʰu⁴⁵³
顺　个　路　那　去
从此路经过，

努　保　纪　墓　山　伯
Nuv baov jih muh Sanh Beec
nu⁵³ pau⁵³ ʈi³³ mu³³ san³³ pe²²
若　说　近　墓　山　伯
若你山伯墓中

嘎英台

想	抖	情	搞	宁
Xangk	touk	singc	kgaov	nyenc
ɕaŋ⁴⁵³	tʰəu⁴⁵³	siŋ²²	qau⁵³	ȵən²²
想	到	情	旧	人

想到旧情人，

努	孖	山	伯	亮	腰
Nuv	baov	Sanh	Beec	liangp	yaoc
nu⁵³	pau⁵³	san³³	pe²²	ljaŋ³⁵	jau²²
若	说	山	伯	想	我

若你山伯恋我深，

孖	都	立	开	墓
Nyac	dos	liic	gkeip	muh
ȵa²²	to³²³	lji²²	qʰəi³⁵	mu³³
你	就	即	开	墓

你就立开墓。

约	去	轮	谱	堆	腻	麻	水	奔
Yunv	qit	lemc	pux	deic	nyil	magx	xuip	baengl
jun⁵³	tʰi¹³	ləm²²	pʰu³¹	təi²²	ȵi⁵⁵	mak³¹	ɕui³⁵	peŋ⁵⁵
突	起	风	狂	把	那	土	吹	崩

突起狂风坟墓崩，

英	台	恰	出	绷	当	大	盖	努
Yenh	Taic	qadt	ugs	bongc	dangc	dal	kgeis	nuv
jən³³	tʰai²²	tʰat¹³	uk³²³	poŋ²²	taŋ²²	ta⁵⁵	qəi³²³	nu⁵³
英	台	快	出	花	轿	眼	不	见

英台踏出花轿跳进坟，

打	轮	丫	刻	变	困	岁	梅	叠	肚
Dah	lenc	yac	gkeep	biinv	kuenp	seit	meix	jees	tut
ta³³	lən²²	ja²²	qʰe³⁵	pjin⁵³	kʰwən³⁵	səi¹³	məi³¹	tɕe³²³	tʰu¹³
过	后	两	他	变	成	雄	雌	蝶	对

而后两人变成一对彩蝶，

管	告	金	现	轮	拜	千	省	轮
Gonh	kgaox	jenc	xeenp	lebc	bail	sinp	saemh	lenc
kon³³	qau³¹	ȶən²²	xen³⁵	ləp²²	pai⁵⁵	sin³⁵	sɐm³³	lən²²
齐	头	山	岭	传	去	千	世	后

翩翩飞舞故事传后人。

古	杠	婢	美	顺	乡
Kgunv	kgangs	Beix	Muih	senl	yangp
qun⁵³	qaŋ³²³	pəi³¹	mui³³	sən⁵⁵	jaŋ³⁵
从前	讲	女	婢	村	乡

又传美丽卑美①

娘	吓	鸟	顺	佛
Nyaengc	xah	nyaoh	senl	Wot
ȵɐŋ²²	ça³³	ȵau³³	sən⁵⁵	wo¹³
真	的	在	村	车江

在那车江②住，

盖	访	美	顾	打	卡	九	年
Kgeis	wangk	Muih	Kgul	dah	kgax	jus	nyinc
qəi³²³	waŋ⁴⁵³	mui³³	qu⁵⁵	ta³³	qa³¹	ȶu³²³	ȵin²²
不	放弃	女	双	从	那	九	年

不弃美顾③相恋九年，

刀	懂	补	过	耸	刻	班	记	顺
Daoc	dongh	buh	gobs	jongs	gkeep	banx	jids	senp
tau²²	toŋ³³	pu³³	kop³²³	ȶoŋ³²³	qʰe³⁵	pan³¹	ȶit³²³	sən³⁵
说	来	不	过	像	人家	伴	结	情

但也只像常人来成婚。

---

① 卑美：人名，女性。
② 车江：地名，在今贵州榕江县。
③ 美顾：人名，男性。

梁山伯与祝英台
Liangc Sanh Beec Daengh Sut Yenh Taic

流传地点：贵州省榕江县栽麻乡加所村
文本及口述：補荷花
侗文注音：杨再荣
翻译整理：龙耀宏

一

万　　万　　降　　卡
Wanp wanp jangl kap
wan³⁵ wan³⁵ ȶaŋ⁵⁵ kʰa³⁵
慢　　慢　　张　　耳
静静地听，

尧　　多　　梅　嘎　听　　尧　报
Yaoc dos meix kgal qingk yaoc baov
ȵau²² to³²³ məi³¹ qa⁵⁵ ȶʰiŋ⁴⁵³ ȵau²² pau⁵³
我　　唱　首　歌　听　我　说
我唱支歌听我讲，

降　　卡　　堆　　温　　　听　　　条　　里　吊　　良
Jangl kap deih nguingh qingk jiuc lix jiul liangc
ȶaŋ⁵⁵ kʰa³⁵ təi³³ ŋwiŋ³³ ȶʰiŋ⁴⁵³ ȶiu²² li³¹ ȶiu⁵⁵ ljaŋ²²
张　　耳　　拿　　静　　　听　　　条　　语　我　量
侧耳静听话端详。

牙　　卯　　拜　　搞　　省　　一　　勿　　宁
Yac maoh bail kgaox saemh edl weex nyenc
ja²² mau³³ pai⁵⁵ qau³¹ sᴇm³³ ət⁵⁵ we³¹ ȵən²²
两　　他　　去　　里　　世　　隔　　做　　人
他俩去那阴间做人，

办　　贯　　山　伯　乜　　贯　　　婢　祝　英
Banl guanl Sanh Beec miegs guanl beix Sut Yenh
pan⁵⁵ kwan⁵⁵ san³³ pe²² mjək³²³ kwan⁵⁵ pəi³¹ su¹³ jən³³
男　　名　　山　伯　女　　名　　　婄　祝　英
男叫山伯女名祝英妹，①

乜　　鸟　　吴　庙　　蝉　　寨　　困　　腻　卑　赖
Miegs nyaoh Wuc Miiuh Sanc Zail kuenp nyil beix lail
mjək³²³ ȵau³³ wu²² mjiu³³ san²² zai⁵⁵ kwən³⁵ ȵi⁵⁵ pəi³¹ lai⁵⁵
女　　在　　吴　苗　　蝉　　寨　　成　　隔　婄　好
女住吴庙蝉寨人漂亮，

---

① 在侗族诗歌里，梁山伯还有梁山、山伯的名称。祝英台又称为祝英或英台。有时是押韵的需要，都有很深的情感色彩。

奥 卯 贯 腻 英 台 娘
Aol maoh guanl nyil Yenh Taic nyangc
ao⁵⁵ mau³³ kwan⁵⁵ n̠i⁵⁵ jən³³ tʰai²² n̠aŋ²²
把 她 名 叫 英 台 娘
称她英台娘。

二

闷 卯 担 能 打 街 泪 怒 那
Maenl maoh dabs naemx dah kgail lis nuv nas
mɛn⁵⁵ mau³³ tap³²³ nɛm³²³ ta³³ qai⁵⁵ li³²³ nu⁵³ na³²³
天 她 挑 水 过 街 得 见 脸
她挑水过街得见面，

拧 卯 梁 兄 维 哇 一 央 忙
Nyimp maoh Liangc xongh wuic wah il yangh mangc
n̠im³⁵ mau³³ ljaŋ²² çoŋ³³ wui²² wa³³ i⁵⁵ jaŋ³³ maŋ²²
跟 他 梁 兄 会 话 一 样 什 么
她与梁兄交谈很欢畅。

三

祝 英 顺 报
Yenh Taic senp baov
jən³³ tʰai²² sən³⁵ pau⁵³
英 台 说 道
祝英问：

业 姐 拜 怒 打 顺 奶
Nyac jaix bail nup dah senl naih
n̠a²² t̠ai³¹ pai⁵⁵ nu³⁵ ta³³ sən⁵⁵ nai³³
你 兄 去 哪 过 村 这
仁兄去哪由此过，

崖 顺 打 寨 介 恶 拜 搞 地 方 忙
Yabs senl dah xaih eis wox bail kgaox dih wangp mangc
jap³²³ sən⁵⁵ ta³³ çai³³ əi³²³ wo³¹ pai⁵⁵ qau³¹ ti³³ waŋ³⁵ maŋ²²
引 村 过 寨 不 知 去 里 地 方 什 么
走村过寨不知要往哪里行。

捏　姐　鸟　怒　勒　骂　听
Nyac jaix nyaoh nup lebc map qingk
ȵa²² ʨai³¹ ȵau³³ nu³⁵ lək²² ma³⁵ tʰiŋ⁴⁵³
你　凶　住　哪　说　来　听
家住哪里讲来听，

勒　贯　报　姓　帅　美　娘
Lebc guanl baov singk saip muih nyangc
ləp²² kwan⁵⁵ pau⁵³ siŋ⁴⁵³ sai³⁵ mui³³ ȵaŋ²²
说　名　道　姓　给　妹　娘
说名道姓给妹娘。

四
梁　山　顺　报
Liangc Sanh senp baov
ljaŋ²² san³³ sən³³ pau⁵³
梁　山　说　道
梁山说：

吊　拜　杭　州　朵　秀　虽
Jiul bail Hanc Zul dogc xup siih
ʨiu⁵⁵ pai⁵⁵ han²² zu⁵⁵ tok²² ɕu³⁵ sii³³
我　去　杭　州　读　书　字
我去杭州学诗文，

补　吊　搞　言　泪　腻　岑　塘　登　等
Bux jiul kgaox yanc lis nyil jenc dangc daeml dingv
pu³¹ ʨiu⁵⁵ qau³¹ jan²² li³²³ ȵi⁵⁵ tən²² taŋ²² tɐm⁵⁵ tiŋ⁵³
父　我　里　家　得　点　田　塘　水塘　浅
我家父亲虽田少，

吊　拜　顺　架　读　书　文
Jiul bail senl jav duc suh wenc
ʨiu⁵⁵ pai⁵⁵ sən⁵⁵ ʨa⁵³ tu²² su³³ wən²²
我　去　村　那　读　书　文
也要我上学堂。

吊　宁　姓　梁　言　鸟　河　南　省
Jiul　nyenc　singk　Liangc　yanc　nyaoh　Hoc　Nanc　Saenx
ȶiu⁵⁵　ȵən²²　siŋ⁴⁵³　ljaŋ²²　jan²²　ȵau³³　ho²²　nan²²　sɛn³¹
我　人　姓　梁　家　住　河　南　省
我人姓梁家住河南省，

山　伯　勒　校　跟　跟
Sanh　Beec　lebc　xaop　genh　genh
san³³　pe²²　ləp²²　ɕau³⁵　kən³³　kən³³
山　伯　说　你　全　全
山伯跟你说分明。

岁　狠　校　美　介　我　宁　姓　忙
Siip　haemk　xaop　muih　kgeis　wox　nyenc　singk　mangc
sii³⁵　hɐm⁴⁵³　ɕau³⁵　mui³³　qəi³²³　wo³¹　ȵən²²　siŋ⁴⁵³　maŋ²²
再　喊　你　妹　不　知　人　姓　什么
转问你妹名和姓。

五
祝　英　顺　报
Sut　Yenh　senp　baov
su¹³　jən³³　sən³⁵　pau⁵³
祝　英　说　道
祝英说：

吊　鸟　吴　庙　蝉　寨
Jiul　nyaoh　Wuc　Miiuh　Sanc　Zail
ȶiu⁵⁵　ȵau³³　wu²²　mjiu³³　san²²　zai⁵⁵
我　住　吴　苗　蝉　寨
我住吴庙蝉寨，

補　吊　赖　登　亚
Bux　jiul　lail　daeml　yav
pu³¹　ȶiu⁵⁵　lai⁵⁵　tɐm⁵⁵　ja⁵³
父　我　好　塘　田
我父田多地也广，

吊　地方　架　裂　学堂
Jiul　dih wangp jav　liav　xoc tangc
tɕiu⁵⁵ ti³³ waŋ³⁵ ta⁵³ lia⁵³ ɕo²² tʰaŋ²²
我　地方　那　无　学堂
我们这里无学堂。

吊　宁　姓　祝　没　一　农
Jiul　nyenc singk Sut　meec il　nongx
tɕiu⁵⁵ ɲən²² siŋ⁴⁵³ su¹³ me²² i⁵⁵ noŋ³¹
我　人　姓　祝　有　一　弟
我本姓祝有一弟,

虽　秀　介　通
Siih xup　kgeis tongt
sii³³ ɕu³⁵ qəi³²³ tʰoŋ¹³
诗　书　不　通
诗书不懂,

本　报　送　卯　拜　学堂
bens　baov songk maoh bail　xoc tangc
pən³²³ pau⁵³ soŋ⁴⁵³ mau³³ pai⁵⁵ ɕo²² tʰaŋ²²
本　说　让　他　其　学堂
本说送他去学堂。

业　拜　朵　勒
Nyac bail　dogc leec
na²² pai⁵⁵ tok²² le²²
你　其　读　书
你去读书

业　修　拜　搞　街　架　噶
Nyac xuh　bail　kgaox kgail jav gas
na²² ɕu³³ pai⁵⁵ qau³¹ qai⁵⁵ ta⁵³ ka³²³
你　就　其　里　街　那　等
请你街边等一等,

噶　腻农　吊　祝　爱贯　　你郎
Gas　nyil nongx jiul　Sut ail guanl　Nyih Langc
ka³²³ ȵi⁵⁵ noŋ³¹ tiu⁵⁵ su¹³ ai⁵⁵ kwan⁵⁵ ȵi³³ laŋ²²
等　点　弟　我　祝　家名　　二　郎
等我弟弟祝二郎。

农　关　　你　郎　祝　英台
Nongx guanl　nyih langc Sut Yenh Taic
noŋ³¹ kwan⁵⁵ ȵi³³ laŋ²² su¹³ jən³³ tʰai²²
弟　名　二　郎　祝　英　台
二郎名叫祝英台，

盖　姐　荡　关　　棒　一　场
Gaiv jaix daengl guans　bangl il sangc
kai⁵³ tai³¹ tɛŋ⁵⁵ kwan³²³ paŋ⁵⁵ i⁵⁵ saŋ²²
赖　兄　来　关　　帮　一　场
请兄关爱帮一帮。

六
山　伯　顺　报
Sanh Beec senp baov
san³³ pe²² sən³⁵ pau⁵³
山　伯　说　道
山伯说：

怒　农　　报　　拜
Nuv nongx haengt bail
nu⁵³ noŋ³¹ hɛŋ¹³ pai⁵⁵
若　弟　愿　去
若弟愿去，

捏　修　转　店　拜　言
Nyacxuh xonv dinl bail yanc
ȵa²² ɕu³³ ɕon⁵³ tin⁵⁵ pai⁵⁵ jan²²
你　就　转　脚　去　家
你就回家

帅　农　　领　　尽　都
Saip nongx liinx jenl duh
sai³⁵ noŋ³¹ ljin³¹ tən⁵⁵ tu³³
让　弟　收　东　西
让他备行李，

牙　吊　同　　噜　习　会　样
Yac jiul dongc luh siic huip yangp
ja²² tiu⁵⁵ toŋ²² lu³³ sii²² hui³⁵ jaŋ³⁵
两　我　同　路　齐　奔　乡
我俩一起走他乡。

七
祝　英　维　转　骂　言
Sut Yenh wuic xonv map yanc
su¹³ jən³³ wui²² ɕon⁵³ ma³⁵ jan²²
祝　英　回　转　来　家
祝英回到家中

报　　帅　补　卯　听
Baov saip bux maoh qingk
pau⁵³ sai³⁵ pu³¹ mau³³ tʰiŋ⁴⁵³
说　给　父　她　听
跟她父亲讲：

要　拜　杭　州　朵　文　章
Yuv bail Hanc Zul dogc wenc zangl
ju⁵³ pai⁵⁵ han²² zu⁵⁵ tok²² wən²² zaŋ⁵⁵
要　去　杭　州　读　文　章
要去杭州读文章，

要　拜　杭　州　朵　秀　虽
Yuv bail Hanc Zul dogc xup siih
ju⁵³ pai⁵⁵ han²² zu⁵⁵ tok²² ɕu³⁵ sii³³
要　去　杭　州　读　书　字
要去杭州学诗书，

独 恶 妹 虽 吊 岁 修 转 言
Dogc wox meel siih jiul seik xuh xonv yanc
tok²² wo³¹ me⁵⁵ sii³³ ţiu⁵⁵ səi⁴⁵³ ɕu³³ ɕon⁵³ jan²²
读 懂 认 字 我 再 赶 转 家
读懂文章我再转回乡。

八
补 卯 转 报
Bux maoh xonv baov
pu³¹ mau³³ ɕon⁵³ pau⁵³
父 她 转 说
她父回答道：

国 泪 腊 办 西 拜 守 堂 蛤
Gobs lis lagx banl xih bail xut dangc hagt
kop³²³ li³²³ lak³¹ pan⁵⁵ ɕi³³ pai⁵⁵ ɕu¹³ taŋ²² hak¹³
只 有 儿 男 才 去 守 堂 学
只有男儿才去守学堂，

奴 奥 腊 乇 岁 拜 读 书 王
Nouc lis lagx miegs siip bail duc suh wangc
nou²² li³²³ lak³¹ mjək³²³ sii³⁵ pai⁵⁵ tu²² su³³ waŋ²²
哪 有 儿 女 还 去 读 书 堂
哪有姑娘上学做文章。

九
祝 英 顺 报
Sut Yenh senp baov
su¹³ jən³³ sən³⁵ pau⁵³
祝 英 说 道
祝英说：

馆 架 泪 武 则 天
Kgunv jav lis Wux Zeec Tieenh
qun⁵³ ţa⁵³ li³²³ wu³¹ ze²² tʰien³³
前 那 有 武 则 天
从前有个武则天，

囡　西　宁　腊　乜
Jungh xih nyenc lagx miegs
ʈuŋ³³　ɕi³³　nən²²　lak³¹　mjək³²³
也　是　人　仔　女
也是女儿身，

仁　卯　多　透　千　百　熟　万　行
Lenc maoh dos touk sinp begs xogc weenh hangc
lən²²　mau³³　to³²³　tʰəu⁴⁵³　sin³⁵　pək³²³　ɕok²²　wen³³　haŋ²²
后　她　读　到　千　百　熟　万　行
她通古书坐朝堂。

馆　架　正　宫　娘　娘
Kgunv jav Zaenl Gongh nyangc nyangc
qun⁵³　ʈa⁵³　zən⁵⁵　koŋ³³　ȵaŋ²²　ȵaŋ²²
前　那　正　宫　娘　娘
古有正宫娘娘，

多　透　千　本　勒　王
Dos touk sinp bens leec wangc
to³²³　tʰəu⁴⁵³　sin³⁵　pən³²³　le²²　waŋ²²
读　到　千　本　书　王
读通千本史书。

卯　补　台　骂　格　到　宁　百　姓
Maoh buh deic map kgeeus daol nyenc begs singk
mau³³　pu³³　ʈəi²²　ma³⁵　qeu³²³　tau⁵⁵　nən²²　pək³²³　siŋ⁴⁵³
她　也　拿　来　教　咱　人　百　姓
拿来教导老百姓，

奶　尧　计　拜　傲　泪　猛　宁　顺　军
Naih yaoc jegl bail aol lis mungx nyenc senp jenh
nai³³　jau²²　ʈək⁵⁵　pai⁵⁵　au⁵⁵　li³²³　muŋ³¹　nən²²　sən³⁵　ʈən³³
今　我　赶　去　拿　有　个　人　生　军
如今我定要去拜名师。

茂　西　转　骂　泪　腻　登　勒　王
Mus xih xonv map lis nyil dens leec wangc
mu³²³ çi⁵⁵ ɕon⁵³ ma³⁵ li³²³ ȵi⁵⁵ tən³²³ le²² waŋ²²
明　是　转　来　有　点　根　书　王
日后才能熟识王书的根源。

十

补　卯　台　宋　卯　新　连　套　面
Bux maoh deic sungp maoh xih lieenc taot meenh
pu³¹ mau³³ təi²² suŋ³⁵ mau³³ çi⁵⁵ ljen²² tʰau¹³ men³³
父　她　拿　话　她　随　后　换　行装
父亲顺从她赶紧换行装，

遂　腊　现　先　页　页　光
Suit lagx singp singh yebs yebs guangl
sui¹³ lak³¹ siŋ³⁵ siŋ³³ jəp³²³ jəp³²³ kwaŋ⁵⁵
修　仔　清　清　闪　闪　亮
打扮适宜容颜亮。

店　登　鞋　袜　灭　台　伞
Dinl daens haic was miac deic sank
tin⁵⁵ tɐn³²³ hai²² wa³²³ mia²² təi²² san⁴⁵³
脚　穿　鞋　袜　手　拿　伞
脚穿鞋袜手拿伞，

遂　信　哦　变　现　先　郎
Suit xenp ugs bianv singp singh langc
sui¹³ çən³⁵ uk³²³ pian⁵³ siŋ³⁵ siŋ³³ laŋ²²
修　身　出　坝子　清　清　亮
打扮出门英俊郎。

十一

牙　卯　起　店　坐　腻　纠　燕　官
Yac maoh qit dinl suiv nyil Jouh Yeenp Gonh
ja²² mau³³ tʰi¹³ tin⁵⁵ sui⁵³ ȵi⁵⁵ tɕəu³³ jen³⁵ kon³³
两　她　起　脚　坐　那　久　练　宫
他俩同行入住久练宫，

锅　　西　囧　孟　　勒　囧　　降
Kgugs xih jungh mungl leec jungh jangl
quk³²³ ɕi⁵⁵ ʈuŋ³³ muŋ⁵⁵ le²² ʈuŋ³³ ʈAŋ⁵⁵
衣服　是　共　　篮　　书　共　　张
同篮放衣书同赏。

拜　透　　杭　州　牙　卯　　否　劳　　铺
Bail touk Hanc Xul yac maoh woup laos puk
pai⁵⁵ tʰəu⁴⁵³ han²² ɕu⁵⁵ ja²² mau³³ wəu³⁵ lau³²³ pʰu⁴⁵³
去　到　　杭　州　两　他　　走　进　　铺
走到杭州两人找住处，

恨　　仁　　俄　树　修　拜　　寻　　学　堂
Hedp lenc woc sup xuh bail semh xoc tangc
hət³⁵ lən²² wo²² su³⁵ ɕu³³ pai⁵⁵ səm³³ ɕo²² tʰaŋ²²
早　　后　　知　思　就　去　　寻　　学　堂
次日清晨就去看学堂。

节　　样　　节　蜡　拜　孔　　子
Jeis yangp jeis jis baiv Kongx Siis
ʈəi³²³ jaŋ³⁵ ʈəi³²³ ʈi³²³ pai⁵³ kʰoŋ³¹ sii³²³
买　　香　　买　纸　拜　孔　　子
买香买纸拜孔子，

而　　拜　　先　　生　　师　母　勿　　亚　娘
Eengv baiv xeenp saenp sih mux weex yal nyangc
eŋ⁵³   pai⁵³ ɕen³⁵ sɐn³⁵ si³³ mu³¹ we³¹ ja⁵⁵ naŋ²²
又　　拜　　先　　生　　师　母　做　　爹　娘
又拜先生师母为爹娘。

十二
先　　生　　顺　　报
Xeenp saenp senp baov
ɕen³⁵ sɐn³⁵ sən³⁵ pau⁵³
先　　生　　说　　道
先生说道：

见 奶 尧 并 娘 补
Janl naih yaoc biaenl nyaengc buh
ȶan⁵⁵ nai³³ jau²² pjen⁵⁵ ȵeŋ²² pu³³
晚 者 我 梦 真 灵
今夜做梦真的

泪 腻 久 办 乜
lis nyil juh banl miegs
li³²³ ȵi⁵⁵ ȶu³³ pan⁵⁵ mjək³²³
得 那 情人男 女
看见一对俊男女，

闷 奶 韵 泪 牙 校 岁 骂 读 书 王
Maenl naih yunv lis yac xaop siip map duc suh wangc
mɐn⁵⁵ nai³³ jun⁵³ li³²³ ja²² ɕau³⁵ sii³⁵ ma³⁵ ȶu²² su³³ waŋ²²
天 这 突然 有 两 你 齐 来 读 树 王
今天突有你俩来此上学堂。

十三

祝 英 顺 报
Sut Yenh senp baov
su¹³ jən³³ sən³⁵ pau⁵³
祝 英 说 道
祝英说：

补 吊 鸟 言 囧 宁 泪 贯
Bux jiul nyaoh yanc jungh nyenc lis guanl
pu³¹ ȶiu⁵⁵ ȵau³³ jan²² ȶuŋ³³ ȵən²² li³²³ kwan⁵⁵
父 我 在 家 是 人 有 名望
我父在家有威望，

闷 架 宁 登 锦
Maenl jav nyenc daens jenx
mɐn⁵⁵ ȶa⁵³ ȵən²² ten³²³ ȶən³¹
那 是 人 登 锦
远近为贵人，

虾　奥　牙　吊　骂　奶　多　勒　困　　军
Xah aol　yac jiul　map naih　dos　leec kuenp　jenh
ɕa³³ au⁵⁵ ja²² ʈiu⁵⁵ ma³⁵nai³³ to³²³ le²² kʰwən³⁵ tən³³
才　要　两　我　来　这　读　书　成　　功名
才让我俩来此读书成名，

茂　吊　西　拜　坐　朝　王
Mus　jiul　xih　bail　suiv　xeeuc　wangc
mu³²³ ʈiu⁵⁵ ɕi³³ pai⁵⁵ sui⁵³ ɕeu²² waŋ²²
明　咱　是　去　坐　朝　王
日后才能上朝堂。

十四

牙　卯　劳　哟　多　一　兑
Yac maoh　laos　yot dos　il　doiv
ja²² mau³³ lau³²³ jo¹³ to³²³ i⁵⁵ toi⁵³
两　他　进　学　在　一　处
他俩入学落一处，

闷　囵　扽　坐　见　囵　翔
Maenl jungh daengv suiv janl　jungh xangc
mɐn⁵⁵ ʈuŋ³³ tɐŋ⁵³ sui⁵³ ʈan⁵⁵ ʈuŋ³³ ɕaŋ²²
白天　共　凳子　坐　夜晚　共　床
昼同凳坐夜同床。

山　伯　顺　报
Sanh Beec　senl　baol
san³³ pe³²³ sən⁵⁵ pau⁵⁵
山　伯　问　道
山伯说：

念　　到　瓜　床　校　忙　没　裂　库
Nyaemv daol　guah　xangc　xaop　mangc　meec　liaenv　kgugs
nɐm⁵³ tau⁵⁵ kwa³³ ɕaŋ²² ɕau³⁵ maŋ²² me²² ljɐn⁵³ quk³²³
晚上　咱　躺　床　你　怎么　不　解　衣
晚上睡觉你怎不解那衣裤，

农　　每　　米　　蒙　　我　　怒　　贯　　弄　　堂
Nugs　meix　mix　mungl　wox　nup　gueenv　longl　dangc
nuk³²³　məi³¹　mi³¹　muŋ⁵⁵　wo³¹　nu³⁵　kwen⁵³　loŋ⁵⁵　taŋ²²
花　　树　　未　　开　　知　　怎么　　惯　　深山　　林
树不开花哪能惯林场？

信　　介　　离　　国　　怒　　勿　　那
Xenp　kgeis　lic　kgugs　nup　weex　nagp
ɕən³⁵　qəi³²³　li²²　quk³²³　nu³⁵　we³¹　nak³⁵
身　　不　　离　　衣　　怎么　　做　　睡
身不离衣如何睡？

亚　　介　　离　　达　　怒　　勿　　印　　坤　　逛
Yal　kgeis　lis　dags　nup　weex　yaems　kunp　guangl
ja⁵⁵　qəi³²³　li³²³　tak³²³　nu³⁵　we³¹　jɐm³²³　kʰun³⁵　kwaŋ⁵⁵
布　　布　　离　　织机　　怎么　　做　　染　　成　　光
布不离机岂能染发亮？

十五

祝　　英　　顺　　报
Sut　Yenh　senl　baov
su¹³　jən³³　sən⁵⁵　pau⁵³
英　　台　　说　　道
祝英说：

库　　尧　　三　　百　　尼　　困
Kgugs　yaoc　samp　begs　nyih　kuedp
quk³²³　jau²²　sam³⁵　pək³²³　n̠i³³　kwət³⁵
衣　　我　　三　　百　　二　　铁
我衣三百铁来

七　　百　　尼　　铜
Sedp　begs　nyih　dongc
sət³⁵　pək³²³　n̠i³³　toŋ²²
七　　百　　二　　铜
七百铜，①

---

① 三百铁来七百铜：表示穿戴繁琐。

恨 尧 登 卯 闷 丫 烈
Hedp yaoc daens maoh menl yah liabp
hət³⁵ jau²² tɐn³²³ mau³³ mən⁵⁵ ja³³ ljap³⁵
早 我 穿 它 天 也 黑
早晨穿它天也黑，

念 尧 登 卯 闷 丫 逛
Nyaemv yaoc liaenv maoh menl yah guangl
ȵɐm⁵³ jau²² ljɐn⁵³ mau³³ mən⁵⁵ ja³³ kuaŋ⁵⁵
晚上 我 解 它 天 也 亮
晚上解它天也亮。

十六

山 伯 宁 场 娘 丫 胜
Sanh Beec nyenc saengc nyaengc yah senk
san³³ pe²² ȵən²² sɐŋ²² ȵɐŋ²² ja³³ sɐŋ⁴⁵³
山 伯 人 直 真 也 信
山伯老实确实信，

闷 闷 锁 岁 没 我 盆 纠 相
Maenl maenl dogc siih meec wox binc juh xangp
mɐn⁵⁵ mɐn⁵⁵ tok²² sii³³ me²² wo³¹ pin²² tu³³ ɕaŋ³⁵
天 天 读 子 不 知 连 娇 娘
天天读书不知恋姣娘。

十七

祝 英 顺 报
Sut Yenh senp baov
su¹³ jən³³ sən³⁵ pau⁵³
祝 英 说 道
祝英说：

補 妞 到 骂 父 母 亚 娘 忙 丫 乱
Buh nyungl daol map hut mux yal nyangc mangc yah lonh
pu³³ ȵuŋ⁵⁵ tau⁵⁵ ma³⁵ hu¹³ mu³¹ ja⁵⁵ ȵaŋ²² maŋ²² ja³³ lon³³
天 昨 咱 来 父 母 爹 娘 怎么 也 愁
起初咱来父母爹娘很忧心，

奶 到 多 劳 補 奶 到 補 又 拜 言
Naih daol dos laos buh naih daol buh yuv bail yanc
nai³³ tau⁵⁵ to³²³ lau³²³ pu³³ nai³³ tau⁵⁵ pu³³ ju⁵³ pai⁵⁵ jan²²
现 咱 读 到 个 这 咱 也 要 回 家
今咱学有所成也要转回乡。

十八
山 伯 顺 报
Sanh Beec senp baov
san³³ pe²² sən³⁵ pau⁵³
山 伯 说 道
山伯说：

補 妞 到 骂 父 母 亚 娘
Buh nyungl daol map hut mux yal nyangc
pu³³ ȵuŋ⁵⁵ tau⁵⁵ ma³⁵ hu¹³ mu³¹ ja⁵⁵ ȵaŋ²²
天 昨 咱 来 父 母 爹 娘
起初咱来父母爹娘

堂 搞 心 中 爱
Daengc kgaox semp zongl eiv
tɐŋ²² qau³¹ səm³⁵ zoŋ⁵⁵ əi⁵³
整 里 心 中 爱
心中很喜爱，

奶 到 而 多 三 年 勒 妹
Naih daol eengv dos samp nyinc leec meik
nai³³ tau⁵⁵ eŋ⁵³ to³²³ sam³⁵ ȵin²² le²² məi⁴⁵³
现 咱 再 读 三 年 书 新
今咱再读三载诗文

到 岁 转 拜 言
Daol siip xonv bail yanc
tau⁵⁵ sii³⁵ ɕon⁵³ pai⁵⁵ jan²²
咱 再 转 去 家
再转回乡。

勒　更　勒　嘎　到　论　雪　米　学
Leec gaeml leec gax daol ledp xedt mix xogc
le²² kɐm⁵⁵ le²² ka³¹ tau⁵⁵ lət³⁵ ɕət¹³ mi³¹ ɕok²²
书　侗　书　汉　咱　都　全　未　熟
侗书汉书咱均未熟，

闷　闷　朵　虽
Maenl maenl dogc siih
mɐn⁵⁵ mɐn⁵⁵ tok²² sii³³
天　天　读　字
天天读书

堯　補　介　想　倒　回　样
yaoc buh kgeis xangk daov wuic yangp
jau²² pu³³ qəi³²³ ɕaŋ⁴⁵³ tau⁵³ wui²² jaŋ³⁵
我　都　没　想　到　回　乡
我还不想转回乡。

十九

祝　英　顺　报
Sut Yenh senl baov
su¹³ jən³³ sən⁵⁵ pau⁵³
祝　英　说　道
祝英说：

闷　茂　堯　拜　斗　纠　鞋　高　学
Maenl mut yaoc bail douv jouh haic gaos xok
mɐn⁵⁵ mu¹³ jau²² pai⁵⁵ təu⁵³ təu³³ hai²² kau³²³ ɕo⁴⁵³
天　明　我　去　留　双　鞋　头　尖
明天我去留对箭头鞋，

奥　店　伦　破　搞　没　杭
Aol dinl laens pok kgaox meec hangc
Au⁵⁵ tin⁵⁵ lɐn³²³ pʰo⁴⁵³ qau³¹ me²² haŋ²²
拿　脚　伸　脚　内　有　东西
伸脚穿进有一样，

奥 手 拜 莫 邓 封 字
Aol miac bail mol deml hongp siih
au⁵⁵ mja²² pai⁵⁵ mo⁵⁵ təm⁵⁵ hoŋ³⁵ sii³³
用 手 去 摸 到 行 字
伸手去摸有封信，

利 贯 成 你 卡 文 章
Lis guanl singc nyih kabp wenc zangl
li³²³ kwan⁵⁵ siŋ²² ɲi³³ kʰap³⁵ wən²² zaŋ⁵⁵
得 名 情 义 放 文 章
有情有义有文章。

二十
山 伯 顺 报
Sanh Beec senp baov
san³³ pe³²³ sən³⁵ pau⁵³
山 伯 说 道
山伯说：

本 勒 文 章 尧 本 算 米 通
Bens leec wenc zangl yaoc bens songk mix tongt
pən³²³ le²² wən²² zaŋ⁵⁵ jau²² pən³²³ son⁴⁵³ mi³¹ tʰoŋ¹³
本 书 文 章 我 本 想 未 通
书中文章我还不明理，

捏 拜 打 贯 尧 岁 打 仁 荡
Nyac bail dah kgunv yaoc siip dah lenc daengl
ɲa²² pai⁵⁵ ta³³ qun⁵³ jau³³ sii³⁵ ta³³ lən²² tɐŋ⁵⁵
你 去 从 先 我 就 从 后 来
你先回去我再随后转回乡。

二十一
祝 英 顺 报
Sut Yenh senp baov
su¹³ jən³³ sən³⁵ pau⁵³
祝 英 说 道
祝英说：

怒　姐　介　拝
Nuv jaix kgeis bail
nu⁵³ ȶai³¹ qəi³²³ pAɪ⁵⁵
若　兄　不　去
若兄不去，

茂　尧　引　业　雷　街　拝　怒　庙
Mus yaoc yenx nyac luih kgail bail nuv miiuh
mu³²³ jau²² jən³¹ ɲa²² lui³³ qai⁵⁵ pai⁵⁵ nu⁵³ mjiu³³
明　我　引　你　下　街　去　看　庙
明天我邀你兄下街去看庙，

大　怒　板　架
Dal nuv banx jav
ta⁵ nu⁵³ pan³¹ ȶa⁵³
眼　看　伴　那
眼看别人

奥　油　寅　庙　邓　介　逛
Aol yuc yaems miiuh dengv kgeis guangl
au⁵⁵ ju²² jɐm³²³ mjiu³³ təŋ⁵³ qəi³²³ kwaŋ⁵⁵
拿　油　染　庙　黑　不　亮
拿油漆庙黑无光。

抹　修　邓　徐　信　化　幹
Mogc xuh daengl xut xenp wap kgeenv
mok²² ɕu³³ tɐŋ⁵⁵ ɕu¹³ ɕən³⁵ wa³⁵ qen⁵³
鸟　朱　相　守　身　花　花
鸟雀相守身子花，

遂　信　打　扮　页　页　逛
Suit xenp dal beenv yebs yebs guangl
sui¹³ ɕən³⁵ ta⁵⁵ pen⁵³ jəp³²³ jəp³²³ kuaŋ⁵⁵
修　身　打　扮　闪　闪　亮
着装打扮闪闪亮。

独 虽 西 树 美 西 压
Duc seit xih sup meix xih yak
tu²² səi¹³ ɕi³³ su³⁵ məi³³ ɕi³³ ja⁴⁵³
只 雄 是 绿 雌 是 红
雌是红来雄是绿,

业 正 独 怒 或 成 郎
Nyac jaeml duc nup weex singc langc
ȵa²² tɛm⁵⁵ tu²² nu³⁵ we³¹ siŋ²² laŋ²²
你 邀 只 那 做 情 郎
你邀哪只陪伴郎。

二十二

山 伯 顺 报
Sanh Beec senp baov
san³³ pe²² sən³⁵ pau⁵³
山 伯 说 道
山伯答:

校 尽 巷 庙 吊 介 去
Xaop jaeml heengk miiuh jiul kgeis quk
ɕau³⁵ tɛm⁵⁵ heŋ⁴⁵³ mjiu³³ tiu⁵⁵ qəi³²³ tʰu⁴⁵³
你 邀 看 庙 我 不 去
你邀看庙我不走,

本 徐 搞 铺 朵 文 章
Bens xut kgaox puk dogc wenc zangl
pən³²³ ɕu¹³ qau³¹ pʰu⁴⁵³ tok²² wən²² zaŋ⁵⁵
本 守 里 铺 读 文 章
本守房里读文章。

抹 修 虽 每 介 奔 巷
Mogc xuh seit meix kgeis beenh heengk
mok²² ɕu³³ səi¹³ məi³¹ qəi³²³ pen³³ heŋ⁴⁵³
鸟 朱 雄 雌 不 飞 行
雌雄鸟雀没空看,

信　化　信　幹
Xenp wap xenp kgeenv
ɕən³⁵　wa³⁵　ɕən³⁵　qen⁵³
身　画　身　花
随它花纹灿烂，

吊　补　介　拜　见　卯　忙
Jiul　buh　kgeis　bail　jeenv　maoh　mangc
tɕiu⁵⁵　pu³³　qəi³²³　pai⁵⁵　tɕen⁵³　mau⁵³　maŋ²²
我　也　不　去　见　它　什么
我也不去看它做哪样。

二十三
祝　英　顺　报
Sut　Yenh　senp　baov
su¹³　jən³³　sən³⁵　pau⁵³
祝　英　说　道
祝英说：

茂　尧　引　业　哦　街　拜　怒　闷
Mus　yaoc　yenx　nyac　ugs　kgail　bail　nuv　menv
mu³²³　jau²²　jən³¹　ɲa²²　uk³²³　qai⁵⁵　pai⁵⁵　nu⁵³　mən⁵³
明　我　引　你　出　街　去　看　井
明天我引你兄出街去看井，

能　闷　现　先　鸟　大　样
Naemx menv singp singh nyaoh dav　yangp
nɐm³¹　mən⁵³　siŋ³⁵　siŋ³³　ɲau³³　ta⁵³　jaŋ³⁵
水　井　清　清　在　中间　乡
井水清清在那寨中央。

邓　高　拜　囊　牙　岁　夫
Daemv gaos　bail　naengc yac siip huh
tɐm⁵³　kau³²³　pai⁵⁵　nɐŋ²²　ja²²　sii³⁵　hu³³
低　头　去　看　两　妻　夫
低头去看两情侣，

恨　在　捏　纠　猛　怒　将　美　娘
Haemk jais　xaop juh　mungx nup　jangs muih nyangc
hɐm⁴⁵³ ʨai³²³ ɕau³⁵ tu³³ muŋ³¹ nu³⁵ ʨaŋ³²³ mui³³ ȵaŋ²²
喊　问　你　兄　位　那　是　妹　娘
问你兄长哪位是姑娘。

二十四
山　伯　顺　报
Sanh Beec senp baov
san³³ pe²² sən³⁵ pau⁵³
山　伯　说　道
山伯说道：

架　校　娘　　我　邓
Jav xaop nyaengc wox dingv
ta⁵³ ɕau³⁵ nɐŋ²²　wo³¹ tiŋ⁵³
那　你　真　　会　骗
你真会编话，

能　闷　路　肋　鸟　大　样
Naemx menv lup leengk nyaoh dav yangp
nɐm³¹ mən⁵³ lu³⁵ leŋ⁴⁵³ ȵau³³ ta⁵³ jaŋ³⁵
水　井　清　清　在　中　间　乡
井水清清在那寨中央。

邓　高　拜　囊
Daemv gaos bail naengc
tɐm⁵³　kau³²³ pai⁵⁵ nɐŋ²²
低　头　去　看
低头去看

补　国　影　迷　鸟
Buh gobs yings mic nyaoh
pu³³ kop³²³ jiŋ³²³ mi²² ȵau³³
也　只　影　子　在
只有咱俩身影晃，

校　忙　乱　报　搞　怒力　美　娘
Xaop mangc lonh baov kgaox nup lis muih nyangc
ɕau³⁵ maŋ²² lon³³ pau⁵³ qau³¹ nu³⁵ li³²³ mui³³ ȵaŋ²²
你　怎么　乱　说　里　哪　有　妹　娘
你怎乱讲哪里有姣娘。

二十五

祝　英　顺　报
Sut Yenh senp baov
su¹³ jən³³ sən³⁵ pau⁵³
祝　英　说　道
祝英说：

斗　腻　父　母　搞　言
Douv nyil hut mux kgaox yanc
təu⁵³ ȵi⁵⁵ hu¹³ mu³¹ qau³¹ jan²²
让　那　父　母　里　家
父母留在家中，

尧　补　听　骂　亮　阿　细
Yaoc buh qingk map liangp ags xik
jau²² pu³³ tʰiŋ⁴⁵³ ma³⁵ ljaŋ³⁵ ak³²³ ɕi⁴⁵³
我　也　感觉　来　想　自　极
我真感觉很想念，

木　捏　吮　尧　半　路
Mus nyac sunx yaoc banv luh
mu³²³ ȵa²² sun³¹ jau²² pan⁵³ lu³³
明　你　送　我　半　路
明日你送我一程，

捏　岁　西　转　堂
Nyac siip xih xonv dangc
ȵa²² sii³⁵ ɕi³³ ɕon⁵³ taŋ²²
你　才　是　转　堂
你再回学堂。

349

梁山伯与祝英台

二十六

样　　透　　恨　仁
Yangl touk　hedp lenc
jaŋ⁵⁵ tʰəu⁴⁵³ hət³⁵ lən²²
样　　到　　早　后
待到次日

山　　伯　　吮　　农　　英　　台　　别　　桂　　架
Sanh Beec sunx　nongx Yenc Taic piat　guis jav
san³³ pe²² sun³¹ noŋ³¹ jən²² tʰai²² pʰia¹³ kui³²³ ta⁵³
山　伯　送　弟弟　英　台　翻　溪　　上
山伯送弟英台顺河上，

大　　怒　　腊　班　　哼　　哈
Dal nuv　lagx banx heengp hak
ta⁵⁵ nu⁵³ lak³¹ pan³¹ heŋ³⁵ ha⁴⁵³
眼　看　仔　伴　行　　行
眼看别人出行

现　　腻　船　恰　孖
Xeengp nyil xonc qak　kgangl
ɕeŋ³⁵ ȵi⁵⁵ ɕon²² tʰa⁴⁵³ qaŋ⁵⁵
撑　　那　船　上　江
撑船来过江。

拜　　透　　各　孖　限　络　赌
Bail touk　geel nyal sint lol dux
pai⁵⁵ tʰəu⁴⁵³ ke⁵⁵ na⁵⁵ sin¹³ lo⁵⁵ tu³¹
去　到　边　河　叫　船　渡
走到江边叫船渡，

牙　腊　孟　　嘎　船　主
Yac lagx mungx gax xonc zux
ja²² lak³¹ muŋ³¹ ka³¹ ɕon²² zu³¹
两　位　个　　汉　船　主
两个汉家船主

罡　　腻　玛　钱　胖
Kgangs nyil max sinc pangp
qaŋ³²³ ɲi⁵⁵ ma³¹ sin²² pʰaŋ³⁵
讲　　那　价　钱　高
把那高价讲。

二十七
祝　英　听　报　故　邓　没　杭　打
Sut Yenh qingk kgaov kguv dingv meec haengt dah
su¹³ jən³³ tʰiŋ⁴⁵³ qau⁵³ qu⁵³ tiŋ⁵³ me²² hɐŋ¹³ ta³³
祝　英　听　说　故　假　不　行　过
祝英听说不愿上渡船，

丫　架　英　能　牙　打　江
Yah jav yaemh naemx yabs dah kgangl
ja³³ ʈa⁵³ jɐm³³ nɐm³¹ jap³²³ ta³³ qaŋ⁵⁵
就　此　进　水　跨　过　江
就此蹚水跨过江。

拜　透　大　孖　孟　店　朋
Bail touk dav nyal mungl dinl pungt
pai⁵⁵ tʰəu⁴⁵³ ta⁵³ ɲa⁵⁵ muŋ⁵⁵ tin⁵⁵ pʰuŋ¹³
去　到　中间　河　滑　脚　倒
走到江中脚打滑，

限　姐　梁　兄　货　救　光
Sint jaix Liangc xongh hoik juv guangl
sin¹³ ʈai³¹ ljaŋ²² ɕoŋ³³ hoi⁴⁵³ ʈu⁵³ kwaŋ⁵⁵
喊　兄　梁　兄　快　救　光
喊他梁兄快帮忙。

业　姐　机　胖　尧　机　腾
Nyac jaix jih pangp yaoc jih taemk
ɲa²² ʈai³¹ ʈi³³ pʰaŋ³⁵ jau²² ʈi³³ tʰɐm⁴⁵³
你　兄　个　高　我　个　矮
你兄个高来我个矮，

雅　查　业　姐　背　打　江
Yagc sac nyac jaix aemv dah kgangl
ȶak²² sa²² n̠a²² ȶai³¹ ɐm⁵³ ta³³ qaŋ⁵⁵
可　怜　你　兄　背　过　江
要你仁兄背过江。

背　尧　打　孖
Aemv yaoc dah nyal
ɐm⁵³　jau²² ta³³ n̠a⁵⁵
背　我　过　河
背我过河

白　骂　害　业　压　信　咪
Beec map haik nyac yagl xenp mih
pe²² ma³⁵ hai⁴⁵³ n̠a²² ȶak⁵⁵ ɕən³⁵ mi³³
白　来　害　你　湿　身　透
白白害你打湿衣，

死　拜　忙　架
Siit bail mangv jav
sii¹³ pai⁵⁵ maŋ⁵³ ȶa⁵³
死　去　边　那
日后死去阴间

到　岁　或　腻　花　囝　堂
Daol siip weex nyil wap jungh dangc
tau⁵⁵ sii³⁵ we³¹ n̠i⁵⁵ wa³⁵ ȶuŋ³³ taŋ²²
咱　再　做　那　花　同　堂
咱再做那花共园。

二十八
牙　卯　打　咧　九　岁
Yac maoh dah lieeux Jus Siip
ja²² mau³³ ta³³ ljeu³¹ ȶu³²³ sii³⁵
两　他　过　了　九　思
他俩走过九塘

补 被 转 骂 九 补 归
Buh bil xonv map Jus Buh Guis
pu³³ pi⁵⁵ ɕou⁵³ ma³⁵ tu³²³ pu³³ kui³²³
又 被 转 来 九 步 溪
又走九步溪，

谁 介 坤 计 介 我 报 一 忙
Suit kgeis kuenp jiv kgeis wox baov il mangc
sui¹³ qəi³²³ kʰuən³⁵ ti⁵³ qəi³²³ wo³¹ pau⁵³ i⁵⁵ maŋ²²
说 不 成 计 不 知 说 点 什 么
说不成计① 不知说哪样。

乜 夭 班 配
Miegs yaot banh peep
mjək³²³ jau¹³ pan³³ pʰe³⁵
女 怕 搬 尾
姑娘无法

尽 卯 奥 腻 贵 送 胜
Jaeml maoh aol nyih gueel songk senk
tɐm⁵⁵ mau³³ au⁵⁵ ȵi³³ kwe⁵⁵ soŋ⁴⁵³ sən⁴⁵³
邀 他 做 点 瓜 送 信
邀他拿个黄瓜来送信，

谢 勒 跟 跟 送 腻 胜 帅 郎
Xeeup leec genh genh songk nyil senk saip langc
ɕeu³⁵ le²² kən³³ kən³³ soŋ⁴⁵³ ȵi⁵⁵ sən⁴⁵³ sai³⁵ laŋ²²
写 书 明 明 送 那 信 给 郎
字字言明送信给情郎，

下 秀 虽 应 本 想 尽 坤 斤
Xap xup siih yaeml bens xangk jaeml kuenp jenh
ɕa³⁵ ɕu³⁵ sii³³ jɐm⁵⁵ pən³²³ ɕaŋ⁴⁵³ tɐm⁴⁵³ kʰuən³⁵ tən³³
写 书 字 深 本 想 邀 路 走
写字情深本想表心意，

---

① 说不成计：指梁山伯不理解祝英台说话的用意，祝英台用计不成。

但　信　山　伯
Danl xenp Sanh Beec
tan⁵⁵ ɕən³⁵ san³³ pe²²
单　身　山　伯
可惜山伯

勿　腻　门　摁　岑　井
Weex nyil munc emv jenc jemh
we³¹ ȵi⁵⁵ mun²² əm⁵³ ʈən² ʈəm³³
做　点　雾　盖　山　坡
犹如雾漫山岭，

卯　本　尽　介　逛
Maoh bens jemv kgeis guangl
mau³³ pən³²³ ʈəm⁵³ qəi³²³ kwaŋ⁵⁵
他　本　点　不　亮
心里暗无光。

二十九
办　邓　介　逛
Banl dengv kgeis guangl
pan⁵⁵ təŋ⁵³ qəi³²³ kwaŋ⁵⁵
男　暗　不　亮
男暗不明

乜　忧　尔　骂　范　勿　邓
Miegs yuh eengv map wanp weex dingv
mjək³²³ ju³³ eŋ⁵³ ma³⁵ wan³⁵ we³¹ tiŋ⁵³
女　再　又　来　完　做　哄
女又来欺哄：

嫩　闷　姐　吊　搞　言　但　信　刘　玲
Naengl maenv jaix jiul kgaox yanc danl xenp liuc liingh
nɐŋ⁵⁵ mɐn⁵³ ʈai³¹ ʈiu⁵⁵ qau³¹ jan²² tan²² ɕən³⁵ liu²² ljiŋ³³
还　个　姐　我　内　家　单　身　流　浪
还有家中姐姐单身独住，

卯　补　米　吉　相
Maoh　buh　mix　jids　xangp
mau³³　pu³³　mi³¹　tit³²³　ɕaŋ³⁵
她　也　未　嫁　人
她还未嫁郎。

怒　捏　报　奥　尧　勿　大
Nuv　nyac　baov　aol　yaoc　weex　dav
nu⁵³　n̠a²²　pau⁵³　au⁵⁵　jau²²　we³¹　ta⁵³
若　你　说　娶　我　做　中间
若你愿娶我做媒，

拜　拧　卯　哇　虾　校　郎
Bail　nyimp　maoh　wah　xah　xaop　langc
pai⁵⁵　n̠im³⁵　mau³³　wa³³　ɕa³³　ɕau³⁵　laŋ²²
去　跟　她　说　嫁　你　郎
去跟她讲嫁你郎。

捏　西　勿　罗　卯　勿　崩
Nyac　xih　weex　lol　maoh　weex　baengv
n̠a²²　ɕi³³　we³¹　lo⁵⁵　mau³³　we³¹　peŋ⁵³
你　是　做　船　她　是　岸
你是船来她是岸，

捏　航　卯　当　对　比　升　大　盎
Nyac　haengt　maoh　daengh　dil　bix　senh　dav　kgangl
n̠a²²　heŋ¹³　mau³³　teŋ³³　ti⁵⁵　pi³¹　sən³³　ta⁵³　qaŋ⁵⁵
你　肯　她　愿　切　莫　停　中间　江
你情她愿切莫停江上。

三十
山　伯　顺　报
Sanh　Beec　senp　baov
san³³　pe²²　sən³⁵　pau⁵³
山　伯　说　道
山伯说：

捏　学　里 奶 尧　不　航
Nyac xodt lix naih yaoc buh haengt
ȵa²² ɕot¹³ li³¹ nai³³ jau²² pu³³ hɐŋ¹³
你　说　语 这 我　也　愿
你说这话合我意，

捏　昂　　里 奶 兜　栽　郎
Nyac kgangs lix naih douh sais langc
ȵa²² qaŋ³²³ li³¹ nai³³ təu³³ sai³²³ laŋ²²
你　讲　语 这 中　肠　郎
你讲这话乐郎心，

姐　捏　鸟　 盖　 夭　 卯　 栽　 介　 忧
Jaix nyac nyaoh gail yaot maoh sais kgeis yuih
tai³¹ ȵa²² ȵau³³ kai⁵⁵ jau¹³ mau³³ sai³²³ qəi³²³ jui³³
姐　你　在　 远　怕　她　肠　不　想
姐在远方怕她心不爱，

立　农　　拜　居
Lis nongx bail juih
li³²³ noŋ³¹ pai⁵⁵ tui³³
得　弟　去　说
有你撮合

尧　阿　　唻　闷　　恨　美　娘
Yaoc kgags laih maenl haemk muih nyangc
jau²² qak³²³ lai³³ mɐn⁵⁵ hɐm⁴⁵³ mui³³ ȵaŋ²²
我　自　选　日子　喊　妹　娘
我自选定吉日提亲问妹娘。

三十一

祝　英　转　报
Sut Yenh xonv baov
su¹³ jəŋ³³ ɕon⁵³ pau⁵³
祝　英　转　说
祝英又说道：

嫩　闷　姐　吊　搞　言
Naengl maenv jaix jiul kgaox yanc
nɐŋ⁵⁵　mɐn⁵³　ȶai³¹　ȶiu⁵⁵　qau³¹　jan²²
还　个　姐　我　内　家
我家姐姐

勿　独　腊　韶　搞　邓
Weex duc lagx saos kgaox daeml
we³¹　tu²²　lak³¹　sau³²³　qau³¹　tɐm⁵⁵
做　个　仔　草鱼　里　塘
犹如塘中草鱼，

尧　报　捏　姐　胜　拜　节
Yaoc baov nyac jaix saemp bail jeis
jau²²　pau⁵³　ȵa²²　ȶai³¹　sɐm³⁵　pai⁵⁵　ȶəi³²³
我　告诉　你　兄　早　去　买
请你仁兄早去买，

报　捏　比　们　斗　降
Baov nyac bix meenh douv jaengl
pau⁵³　ȵa²²　pi³¹　men³³　təu⁵³　ȶɐŋ⁵⁵
告诉　你　别　停　放　久
劝你别丢①长久，

夭　尔　闷　离　塘
Yaot eengv maenl lic dangc
jau¹³　eŋ⁵³　mɐn⁵⁵　li²²　taŋ²²
怕　也　天　离　塘
又怕他日离了塘。

三十二
祝　英　顺　报
Sut Yenh senp baov
su¹³　jən³³　sən³⁵　pau⁵³
祝　英　说　道
祝英说：

----
① 丢：这里有特别的语意，即"丢久不来"。

角　坤　　拜　言　角　坤　　藤
Jodx kuenp bail yanc jodx kuenp dens
ȶot³¹ kʰwən³⁵ pai⁵⁵ jan²² ȶot³¹ kʰwən³⁵ tən³²³
头　路　去　家　头　路　短
回家之路路途短，

坤　　拜　杭　州　坤　　样　长
Nuenp bail Hanc Xul kuenp yangv xangc
kʰwən³⁵ pai⁵⁵ han²² ɕu⁵⁵ kʰwən³⁵ jaŋ⁵³ ɕaŋ²²
路　去　杭　州　路　还　长
返回杭州还很长，

送　　洞　　荡　　帅
Sungp dungl daengl saip
suŋ³⁵ tuŋ⁵⁵ tɐŋ⁵⁵ sai³⁵
话　语　当　给
言语分别

尧　虾　我　捏　算　米　通
Yaoc xah wox nyac sonk mix tongt
jau²² ɕa³³ wo³¹ n̠a²² son⁴⁵³ mi³¹ tʰoŋ¹³
我　也　知　你　想　未　通
我讲的话要明了，

尧　拜　打　贯　捏　修　立　转　样
Yaoc bail dah kgunv nyac xuh liic xonv yangp
jau²² pai⁵⁵ ta³³ qun⁵³ n̠a²² ɕu⁵³ lji²² ɕon⁵³ jaŋ³⁵
我　回　在　先　你　就　立即　转　乡
我先回家你要快回乡。

三十三
祝　英　回　转　骂　言
Sut Yenh wuic xonv map yanc
su¹³ jən³³ wui²² ɕon⁵³ ma³⁵ jan²²
祝　英　回　转　来　家
祝英回到家里，

卡 卯 郎 送 胜
Gas maoh langc songk senk
ka³²³ mau³³ laŋ²² soŋ⁴⁵³ sən⁴⁵³
等 他 郎 送 信
等他山伯来送信，

山 伯 阿 介 我 们
Sanp Beec kgags kgeis wox menh
san³⁵ pe²² qak³²³ qəi³²³ wo³¹ mən³³
山 伯 自 不 会 想
山伯自己心里不明了，

囊 丫 笨 腻 成 雷 盎
Naengs yah baenv nyil singc luih kgangl
neŋ³²³ ja³³ pen⁵³ ɲi⁵⁵ siŋ²² lui³³ qaŋ⁵⁵
唯 有 也 丢 那 情 下 江
唯有丢那情下江。

三十四

梁 山 回 转 骂 言 先 生 很
Liangc Sanh wuic xonv map yanc xeenp saengp haemk
ljaŋ²² san³³ wui²² çon⁵³ ma³⁵ jan²² çen³⁵ seŋ³⁵ hɐm⁴⁵³
梁 山 回 转 来 家 先 生 喊
山伯回到学堂先生问：

捏 吮 祝 英 介 我 报 一 忙
Nyac sunx Sut Yenh kgeis wox baov il mangc
n̠a²² sun³¹ su¹³ jən³³ qəi³²³ wo³¹ pau⁵³ i⁵⁵ maŋ²²
你 送 祝 英 不 知 说 一 什么
你送祝英不知说哪样？

三十五

山 伯 转 报
Sanh Beec xonv baov
san³³ pe²² çon⁵³ pau⁵³
山 伯 转 说
山伯回答说：

卯　昂　里架介　我　娘　　西邓
Maoh kgangs lix jav kgeis wox nyaengc xih dingv
mau³³ qaŋ³²³ li³¹ ța⁵³ qəi³²³ wo³¹ ȵɐŋ²² xi³³ tiŋ⁵³
她　讲　话那　不　知　真　　是假
他说的话不知真和假，

报　闷　姐　卯　搞　言　但　信　刘　玲
Baov maenv jaix maoh kgaox yanc danl xenp liuc liingh
pau⁵³ mɐn⁵³ ța i³¹ mau³³ qau³¹ jan²² tan⁵⁵ ɕən³⁵ liu²² ljiŋ³³
说　个　姐　她　内　家　单　身　流　浪
说他家中姐姐单身独住，

卯　补　米　吉　相
Maoh buh mix jids xangp
mau³³ pu³³ mi³¹ țit³²³ ɕaŋ³⁵
她　斗　未　接　情
还未嫁夫郎。

怒　尧　报　奥　卯　勿　大
Nuv yaoc baov aol maoh weex dav
nu⁵³ jau²² pau⁵³ au⁵⁵ mau³³ we³¹ ța⁵³
若　我　说　娶　她　做　中间
若我愿娶，他为媒，

拝　拧　姐　哇　虾　吊　郎
Bail nyimp jaix wah xah jiul langc
pai⁵⁵ ȵim³⁵ țai³¹ wa³³ ɕa³³ țiu⁵⁵ laŋ²²
去　跟　姐　说　嫁　我　郎
撮合姐姐嫁我郎。

尧　西　勿　罗　卯　勿　旁
Yaoc xih weex lol maoh weex baengv
jau²² ɕi³³ we³¹ lo⁵⁵ mau³³ we³¹ pɐŋ⁵³
我　是　做　船　她　做　岸
我是船来她是岸，

尧　航　卯　当　　对　比　升　大　益
Yaoc haengt maoh daengh dil bix senh dav kgangl
jau²² hɐŋ¹³ mau³³ tɐŋ³³ ti⁵⁵ pi³¹ sɐn³³ ta⁵³ qaŋ⁵⁵
我　肯　她　愿　　特　别　停　中间　江
我情她愿切莫停江上。①

三十六
先　　生　顺　报
Xeengp saenp senp baov
ɕeŋ³⁵　sɐn³⁵ sən³⁵ pau⁵³
先　　生　说　道
先生说：

捏　细　腊　办　架　卯　细　腊　乜
Nyac xiip lagx banl jav maoh xiip lagx miegs
n̠a²² ɕi³⁵ lak³¹ pan⁵⁵ ta⁵³ mau³³ ɕi³⁵ lak³¹ mjək³²³
你　是　仔　男　那　她　是　仔　女
你是君郎那她为淑女，

念　光　韵　韵　计　闷　夫　妻　郎
Nyanl guangl yonv yonv jingv maenv huh siip langc
n̠an⁵⁵ kwaŋ⁵⁵ jon⁵³ jon⁵³ t̠iŋ⁵³ mɐn⁵³ hu³³ si³⁵ laŋ²²
月　光　圆　圆　是　对　夫　妻　郎
圆月明朗你俩本是妻和郎。

牙　校　随　美　王　龙
Yac xaop seit meix wangc liongc
ja²² ɕau³⁵ səi¹³ məi³¹ waŋ²² ljoŋ²²
两　你　雄　雌　王　龙
你俩雌雄龙王②

忙　介　同　恨　噜
Mangc kgeis dongc heengp luh
maŋ²² qəi³²³ toŋ²² hɐŋ³⁵ lu³³
葬埋　不　同　行　路
怎不同路走？

----

① 切莫停江上：不要半途而废的意思。
② 雌雄龙王：侗族常用来比喻郎才女貌。

斗　卯　掐　　计
Douv maoh qamt　jiuv
təu⁵³　mau³³　tʰam¹³　ȶiu⁵³
让　她　走　去
让她独行，

夭　尔　配　　独　坝　离　塘
Yaot eengv puik　kguih laos　longl dangc
jau¹³　eŋ⁵³　pʰui⁴⁵³　qui³³　lau³²³　loŋ⁵⁵　taŋ²²
怕　又　打脱　画眉　进　深　山
恐怕丢那画眉入深山。①

三十七

打　立　三　念　梁　山　回　店　骂　言
Dah lis　samp nyanl Liangc Sanh wuic　dinl map yanc
ȶa³³ li³²³　sam³⁵ ȵan⁵⁵ ljaŋ²² san³³ wui²² tin⁵⁵ ma³⁵ jan²²
过　得　三　月　梁　山　回　脚　来　家
过了三月山伯到家

恨　　腻 乃　祝　英
Haemk nyil neix Sut Yenh
hɐm⁴⁵³ ȵi⁵⁵ nəi³¹ su¹³ jən³³
喊　那　母　祝　英
来问英台母，

乃　卯　介　们　斗　卯　生　店　廊
Neix maoh kgeis menh douv maoh saenh dinl langc
nəi³¹ mau³³ qei³²³ mən³³ təu⁵³ mau³³ sɐn³³ tin⁵⁵ laŋ²²
母　她　不　思　考　让　他　站　脚　廊
祝母不领情义让他站前廊。

乃　卯　祝　英　顺　报
Neix maoh Sut Yenh senp baov
nəi³¹ mau³³ su¹³ jən³³ sən³⁵ pau⁵³
母　她　祝　英　说　道
英台母亲说道：

---

① 此话暗示英台有新变化。

雍　捏　货　骂　三　闷
Yongh nyac hoik　map samp maenl
joŋ³³　n̠a²² hoi⁴⁵³ ma³⁵ sam³⁵ mɘn⁵⁵
若　你　快　来　三　天
若你早到三日，

卯　豪　坤　　孟　宁　阿　央
Maoh haot kuenp　mungx nyenc kgags yangh
mau³³ hau¹³ kʰwən³⁵ muŋ³¹ nən²² qak³²³ jaŋ³³
她　全　成　　个　人　别　样
英台还是从前样，

搞　牙　闷　奶　许　马　郎
Ngaox yac maenl naih xuix Max langc
qau³¹　ja²² mɘn⁵⁵ nai³³ ɕui³¹ ma³¹ laŋ²²
就　两　天　这　许　马　郎
就在昨日许配马家郎。

笨　棉　徐　亚　吊　告　习　习　宝
Bedp miinc xuc yal jiul kgaov xigt xigt baos
pət³⁵ mjin²² ɕu²² ja⁵⁵ t̠iu⁵⁵ qau⁵³ ɕik¹³ ɕik¹³ pau³²³
匹　棉　绸　红　吊　头　样　样　有
绫罗绸缎彩礼收齐备，

嫩　　腻鱿鱼海　参　堂　街　荡
Naengl nyil youc yüc haix saenh daengc kgail dangl
nɘŋ⁵⁵　n̠i⁵⁵ jɵu²² ju²² hai³¹ sɘn³³ tɘŋ²² qai⁵⁵ taŋ⁵⁵
还　那　鱿　鱼　还　参　整　街　香
还有鱿鱼海参满街香。

三十八
听　松　里　奶　山　伯　报
Qingk sungp lix naih Sanh Beec baov
tʰiŋ⁴⁵³ suŋ³⁵ li³¹ nai³³ san³³ pe²² pau⁵³
听　话　语　这　山　伯　说
听了此话山伯讲：

架 校 忙 丫 害
Jav xaop mangc yah haik
ʈa⁵³ ɕau³⁵ maŋ²² ja³³ hai⁴⁵³
那 你们 怎么 那 害
因何相害，

荡 透 习 奶 掰 岑 堂
Daengl touk xic naih baih jenc dangc
tɐŋ⁵⁵ tʰəu⁴⁵³ ɕi²² nai³³ pai³³ tən²² taŋ²²
来 到 时 这 败 田 塘
此时此刻崩田塘。

起 灭 鸟 搞 堂 蛤 三 年
Qit miac nyaoh kgaox dangc hagt samp nyinc
qʰi¹³ mja²² ȵau³³ kau³¹ taŋ²² hak¹³ sam³⁵ ȵin²²
起 俩 在 内 堂 学 三 年
起初咱俩学堂三年，

奶 忙 斗 拜 勿 腻 买 帅 兑
Naih mangc douv bail weex nyil maix saip duih
nai³³ maŋ²² təu⁵³ pai⁵⁵ we³¹ ȵi⁵⁵ mai³¹ sai³⁵ tui³³
现 怎么 让 去 做 那 妻 给 别人
如今丢① 她成了别人伴，

斗 尧 恨 念 嗯 溜
Douv yaoc hedp nyaemv ngaenx liuih
təu⁵³ jau²² hət³⁵ ȵem³⁵ ŋen³¹ ljui³⁵
让 我 早 晚 眼 泪
丢我早晚忧伤

怒 你 闷 蛮 王
Nuv nyih menl mant wangc
nu⁵³ ȵi³³ mən⁵⁵ man¹³ waŋ²²
看 那 天 黄 黄
看那天昏黄。

① 丢：让。

三十九

祝　英　鸟　言　卡　力　听
Sut　Yenh　nyaoh　yanc　kap　lis　qingk
su¹³　jən³³　n̠au³³　jan²²　kʰa³⁵　li³²³　tʰiŋ⁴⁵³
祝　英　在　家　耳　得　听
祝英在家耳听见，

遂　信　打　扮　囵　独　腊　龙　王
Suit　xenp　dal　beenv　jongs　duc　lagx　liongc　wangc
sui¹³　ɕən³⁵　ta⁵⁵　pen⁵³　toŋ³²³　tu²²　lak³¹　ljoŋ²²　waŋ²²
修　身　打　扮　像　个　仔　龙　王
梳妆打扮容颜亮。

高　邓　银　化　内　恁　恁
Gaos　daens　nyaenc　wap　neip　nemh　nemh
kau³²³　tɛn³²³　n̠ɐn²²　wa³⁵　nəi³⁵　nəm³³　nəm³³
头　戴　银　花　动　摇　摇
头戴银花光闪闪，

金　银　比　庚　邪　怒　光
Jeml　nyaenc　biedc　kgemh　xedt　nuv　guangl
t̠əm⁵⁵　n̠ɐn²²　pjət²²　qəm³³　ɕət¹³　nu⁵³　kwaŋ⁵⁵
金　银　饶　颈　全　见　亮
满头银饰闪闪亮。

打　开　中　门　现　卯　山　伯　劳
Dax　kaih　zongh　menc　sint　maoh　Sanh　Beec　laos
ta³¹　kʰai³³　zoŋ³³　mən²²　sin¹³　mau³³　san³³　pe²²　lau³²³
打　开　中　门　喊　他　山　伯　进
打开中门喊他山伯进，

山　伯　介　敢　近　高　见　面　娘
Sanh　Beec　kgeis　kgams　jiml　gaos　jinv　meenh　nyangc
san³³　pe²²　qəi³²³　qam³²³　t̠im⁵⁵　kau³²³　t̠in⁵³　men³³　n̠aŋ²²
山　伯　不　敢　抬　头　见　娇　娘
山伯不敢抬头见姣娘。

四十

祝 英 顺 报
Sut Yenh senp baov
su^{13} jən^{33} sən^{35} pau^{53}
祝 英 说 道
祝英说：

贯 灭 囧 雄 多 勒
Kgunv miac jungh xongc dos leec
qun^{53} mja^{22} tuŋ^{33} ɕoŋ^{22} to^{323} le^{31}
前 俩 共 桌 读 书
以前我俩同桌读书，

校 忙 没 妹 虽
Xaop mangc meec meel siih
ɕau^{35} maŋ^{22} me^{22} me^{55} sii^{33}
你 怎么 不 识 字
你怎不知晓？

尧 下 虽 贵
Yaoc xap siih gueel
jau^{22} ɕa^{35} sii^{33} kwe^{55}
我 写 字 瓜
我写黄瓜字体①，

捏 忙 没 我 妹 美 娘
Nyac mangc meec wox meel muih nyangc
n̠a^{22} maŋ^{22} me^{22} wo^{31} me^{55} mui^{33} n̠aŋ^{22}
你 怎么 不 知 识 妹 娘
你怎不知我姑娘？

奶 尧 卡 抹 三 年
Naih yaoc gas mogc samp nyinc
nai^{33} jau^{22} ka^{323} mok^{22} sam^{35} n̠in^{22}
这 我 等 鸟 三 年
今我等你三年

---
① 黄瓜字体：指女人写字的字体。

校　忙　介　透　姑
Xaop mangc kgeis touk　guh
çau³⁵ maŋ²² qəi³²³ tʰəu⁴⁵³ ku³³
你　怎么　不　到　笼
你怎不来到？

奶　尧　卡　纠　三　年
Naih yaoc gas　juh　samp nyinc
nai³³ jau²² ka³²³ tu³³ sam³⁵ ȵin²²
这　我　等　你　三　年
现我等兄三年

校　忙　介　透　堂
Xaop mangc kgeis touk　dangc
çau³⁵ maŋ²² qəi³²³ tʰəu⁴⁵³ taŋ²²
你　怎么　不　到　堂
你怎不到堂？

对　闷　对　念　校　忙　干　介　透
Doiv maenl doiv nyanl xaop mangc kganl kgeis touk
toi⁵³ mɐn⁵⁵ toi⁵³ ȵan⁵⁵ çau³⁵ maŋ²² qan⁵⁵ qəi³²³ tʰəu⁴⁵³
对　天　对　月　你　怎么　赶　不　到
对月对日怎不见你到？

习　奶　斗　美　当　革
Xic naih douv muih　daengh gkeep
çi²² nai³³ təu⁵³ mui³³ tɐŋ³³ qʰe³⁵
时　这　让　妹　配　人
如今让我许配他人

校　豪　各　透　言
Xaop haot geel touk　yanc
çau³⁵ hau¹³ ke⁵⁵ tʰəu⁴⁵³ jan²²
你　才　边　到　家
你才到身旁？

四十一

山 伯 顺 报
Sanh Beec senp baov
san³³ pe²² sən³⁵ pau⁵³
山 伯 说 道
山伯说道：

尧 计 虽 贵 娘 补 浓 阿 细
Yaoc jil siih gueel nyaengc buh nyongc ags xik
jau²² ți⁵⁵ sii³³ kwe⁵⁵ nɐŋ²² pu³³ ɲoŋ³³ ak³²³ ɕi⁴⁵³
我 吃 字 瓜 真 也 浓 自 极
我吃黄瓜只知味道好，

介 我 妹 虽 搞 嫩 没 文 章
Kgeis wox meel siih kgaox naengl meec wenl zangl
qəi³²³ wo³¹ me⁵⁵ sii³³ qau³¹ nɐŋ⁵⁵ me²² wən⁵⁵ zaŋ⁵⁵
不 知 有 字 内 还 有 文 章
哪里知晓里面有文章？

央 尧 我 捏
Yangh yaoc wox nyac
jaŋ³³ jau²² wo³¹ ɲa²²
样 我 知 你
若我知道

勿 腻 工 每 立 对
Weex nyil kgongl meix lis duil
we³¹ ɲi⁵⁵ qoŋ⁵⁵ məi³¹ li³²³ tui⁵⁵
做 那 棵 树 有 果
你做李树结桃子，

尧 阿 勿 独 挪 骂 柠
Yaoc kgags weex duc nuic map nyonv
jau²² qak³²³ we³¹ tu²² nui²² ma³⁵ ɲon⁵³
我 自 做 只 虫 来 钻
我自做只虫来钻，

年　　荡　　三　　川　　到　　尔　　乱　　一　　忙
Nyinc daengl samp xonh daol eengv lonh il　mangc
n̠in²² tɐŋ⁵⁵ sam³⁵ ɕon³³ tau⁵⁵ eŋ⁵³ lon³³ i⁵⁵ maŋ²²
年　　来　　三　　次　　我　　也　　乱　　有　　什么
一年三转咱还愁哪样？

四十二

祝　英　顺　报
Sut Yenh senp baov
su¹³ jən³³ sən³⁵ pau⁵³
祝　英　说　道
祝英说：

贰　　拜　　马　　郎　　宁　　而
Ngeev bail　Max　langc nyenc ees
qe⁵³ pai⁵⁵ ma³¹ laŋ²² n̠ən²² e³²³
嫁　　前　　马　　郎　　人　　呆
嫁给马郎人傻，

介　　我　　呢　　棉　　到
Kgeis wox nees mangc daov
qəi³²³ wo³¹ ne³²³ maŋ²² tau⁵³
不　　知　　哭　　多少　　次
我不知哭几回，

埂　　校　　山　　伯　　宁　　告
Ngaenx xaop Sanh Beec nyenc kgaov
qɐn³¹ ɕau³⁵ san³³ pe²² n̠ən²² qau⁵³
恋　　你　　山　　伯　　人　　旧
恋你山伯旧情，

校　　忙　　鸟　　阿　　放
Xaop mangc nyaoh kgags wangp
ɕau³⁵ maŋ²² n̠au³³ qak³²³ waŋ³⁵
你　　怎么　　在　　别　　方
你又在他乡。

贰　　拝　　马　　郎　　慨　　尧　　娘　　一　　生
Kgeev bail Max langc gkait yaoc nyangc il saemh
qe⁵³　pai⁵⁵　ma³¹　laŋ²²　qʰai¹³　jau²²　ɳaŋ²²　i⁵⁵　sɐm³³
嫁　　去　　马　　郎　　谢　　我　　娘　　一　　世
嫁给马郎害姑娘我白活这一世，

念　　奶　　拧　　校
Nyaemv naih nyimp xaop
nɐm⁵³　nai³³　ɳim³⁵　ɕau³⁵
晚　　这　　跟　　你
今晚与你

昂　　腻　　送　　化荡　嫩
Kgangs nyil sungp wap daengl naemv
qaŋ³²³　ɳi⁵⁵　suŋ³⁵　wa³⁵　tɐŋ⁵⁵　nɐm⁵³
讲　　那　　话　　花　相　　投
讲那话语相投，

吊　　奶　　听　　骂　　爱　　腻　　生　　吉　　相
Jiul naih qingk map kgeiv nyil saemh jids xangp
tiu⁵⁵　nai³³　tʰiŋ⁴⁵³　ma³⁵　qɕi³¹　ɳi⁵⁵　sɐm³³　tit³²³　ɕaŋ³⁵
我　　这　　听　　来　　讨　　点　　世　　接　　情
感觉恋你一生伤。

四十三
山　伯　顺　报
Sanh Beec senp baov
san³³　pe²²　sən³⁵　pau⁵³
山　伯　说　道
山伯说：

起　　灭　　打　　搞　　堂　　学荡　离
Qit miac dah kgaox dangc yot daengl lic
tʰi¹³　mja²²　ta³³　qau³¹　taŋ²²　jo¹³　tɐŋ⁵⁵　li²²
起　　俩　　从　　里　　堂　　学　　相　　离
起初咱俩从那学堂分别，

吊　补　介　力　习　怒　晒
Jiul　buh　kgeis　lis　xic　nup　saik
ȶiu⁵⁵　pu³³　qəi³²³　li³²³　ɕi²²　nu³⁵　sai⁴⁵³
我　也　不　得　时　那　在
我也没有哪样想，

一　降　滅　丫　以　胜　郎
Il　xangv　miax　yaih　yidx　semp　langc
i⁵⁵　ɕaŋ⁵³　mia³¹　jai³³　jit³¹　səm³⁵　laŋ²²
一　想　刀　利　割　心　郎
如今犹如利刀刺心房。

高　崩　各　祥　忙　丫　列　速　升
Gaos　baengh　geel　xangc　mangc　yah　liagp　suc　singh
kau³²³　peŋ³³　ke⁵⁵　ɕaŋ²²　maŋ²²　ja³³　ljak³⁵　su²²　siŋ³³
头　靠　边　床　什么　也　冷　冷　清
头靠床前怎就冷冰凉，

闷　盆　见　稳
Maenl　binc　janl　nguingh
mɐn⁵⁵　pin²²　ȶan⁵⁵　ŋwiŋ³³
天　思　夜　量
日思夜想

尧　豪　灯　透　奶　寻　娘
Yaoc　yaot　dingh　touk　naih　semh　nyangc
jau²²　jau¹³　tiŋ³³　tʰəu⁴⁵³　nai³³　səm³³　ȵaŋ²²
我　才　来　到　这　寻　娘
我才到此找姑娘。

介　想　习　忙　斗　腻
Geis　xangk　xic　mangc　douv　nyil
qəi³²³　ɕaŋ⁴⁵³　ɕi²²　maŋ²²　təu⁵³　ɲi⁵⁵
不　想　时　什么　流　下
不想落得

梁山伯与祝英台

能　　雷　　亚　得　而　　介　　恰
Naemx luih yav dees ebs kgeis qak
nɐm³¹　lui³³　ja⁵³　te³²³　əp³²³　qəi³²³　tʰa⁴⁵³
水　　下　田　下　引　　不　　上
水流下田难回转，

斗　　独　坝　　脱　　　堂　　亚
Douv duc bal miodx dangs yav
təu⁵³　tu²²　pa⁵⁵　mjut³¹　taŋ³²³　ja⁵³
放　　个　鱼　　脱　　　塘　　田
鱼离田口

捏　　补　难　　转　　塘
Nyac buh nanc xonv dangc
n̠a²²　pu³³　nan²²　çon⁵³　taŋ²²
你　　也　难　　转　　塘
也难回到那田塘。

介　　力　　捏　　娘　　架　吊　郎　　难　　鸟
Kgeis lis nyac nyangc jav jiul langc nanc nyaoh
qəi³²³　li³²³　n̠a²²　n̠aŋ²²　ta⁵³　tiu⁵⁵　laŋ²²　nan²²　n̠au³³
不　　得　你　　娘　　那　我　郎　　难　　活
得不到你我难活，

搞　　　塞　　朋　　包　　虾　我　　鸟　　没　降
Kgaox sais bongc baoh xah wox nyaoh meec jaengl
qau³¹　sai³²³　poŋ²²　pau³³　ça³³　wo³¹　n̠au³³　me²²　tɐŋ⁵⁵
内　　肠　　倒　　乱　　也　知　　活　　不　长
心中难过自知活不长。

四十四
祝　英　顺　　报
Sut Yenh senp baov
su¹³　jən³³　sən³⁵　pau⁵³
祝　英　说　　道
祝英说：

样　随　邪　堂　洋　透　亚
Yangl siit xebt dangc yangc touk yav
jaŋ^{55} sii^{13} ɕəp^{13} taŋ^{22} jaŋ^{22} tʰəu^{453} ja^{53}
秧　苗　插　田　样　到　田
禾苗栽秧到田塘，

以　水　介　恰　怕　千　降
Yidx xuit meec qak pak sinp jangl
jit^{31} ɕui^{13} me^{22} tʰa^{453} pʰa^{453} sin^{35} taŋ^{55}
引　水　不　上　破　千　样
引水不上田地荒。

以　水　介　架　怕　样　随
Yidx xuit meec qak pak yangl siit
jit^{31} ɕui^{13} me^{22} tʰa^{453} pʰa^{453} jaŋ^{55} sii^{13}
引　水　不　上　破　秧　子
引水不上荒田地，

生　奶　勿　没　荡　立　死　拝　忙
Saemh naih weex meec daengl lis siit bail mangv
sɐm^{33} nai^{33} we^{31} me^{22} tɐŋ^{55} li^{323} sii^{13} pai^{55} maŋ^{53}
世　这　做　不　相　得　死　去　半边
今生不成夫妻死去阴间，

架　到　岁　勿　坝　囶　堂
Jav daol siip weex bal jungh dangc
ta^{53} tau^{55} sii^{35} we^{31} pa^{55} tuŋ^{33} taŋ^{22}
那　咱　再　做　鱼　共　塘
咱再做对鱼共塘。

四十五
山　伯　滚　坤　卯　丫　拖　店　转
Sanh Beec guenx kuenp maoh yah denl dinl xonv
san^{33} pe^{22} kwən^{31} kʰwən^{35} mau^{33} ja^{33} tən^{55} tin^{55} ɕon^{53}
山　伯　登　路　他　也　抬　脚　转
无路可走山伯退步转，

搞　　栽　　邪　　乱　卯　　本　　端　　峒　　样
Kgaox sais　sigt　lonh maoh bens　donh dongl yangl
qau³¹　sai³²³　sik¹³　lon³³ mau³³ pən³²³ ton³³ doŋ⁵⁵ jaŋ⁵⁵
内　　肠　　淡　　乱　他　　也　　只　有　愁　伤
愁肠寸断他本叹哀伤。

奶　　尧　　阿　　应　　条　　命
Naih yaoc kgags yenp jiuc mingh
nai³³ jau²² qak³²³ jən³⁵ tiu²² miŋ³³
这　我　　自　　怨　条　命
如今只怪命运，

虾　我　　斌　　闷　　死
Xah wox　biingh maenl siit
ça³³ wo³¹ pjiŋ³³ mɐn⁵⁵ sii¹³
知　道　病　天　　死
本知是活死，

立　　斌　　恰　　信
Lis　biingh qak　xenp
li³²³ pjiŋ³³ tʰa⁴⁵³ çən³⁵
得　病　　上　身
染病上身

吊　豪　　坤　　　独　宁　　打　堂
Jiul haot kuenp　duc nyenc dah dangc
tiu⁵⁵ hau¹³ kʰwən³⁵ tu²² ṇən²² ta³³ taŋ²²
我　才　成　　个　人　过　堂
我才成了过时郎。

四十六
立　　斌　　恰　　信　虾　我　门　　得　靠
Lis　biingh qak　xenp xah wox menc dees kaok
li³²³ pjiŋ³³ tʰa⁴⁵³ çən³⁵ ça³³ wo³¹ mən²² te³²³ kʰau⁴⁵³
得　病　上　身　才　知　养　下　蕨草
染病上身才知养蕨草，①

---

① 养蕨草：指人死后埋进山中养野草。

山　伯　下　勒　骂　报　星
Sanh Beec xap leec map baov xenh
san³³ pe²² ça³⁵ le²² ma³⁵ pau⁵³ çen³³
山　伯　写　书　来　报　信
山伯写信相告，

奶　尧　对　捏　鸟　尔　赖　忙
Naih yaoc deil nyac nyaoh eengv lail mangc
nai³³ jau²² təi⁵⁵ ṇa²² ṇau³³ eŋ⁵³ lai⁵⁵ maŋ²²
这　我　死　你　活　有　好　什么
如今我死你活好哪样？

尧　尽　你　坟　鸟　稿　东　门
Yaoc jemv nyebc wenc nyaoh kgaox dongl menc
jau²² tɕəm⁵³ ṇəp²² wən²² ṇau³³ qau³¹ toŋ⁵⁵ mən²²
我　抬　垒　坟　在　那　东　门
我死抬走东门

大　路　务　坤　　　葬
Dal lul ul kuenp sangv
ta⁵⁵ lu⁵⁵ u⁵⁵ kʰwən³⁵ saŋ⁵³
打　路　上　路　　　葬
大路坎上葬，

岑　架　赖　样　好　仙　塘
Jenc jav lail yangk kgaox xeenh tangc
tɕən²² ta⁵³ lai⁵⁵ jaŋ⁴⁵³ qau³¹ çen³³ tʰaŋ²²
山　那　好　样　里　仙　堂
那山吉地是仙乡。

四十七
祝　英　告　龙　我　勒　我　妹　虽
Sut Yenh kgaox longc wox leec wox meel siih
su¹³ jən³³ qau³¹ loŋ²² wo³¹ le²² wo³¹ me⁵⁵ sii³³
祝　英　内　肚　知　书　认　识　字
祝英识字明深理，

阿　呢　成　你　邓　没　光
Kgags nees　singc nyih　dengv meec guangl
qak³²³ ne³²³ siŋ²² ȵi³³ təŋ⁵³ me²² kwaŋ⁵⁵
自　哭　情　人　黑　不　光
痛哭情侣暗无光。

四十八

闷　卯　尽　店　计　门　连　哦　坝
Maenl maoh jiml dinl jegl menc liinc ugs bav
mɐn⁵⁵ mau³³ ʑim⁵⁵ tin⁵⁵ tək⁵⁵ mən²² ljin²² uk³²³ pa⁵³
天　她　抬　脚　出　门　穿　衣　裙
出嫁当天英台起步离家走，

拜　透　各　架　帅　革　卡　卯　娘
Bail　touk　geel jav　saip gkeep gas　maoh nyangc
pai⁵⁵ tʰəu⁴⁵³ ke⁵⁵ ta⁵³ sai³⁵ qʰe³⁵ ka³²³ mau³³ ȵaŋ²²
去　到　边　那　让　别　人　等　她　娘
走到路边叫人等姑娘。

祝　英　栽　而　本　想　救　成　你
Sut Yenh sais　ees bens　xangk juv singc nyih
su¹³ jən³³ sai³²³ e³²³ pən³²³ ɕaŋ⁴⁵³ tu⁵³ siŋ²² ȵi³³
祝　英　肠　愚　只　想　救　情　人
祝英痴心本想旧情侣，

拜　透　各　坟　梁　兄
Bail　touk　geel wenc　Liangc xongh
pai⁵⁵ tʰəu⁴⁵³ ke⁵⁵ wən²² ljaŋ²² ɕoŋ³³
去　到　边　坟　梁　兄
走到梁兄坟前

高　告　角　堆　现　纠　相
Gaos　guaov　jogc dih sint　juh xangp
kau³²³ kwau⁵³ tok²² ti³³ sin¹³ tu³³ ɕaŋ³⁵
膝　盖　跪　地　喊　情　郎
双脚跪地喊情郎。

四十九

祝 英 顺 报
Sut Yenh senp baov
su^{13} $jən^{33}$ $sən^{35}$ pau^{53}
祝 英 说 道
祝英说：

星 奶 站 进 劳 醒 当 样
Xenh naih zanl jenl laox xedc daengh yangp
$ɕən^{33}$ nai^{33} zan^{55} $tən^{55}$ lau^{31} $ɕət^{22}$ $tɐŋ^{33}$ $jaŋ^{35}$
如 这 展 劲 老 实 当 乡
如今我老实① 嫁人

慨 捏 办 咧 命
Gkait nyac banl lieeux mingh
$qʰai^{13}$ $ȵa^{22}$ pan^{55} $ljeu^{31}$ $miŋ^{33}$
因 你 男 了 命
害你郎丢命，

奶 尧 现 纠 介 听
Naih yaoc sint juh meec qingk
nai^{33} jau^{22} sin^{13} tu^{33} me^{22} $tʰiŋ^{453}$
这 我 喊 你 不 应
今我喊你不应，

虾 我 斌 纠 相
Xah woh biingh juh xangp
$ɕa^{33}$ wo^{33} $pjiŋ^{33}$ tu^{33} $ɕaŋ^{35}$
才 知 病 情 人
才知相思郎。

现 务 现 得 没 邓 纠
Sint ul sint dees meec deml juh
sin^{13} u^{55} sin^{13} te^{323} me^{22} $təm^{55}$ tu^{33}
呼 上 喊 下 不 见 你
喊上喊下不见伴，

---

① 老实：真正。

捏　开　坟　墓　捏　朵　秀　说　娘
Nyac gkeip wenc muh nyac dogc xup soh nyangc
ȵa²² qʰəi³⁵ wən²² mu³³ ȵa²² tok²² ɕu³⁵ so³³ ȵaŋ²²
你　开　坟　墓　你　就　收　气　娘
你开坟墓定要收留英台娘。

星　奶　笨　成　德　大
Xenh naih baenv singc deel dal
ɕən³³ nai³³ pɐn⁵³ siŋ²² te⁵⁵ ta⁵⁵
时　这　丢　情　岳母　岳父
如今岳父岳母之情

邪　西　笨　雷　海
Xedt xih baenv luih heit
ɕət¹³ ɕi³³ pɐn⁵³ lui³³ həi¹³
完　成　丢　下　海
一并丢下海，

囊　尔　笨　成　補　乃　劳　得　盉
Nangs eengv baenv singc bux neix laos dees kgangl
naŋ³²³ eŋ⁵³　pɐn⁵³ siŋ²² pu³³ nəi³¹ lau³²³ te³²³ qaŋ⁵⁵
难　也　丢　情　父　母　进　下　江
无奈还弃父母之情流下江。

拢　相　拢　居　每　邪　笨
Longx xangp longx juih meix xedt baenv
loŋ³¹ ɕaŋ³⁵ loŋ³¹ ʈui³³ məi³¹ ɕət¹³ pɐn⁵³
笼　箱　笼　柜　全　都　丢
金银珠宝全丢弃，

困　没　奴　当　邦　纠　量
Kuedp meec nouc daengh baengh juh liangc
kʰwət³⁵ me²² nəu²² tɐŋ³³　pɐŋ³³ ʈu³³ ljaŋ²²
不　没有　谁　嫁　嫁　情　郎
不愿嫁人嫁君郎。

五十

马 嘎 宁 炯 怒 清 楚
Max kgal nyenc jungl nuv tingp tuk
ma³¹ qa⁵⁵ ȵən²² ʈuŋ⁵⁵ nu⁵³ tʰiŋ³⁵ tʰu⁴⁵³
马 家 人 抬 看 清 楚
马家抬轿之人看清楚，

豪 习 喷 铺 丫 架 得 浦 场
Haot xic penp puk yah jav quk muh sangc
hau¹³ ɕi²² pʰən³⁵ pʰu⁴⁵³ ja³³ ʈa⁵³ tʰu⁴⁵³ mu³³ saŋ²²
一 时 灰 尘 突 然 去 墓 葬
突起尘土就此入墓葬。

五十一

奶 卯 祝 英 介 埂 条 顺
Naih maoh Sut Yenh kgeis kgaenx jiuc senl
nai³³ mau³³ su¹³ jən³³ qəi³²³ qɐn³¹ ʈiu²² sən⁵⁵
这 她 祝 英 不 恋 条 村
如今英台不恋阳间

卯 丫 坤 腊 句
Maoh yah kuenp lagx juis
mau³³ ja³³ kʰwən³⁵ lak³¹ ʈui³²³
她 才 成 子 鬼
她才成女鬼，

聂 大 劳 墓 勿 独 句 拧 郎
Nyabp dal laos muh weex duc juis nyimp langc
ȵap³⁵ ta⁵⁵ lau³²³ mu³³ we³¹ tu²² ʈui³²³ ȵim³⁵ laŋ²²
闭 眼 进 墓 做 个 鬼 跟 郎
闭眼入墓做个鬼恋郎，

聂 大 劳 墓 勿 独 句 游 因
Nyabp dal laos muh weex duc juis youc yinh
ȵap³⁵ ta⁵⁵ lau³²³ mu³³ we³¹ tu²² ʈui³²³ jəu²² jin³³
闭 眼 进 墓 做 个 鬼 游 荡
闭眼入墓做个鬼游乡。

星　奶　谷　慨　祝　英
Xenh naih gungc gkait Sut Yenh
ɕən³³ nai³³ kuŋ²² qʰai¹³ su¹³ jən³³
时　这　多　谢　祝　英
多亏英台

奥　栽　勿　哑
Aol sais weex yax
au⁵⁵ sai³²³ we³¹ ja³¹
拿　肠　做　坏
横下心，

笨　腻　闷　光　现　先
Baenv nyil menl guangl singp singh
pen⁵³ ȵi⁵⁵ mən⁵⁵ kwaŋ⁵⁵ siŋ³⁵ siŋ³³
丢　那　田　光　晴　朗
丢弃阳间

死　拜　忙　架
Siit bail mangv jav
sii¹³ pai⁵⁵ maŋ⁵³ ȶa⁵³
死　去　边　那
死去阴间，

宁　卯　梁　山　勿　独　句　计　样
Nyimp maoh Liangv Sanh weex duc juis jil yangp
ȵim³⁵ mau³³ ljaŋ⁵³ san³³ we³¹ tu²² ȶui³²³ ȶi⁵⁵ jaŋ³⁵
跟　他　梁　山　做　个　鬼　吃　香
跟他梁兄做个鬼吃香①。

五十二

马　家　拜　言　现　宁
Max kgal bail yanc haemx nyenc
ma³¹ qa⁵⁵ pai⁵⁵ jan²² ham³¹ ȵen²¹²
马　家　去　家　喊　人
马家回去喊人，

---

① 香：香火。

及 西 拝 漏 兄 拝 辽
Qidt xih bail louh xongh bail liaoh
tʰit¹³ ɕi³³ pai⁵⁵ ləu³³ ɕoŋ³³ pai⁵⁵ ljau³³
锄 是 去 挖 钢 去 撬
锄头去挖钢钎撬，

介 邓 牙 卯 搞 墓 藏
Kgeis deml yac maoh kgaox muh sangc
qəi³²³ təm⁵⁵ ja²² mau³³ qau³¹ mu³³ saŋ²²
不 见 两 她 内 墓 藏
不见他俩墓里藏。

邓 腻 尽 就 台 拝 蜡
Deml nyil jinl jul deic bail lav
təm⁵⁵ ɲi⁵⁵ tin⁵⁵ tu⁵⁵ təi²² pai⁵⁵ la⁵³
见 那 石 条 拿 去 破
见块白石拿来破，

打 仁 牙 卯
Dah lenc yac maoh
ta³³ lən²² ja²² mau³³
过 后 两 她
只见他俩

变 坤 随 美 应 样
Biinv kuenp seit meix yeml yangl
pjin⁵³ kʰwən³⁵ səi¹³ məi³¹ jəm⁵⁵ jaŋ⁵⁵
变 成 雄 雌 鸳 鸯
变成雌雄鸳鸯，

兜 够 奔 恰 胖
Douh gouv bens qak pangp
təu³³ kəu⁵³ pən³²³ tʰa⁴⁵³ pʰaŋ³⁵
成 对 飞 上 高
成双成对飞天上。

五十三

牙　克　勿　刀　介　坤
Yac gkeep weex daoh kgeis kuenp
ja²² qʰe³⁵ we³¹ tau³³ qəi³²³ kʰwən³⁵
两　她　做　道　不　成
他俩难以抗命，

慨　卯　山伯　拝　搞　阴　更　卡
Gkait maoh Sanh Beec bail kgaox yeml kgeengl gas
qʰai¹³ mau³³ san³³ pe²² pai⁵⁵ qau³¹ jəm⁵⁵ qeŋ⁵⁵ ka³²³
谢　他　山　伯　去　内　阴　间　等
亏他山伯去那阴间等。

起　卯　牙　灭　囧　艳　润　多
Qit maoh yac miac jungh yanp laemv doh
tʰi¹³ mau³³ ja²² mja²² tuŋ³³ jan³⁵ lɛm⁵³ to³³
起　她　两　俩　共　园　种　豆
起初他俩同园种豆，

打　怒　蜡　卯　挪　控　上
Dah nup lags maoh nuic kungp sangp
ta³³ nu³⁵ lak³²³ mau³³ nui²² kʰuŋ³⁵ saŋ³⁵
从　那　施　肥　虫　钻　根
怎能让那虫来把根伤。

吉　成　忙　光　牙　克　娘　空　本
Jids nyih mangv guangl yac gkeep nyaengc gkongp benh
tit³²³ ȵi³³ maŋ⁵³ kwaŋ⁵⁵ ja²² qʰe³⁵ ȵɛŋ²² qʰoŋ³⁵ pən³³
结　情　边　光　两　她　真　无　分
阳间接亲他俩真无分，

角　奶　拝　仁
Jodx naih bail lenc
tot³¹ nai³³ pai⁵⁵ lən²²
头　这　去　后
从那往后

计	力	牙	卯	办	乜	共	墓
Jegl	lis	yac	maoh	banl	miegs	jongv	wenc
ȶək⁵⁵	li³²³	ja²²	mau³³	pan⁵⁵	mjək³²³	ȶoŋ⁵³	wən²²
定	得	两	她	男	女	共	坟

他俩男女阴间共坟成亲，

吉	岁	拜	腻	闷	堆	难
Jids	nyih	bail	nyil	menl	dih	nanl
ȶit³²³	ȵi³³	pai⁵⁵	ȵi⁵⁵	mən⁵⁵	ti³³	nan⁵⁵
结	情	去	那	天	地	震

让天下夸赞。

梁山伯之歌
Al Liangc Xians Beec

流传地区：湖南省通道县
文本：粟兴贤
收集：吴炳升
侗文：陶爱肖
整理：吴炳升

范　范　仲　耳　听　尧　报
Wanp wanp jongl kap　qingk yaoc baov
wan³⁵ wan³⁵ ʈoŋ⁵⁵ kha³⁵ tʰiŋ⁴⁵³ jau²² pau⁵³
静　静　装　耳　听　我　说
洗耳恭听听我说，

听　　宋　尧　报　累　尧　量
Qingk songl yaoc baov　lix yaoc liangc
tʰiŋ⁴⁵³ soŋ⁵⁵ jau²² pau⁵³ lj³¹ jau²² ljaŋ²²
听　话　我　说　语　我　量
细细听我话思量，

前　席　没　宋　吧　　没　滚
Unv xih　meec songl pagt　meec gunv
un⁵³ ɕi³³ me²² soŋ⁵⁵ phak¹³ me²² kun⁵³
前　时　有　话　语　　有　管
语有来头话有因，

累　刚　没　登　根　没　丧
Lix angs meec denh genh　meec sangl
li³¹ aŋ³²³ me²² tən³³ kən³³ me²² saŋ⁵⁵
语　讲　有　据　根　有　根须
话有来头树有根。

刚　　到　条　村　何　米　山　　寨　打　务　兑
Angs touk　jiuc senl Ngoc Mix Sans　Jail dah ul duih
aŋ³²³ tʰəu⁴⁵³ ʈiu²² sən⁵⁵ ŋo²² mi³¹ san³²³ ʈai⁵⁵ ta³³ u⁵⁵ tui³³
讲　到　条　村　五　眉　蝉　寨　从　上　处
讲到五眉蝉寨祝家大户，

母　养　一　媄　干　　焙　英　台　　娘
Neix sangx il　muih guanl　beix Yenh Taic　nyangc
nei³¹ saŋ³¹ i⁵⁵ mui³³ kwan⁵⁵ pei³¹ jən³³ tʰai²² ȵaŋ²²
母　养　一　女　名　　女　英　台　娘
养有一女名叫英台娘。

乃　卯　独　宁　补　怪　腮　补　两
Naih maoh duc nyenc buh guail souc buh liangh
ŋai³³ mau³³ tu²² ȵən²² pu³³ kwai⁵⁵ səu²² pu³³ ljaŋ³³
这　她　个　人　也　乖　心　也　亮
此女聪明伶俐人才好。

要　拜　杭　州　街　厢　读　文　章
Yiuv bail Hangc Jul ail xangh dogx wenc jangl
jiu⁵³ pai⁵⁵ haŋ²² ʈu⁵⁵ ai⁵⁵ ɕaŋ³³ tok³¹ wən²² ʈaŋ⁵⁵
要　去　杭　州　街　上　读　文　章
要去杭州街上读文章。

父　卯　英　台　旦　报
Bux maoh Yenh Taic danl baov
pu³¹ mau³³ jən³³ tʰai²² tan⁵⁵ pau⁵³
父　她　英　台　说　道
英台父亲说：

鸟　袄　村　道
Nyaoh aox senl daol
ȵau³³ au³¹ sən⁵⁵ tau⁵⁵
在　里　村　咱
我们村寨

本　没　子　办　读　书　字
Benh meec lagx banl dogx xul sis
pən³³ me²² lak³¹ pan⁵⁵ tok³¹ ɕu⁵⁵ si³²³
只　有　儿　男　读　书　字
只有男孩读诗书，

少　见　刘　媄　坐　学　堂
Yunt nuv liiuc muih suiv xoc dangc
jun¹³ nu⁵³ ljiu²² mui³³ sui⁵³ ɕo²² taŋ²²
少　见　嬟　妹　坐　学　堂
少见姑娘坐学堂。

英　台　旦　报
Yenh Taic danl baov
jən³³ tʰai²² tan⁵⁵ pau⁵³
英　台　说　道
英台说：

你　父　仲　耳　听　尧　兵
Nyac bux jongl kap qingk yaoc binh
ȵa²² pu³¹ ʈoŋ⁵⁵ kʰa³⁵ tʰiŋ⁴⁵³ jau²² pin³³
你　父　装　耳　听　我　禀
父亲仔细听我说，

宁　道　全　心　打　紧　忙
Nyenc daol qenc xenh dah jenh mangc
ȵən²² tau⁵⁵ tɕʰən²² ɕən³³ ta³³ ʈən³³ maŋ²²
人　我　诚　心　打　紧　什么
女儿诚心读书谋功名，

刚　到　前　克　则　天　皇　帝
Angs touk unv eep deec qieent wangc jiv
aŋ³²³ tʰəu⁴⁵³ un⁵³ e³⁵ te²² tʰjen¹³ waŋ²² ti⁵³
讲　到　前　别人　则　天　皇　帝
从前则天皇帝，①

牙　本　宁　子　女
Yas bens nyenc lagx megs
ja³²³ bən³²³ ȵən²² lak³¹ mək³²³
也　本　人　子　女
她是女子，

乃　卯　管　上
Naih maoh guanh qiap
nai³³ mau³³ kwan³³ tʰja³⁵
这　她　管　上
她管天下

---
① 则天皇帝：武则天。

十　八　年　仲　奉　卯　强
Xebc beds nyinc jongl hongl maoh jangc
ɕəp²² pət³²³ ɲin²² ʈoŋ⁵⁵ hoŋ⁵⁵ mau³³ ʈaŋ²²
十　八　年　中　算　她　强
十八年久数她强。

父　卯　英　台　旦　报
Bux maoh Yenh Taic danl baov
Pu³¹ mau³³ jən³³ tʰai²² tan⁵⁵ pau⁵³
父　她　英　台　说　道
英台父亲说：

子　尧　修　身　正　有　两
Lagx yaoc suis xenl jenl meec liangh
lak³¹ jau²² sui³²³ ɕən⁵⁵ ʈən⁵⁵ me²² ljaŋ³³
儿　我　修　身　真　有　样
我儿打扮好模样，

得　样　子　汉　朝　仲
Lit yangh lagx gax xeeuc jongl
li¹³ jaŋ³³ lak³¹ ka³¹ ɕeu²² ʈoŋ⁵⁵
得　样　仔　汉　朝　中
像个朝中子弟，

街　厢　秀　才　郎
Gail xangh xiul taic langc
kai⁵⁵ ɕaŋ³³ ɕiu⁵⁵ tʰai²² laŋ²²
很　像　秀　才　郎
像个秀才郎。

抬　嫩　应　栏　结　掌　伞
Deic naenl yanl lanc kabt bingv sanv
tei²² nɛn⁵⁵ jan⁵⁵ lan²² kʰap¹³ piŋ⁵³ san⁵³
拿　个　提　篮　加　柄　伞
英台提个书篮带把伞，

拜　到　半　路　碰　克　兄　姓　梁
Bail touk banv luh sebs eep jaix singv Liangc
pai⁵⁵ tʰəu⁴⁵³ pan⁵³ lu³³ səp³²³ e³⁵ ȶai³¹ siŋ⁵³ ljaŋ²²
去　到　半　路　遇　他　兄　姓　梁
半路遇到梁家郎。

英　台　旦　报
Yenh Taic danl baov
jən³³ tʰai²² tan⁵⁵ pau⁵³
英　台　问　道
英台问：

怒　的　先　生　来　到　乃
Nup dih xeenl senl map touk naih
ŋu³⁵ ti³³ ɕen⁵⁵ səŋ⁵⁵ ma³⁵ tʰəu⁴⁵³ nai³³
哪儿的　先　生　来　到　这
哪里的先生来到这？

该　哟　本　村　团　寨　西　各　乡
Eis yox benh senl donc xaih xih hags yangp
ei³²³ jo³¹ pən³³ sən⁵⁵ ton²² ɕai³³ ɕi³³ hak³²³ jaŋ³⁵
不　知　本　村　团　寨　是　别　乡
不知是本团①人还是客乡？

山　伯　旦　报：
Xians Beec danl baov
sans pe²² tan⁵⁵ pau⁵³
山　伯　答　道
山伯回答说：

就　鸟　本　州　梁　家　姓
Jiul nyaoh benh jul Liangc al singv
ȶiu⁵⁵ ȵau³³ pən³³ ȶu⁵⁵ ljaŋ²² a⁵⁵ siŋ⁵³
我　在　本　州　梁　家　姓
我是本州梁家人，

---

① 本团：即本地的意思。"团"即"团寨"。

父　没　塘　底　无　学　堂
Bux meec daml dingv wuc xol tangc
pu³¹ me²² tam⁵⁵ tiŋ⁵³ wu²² ɕo⁵⁵ tʰaŋ²²
父　有　塘　浅　无　学　堂
家底浅薄无学堂。

就　拜　杭　州　读　书　字
Jiul bail Hangc Jul dogx xul sis
ʨiu⁵⁵ pai⁵⁵ haŋ²² ʨu⁵⁵ tok³¹ ɕu⁵⁵ si³²³
我　去　杭　州　读　书　字
我去杭州读诗书，

背　问　你　耶　姓　惯　忙
Jonv jait nyac yeek singv guanl mangc
ʨon⁵³ ʨai¹³ ȵa²² je⁴⁵³ siŋ⁵³ kwan⁵⁵ maŋ²²
转　问　你　客　姓　名　什么
转问贵客姓和名。

英　台　旦　报
Yenh Taic danl baov
jən³³ tʰai²² tan⁵⁵ pau⁵³
英　台　说　道
英台回答：

就　鸟　条　村　何　米　山　寨
Jiul nyaoh jiuc senl Ngoc Mix Sans Jail
ʨiu⁵⁵ ȵau³³ ʨiu²² sən⁵⁵ ŋo²² mi³¹ san³²³ ʨai⁵⁵
我　在　条　村　五　眉　蝉　寨
我家住在五眉蝉寨，

顺　行　祝　家　赖　塘　田
Senl xingc Juc al lail daml yav
sən⁵⁵ ɕiŋ²² ʨu²² a⁵⁵ lai⁵⁵ tam⁵⁵ ja⁵³
村　姓　祝　家　好　塘　田
姓祝家有田塘广，

就　补　莽　架　无　学　堂
Jiul　buh　mangv jav wuc　xol　tangc
tɕiu⁵⁵ pu³³ maŋ⁵³ ta⁵³ wu²² ɕo⁵⁵ tʰaŋ²²
我　也　边　那　无　学　堂
我们那边也无学堂。

就　拜　杭　州　读　书　字
Jiul　bail　Hangc　Jul　dogx　xul　sis
tɕiu⁵⁵ pai⁵⁵ haŋ²² tɕu⁵⁵ tok³¹ ɕu⁵⁵ si³²³
我　去　杭　州　读　书　字
我去杭州读诗书，

要　应　你　耶　共　　一　房
Yuv　yinp　nyac yeek jungk　il　fangc
ju⁵³ jin³⁵ ȵa²² je⁴⁵³ tɕuŋ⁴⁵³ i⁵⁵ faŋ²²
要　跟　你　客　共　　一　房
愿跟仁兄同行共书房。

乃　克　牙　宁　同　拜　一　路　臭
Naih　eep　yac　nyenc dongc bail　il　luh　qiuk
nai³³ e³⁵ ja²² ȵən²² toŋ²² pai⁵⁵ i⁵⁵ lu³³ tʰiu⁴⁵³
这　别　两　人　同　　去　一　路　去
两人结伴一路走，

拜　到　　脚　村　杭　州　好　学　堂
Bail　touk　dinl　ail　Hangc　Juh　haox　xol　tangc
pai⁵⁵ tʰəu⁴⁵³ tin⁵⁵ ai⁵⁵ haŋ²² tɕu³³ hau³¹ ɕo⁵⁵ tʰaŋ²²
去　到　　脚　街　杭　州　好　学　堂
去到杭州街上的好学堂。

拜　到　　脚　街　高　街　汉　杀　猪
Bail　touk　dinl　ail　gaoh　ail　gax　sas　uk
pai⁵⁵ tʰəu⁴⁵³ tin⁵⁵ ai⁵⁵ kau³³ ai⁵⁵ ka³¹ sa³²³ u⁴⁵³
去　到　　脚　街　头　街　汉　人　杀　猪
遇到街头街尾人杀猪，

拜　到　大街　十　字
Bail　touk　dav　ail　xebc　sis
pai⁵⁵　tʰəu⁴⁵³　ta⁵³　ai⁵⁵　ɕəp²²　si³²³
去　到　大街　十　字
两人走到十字大街上，

汉　炒　多　夫　满　街　香
Gax　xeeut　doh　huh　daengx　ail　dangl
ka³¹　ɕeu¹³　to³³　hu³³　tɛŋ³¹　ai⁵⁵　taŋ⁵⁵
汉人　炒　豆　腐　整　街　香
汉人炒豆腐整街香。

买　香　宝　蜡　拜　师　傅
Jeit　yangl　baox　lac　baiv　sul　huh
ȶei¹³　jaŋ⁵⁵　pau³¹　la²²　pai⁵³　su⁵⁵　hu³³
买　香　拿　蜡　拜　师　傅
买香买蜡拜天地，

结　拜　兄　弟　配　兄　堂
Jeec　bail　xongh　jic　peip　jungh　dangc
ȶe²²　pai⁵⁵　ɕoŋ³³　ȶi²²　pʰei³⁵　ȶuŋ³³　taŋ²²
结　拜　兄　弟　配　共　堂
结拜兄弟共书房。

买　香　宝　蜡　拜　孔　子
Jeit　yangl　baox　lac　baiv　Kongx　Sis
ȶei¹³　jaŋ⁵⁵　pau³¹　la²²　pai⁵³　kʰoŋ³¹　si³²³
买　香　抱　蜡　拜　孔　子
买香买纸拜孔子，

结　拜　先　生　父　母　贵　亚　娘
Jeec　bail　xeenl　senl　sul　huh　weex　yal　nyangc
ȶɛ²²　pai⁵⁵　ɕen⁵⁵　sən⁵⁵　su⁵⁵　hu³³　we³¹　ja⁵⁵　n̠aŋ²²
结　拜　先　生　师　傅　做　爹　娘
又拜先生做爹娘。

英 台 旦 报
Yenh Taic danl baov
jən³³ tʰai²² tan⁵⁵ pau⁵³
英 台 说 道
英台说：

道 乌 杭 州 读 勒
Daol nyaoh Hangc Jul dogx leec
tau⁵⁵ nau³³ haŋ²² tu⁵⁵ tok³¹ le²²
咱 在 杭 州 读 书
咱在杭州读书

还 没 三 年 半
Nengl meec saml nyinc banv
nəŋ⁵⁵ me²² sam⁵⁵ ɲin²² pan⁵³
已 经 有 三 年 半
已有三年半，

总 嫩 堂 学 些 散 转 拜 屋
Dengx naenl dangc hagx xeegs sanv jonv bail yanc
təŋ³¹ nɐn⁵⁵ taŋ²² hak³¹ ɕek³²³ san⁵³ ton⁵³ pai⁵⁵ jan²²
整 个 堂 学 都 散 转 回 家
如今学堂散学① 我们转回家。

山 伯 旦 报
Sans Beec danl baov
san³²³ pe²² tan⁵⁵ pau⁵³
山 伯 说 道
山伯道：

道 乌 杭 州 读 热
Daol nyaoh Hangc Jul dogx leec
tau⁵⁵ nau³³ haŋ²² tu⁵⁵ tok³¹ le²²
咱 在 杭 州 读 书
我们在杭州读书

---

① 散学：学校放假。

还　没　三　宋　爱
Nengl meec saml songl eiv
nəŋ⁵⁵ me²² sam⁵⁵ soŋ⁵⁵ ei⁵³
还　有　心　中　爱
心中好喜欢，

还　读　三　年　热　新　帅　拜　屋
Eenl dogx saml nyinc leec meik seiv bail yanc
en⁵⁵ tok³¹ sam⁵⁵ ȵin²² le²² mei⁴⁵³ sei⁵³ pai⁵⁵ jan²²
还　读　三　年　书　新　再　回　家
再读三年新书转回乡。

英　台　旦　报
Yenh Taic danl baov
jən³³ tʰai²² tan⁵⁵ pau⁵³
英　台　说　道
英台说道：

一　怕　父　母　袄　屋　该　弦　首
Yedl yaot hul mux aox yanc eis xonc xuh
jəp⁵⁵ jau¹³ hu⁵⁵ mu³¹ au³¹ jan²² ei³²³ xon²² ɕu³³
一　怕　父　母　里　家　不　健　康
一愁家中父母欠安康，

二　怕　宁　屋　妻　夫　鸟　各　乡
Nyih yaot nyenc yanc teip huh nyaoh agt yangp
ȵi³³ jau¹³ nən²² jan²² tʰei³⁵ hu³³ ȵau³³ ak¹³ jaŋ³⁵
二　怕　人　家　死　苦　在　别　乡
二愁家中妻子守空房。

你　兄　该　拜
Nyac jaix eis bail
ȵa²² ʨai³¹ ei³²³ pai⁵⁵
你　兄　不　去
兄若不去，

尧 引 你 兄 看 登 岁
Yaoc yenx nyac jaix nuv denh xoiv
jau²² jən³¹ n̪a²² ʈai³¹ nu⁵³ tən³³ ɕoi⁵³
我 引 你 兄 看 塘 水
我领你兄看水塘，

邓 赖 一 对 鸟 鸳 鸯
Deml lail il doiv nogx yenl yangl
tem⁵⁵ lai⁵⁵ il toi⁵³ nok³¹ jən⁵⁵ jaŋ⁵⁵
遇 好 一 对 鸟 鸳 鸯
塘中一对鸳鸯鸟。

你 兄 该 拜
Nyac jaix ees bail
n̪a²² ʈai³¹ e³²³ pai⁵⁵
你 兄 不 去
仁兄不去，

尧 引 你 兄 这 河 广
Yaoc yenx nyac jaix jeel nyal kuangt
jau²² jən³¹ n̪a²² ʈai³¹ ʈe⁵⁵ n̪a⁵⁵ kʰwaŋ¹³
我 引 你 兄 边 河 宽
我带你兄看河宽，

旦 见 子 汉
Danl nuv lagx gax
ʈan⁵⁵ nu⁵³ lak³¹ ka³¹
但 看 仔 汉
但见别人

撑 船 下 滩 慢 样 洋
Xeengl xonc luih sans meens yangl yangc
ɕeŋ⁵⁵ ɕon²² lui³³ san³²³ men³²³ jaŋ⁵⁵ jaŋ²²
撑 船 下 滩 慢 悠 悠
撑船下滩悠悠慢，

各 没 滴 船 来 找 崩
Ags meec qigt lol map sems bengv
ak³²³ me²² tʰik¹³ lo⁵⁵ ma³⁵ sem³²³ pəŋ⁵³
只 有 只 船 来 寻 岸
只有船只来靠岸，

岑 现 各 等 赛 就 娘 乃 白 大 王
Jenc xeenl gox dengh sail jiul nyangc naih bagx dal wangc
tɕən²² ɕen⁵⁵ ko³¹ təŋ³³ sai⁵⁵ tɕiu⁵⁵ ȵaŋ²² nai³³ pak³¹ ta⁵⁵ waŋ²²
坡 山 可 等 给 我 娘 这 白 眼 望
岸不靠船白眼望。

尧 引 你 兄 拜 看 庙
Aoc yenx nyac jaix bail nuv miius
au²² jən³¹ ȵa²² tɕai³¹ pai⁵⁵ nu⁵³ mjiu³²³
我 引 你 兄 去 看 庙
我带仁兄去观庙，

旦 见 泥 王 袄 庙 修 身 打 扮
Danl nuv nyic wangc aox miius suis xenl dal beenv
tan⁵⁵ nu⁵³ ȵi²² waŋ²² au³¹ mjiu³²³ sui³²³ ɕən⁵⁵ ta⁵⁵ pen⁵³
但 见 尼 姑 和 尚 里 庙 修 身 打 扮
但见庙里尼姑和尚打扮，

该 哟 独 怒 西 女 独 西 办
Eis yox duc nup xih megt duc xih banl
ei³²³ jo³¹ tu²² nu³⁵ ɕi³³ mək¹³ tu²² ɕi³³ pan⁵⁵
不 知 道 个 哪 是 女 个 是 男
不知哪个是女哪个男？

没 独 西 素 独 西 红
Meec duc xih sul duc xih yav
me²² tu²² ɕi³³ su⁵⁵ tu²² ɕi³³ ja⁵³
有 个 是 绿 个 是 红
有的绿来有的红，

少　独　堂　大　来　开　光
Xiut　duc　dangc　dav　map　keip　guangl
ɕiu¹³　tu²²　taŋ²²　ta⁵³　ma³⁵　kʰei³⁵　kwaŋ⁵⁵
选　个　间　中　来　开　光
选中间一个来开光。

英　台　早　伦　起　早
Yenh　Taic　yedp　lenc　jenc　saeml
jən³³　tʰai²²　jət³⁵　lən²²　tən²²　sɯm⁵⁵
英　台　早　后　起　早
第二天英台早起

跟　克　子　汉　船　家　刚　钱　码
Yinp　eep　lagx　gax　xonc　jah　angs　sinc　magt
jin³⁵　e³⁵　lak³¹　ka³¹　ɕon²²　ta³³　aŋ³²³　sin²²　mak¹³
跟　别　仔　汉　船　家　讲　钱　价
跟那船家价钱讲，

乃　克　渡　才　为　打　价　钱　胖
Naih　eep　dul　taic　weex　guat　lah　sinc　pangp
nai³³　e³⁵　tu⁵⁵　tʰai²²　we³¹　kwa¹³　la³³　sin²²　pʰaŋ³⁵
这　别　度　带　做　生意　要　钱　高
渡船生意价高，

英　台　略　计　扒　恰　柱
Yenh　Taic　liogp　jiv　pags　qak　dungh
jən³³　tʰai²²　ljok³⁵　ʈi⁵³　pʰak³²³　tʰa⁴⁵³　tuŋ³³
英　台　吃　惊　爬　上　柱
英台吃惊倒柱边，

喊　兄　梁　兄　快　来　帮
Heebx　jaix　Liangc　xongh　weik　map　bangl
hep³¹　ʈqi³¹　ljaŋ²²　ɕoŋ³³　wei⁴⁵³　ma³⁵　paŋ⁵⁵
喊　兄　梁　兄　快　来　帮
喊她梁兄来相帮，

英　台　旦　报
Yenh Taic danl baov
jən³³ tʰai²² tan⁵⁵ pau⁵³
英　台　说　道
英台说：

你　兄　西　胖　尧　浓　矮
Nyac jaix xih pangp yaoc nongx taemk
ȵa²² tɕai³¹ ɕi³³ pʰaŋ³⁵ jau²² noŋ³¹ tʰɐm⁴⁵³
你　兄　是　高　我　个　矮
梁兄个高我个矮，

尧　要　兄　背　打　河　烂
Yaoc yuv jaix amv dah nyal lanl
jau²² ju⁵³ tɕai³¹ am⁵³ ta³³ ȵa⁵⁵ lan⁵⁵
我　要　兄　背　过　河　对　面
要兄背我过到河对岸。

拜　到　半　河　贵　阳　多　一　休
Bail touk banv nyal guil yangc doh il sav
pai⁵⁵ tʰəu⁴⁵³ pan⁵³ ȵa⁵⁵ kui⁵⁵ jaŋ²² to³³ i⁵⁵ sa⁵³
去　到　半　河　河　洋　做　一　休
来到洋溪河畔休息，

打　河　莽　架　累　相　量
Dah nyal mangv jav lix xeengl liangc
ta³³ ȵa⁵⁵ maŋ⁵³ tɕa⁵³ li³¹ ɕeŋ⁵⁵ ljaŋ²²
过　河　边　那　语　商　量
走过对岸有话来商量。

拜　到　高　河　贵　阳　补　桥　打
Bail touk gaos nyal Guil Yangc buh jiuc dah
pai⁵⁵ tʰəu⁴⁵³ kau³²³ ȵa⁵⁵ kui⁵⁵ jaŋ²² pu³³ tɕiu²² ta³³
去　到　头　河　贵　阳　步　桥　过
两人从贵阳桥上过，

高　桥　转　架　没　花　香
Gaos　jiuc　jodx　jav　meec　wap　dangl
kau³²³ ɕiu²² ɕot³¹ ɕa⁵³ me²² wa³⁵ taŋ⁵⁵
头　桥　头　那　有　花　香
桥的那头有棵好花香。

正　想　拆　点　兄　吃　妖　困　摆
Jingv　xangv　aol　jeengx　jaix　janl　yaoh　kuenp　baih
ɕiŋ⁵³ ɕaŋ⁵³ au⁵⁵ ɕeŋ³¹ ɕai³¹ ɕaŋ⁵⁵ jau³³ kʰwən³⁵ pai³³
正　想　拿　点　兄　尝　怕　路　远
寻花不怕路途远，

旦　妖　子　小　团　寨　讨　花　尝
Danl　yaoh　lagx　unh　donc　xaih　lah　wap　xangc
tan⁵⁵ jau³³ lak³¹ un³³ ton²² ɕai³³ la³³ wa³⁵ ɕaŋ²²
担　忧　子　儿　团　寨　寻　花　王
担心团寨儿郎把花摘。

一　个　门　楼　正　是　可
Il　naenl　menc　louc　jingv　xih　goh
i⁵⁵ nɐn⁵⁵ mən²² ləu²² ɕiŋ⁵³ ɕi³³ ko³³
一　个　门　楼　正　时　过
一个门楼对着街，

王　累　花　香　听　媄　谈
Wangc　lix　wap　dangl　qinqk　muih　tanc
waŋ²² li³¹ wa³⁵ taŋ⁵⁵ tʰiŋ⁴⁵³ mui³³ tʰan²²
皇　历　花　香　听　妹　谈
皇历花开探妹来。

一　个　门　楼　正　是　方
Il　naenl　menc　louc　jingv　xih　wangh
i⁵⁵ nɐn⁵⁵ mən²² ləu²² ɕiŋ⁵³ ɕi³³ waŋ³³
一　个　门　楼　正　是　方
一个门楼四四方，

你　兄　要　来　坝　转　塘
Nyac jaix yuv map bal lionh dangc
ȵa²² tai³¹ ju⁵³ ma³⁵ pa⁵⁵ ljon³³ taŋ²²
你　兄　要　来　鱼　圈　塘
梁兄要来做鱼王。

你　兄　西　拜　尧　妹　转
Nyac jaix xih bail nongx xih jonv
ȵa²² tai³¹ ɕi³³ pai⁵⁵ nɛn³¹ ɕi³³ ton⁵³
你　兄　时　去　弟　才　安
梁兄回转弟回去，

你　兄　要　来　寻　我　郎
Nyac jaix yiuv map sems ngoh langc
ȵa²² tai³¹ jiu⁵³ ma³⁵ səm³²³ ŋo³³ laŋ²²
你　兄　要　来　找　我　郎
梁兄要来找我郎。

山　伯　转　拜　杭　州　读　热
Sans Beec jonv bail Hangc Jul dogx leec
san³²³ pe²² ton⁵³ pai⁵⁵ haŋ²² tu⁵⁵ tok³¹ le²²
山　伯　转　去　杭　州　读　书
山伯转回杭州学堂，

读　了　闷　一　又　闷　你
Dogx liaox maenl il yuh maenl nyih
tok³¹ ljau³¹ mɛn⁵⁵ i⁵⁵ ju³³ mɛn⁵⁵ ȵi³³
读　了　本　一　又　本　二
读书一本又一本，

闷　三　闷　四　想　克　弟　二　郎
Maenl saml maenl siv xangv eep nongx Nyih Langc
mɛn⁵⁵ sam⁵⁵ mɛn⁵⁵ si⁵³ ɕaŋ⁵³ e³⁵ noŋ³¹ ȵi³³ laŋ²²
天　三　天　四　想　他　弟　二　郎
过了很久才又想到弟二郎。

前　弟　就　拜
Wnv nongx jul　bail
wn⁵³ noŋ³¹ ʨu⁵⁵ pai⁵⁵
前　弟　我　走
前久二郎离去，

斗　得　双　鞋　结　双　袜
Douv daih juh　haic kabp　juh wat
təu⁵³ tai³³ ʈu³³ hai²² kʰap³⁵ ʈu³³ wa¹³
留　得　双　鞋　和　双　袜
留得一双鞋和袜，

报　尧　十　闷　该　沙　文　旦
Baov yaoc xebc wenp eis　xah wenx deens
pau⁵³ jau²² ɕəp²² wən³⁵ ei³²³ ɕa³³ wən³¹ ten³²³
叫　我　十　分　不　舍　也要　穿
叫我十分珍惜，

抬　来　登　灯　长
Daic map　daenh dems　qangc
tai²² ma³⁵ tɛn³³ təm³²³ ʈʰaŋ²²
拿　米　穿　等　步
也要拿来穿穿看。

前　弟　就　拜
Wnv nongx jiul　bail
wn⁵³ noŋ³¹ ʨiu⁵⁵ pai⁵⁵
前　弟　我　去
前久弟去，

斗　双　鞋　赖　赛　尧　怒
Douv juh　haic　lail　sail　yaoc nuv
təu⁵³ ʈu³³ hai²² lai⁵⁵ sai⁵⁵ jau²² nu⁵³
留　双　鞋　好　给　我　看
留双布鞋给我看，

乃　尧　牙　脚　穿　普　　袄　没　上
Naih yaoc yac dinl tunp puk　　aox meec xangl
ŋai³³ jau²² ja²² tin⁵⁵ ʈun³⁵ pʰu⁴⁵³ au³¹ me²² ɕaŋ⁵⁵
这　我　两　叫　穿　进　　内　有　章
两脚探进里面有名堂。

鸟　　袄　底　袜　没　封　　字
Nyaoh aox dinv wat　meec hongp seis
ȵau³³ au³¹ tin⁵³ wa¹³ me²² hoŋ³⁵ sei³²³
在　　内　底　袜　有　行　　字
在那袜底有封信，

怒　哟　情　义　沙　嫩　　字　　没　杭
Nouc yox xenc il　xah naenl seis　meec hangc
nəu²² jo³¹ ɕən²² i⁵⁵ ɕa³³ nɐn⁵⁵ sei³²²³ me²² haŋ²²
谁　知　情　义　写　个　　字　　有　行
弟把情谊写在上。

山　伯　早　伦　岑　早　拜　占　卦
Sans　Beec yedp lenc jenc saeml bail jiml guav
san³²³ pe²² jət³⁵ lən²² ʈən²² sɐn⁵⁵ pai⁵⁵ tim⁵⁵ kwa⁵³
山　伯　早　后　起　早　去　算　卦
山伯早起去算卦，

碰　　猛　　先　生　这　架　不　戏　玩
Sebs　mungx xeenl senl jeel jav buc xil wanc
səp³²³ muŋ³¹ ɕen⁵⁵ sən⁵⁵ ʈe⁵⁵ ʈa⁵³ pu²² ɕi⁵⁵ wan²²
遇到　个　　先　生　边　那　不　一　般
算卦先生不一般。

先　　生　　旦　报
Xeenl senl　danl baov
ɕen⁵⁵ sən⁵⁵ tan⁵⁵ pau⁵³
先　　生　　说　道
先生说：

早　乃　孝　来　卦　妻　夫
Yedp naih xaol map gual tip huh
jət³⁵ nai³³ ɕau⁵⁵ ma³⁵ kwa⁵⁵ ti³⁵ hu³³
早　这　你　来　卦　妻　夫
今早你来得个夫妻卦,

可　怜　孝　九　守　孝　久
Kos lianc xaol juh xuh xaol jengl
kʰo³²³ ljan²² ɕau⁵⁵ ʈu³³ ɕu³³ ɕau⁵⁵ ʈəŋ⁵⁵
可　怜　你　情人　守　你　久
可怜情人等你已久,

报　孝　不　慢　杭　州　读　书　字
Baov xaol beix meenh hangc jul dogx xul seis
pau⁵³ ɕau⁵⁵ pei³¹ men³³ haŋ²² ʈu⁵⁵ tok³¹ ɕu⁵⁵ sei³²³
告诉　你　别　在　杭　州　读　书　诗
告诉你别在杭州读诗章,

可　怜　情　义　袄　屋　亮
Kos lianc singc nyih aox yanc liangp
kʰo³²³ ljan²² siŋ²² ɲi³³ au³¹ jan²² ljaŋ³⁵
可　怜　情　人　里　家　想
可怜情人家里想。

山　伯　转　拜　杭　州　整　基　都
Sans Beec jonv bail hangc jul jinx jih duh
san³²³ pe²² ʈon⁵³ pai⁵⁵ haŋ²² ʈu⁵⁵ ʈin³¹ ti³³ tu³³
山　伯　转　去　杭　州　收　行　李
山伯马上转回收行李,

回　家　对　补　转　拜　屋
Weic xal toik buh jonv bail yanc
wei²² ɕa⁵⁵ tʰoi⁴⁵³ pu³³ ʈon⁵³ pai⁵⁵ jan²²
回　家　退　步　转　去　家
打道回府把家还。

拜	到	条	村	何	米	山	寨	略	为	昂
Bail	touk	jiuc	senl	Oc	Mix	Sans	Jail	liongp	weex	ngangv
pai⁵⁵	tʰəu⁴⁵³	ɕiu²²	sən⁵⁵	o²²	mi³¹	san³²³	ɕai⁵⁵	ljoŋ³⁵	we³¹	ŋaŋ⁵³
去	到	条	村	五	眉	蝉	寨	肚	做	想

去到五眉蝉寨心里想，

问	克	平	伴	牙	莽	弟	二	郎
Jait	eep	biingc	banx	yac	mangv	nongx	El	Langc
ɕai¹³	e³⁵	pjiŋ²²	pan³¹	ja²²	maŋ⁵³	noŋ³¹	e⁵⁵	laŋ²²
问	别	伙	伴	两	边	弟	二	郎

旁边打听弟二郎。

先	就	杭	州	读	热	宁	熟	脸
Unv	jiul	Hangc	Jul	dogx	leec	nyenc	xogx	nat
un⁵³	ɕiu⁵⁵	haŋ²²	ɕu⁵⁵	tok³¹	le²²	ɲən²²	ɕok³¹	na¹³
前	我	杭	州	读	书	人	熟	脸

以前同在杭州读书的朋友，

卯	报	尧	来	寻	卯	郎
Maoh	baov	yaoc	map	sems	maoh	langc
mau³³	pau⁵³	jau²²	ma³⁵	sem³²³	mau³³	laŋ²²
他	告诉	我	来	找	他	郎

是他叫我来拜访。

平	伴	旦	报
Biingc	banx	danl	baov
pjiŋ²²	pan³¹	tan⁵⁵	pau⁵³
伙	伴	说	道

伙伴说：

胜	就	祝	家	本	没	祝	二	媄
Senl	jiul	Qouc	al	benh	meec	Qouc	el	muih
sən⁵⁵	ɕiu⁵⁵	tʰəu²²	a⁵⁵	pən³³	me²²	tʰəu²²	e⁵⁵	mui³³
村	我	祝	家	只	有	祝	二	妹

祝家村只有祝二妹，

乃　你　怒　的　先　生　可　味　报　二　郎
Naih nyac nup dih xeenl senl gox weih baov Eel Langc
nai³³ ȵa²² nu³⁵ ti³³ ɕen⁵⁵ sən⁵⁵ ko³¹ wei³³ pau⁵³ e⁵⁵ laŋ²²
这　你　哪　的　先　生　各　为　喊　二　郎
你是哪里来的先生叫她二郎。

英　台　鸟　搞　书　房　耳　得　听
Yenh Taic nyaoh aox xul wangc kap lit qingk
jən³³ tʰai²² ȵau³³ au³¹ ɕu⁵⁵ waŋ²² kʰa³⁵ li¹³ tʰiŋ⁴⁵³
英　台　在　内　书　房　耳　得　听
英台在家书房听得见，

连　时　给　金　换　　一　杭
Lianc xic jeec jenh wanh il hangc
ljan²² ɕi²² ʈe²² ʈən³³ wan³³ i⁵⁵ haŋ²²
赶　时　梳　妆　换　一　样
赶紧梳妆换模样。

身　穿　绸　类　花　冷　能
Xenl daens qiuc leil wap nems nems
ɕən³³ ʈen³²³ tʰiu²² lei⁵⁵ wa³⁵ nem³²³ nem³²³
身　穿　绸　缎　花　闪　闪
身穿绸缎花闪闪，

线　银　别　盖　努　妖　光
Sinv nyaenc biedx gems nuv laoh guangl
sin⁵³ ȵɐn²² pjət³¹ kem³²³ nu⁵³ lau³³ kwaŋ⁵⁵
项　链　戴　上　看　很　光
戴上项链闪金光。

开　坐　中　门　喊　兄　劳
Keip dol jongh menc heebx jaix laoh
kʰei³⁵ to⁵⁵ ʈoŋ³³ mən²² həp³¹ ʈai³¹ lau³³
开　们　中　门　喊　兄　进
打开大门请兄进，

山	伯	该	敢	抬	高	来	见	娘
Sans	Beec	eis	gamt	jiml	gaoh	map	jinv	nyangc

san^{323} pe^{22} ei^{323} kam^{13} ȶim^{55} kau^{33} ma^{35} ȶin^{53} ȵaŋ^{22}

山 伯 不 敢 抬 头 来 见 娘

山伯不敢抬头见娇娘。

山 伯 旦 报
Sans Beec danl baov
san^{323} pe^{22} tan^{55} pau^{53}
山 伯 说 道
山伯说：

弟 就 二 郎 房 怒 鸟
Nongx jiul El Langc wangc nup nyaoh
noŋ^{31} ȶiu^{55} e^{55} laŋ^{22} waŋ^{22} nu^{35} ȵau^{33}
弟 我 二 郎 方 那 住
弟弟二郎哪方住？

尧 国 见 卯 碰 孝 娘
Yaoc eis jinv maoh sebs xaol nyangc
jau^{22} ei^{323} ȶin^{53} mau^{33} səp^{323} ɕau^{55} ȵaŋ^{22}
我 不 见 他 见 你 娇娘
我不见他怎么见娇娘。

英 台 旦 报
Yenh Taic danl baov
jən^{33} tʰai^{22} tan^{55} pau^{53}
英 抬 说 道
英台说：

先 就 杭 州 读 勒
Unv jiul Hangc Jul dogx leec
un^{53} ȶiu^{55} haŋ^{22} ȶu^{55} tok^{31} le^{22}
前 咱 杭 州 读 书
以前我们杭州读书

下 应 没 根 本
Xah yenv meec denh genh
ça³³ jən⁵³ me²² tən³³ kən³³
那 因 有 根 底
样样有根底。

乃 孒 十 分 该 信
Naih nyac xebc wenl peis senv
nai³³ n̠a²² çəp²² wən⁵⁵ pʰei³²³ sən⁵³
这 你 十 分 不 信
若你不信，

牙 道 寸 嫩 本 文 章
Yac daol tenk nenl benh wenc jangl
ja²² tau⁵⁵ tʰən⁴⁵³ nən⁵⁵ pən³³ wən²² t̠aŋ⁵⁵
两 我 比 歌 编 文 章
我俩来比作诗文。

父 卯 英 台 旦 报
Bux maoh Yenh Taic danl baov
pu³¹ mau³³ jən³³ tai²² tan⁵⁵ pau⁵³
父 她 英 台 说 道
英台父亲说：

怒 的 先 生 来 考 书 房 鸟
Nup dih xeenl senl map aox xul wangc nyaoh
nu³⁵ ti³³ çen⁵⁵ sən⁵⁵ ma³⁵ au³¹ çu⁵⁵ waŋ²² n̠au³³
哪 的 先 生 来 内 书 房 坐
哪来的先生在妹书房坐？

冉 可 没 套 子 宁 忙
Lianx gox meel taok lagx nyenc mangc
ljan³¹ ko³¹ me⁵⁵ tʰau⁴⁵³ lak³¹ n̠ən²² maŋ²²
不 认 识 很 仔 人 什么
从没见过这儿郎。

英　台　旦　报
Yenh Taic danl baov
jən³³ tʰai²² tan⁵⁵ pau⁵³
英　台　说　道
英台说：

先　就　杭　州　读　勒
Nnv jiul Hangc Jul dogx leec
nu⁵³ tɕiu⁵⁵ haŋ²² tu⁵⁵ tok³¹ le²²
前　我　杭　州　读　书
以前我们杭州读书

坐　个　十　应　种
Suiv naenl Sic Yenl Jongh
sui⁵³ nɐn⁵⁵ si²² jən⁵⁵ ton³³
坐　个　十　练　宫
同住习练宫，

乃　尧　应　兄　梁　兄　共　一　房
Naih yaoc yinp jaix Liangc xongh jungh il wangc
nai³³ jau²² jin³⁵ tɕai³¹ ljaŋ²² ɕoŋ³³ tɕuŋ³³ i⁵⁵ waŋ²²
这　我　跟　兄　梁　兄　共　一　房
我跟梁兄共书房。

父　卯　英　台　旦　报
Bux maoh Yenh Taic danl baov
pu³¹ mau³³ jən³³ tʰai²² tan⁵⁵ pau⁵³
父　她　英　台　说　道
英台父亲说：

听　子　刚　邓　吓　记　登
Qingk lagx angs daengl xah nyenc benh
tʰiŋ⁴⁵³ lak³¹ aŋ³²³ tɐŋ⁵⁵ ɕa³³ ȵən²² pen³³
听　二　讲　来　是　人　本
听你说来他是自己人，

登　腮　才　卯　鸟　登　月
Denh sais　deic maoh　nyaoh mieengc nyanl
tən³³ sai³²³ tei²² mau³³ ȵau³³ mjeŋ²² ȵan⁵⁵
诚　肠　待　他　住　几　月
诚心留他住上几月不算长。

山　伯　来　恰　三　月　然　见　脸
Sans　Beec　map　kobt　seml　nyanl　lanx　jinv　nat
san³²³ pe²² ma³⁵ kʰop¹³ sem⁵⁵ ȵan⁵⁵ lan³¹ ȶin⁵³ na¹³
山　伯　来　刚　三　月　就　见　脸
山伯住了三月要辞别，

闷　莫　闷　纳　围　家　退　部　转　拜　屋
Maenl muh maenl nat weic jal toiv buh jonv bail yanc
mɐn⁵⁵ mu³³ mɐn⁵⁵ na¹³ wei²² ja⁵⁵ tʰoi⁵³ pu³³ ȶon⁵³ pai⁵⁵ jan²²
天　明　天　后　回　家　退　步　转　去　屋
起身告辞转回家。

父　卯　英　台　担　保
Bux maoh Yenh Taic danl baov
pu³¹ mau³³ jən³³ tʰai²² tan⁵⁵ pau⁵³
父　她　英　台　说　道
英台父亲说：

闷　子　刚　拜
Maenl lagx angs bail
mɐn⁵⁵ lak³¹ aŋ³²³ pai⁵⁵
天　仔　讲　去
今天梁郎说去，

该　没　累　忙　报　生　首
Eis　meec lix mangc baov xeengl xuh
ei³²³ me²² li³¹ maŋ²² pao⁵³ ɕeŋ⁵⁵ ɕu³³
不　有　礼　什么　相　送　主
没有什么礼物相赠送，

乃 尧 赛 美 林 罗 缎 子 九 双 娘
Naih yaoc sail meix lienc loc donl sis juh xongl liangc
nai³³ jau²² sai⁵⁵ mei³¹ ljən²² lo²² ton⁵⁵ si³²³ ȶu³³ ɕoŋ⁵⁵ ljaŋ²²
这 我 给 件 绫 罗 缎 子 就 商 量
送他一件绫罗装。

英 台 鸟 袄 书 房
Yenh Taic nyaoh aox xul wangc
jən³³ tʰai²² ȵau³³ au³¹ ɕu⁵⁵ waŋ²²
英 台 在 内 书 房
英台在那书房

听 兄 刚 拜
Qingk jaix angs bail
tʰiŋ⁴⁵³ ȶai³¹ aŋ³²³ pai⁵⁵
听 兄 讲 走
听兄讲去,

首 乃 丢 就 腮 淘 东
Xuh naih douv jiul sais daoc dongh
ɕu³³ nai³³ təu³¹⁵³ ȶiu⁵⁵ sai³²³ tau²² toŋ³³
就 这 留 条 肠 上 下
心里上下难平静,

送 兄 梁 兄 打 湾 盘
Sunx jaix Liangc xongh dah jogl banc
sun³¹ ȶai³¹ ljaŋ²² ɕoŋ³³ ta³³ ȶok⁵⁵ pan²²
送 兄 梁 兄 过 头 盘
她送梁兄过路弯,

打 西 湾 盘 这 架 杀
Dah xih jogl banc jeel jav sav
ta³³ ɕi³³ ȶok⁵⁵ pan²² ȶe⁵⁵ ȶa⁵³ sa⁵³
过 是 头 盘 边 那 歇
过了路弯歇一歇,

闷　乃　独　郎　独　媄
Maenl naih dogx langc dogx muih
mɐn⁵⁵ nai³³ tok³¹ laŋ²² tok³¹ mui³³
天　这　独　郎　独　妹
今天独男单女

刚　个　累　在　常
Angs naenl lix sail xangc
aŋ³²³ nɐn⁵⁵ li³¹ sai⁵⁵ ɕaŋ²²
讲　歌　花　在　常
讲句心里话，

你　兄　西　拜　尧　妹　转
Nyac jaix xih bail yaoc nongx jonv
n̠a²² t̠ai³¹ ɕi³³ pai⁵⁵ jau²² noŋ³¹ t̠on⁵³
你　兄　是　去　我　妹　转
梁兄回去我回转，

没　闷　心　韭　美　蒜　共　一　园
Meec maenl seml ngaemc meix tonk jungh il yanp
me²² mɐn⁵⁵ sem⁵⁵ ŋɐn²² mei³¹ tʰon⁴⁵³ t̠uŋ³³ i⁵⁵ jan³⁵
有　天　心　韭菜　树　蒜　共　一　园
我邀梁兄葱蒜共一园。

山　伯　转　拜　本　州
Sans Beec jonv bail benh jul
san³²³ pe²² t̠on⁵³ pai⁵⁵ pən³³ t̠u⁵⁵
山　伯　转　去　本　州
山伯回乡路上

脚　西　一　付　江　一　寸
Dinl xih il huk jangh il tenk
tin⁵⁵ ɕi³³ i⁵⁵ hu⁴⁵³ t̠aŋ³³ i⁵⁵ tʰən⁴⁵³
脚　是　一　步　步　一　寸
一步长来一步短，

走 三 年 半 恰 到 屋
Qamt saml nyinc banv kabt touk yanc
tʰam¹³ san⁵⁵ ȵin²² pan⁵³ kʰap¹³ tʰəu⁴⁵³ jan²²
走 三 年 半 才 到 家
回家走了三年半。

山 伯 到 屋 母 卯 问
Sans Beec touk yanc neix maoh jait
san³²³ pe²² tʰəu⁴⁵³ jan²² nei³¹ mau³³ ȶai¹³
山 伯 到 家 母 他 问
山伯回家母亲问,

为 忙 乃 坏 呆 各 样
Weih mangc naih waih daih goc yangl
wei³³ maŋ²² nai³³ wai³³ tai³³ ko²² jaŋ⁵⁵
为 什 么 这 坏 很 各 样
儿郎为什么这模样?

该 哟 落 魂 下 实 包
Eis yox dogl kunl xih xedc baoh
ei³²³ jo³¹ tok⁵⁵ kʰun⁵⁵ ɕi³³ ɕət²² pau³³
不 知 落 魂 是 失 宝
不知是落魂还是失魄,

该 哟 岑 早 斗 个 露 水 凉
Eis yox jenc saeml douh naenl lul xuih liangc
ei³²³ jo³¹ ȶən²² sɐn⁵⁵ təu³³ nɐn⁵⁵ lu⁵⁵ ɕui³³ ljaŋ²²
不 知 起 早 挨 个 露 水 凉
不知是早起被露水凉。

山 伯 旦 报
Sans Beec danl baov
san³²³ pe²² tan⁵⁵ pau⁵³
山 伯 说 道
山伯说:

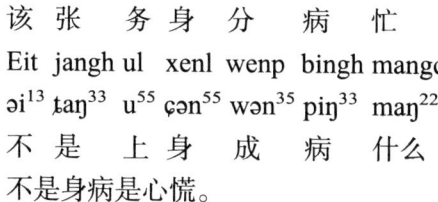

当　　脸　父　母　亚　娘　　该　洞　　刚
Dangl nah hup mux yal nyngc eis jems angs
taŋ⁵⁵ na³³ hu³⁵ mu³¹ ja⁵⁵ n̠ŋ²² ei³²³ tɕem³²³ aŋ³²³
当　　脸　父　母　爹　娘　不　躲　讲
父母面前不好讲，

该　张　务　身　分　病　忙
Eit jangh ul xenl wenp bingh mangc
əi¹³ tɕaŋ³³ u⁵⁵ ɕən⁵⁵ wən³⁵ piŋ³³ maŋ²²
不　是　上　身　成　病　什么
不是身病是心慌。

前　　独　郎　　拜　　劳　郎　　另
Wnv dogx langc bail laot langc lingh
wn⁵³ tok³¹ laŋ²² pai⁵⁵ lau¹³ laŋ²² liŋ³³
前　独　郎　去　一　郎　零
从前儿郎独自出门，

拜　　到　　半　　路　碰　克　弟　二　郎
Bail touk banv luh sebs eep nongx El Langc
pai⁵⁵ tʰəu⁴⁵³ pan⁵³ lu³³ səp³²³ e³⁵ noŋ³¹ e⁵⁵ laŋ²²
去　到　半　路　遇　别人　弟　二　郎
半路遇见弟二郎，

怒　　哟　队　桃　　变　队　德
Nouc yox duil daoc binv duil deegs
nəu²² jo³¹ tui⁵⁵ tau²² pin⁵³ tui⁵⁵ tek³²³
谁　知　果　桃　变　果　李
谁知桃子变李子，

怒　　哟　英　台　　子　女
Nouc yox Yenh Taic lagx miegs
nəu²² jo³¹ jən³³ tʰai²² lak³¹ mjək³²³
谁　知　英　台　儿　女
谁知二郎变为英台娘。

赛 就 郎 乃 本 报 办
Sail jiul langc naih benh baov banl
sai⁵⁵ ɕiu⁵⁵ laŋ²² nai³³ pən³³ pau⁵³ pan⁵⁵
让 我 郎 这 本 说 男
女扮成男哄我郎。

母 卯 山 伯 旦 报
Neix maoh Sans Beec danl baov
nei³¹ mau³³ san³²³ pe²² tan⁵⁵ pau⁵³
母 他 山 伯 说 道
山伯母亲说：

子 刚 累 乃 也 忙 得
Lagx angs lix naih yah mangl lit
lak³¹ aŋ³²³ li³¹ nai³³ ja³³ maŋ⁵⁵ li¹³
儿 讲 话 这 也 少 有
儿讲这事真少有，

闷 莫 母 拜 应 卯 量
Maenl mut neix bail yinp maoh liangc
mɐn⁵⁵ mu¹³ nei³¹ pai⁵⁵ jiŋ³⁵ mau³³ ljaŋ²²
天 明 母 去 跟 她 量
明天母亲去跟她商量。

母 卯 拜 到 条 村 何 米 山 寨 多 一 夜
Neix maoh bail touk jiuc senl Oc Mix Sans Jail doh il naemv
ŋei³¹ mau³³ pai⁵⁵ tʰəu⁴⁵³ ɕiu²² sen⁵⁵ o²² mi³¹ san³²³ ɕai⁵⁵ to³³ i⁵⁵ nɐm⁵³
母 他 去 道 条 村 五 眉 蝉 寨 过 一 晚
母亲去到五眉蝉寨住一晚，

宋 胖 累 矮 嗯 婄 英 台 娘
Songl pangp lix tamk anh beix Yenh Taic nyangc
soŋ⁵⁵ pʰaŋ³⁵ li³¹ tʰam⁴⁵³ an³³ pei³¹ jən³³ tʰai⁵⁵ ȵaŋ²²
话 高 语 低 讲 女 英 台 娘
好言好语说服英台娘。

英　台　担　保
Yenh Taic　danl　baov
jən³³　tʰai²²　tan⁵⁵　pau⁵³
英　台　说　道
英台说：

乃　孝　老　宁
Naih xaol　laox　nyenc
nai³³　ɕau⁵⁵　lau³¹　nən²²
这　你　老　家
若是你老

先　来　三　闷　咪　嫁　媄
Unv　map　saml　maenl mix　eev　muih
un⁵³　ma³⁵　sam⁵⁵　mɐn⁵⁵　mi³¹　e⁵³　mui³³
前　来　三　天　未　嫁　妹
早来三天妹未嫁，

闷　昨　席　乃
Maenl nyungl xic　naih
mɐn⁵⁵　ŋwŋ⁵⁵　ɕi²²　nai³³
天　昨　时　这
就在昨天

恰　正　嫁　拜　马　家　郎
Habs　jingv eev muih　Max　gal　langc
hap³²³　ʨiŋ⁵³　e⁵³　mui³³　ma³¹　ka⁵⁵　laŋ²²
刚　定　嫁　妹　马　家　郎
刚刚许配马家郎。

卯　送　金　银　十　八　块
Maoh sunx　jeml　nyaenc xebc beds　kuaik
mau³³　sun³¹　tɕəm⁵⁵　nɐn²²　ɕəp²²　pət³²³　kʰwai⁴⁵³
他　送　金　银　十　八　块
送来金银十八块，

417

梁山伯之歌

卯　送　牲　畜　鸡　鸭　算　该　杭
Maoh sunx yangh xeengl bedl aiv sonv eis hangc
mau³³ sun³¹ jaŋ³³ ɕeŋ⁵⁵ pət⁵⁵ ai⁵³ son⁵³ ei³²³ haŋ²²
他　送　养　牲　鸭　鸡　算　不　成
送来牲口鸡鸭排成行。

金　串　银　串　傲　赛　卯
Jeml xonv nyaenc xonv aol sail maoh
ȶem⁵⁵ ɕon⁵³ ȵɐn²² ɕon⁵³ au⁵⁵ sai⁵⁵ mau³³
金　砖　银　砖　拿　给　她
金砖银块全送到，

金　银　元　宝　斗　赛　马　家　郎
Jeml nyaenc yianc baoh douv sail Max gal langc
ȶəm⁵⁵ kɐn²² jan²² pau³³ təu⁵³ sai⁵⁵ ma³¹ ka⁵⁵ laŋ²²
金　银　园　宝　留　给　马　家　郎
我被许给马家郎。

就　应　马　家
Jiul yinp Max gal
ȶiu⁵⁵ jin³⁵ ma³¹ ka⁵⁵
我　跟　马　家
我嫁马家

癸　牛　共　项　禾　种　亮
Guic senc jungh hangp wac jungh liangv
kui²² sən²² ȶuŋ³³ haŋ³⁵ wa²² juŋ³³ ljaŋ⁵³
水牛 黄牛 共　巷　禾　共　凉
牛羊共圈禾共凉，

报　孝　老　宁　培　想　转　回　乡
Baov xaol laox nyenc bix xangv jonv weic yangp
pau⁵³ ɕau⁵⁵ lau³¹ ȵən²² pi³¹ ɕaŋ⁵³ ton⁵³ wei²² jaŋ³⁵
告诉　你　老　人　别　想　转　回　乡
告诉你老回程别乱想。

母　卯　　拜　屋　　义　乃　　刚
Neix maoh map yanc il naih angs
nei³¹ mau³³ ma³⁵ jan²² i⁵⁵ nai³³ aŋ³²³
母　他　来　家　这　样　讲
梁母回家这样讲，

次　　乃　　就　　拜　该　斗　　堂
Xonh naih jiul bail eis douh dangc
ɕon³³ nai³³ ʨiu⁵⁵ pai⁵⁵ ei³²³ təu³³ taŋ²²
回　这　我　去　不　和　堂
这回娘去不落一。

道　　鸟　　本　　州　没　　洞　　配
Daol nyaoh benh jul meec jemc peik
tau⁵⁵ ȵau³³ pən³³ ʈu⁵⁵ me²² təm²² pʰei⁴⁵³
咱　在　本　州　有　地方　配
咱在本地有人配，

子　　想　　买　　赖　再　　弯　　堂
Lagx xangv maix lail seil wanh dangc
lak³¹ ɕaŋ⁵³ mai³¹ lai⁵⁵ sei⁵⁵ wan³³ daŋ²²
儿　想　妻　好　再　换　堂
换个月堂自有好妻房。

山　　伯　　旦　　保
Sans Beec danl baov
san³²³ pe²² tan⁵⁵ pau⁵³
山　伯　说　道
山伯说：

看　　尧　　该　得　妹　　就　二　郎
Nuv yaoc eis lit nongx jiul el langc
nu⁵³ jau²² ei³²³ li¹³ noŋ³¹ ʨiu⁵⁵ e⁵⁵ laŋ²²
若　我　不　得　妹　我　嫁　郎
如果娶不到英台娘，

419

梁山伯之歌

父　就　千　屯　家　财　尧　该　想
Bux jiul tinp denx eel dangc yaoc eis xangv
pu³¹ ȶiu⁵⁵ tʰin³⁵ tən³¹ e⁵⁵ taŋ²² jau²² ei³²³ ɕaŋ⁵³
父　我　仟　担　家　财　我　不　想
父母的千担家财郎不想,

下　软　死　拜　下　土　埋
Xah nyonh deil bail deet names maic
ɕa³³ ȵon³³ tei⁵⁵ pai⁵⁵ te¹³ nɐm³²³ mai²²
宁　愿意　死　去　下　土　埋
宁可死去土里藏。

山　伯　死　拜
Sans Beec deil bail
san³²³ pe²² tei⁵⁵ pai⁵⁵
山　伯　死　去
山伯死去

傲　拜　东　方　务　困　葬
Aol bail dongh wangh ul kuenp sangv
au⁵⁵ pai⁵⁵ toŋ³³ waŋ³³ u⁵⁵ kʰwən³⁵ saŋ⁵³
拿　去　东　方　上　路　葬
抬去埋在东门路坎旁,

成　现　好　向　好　面　堂
Jenc xeenl lail yangk hoax mieenl tangc
ȶən²² ɕen⁵⁵ lai⁵⁵ jaŋ⁴⁵³ hoa³¹ mjen⁵⁵ tʰaŋ²²
山　坡　好　样　好　面　堂
好山好水好风光。

英　台　拜　应　马　家　这　家　打
Yenh Taic bail yinp Max gal jeel yanc dah
jən³³ tʰai²² pai⁵⁵ jin³⁵ ma³¹ ka⁵⁵ te⁵⁵ jan²² ta³³
英　台　去　跟　马　家　边　家　过
英台出嫁路从坟边过,

叫　　克　梁　山　为　宁　屋
Heemx eep Liangc Sans weex nyenc yanc
hem³¹　e³⁵　ljaŋ²²　san³²³　we³¹　n̠ən²²　jan²²
喊　他　梁　山　做　鸳　鸯
叫他梁山做鸳鸯，

卯　　办　　三　　升　　败　拜　墓
Maoh beens saml xeengl bail baiv muh
mau³³　pen³²³　sam⁵⁵　ɕeŋ⁵⁵　pai⁵⁵　pai⁵³　mu³³
她　备　三　牲　去　拜　墓
准备三牲去拜墓，

烧　香　烧　纸　拜　九　尚
Oil yangp oil qit baiv juh xangl
oi⁵⁵　jaŋ³⁵　oi⁵⁵　tʰi¹³　pai⁵³　tu³³　ɕaŋ⁵⁵
烧　香　烧　纸　拜　情　郎
烧香烧纸拜情郎，

烧　香　烧　纸　拜　情　义
Oil yangp oil qit baiv singc nyih
oi⁵⁵　jaŋ³⁵　oi⁵⁵　tʰi¹³　pai⁵³　siŋ²²　n̠i³³
烧　香　烧　纸　拜　情　义
烧香烧纸拜情义，

看　孝　山　伯
Nuv xaol Sans Beec
nu⁵³　ɕau⁵⁵　san³²³　pe²²
看　你　山　伯
若你山伯

莽　　阴　　没　意　墓　开　　光
Mangv yeml meec yiv muh keip guangl
maŋ⁵³　jəm⁵⁵　me²²　ji⁵³　mu³³　kʰei³⁵　kuaŋ⁵⁵
边　阴　有　义　墓　开　光
阴间有意墓开光。

六　十　夫　妻　本　怒　一　大　乃
Logc xebc huh teip benh nuv il　dal naih
lok²² ɕəp²² hu³³ tei³⁵ pən³³ nu⁵³ i⁵⁵ ta⁵⁵ nai³³
六　十　夫　妻　只　看　一　眼　这
六十夫妻就在眼前定，

赛　尧　还　多　三　拜
Sail yaoc eenv doh saml baiv
sai⁵⁵ jau²² en⁵³ to³³ sam⁵⁵ pai⁵³
让　我　再　拜　三　拜
让我再拜三拜

斗　赛　马　家　郎
Douv sail Max gal langc
təu⁵³ sai⁵⁵ ma³¹ ka⁵⁵ laŋ²²
留　给　马　家　郎
留给马家郎。

乃　你　有　心　有　意　墓　门　开
Naih nyac yux xenh yux il　mol wenc kait
nai³³ ȵa²² ju³¹ ɕən³³ ju³¹ i⁵⁵ mo⁵⁵ wən²² kʰai¹³
这　你　有　情　有　义　墓　门　开
若你有情有意墓门开，

乃　你　五　心　不　正
Naih nyac wux xenh buc jenl
nai³³ ȵa²² wu³¹ ɕən³³ pu²² tɕən⁵⁵
若　你　五　心　不　定
若你无心不定

嫁　拜　马　家　郎
Jiul bail Max gal langc
tɕiu⁵⁵ pai⁵⁵ ma³¹ ka⁵⁵ laŋ²²
我　去　马　家　郎
嫁去马家郎。

山　伯　莽　阴　正　没　意
Sans　Beec mangv yeml　jenl　meec yiv
san³²³　pe²²　maŋ⁵³　ʝəm⁵⁵　ʈən⁵⁵　me²²　ji⁵³
山　伯　边　阴　真　有　义
山伯阴间真有意，

开　　坐　坟　墓　接　九　尚
Keip　dol　wenc　muh　sibs　juh　xangl
kʰei³⁵　to⁵⁵　wən²²　mu³³　sip³²³　ʈu³³　ɕaŋ⁵⁵
开　　门　坟　　墓　接　情　人
打开墓门迎接英台娘。

马　家　得　看　该　服　　气
Max　gal　lit　nuv　eis　hogx　qik
ma³¹　ka⁵⁵　li¹³　nu⁵³　ei³²³　hok³¹　ʈʰɿ⁴⁵³
马　　家　得　见　不　服　气
马家看见不服气，

告　到　脚　村　皇　帝　首　出　官
Gaov touk　dinl　senl　wangc jiv　xuh　ugs　guanl
kau⁵³　tʰəu⁴⁵³　tin⁵⁵　sən⁵⁵　waŋ²²　ʈi⁵³　ɕu³³　uk³²³　kwan⁵⁵
告　到　脚　村　皇　帝　州　府　官
告到朝廷州府，

出　猛　新　官　大　人　恰　来　看
Ugs　mungx qent　gunh　dal　lenc　kabt　map nuv
uk³²³　mun³¹　tʰən¹³　kun³³　ta⁵⁵　lən²²　kʰap¹³　ma³⁵　nu⁵³
处　位　清　官　大　人　过　来　看
请个清官大人来察看。

开　　坐　坟　墓
Keip　dol　wenc　muh
kʰei³⁵　to⁵⁵　wən²²　mu³³
开　　门　坟　　墓
打开坟墓

变 对 鸳 鸯 飞 恰 胖
Binv doiv yenl yangl pent qak pangp
pin⁵³ toi⁵³ jən⁵⁵ jaŋ⁵⁵ pən¹³ tʰa⁴⁵³ pʰaŋ³⁵
变 对 鸳 鸯 飞 上 高
变对鸳鸯飞天上。

太 白 务 闷 得 看
Taip beec ul menl lis nuv
tʰai³⁵ pe²² u⁵⁵ mən⁵⁵ li³²³ nu⁵³
太 白 上 天 得 见
太白金星看得见,

傲 美 药 来 念
Aol meix emt map nyimp
au⁵⁵ mei³¹ əm¹³ ma³⁵ ȵim³⁵
拿 株 药 来 点
拿那仙药来点,

轮 卯 转 世 回 婚 共 一 屋
Lenc maoh jonv sams weic fens jungh yil yanc
lən²² mau³³ ton⁵³ sam³²³ wei²² fən³²³ ʈuŋ³³ ji⁵⁵ jan²²
后 他 转 世 回 婚 共 一 家
他俩转世返阳共枕眠。

梁祝古典
Liangc Xuc Gus Janx

流传地区：贵州省天柱县石洞镇
文本收集：吴昭雄
侗文注音：龙耀宏
国际音标：龙耀宏
翻译整理：欧亨元

灭　　祝　　应　　系　良　　山　　伯
Miegs　Xuc　Yenl　xiv　Liangc　Xangp　Beec
mjek³²³　ɕu²²　jən⁵⁵　ɕi⁵³　ljaŋ²²　ɕaŋ³⁵　pe²²
女　　祝　　英　　是　梁　　山　　伯
祝英女与梁山伯①，

良　　山　　起　身　拜　多　　勒
Liangc　Xanp　qit　xenp　bail　dogs　leec
ljaŋ²²　ɕan³⁵　tʰi¹³　ɕən³⁵　pai⁵⁵　tok³²³　le²²
梁　　山　　起　身　去　读　　书
梁山起身去读书，

祝　应　达　　万　　拜　奥　浦
Xuc　Yenl　dah　wanh　bail　aol　naemx
ɕu²²　jən⁵⁵　ta³³　wan³³　pai⁵⁵　au⁵⁵　nɐm³²³
祝　英　出　　外　　去　跳　水
祝英出外去挑水，

主　　栽　　良　　山　　你　　拜　欧
Xuh　xais　Liangc　Xanp　nyac　bail　oup
ɕu³³　ɕai³²³　ljaŋ²²　ɕan³³　ŋa²²　pai⁵⁵　əu³⁵
就　　问　　梁　　山　　你　　去　何处
就问梁山去何处？

良　　山　　报　　毛　　要　　拜　界
Liangc　Xanp　baov　maoh　yaoc　bail　jail
ljaŋ²²　ɕan³⁵　pau⁵³　mau³³　jao²²　pai⁵⁵　tɕai⁵⁵
梁　　山　　告诉　他　　我　　去　远
梁山告诉要走远，

要　　拜　　杨　　州　　多　　勒　文
Yaoc　bail　Yangc　Xul　dogs　leec　wenc
jau²²　pai⁵⁵　jaŋ²²　ɕu⁵⁵　tok³²³　le²²　wən²²
要　　去　　杨　　州　　读　　文　章
要去扬州读诗书。

---

① 在天柱锦屏地区，祝英台又叫祝英女，梁山伯又称为梁山，而少叫全称梁山伯，这是一大特点。为了保持特色，下文遵守原文称为梁山。

祝　应　宝　喔　加　给　哥
Xuc Yenl baov oh jas gil gos
çu²² jən⁵⁵ pau⁵³ o³³ ta³²³ ki⁵⁵ ko³²³
祝　英　告　诉　等　点　哥
祝英告诉请等等，

要　眼　务　浓　呀　要　拜
Yaoc yanc wul nongx yah yuv bail
Jau²² jan²² wu⁵⁵ noŋ³¹ ja³³ ju⁵³ pai⁵⁵
我　家　个　弟　　也　要　去
家里弟弟也要去，

要　报　要　浓　呀　同　间
Yaoc baov yaoc nongx yap dongc qamt
jau²² pau⁵³ jau²² noŋ³¹ ja³⁵ toŋ²² tʰam¹³
我　告诉　我　弟　　两　同　走
告诉弟弟一起走，

呀　拜　杨　州　兄　条　更
Yap bail Yangc Xul xongv yiuc kenp
ja³⁵ pai⁵⁵ jaŋ²² çu⁵⁵ çoŋ⁵³ jiu²² kʰən³⁵
两　去　杨　州　共　条　路
同去扬州共条路。

祝　应　转　言　再　银　老
Xuc Yenl xonv yanc xais yenc laox
çu² jən² çon⁵³ jan²² çai³²³ jən²² lau³¹
祝　英　转　家　问　人　老
祝英回家问老人，

要　同　火　记　拜　多　勒
Yaoc dongc wot jil bail dogs leec
jau²² toŋ²² wo¹³ ti⁵⁵ pai⁵⁵ tok³²³ le²²
我　跟　伙　计　去　读　书
要跟伙计去读书。

毛　家　转　送　　主　呀　应
Maoh jas　xonv songp xuh yav yinv
wau^{33} ṭa^{323} ɕoŋ^{53} soŋ^{35} ɕu^{33} ja^{53} jin^{53}
她　父　回　话　　就　那　答
父亲回话那样答，

你　系　咯　万　　国　送　学
Nyac xiv lox wanl　gueec songp xods
ṇa^{22} ɕi^{53} lo^{31} wan^{55} kwe^{22} soŋ^{35} ɕot^{323}
你　是　儿　男　　无　话　讲
你是男儿无话讲，

你　系　咯　月　　难　由　你
Nyac xiv lox miegs　nanc yuc nyac
ṇa^{22} ɕi^{53} lo^{31} mjek^{323} nan^{22} ju^{22} ṇa^{22}
你　是　儿　女　　难　由　你
你是姑娘没理由。

祝　应　转　送　　主　又　报
Xuc Yenl xanp songp xuh yuv baov
ɕu^{22} jən^{55} ɕan^{35} soŋ^{35} ɕu^{22} ju^{53} pai^{53}
祝　英　回　话　　就　要　讲
英台回话这样说，

打　完　　咯　万　　要　又　拜
Dah weeŋ　lox wanl　yaoc yuv bail
ta^{22} wen^{453} lo^{31} wan^{55} jau^{22} ju^{53} pai^{55}
打　扮　　儿　男　　我　要　去
打扮儿男也要行。

祝　应　陶　行　　出　了　万
Xuc Yenl taot　xenp ugs　lieeux wanh
ɕu^{22} jən^{55} tʰau^{13} ɕən^{35} uk^{323} ljeu^{31} wan^{33}
祝　英　换　衣　　出　了　门
英台换衣往外出，

马　投　良　山　的　边　心
Map touk Liangc Xangp dis bieenl xenp：
ma^{35} tʰəu^{453} ljaŋ^{22} ɕaŋ^{35} ti^{323} pjen^{55} ɕən^{35}
来　到　梁　山　的　边　身
来到梁山的身边。

唉　你　哥
Ait nyac gos
Ai^{13} ŋa^{22} ko^{323}
谢　你　哥
谢哥等，

唉　你　侯　要　吗　委　因
Ait nyac houk yaoc mac weex yenp
Ai^{13} ŋa^{22} həu^{453} jau^{22} ma^{22} we^{31} jən^{35}
谢　你　等　我　两　做　伴
谢你等我有伴行。

委　因　间
Weex yenp qamt
we^{31} jən^{35} tʰam^{13}
合　伴　走
结伴走，

哥　系　喜　乱　浓　喜　伦
Gos xiv xih luŋ nongx xih lenc
ko^{323} ɕi^{53} ɕi^{33} lun^{453} noŋ^{31} xi^{33} lən^{22}
哥　是　在　前　弟　在　后
哥走先来弟在后。

拜　投　邓　美　松　北　萨　嘎　杂
Bail touk dinl meix songp beec sax gav sagv
pai^{55} tʰəu^{453} tin^{55} məi^{31} soŋ^{35} pe^{22} sa^{31} ka^{53} sak^{53}
去　到　脚　树　松　柏　处　那　歇
下到坡脚歇息处，

主　鸟　萨　嘎　我　古　情
Xuh nyaoh sax gav wop gux xenc
ɕu³³ ŋau³³ sa³¹ ka⁵³ wo³⁵ ku³¹ ɕən²²
就　在　处　那　讲　古　情
就在那里古情留。

古　情　楼　我　又　楼　间
Gux xenc louc wop yuh louc qamt
ku³¹ ɕən²² ləu²² wo³⁵ ju³³ ləu²² tʰam¹³
古　情　边　讲　又　边　走
古情边走又边讲，

桑　吗　解　浓　忙　呀　怎
Sangs mac jaix nongx mangc yav senp
san³²³ ma²² ʨai³¹ noŋ³¹ maŋ²² ja⁵³ sən³⁵
想　来　兄　弟　什么　那　亲
讲得兄弟情悠悠。

呀　部　收　我　又　收　桑
Yac bul xuv wop yuh xuv sangs
ja²² pu⁵⁵ ɕu⁵³ wo³⁵ ju³³ ɕu⁵³ saŋ³²³
两　个　约　讲　也　越　想
两人越说越投机，

国　我　吗　投　师　得　言
Gueec wop map touk suv dis yanc
kwe²² wo³⁵ ma³⁵ tʰəu⁴⁵³ su⁵³ ti³²³ jan²²
不　知　来　到　师　得　家
不知不觉到扬州。

补　师　得　送　主　呀　腮
Bux suv deic songp xuh yav xais
pu³¹ su⁵³ təi²² soŋ³⁵ ɕu³⁵ ja⁵³ xai³²³
父　师　拿　话　就　那　问
先生开口把话问，

腮　呀　鸭　布　但　名　忙
Sais　yap　yac　bul　danl　mienc　mangc
sai³²³　ja³⁵　ja²²　pu⁵⁵　tan⁵⁵　mjən²²　maŋ²²
问　两　两个　名　名　什么
问他两人什么名。

祝　应　银　唎　　主　呀　应
Xuc　Yenl　yenc　liaik　xux　yav　yinv
ɕu²²　jən⁵⁵　jən²²　ljai⁴⁵³　ɕu³¹　ja⁵³　jin⁵³
祝　英　人　敏　　就　那　答
祝英聪敏就答道，

浓　　系　姓　祝　哥　姓　良
Nongx　xiv　singv　Xuc　gos　singv　Liangc
noŋ³¹　ɕi⁵³　siŋ⁵³　ɕu²²　ko³²³　siŋ⁵³　ljaŋ²²
弟　　是　姓　祝　哥　姓　梁
哥是姓梁弟姓祝。

解　浓　　主　呀　同　同　鸟
Jaix　nongx　xuh　yav　dongc　dongc　nyaoh
tai³¹　noŋ³¹　ɕu³³　ja⁵³　toŋ²²　toŋ²²　ȵau³³
兄　弟　　就　那　同　同　住
两人这样一同住，

同　鸟　　哟　堂　多　文　张
Dongc　nyaoh　yop　dangc　dogs　wenc　xangl
toŋ²²　ȵau³³　jo³⁵　taŋ²²　tok³²³　wən²²　ɕaŋ⁵⁵
同　在　　学　堂　读　文　章
同在学堂读诗书。

野　系　同　才　唸　同　多
Yedp　xiv　dongc　daic　nyaemv　dongc　dogs
jet³⁵　ɕi⁵³　toŋ²²　tai²²　ȵɐm⁵³　toŋ²²　tok³²³
早　是　共　桌　夜　同　睡
白天同桌夜同睡，

谁　系　同　谁　岑　同　岑
Suiv xiv dongc suiv jenc dongc jenc
sui⁵³ ɕi⁵³ toŋ²² sui⁵³ tən²² toŋ²² tən²²
坐　是　同　坐　起　同　起
坐是同坐行同行。

年　年　都　没　五　月　五
Nyinc nyinc dul meec ngox wedx ngox
ȵin²² ȵin²² tu⁵⁵ me²² ŋo³¹ wet³¹ ŋo³¹
年　年　都　有　五　月　五
年年都有五月五，

部　部　禄　湳　拜　祝　心
Bul bul luih naemx bail xux xenp
pu⁵⁵ pu⁵⁵ lui³³ nɐm³¹ pai⁵⁵ ɕu³¹ ɕən³⁵
个　个　下　河　去　洗　身
个个下河去沐浴。

年　年　度　没　七　月　半
Nyinc nyinc dul meec sadl wedx banv
ȵin²² ȵin²² du⁵⁵ me²² sat⁵⁵ wet³¹ pan⁵³
年　年　都　有　七　月　半
年年都有七月半，

布　师　送　拜　借　良　今
Bux suv songv bail jeel lieenc jenc
pu³¹ su⁵³ soŋ⁵³ pai⁵⁵ ȵte⁵⁵ ljen²² tən²²
父　师　放　去　吃　菱　亭
老师放学吃菱亭①。

三　五　冷　板　度　拜　了
Samp ngox laemt banx dul bail lieeux
sam³⁵ ŋo³³¹ lɐm¹³ pan³¹ tu⁵⁵ pai⁵⁵ ljeu³¹
三　五　伙　伴　都　去　了
三五伙伴都去了，

----
① 菱亭：一种野生的山果。

独 独 加 毛 灭 祝 应
Diuc diuc jal maoh miegs Xuc Yenl
tiu²² tiu²² ȶa⁵⁵ mau³³ mjek³²³ ɕu²² jən⁵⁵
独 独 剩 他 女 祝 英
独独祝英守家屋。

内 师 学 毛 系 咯 耶
Neix suv xods maoh xiv lox miegs
nəi³¹ su⁵³ ɕot³²³ mau³³ ɕi⁵³ lo³¹ mjek³²³
母 师 说 他 是 儿 女
师母说他是姑娘，

祝 应 诶 吾 本 系 信
Xuc Yenl eis wuc benl xiv xenl
ɕu²² jən⁵⁵ əi³²³ wu²² pən⁵⁵ ɕi⁵³ ɕən⁵⁵
祝 英 不 服 本 是 真
祝英心里真不服。

祝 应 转 送 报 不 师
Xuc Yenl xonv songp baov bux suv
ɕu²² jən⁵⁵ ɕon⁵³ soŋ³⁵ pau⁵³ pu³¹ su⁵³
祝 英 转 话 报 父 师
祝英转话禀师父，

宋 笔 唔 台 主 起 身
Songv biedl wul daic xuh qit xengp
soŋ⁵³ pjet⁵⁵ wu⁵⁵ tai²² ɕu³³ ȶʰi¹³ ɕəŋ³⁵
放 笔 上 桌 就 起 身
放笔桌上就要走。

良 山 主 报 北 略 浓
Liangc Xanp xuh baov beec liogk nongx
ljaŋ²² ɕan³⁵ ɕu³³ pau⁵³ pe²² ljok⁴⁵³ noŋ³¹
梁 山 就 说 不 忙 弟
梁山说到弟莫忙，

赖 赫 都 要 多 勒 文
Lail heek dul yuv dogs leec wenc
lai⁵⁵ he⁴⁵³ tu³³ ju⁵³ tok³²³ le²² wdn²²
好 坏 都 要 读 书 文
好坏都要把书读。

祝 应 转 松 主 呀 应
Xuc Yenl xonp songp xuh yav yinv
ɕu²² jən⁵⁵ ɕon³⁵ soŋ³⁵ ɕu³³ ja⁵³ jin⁵³
祝 英 转 话 就 那 应
祝英回话那样应，

再 赖 的 勒 国 多 根
Saiv lail dis leec gueec dogs kenp
sai⁵³ lai⁵⁵ ti³²³ le²² kwe²² tok³²³ kʰdn³⁵
再 好 的 书 不 读 完
再好的书没法读，

一 来 要 拜 盘 银 老
Yic laic yuv bail bonh yenc laox
ji²² lai²² ju⁵³ pai⁵⁵ pon³³ jən²² lau³¹
一 来 要 去 盘 人 老
一来要去盘老人①，

二 来 又 要 盘 前 程
Ril laic yuh yuv bonh xeenc xenc
Qi⁵⁵ lai²² ju³³ ju⁵³ pon³³ ɕen²² ɕən²²
二 来 又 要 盘 前 程
二来还要顾家头。

呀 务 歌
Yal wul gos
ja⁵⁵ wu⁵⁵ ko³²³
那 样 哥
这样吧，

---

① 盘老人：抚养老人。

部 你 鸟 哎 多 仑 年
Bul nyac nyaoh ais dogs lenx nyinc
pu⁵⁵ ɳa²² ɳau³³ ai³²³ tok³²³ lən³¹ ɳin²²
个 你 在 这 读 等 年
你在这里多留留。

良 山 呆 毛 毛 度 诶
Liangc Xanp deic maoh maoh dul eis
ljaŋ²² ɕan³⁵ tɕi²² mau³³ mau³³ tu⁵⁵ ɕi³²³
梁 山 留 他 他 都 不愿
山伯留他留不住,

解 浓 主 呀 同 起 身
Jax nongx xuh yav dongc qit xenp
ȶa³¹ noŋ³¹ ɕu³³ ja⁵³ toŋ²² tʰi¹³ ɕən³⁵
兄弟 就 那 同 起 身
兄弟就那起身走。

良 山 转 毛 拜 一 吴
Liangc Xanp sunx maoh bail yih wuh
ljaŋ²² ɕan³⁵ sun³¹ mau³³ pai⁵⁵ ji³³ wu³³
梁 山 送 他 走 一 步
梁山送他走一步,

东 梅 菱 岑 鸟 边 根
Dongs meix lieenc jenc nyaoh bieenl kenp
toŋ³²³ məi³¹ ljen²² ȶən²² ɳau³³ pjen⁵⁵ kʰən³⁵
遇 树 菱 亭 在 边 路
遇见菱亭在路边,

奥 任 菱 岑 哥 借 庆
Aol renp lieenc jenc gos jeel qingk
au⁵⁵ Qən³⁵ ljen²² ȶən²² ko³²³ ȶe⁵⁵ ȶʰiŋ⁴⁵³
摘 颗 菱 亭 哥 吃 尝
摘颗菱亭哥尝鲜。

部 麻 计 乃 难 同 根
Bul mac jih naih nanc dongc kenp
pu⁵⁵ ma²² ʨi³³ nai³³ nan²² toŋ²² kʰən³⁵
个 两 世 这 难 同 路
两人今世难同路，

部 麻 国 立 定 同 光
Bul mac gueec lis dinl dongc guangs
pu⁵⁵ ma²² kwe²² li³²³ tin⁵⁵ toŋ²² kwaŋ³²³
个 两 不 得 脚 同 节
两人不得脚同步，

赖 来 修 麻 同 记 仁
Lail lail siup map dongs jih lenc
lai⁵⁵ lai⁵⁵ siu³⁵ ma³⁵ toŋ³²³ ʨi³³ lən²²
好 好 修 来 同 世 后
后世修来再同屋。

良 山 转 毛 拜 鸭 部
Liangc Xanp sunx maoh bail yac buh
ljaŋ²² ɕan³⁵ sun³¹ mau³³ pai⁵⁵ ja²² pu³³
梁 山 送 他 走 两 步
梁山送他走两步，

东 类 鸳 鸯 同 洗 身
Dongs leiv yaeml yangl dongc xux xenp
toŋ³²³ lei⁵³ jɐm⁵⁵ jaŋ⁵⁵ toŋ²² ɕu³¹ ɕən³⁵
遇 对 鸳 鸯 同 洗 身
看见鸳鸯对对游。

祝 应 报
Xuc Yenl baov
ɕu²² jən⁵⁵ pau⁵³
祝 英 讲
祝英讲，

啊 桥 度 要 呀 条 梅
Al jiuc dul yuv yac jiuc meix
a⁵⁵ ȶiu²² tu⁵⁵ ju⁵³ ja²² ȶiu²² məi³¹
架 桥 都 要 两 根 木
架桥也要两根木,

由 梅 再 赖 委 果 成
Yiuc meix saiv lail weex gueec xenc
jin²² məi³¹ si⁵³ lai⁵⁵ we³¹ kwe²² ɕən²²
一 木 再 好 做 不 成
独木架桥桥难走。

比 拜 比 麻 主 呀 学
Bix bail bix map xuv yav xods
pi³¹ pai⁵⁵ pi³¹ ma³⁵ ɕu⁵³ ja⁵³ ɕot³²³
比 去 比 来 就 那 说
比去比来那样说,

良 山 肚 冻 度 国 明
Liangc Xanp dus dongv dul gueec mienc
ljaŋ²² ɕan³⁵ tu³²³ toŋ⁵³ tu⁵⁵ kwe²² mjən²²
梁 山 肚 黑 都 不 明
梁山就是不明白。

良 山 转 毛 拜 三 步
Liangc Xanp sunx maoh bail samp buh
ljaŋ²² ɕan³⁵ sun³¹ mau³³ pai⁵⁵ sam³⁵ pu³³
梁 山 送 她 走 三 步
梁山送她走三步,

他 孖 打 湳 给 在 银
Dah nyal dah naemx gids sais yenc
ta³³ n̠a⁵⁵ ta³³ nɐm³¹ kit³²³ sai³²³ jən²²
过 河 过 水 痛 肠 人
过河过水真为难。

桑　　起　　加　　拉　性　　国　　爱
Sangs qit　jax　lal　xenl　gueec ail
saŋ³²³ tʰi¹³ ta³¹ la⁵⁵ ɕən⁵⁵ kwe²² ai⁵⁵
想　　起　　船　夫　　真　　不　　该
船不渡人真不该，

国　　没　　拉　　度　拜　　国　　成
Gueec meec lal　duh　bail　gueec xenc
kwe²² me²² la⁵⁵ tu³³ pai⁵⁵ kwe²² ɕən²²
不　　得　　船　渡　去　　不　　成
不得船渡去不成。

良　　山　　为　毛　　用　　仁　　计
Liangc Xanp wih maoh yongh lenx jiv
ljaŋ²² ɕan³⁵ wi³³ mau³³ joŋ³³ lən³¹ ʈi⁵³
梁　　山　　为　她　　出　　个　　计
梁山为她出主意，

呃　　毛　　打　　湳　　才　　算　　更
Eeh maoh dah naemx saic sonv kenp
e³³ mau³³ ta³³ nɐm³¹ sai²² son⁵³ kʰən³⁵
背　　她　　过　水　　才　　算　　完
背她过河走得成。

英　　台　　忒　伞　　常　心　　四
Yenl Daic deic sanv xangc xinp siv
jin³²³ tai²² təi²² san⁵³ ɕaŋ²² ɕin³⁵ si⁵³
英　　台　　拿　伞　　伤　心　　极
英台拿伞很伤心，

多　　唉　　打　　拜　　牙　　角　　分
Dos ais dah bail yac jodx wenp
to³²³ ai³²³ ta³³ pai⁵⁵ ja²² ʈot³¹ wən³⁵
从　　这　　过　　后　　两　　头　　分
从此以后两头分。

系 近 的 思 广 系 广
Xiv jeenl dis siv guangx xiv guangx
ɕi⁵³ ȶen⁵⁵ ti³²³ si⁵³ kwaŋ³¹ ɕi⁵³ kwaŋ³¹
是 真 的 事 广 是 广
世间的事多又广，

良 山 到 乃 里 祝 应
Liangc Xanp daol naih liiv Xuc Yenl
ljaŋ²² ɕan³⁵ tau⁵⁵ nai³³ lji⁵³ ɕu²² jən⁵⁵
梁 山 回 这 离 祝 英
这回梁山别祝英。

四 桑 没 给 国 同 伴
Siiv sangs meec gil gueec dongc banx
sii⁵³ saŋ³²³ me²² ki⁵⁵ kwe²² toŋ²² pan³¹
细 想 有 点 不 同 伴
细想有点不合理，

部 毛 根 奴 呀 吗 身
Bul maoh kenp noup yav mas xenp
pu⁵⁵ mau³³ kʰən³⁵ nəu³⁵ ja⁵³ ma³²³ ɕon³⁵
个 他 路 那 那 软 身
为何这样无精神。

桑 生 吴 计 拜 抛 卦
Sangs senh wuc jiv bail paop guav
saŋ³²³ sən³³ wu²² ȶi⁵³ pai⁵⁵ pau³⁵ kwa⁵³
想 尽 无 计 去 问 卦
想来无计去看卦，

判 毛 系 灭 本 系 信
Poŋ maoh xiv miegs bens xiv xenl
pʰon⁴⁵³ mau³³ ɕi⁵³ mjek³²³ pən³²³ ɕi⁵³ ɕən⁵⁵
判 他 是 女 本 是 真
判她是女本是真。

山　伯　桑　透　笨　系　乱
Xanp Beec sangs touk benl xih lunk
ɕan³⁵ pe²² saŋ³²³ tʰəu⁴⁵³ pən⁵⁵ xi³³ lun⁴³⁵
山　伯　想　到　天　从　前
山伯想到从前事，

刚　乃　送　麻　度　腮　明
Gangs naih songv map dus saic mienc
kaŋ³²³ nai³³ soŋ⁵³ ma³⁵ tu³²³ sai²² mjən²²
现　在　想　来　肚　才　明
现在想来心才明。

三　本　的　跟　委　稳　间
Samp benl dis kenp weex wenl qamt
sam³⁵ pən⁵⁵ ti³²³ kʰən³⁵ we³¹ wən⁵⁵ tʰam¹³
三　天　的　路　做　天　走
三天的路一天走，

安　拜　祝　应　的　哦　言
Anl bail Xuc Yenl dis oc yanc
an⁵⁵ pai⁵⁵ ɕu²² jən⁵⁵ ti³²³ o²² jaŋ²²
赶　去　祝　英　的　处　家
赶去她家看祝英。

拜　豆　祝　应　鸟　团　耨
Bail touk Xuc Yenl nyaoh donc noup
pai⁵⁵ tʰəu⁴⁵³ ɕu²² jən⁵⁵ n̥au³³ ton²² nəu³⁵
去　到　祝　英　在　团　哪
去到寨上难认门，

傍　边　的　银　主　报　毛
Bangc bieenl dis yenc xuh baov maoh
paŋ²² pjen⁵⁵ ti³²³ jən²² ɕu³³ pau⁵³ mau³³
旁　边　的　人　就　告　诉　他
旁边的人告诉他，

没 务 三 写 单 祝 应
Meec wul sans xeex danl Xuc Yenl
me²² wu⁵⁵ san³²³ ɕe³¹ tan⁵⁵ ɕu²² jən⁵⁵
有 个 三 姐 叫 祝 英
有个三姐叫祝英。

部 毛 麻 豆 祝 应 嘎
Bul maoh map touk Xuc Yenl gav
pu⁵⁵ mau³³ mau³⁵ tʰəu⁴⁵³ ɕu²² jən⁵⁵ ka⁵³
个 他 来 到 祝 英 那
山伯来到祝英处,

立 奴 祝 应 本 乡 心
Lis nuv Xuc Yenl bens xangp xenp
li³²³ nu⁵³ ɕu²² jən⁵⁵ pən³²³ ɕaŋ³⁵ xən³⁵
得 看 祝 英 本 伤 心
看见祝英真伤心,

乡 心 给 腮 我 国 根
Xangp xenp gids sais wop gueec kenp
ɕaŋ³⁵ ɕən³⁵ kit³²³ sai³²³ wo³⁵ kwe²² kʰən³⁵
伤 心 痛 肠 说 不 尽
伤心苦恼说不尽。

本 嘎 主 鸟 毛 嘎 鸟
Benl gav xuh nyaoh maoh gav nyaoh
pən⁵⁵ ka⁵³ ɕu³³ ȵau³³ mau³³ ka⁵³ ȵau³³
天 那 就 在 她 那 住
那天住在祝家村,

力 委 兵 凉 忙 呀 紧
Lis weix biings liangc mangc yav qenp
li³²³ wəi³¹ bjiŋ³²³ ljaŋ²² maŋ²² ja⁵³ tʰən³⁵
得 株 病 想 怎么 那 重
从此得了相思病。

团　寨　就　毛　本　哟　晒
Donc xais jiuv maoh bens yov sais
ton²² ɕai³²³ ʨiu⁵³ mau³³ pən³²³ jo⁵³ sai³²³
团　寨　救　他　本　愁　肠
团寨来救药不灵，

祝　应　劝　毛　又　关　心
Xuc Yenl qoŋ maoh yuv konp xenp
ɕu²² jən⁵⁵ ʨʰon⁴⁵³ mau³³ ju⁵³ kʰon³⁵ ɕən³⁵
祝　英　劝　他　要　宽　心
祝英劝他放宽心。

奴　毛　国　立　杂　忙　恩
Nuv map gueec lis sac mangc eenv
nu⁵³ ma³⁵ kwe²² li³²³ sa²² maŋ²² en⁵³
看　来　不　得　药　什么　医
看来没有灵药医，

略　样　略　习　共　神　灵
Liot yangp liot xis gongv xenc lienc
ljo¹³ jaŋ³⁵ ljo¹³ xi³²³ koŋ⁵³ ɕən²² ljən²²
烧　香　烧　纸　供　神　灵
烧香求神也不灵。

良　山　代　病　哦　嘎　转
Liangc Xanp daiv biingh oc gav xonv
ljaŋ²² ɕan³⁵ tai⁵³ pjiŋ³³ o²² ka⁵³ ɕon⁵³
梁　山　带　病　处　那　转
梁山带病回家转，

害　毛　祝　应　呐　国　跟
Haik maoh Xuc Yenl ngees gueec kenp
hai⁴⁵³ mau³³ ɕu²² jən⁵⁵ kwe³²³ kʰən³⁵
害　她　祝　英　哭　　　不　完
祝英为他哭咽咽。

立 奴 祝 应 主 立 病
Lis nuv Xuc Yenl xuh lis biingh
li³²³ nu⁵³ ɕu²² jən⁵⁵ ɕu³³ li³²³ pjiŋ³³
得 看 祝 英 就 得 病
看见祝英得了病，

系 部 系 内 度 略 跟
Xiv bux xiv neix dul liogk kenp
ɕi⁵³ pu⁴⁵³ ɕi⁵³ nəi³¹ tu⁵⁵ ljok⁴⁵³ kʰən³⁵
是 父 是 母 都 慌 神
父母为此慌了神。

银 老 腮 毛
Yenc laox xais maoh
jən²² lau³¹ ɕai³²³ mau³³
人 老 问 他
老人忙把儿来问，

你 系 为 忙 呀 给 晒
Nyac xiv wih mangc yav gids sais
n̠a²² ɕi⁵³ wi³³ maŋ²² ja⁵³ kit³²³ sai³²³
你 是 为 什么 那 痛 肠
儿是为啥伤的心？

良 山 报 毛 为 祝 应
Liangc Xanp baov maoh wih Xuc Yenl
ljaŋ²² ɕan³⁵ pau⁵³ mau³³ wi³³ ɕu²² jən⁵⁵
梁 山 告诉 他 为 祝 英
梁山说是为祝英。

浓 立 祝 应 言 雄 鸟
Nongt lis Xuc Yenl yanc xongv nyaoh
noŋ¹³ li³²³ ɕu²² jən⁵⁵ jan²² ɕoŋ⁵³ n̠au³³
若 是 祝 英 屋 共 住
若得祝英共屋住，

五　　分　　病　　良　　家　　三　　分
Ngox wenp biings liangc qat samp wenp
ŋo³¹　wən³⁵　pjiŋ³²³　ljaŋ²²　tʰa¹³　sam³⁵　wən³⁵
五　分　病　想　轻　三　分
五分的病轻三分；

国　　立　祝　应　言　雄　鸟
Gueec lis Xuc Yenl yanc xongv nyaoh
kwe²²　li³²³　ɕu²²　lən⁵⁵　jan²²　ɕoŋ⁵³　ȵau³³
不　得　祝　英　屋　同　住
不得祝英同屋住，

三　　分　　病　　良　　紧　　五　　分
Samp wenp biingh liangc qenp ngox wenp
san³⁵　wən³⁵　pjiŋ³³　ljaŋ²²　tʰən³⁵　ŋo³¹　wən³⁵
三　分　病　想　重　五　分
三分的病重五分。

毛　　妈　　立　因　嫩　　送　　乃
Maoh mas lis yiŋ nenl songp naih,
mau³³　ma³²³　li³²³　jin⁴⁵³　soŋ³⁵　nai³³
他　妈　得　听　个　话　这
母亲得听这句话，

起　身　　主　拜　　捞　祝　应
Qit xenp xuh bail laop Xuc Yenl
ʨi¹³　ɕən³⁵　ɕu³³　pai⁵⁵　lau³⁵　ɕu²²　jən⁵⁵
起　身　就　去　找　祝　英
起身就上祝家门。

祝　应　乡　　心　　主　呀　报
Xuc Yenl xangp xenp xuh yav baov
ɕu²²　jən⁵⁵　ɕaŋ³⁵　ɕən³⁵　ɕu³³　ja⁵³　pau⁵³
祝　英　伤　心　就　那　讲
祝英伤心把话讲，

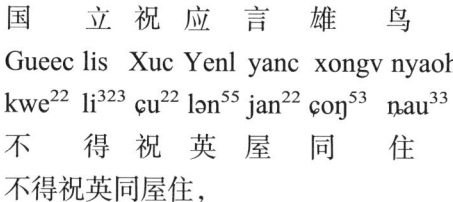

三　麻　三　本　系　你　力
Saemp map samp benl xiv nyac dis
sɐm³⁵　ma³⁵　sam³⁵　pən⁵⁵　çi⁵³　ȵa²²　ti³²³
早　来　三　天　是　你　得
早来三天还可以，

未　麻　三　本
Weep map samp benl
we³⁵　ma³⁵　sam³⁵　pən⁵⁵
晚　来　三　天
晚来三天

要　系　腮　毛　马　家　跟
Yaoc xiv saip maoh Max al kenp
jau²²　çi⁵³　sai³⁵　mau³³　ma³¹　a⁵⁵　kʰən³⁵
我　是　许　他　马　家　了
已经许配马家门。

转　拜　娘
Xonv bail nyangs
çon⁵³　pai⁵⁵　ȵaŋ³²³
转　去　娘
回去吧，舅母！

你　报　良　山　要　宽　心
Nyac baov Liangc Xanp yuv konp xenp
ȵa²²　pau⁵³　ljaŋ²²　çan³⁵　ju⁵³　kʰon³⁵　xən³⁵
你　告诉　梁　山　要　宽　心
告诉梁山要宽心。

良　山　赖　奴　多　系　呀
Liangc Xanp lail noup dov xiv yav
ljaŋ²²　çan³⁵　lai⁵⁵　nəu³⁵　to⁵³　çi⁵³　ja⁵³
梁　山　好　来　倒　是　可
梁山能好倒是可，

浓　　报　　国　　赖
Nongt baov gueec lail
noŋ¹³　pau⁵³　kwe²²　lai⁵⁵
若　　说　　不　　好
万一不好，

得　　拜　　桑　　鸟
Deic bail　sangv nyaoh
təi²²　pai⁵⁵　saŋ⁵³　n̠au³³
拿　　去　　埋　　在
抬去埋在

打　毛　马　家　的　边　　跟
Dah maoh Max al　dis　bieenl kenp
ta³³　mau³³ ma³¹ a⁵⁵ ti³²³ pjen⁵⁵ kʰən³⁵
过　他　马　家　得　边　路
去马家的路坎边。

落　　完　　没　　稳　　打　哦　嘎
Loc wans　meec wenl　dah oc gav
lo²²　wan³²³　me²²　wən⁵⁵　ta³³　o²² ka⁵³
若　　凡　　有　　天　　过　那　里
如若有天能路过，

要　有　拜　祭　良　　山　　神
Yaoc yuv baiv jiv Liangc Xanp xenc
jau²² ju⁵³ pai⁵⁵ t̠i⁵³ ljaŋ²² ɕan³⁵ ɕən²²
我　要　拜　祭　梁　　山　神
也好拜祭梁山灵。

得　　闷　　很　　囵　　稀　奇　事
Dees menl　henx jongc xih jic siv
te³²³　mən⁵⁵　hən³¹　t̠oŋ²²　ɕi³³ t̠i²² si⁵³
下　天　本　多　稀　奇　事
天下就有稀奇事，

我　毛　系　信　主　系　信
Wop maoh xiv xenl xuh xiv xenl
wo³⁵ mau³³ ɕi³³ ɕən⁵⁵ ɕu³³ ɕi⁵³ ɕən⁵⁵
说　它　是　真　就　是　真
说它是真就是真，

祝　应　嫩　嫩　说　度　旧
Xuc Yenl nenl nenl xods dogl joux
ɕu²² jən⁵⁵ nən⁵⁵ nən⁵⁵ ɕot³²³ tok⁵⁵ təu³¹
祝　英　个　个　说　落　实
祝英处处说对了，

良　山　为　毛　跟　以　银
Liangc Xanp wih maoh kenp liis yenc
ljaŋ²² ɕan³⁵ wi³³ mau³³ kʰən³⁵ lji³²³ jən²²
梁　山　为　她　完　世　人
梁山为她命归阴。

本　来　时　好　马　家　接
Benl lail xip haot Max al sibs
pən⁵⁵ lai⁵⁵ ɕi³⁵ hau¹³ ma³¹ a⁵⁵ sip³²³
天　好　时　好　马　家　接
黄道吉日马家接，

麻　家　囵　轿　麻　思　银
Max al jongl jeeuh map sibs yenc
ma³¹ a⁵⁵ toŋ⁵⁵ tɛu³³ ma³⁵ sit³²³ jən²²
马　家　抬　轿　来　接　人
大红花轿来接人。

三　系　落　娇　囵　打　嘎
Samp xis liot jeeuh jongl dah gav
sam³⁵ ɕi³²³ ljo¹³ tɛu³³ toŋ⁵⁵ ta³³ ka⁵³
三　十　六　轿　抬　过　这
三十六轿抬到此，

娇　娇　囵　打　多　模　门
Jeeuh jeeuh jongl dah dol mot menc
ȶeu³³ ȶeu³³ ȶoŋ⁵⁵ ta³³ to⁵⁵ mo¹³ mən²²
轿　轿　抬　过　门　坟　门
轿子抬过山伯坟。

祝　应　务　娇　多　叫　晒
Xuc Yeenl wul jeeuh dos jol xais
ɕu²² jen⁵⁵ wu⁵⁵ ȶeu³³ to³²³ ȶo⁵⁵ ɕai³²³
祝　英　上　轿　放　声　问
英台轿里大声问，

晒　毛　良　山　模　鸟　奴
Xais maoh Liangc Xanp mot nyaoh oup
Cai³²³ mau³³ ljaŋ²² ɕan³⁵ mo¹³ ȵau³³ əu³⁵
问　他　梁　山　墓　在　哪
问他梁山的墓门，

囵　娇　的　银　多　叫　应
Jongl jeeuh dis yenc dos jol yinv
ȶoŋ⁵⁵ ȶeu³³ ti³²³ jən²² to³²³ ȶo⁵⁵ jin⁵³
抬　轿　的　人　放　声　应
抬轿的人同声应，

良　山　的　莫　鸟　边　跟
Liangc Xanp dis mot nyaoh bieenl kenp
ljaŋ²² ɕan³⁵ ti³²³ mo¹³ ȵau³³ pjen⁵⁵ kʰən³⁵
梁　山　的　墓　在　边　路
梁山的墓在路边。

祝　应　报　我　又　类　娇
Xuc Yenl baov wop yuv luih jeeuh
ɕu²² jən⁵⁵ pau⁵³ wo³⁵ ju⁵³ lui³³ ȶeu³³
祝　英　说　到　要　下　轿
英台她说要下轿，

家　要　奴　哈　再　起　身
Jas　yaoc　nuv　hah　saiv　qit　xenp
ta³²³ jau²² nu⁵³ ha³³ sai⁵³ tʰi¹³ ɕən³³
等　我　看　下　再　启　程
等她一下再启程。

祝　应　三　区　又　三　拜
Xuc　Yenl　samp　quit　yuh　samp　baiv
ɕu²² jən⁵⁵ sam³⁵ tʰui¹³ ju³³ sam³⁵ pai⁵³
祝　英　三　跪　又　三　拜
祝英三跪又三拜，

良　山　耶　页　诶　莫　门
Liangc　Xanp　yabs　yabs　eip　mot　menc
ljaŋ²² ɕan³⁵ jap³²³ jap³²³ əi³⁵ mo¹³ mən²²
梁　山　闪　闪　开　墓　门
梁山闪闪开墓门。

祝　应　稳　身　捞　莫　拜
Xuc　Yenl　weenp　xenp　laot　mot　bail
ɕu²² jən⁵⁵ wen³⁵ ɕən³⁵ lau¹³ mo¹³ pai⁵⁵
祝　英　翻　身　进　墓　去
祝英翻身跳进墓，

呀　忙　的　银　架　高　丁
Yac　mangv　dis　yenc　jaic　gaos　dinl
ja²² mang⁵³ ti³²³ jən²² tai²² kau³²³ tin⁵⁵
两　边　的　人　拉　头　脚
惊呆两边抬轿人，

内　内　架　架　难　就　银
Neel　neel　jaic　jaic　nanc　jiuv　yenc
ne⁵⁵ ne⁵⁵ tai²² tai²² nan²² tiu⁵³ jən²²
拉　拉　扯　扯　难　救　人
你拉我扯难救人。

打 力 禄 劲 得 莫 喂
Dah lic luih jenv deic mot ngoil
ta³³ li²² lui³³ tɕən⁵³ təi²² mo¹³ ŋoi⁵⁵
大 家 下 力 把 墓 挖
大家赶紧来挖墓，

变 丽 鸳 鸯 笨 架 闷
Bieenv liv yaeml yangl bens qak menl
pjen⁵³ li⁵³ jɐm⁵⁵ jaŋ⁵⁵ pən³²³ tʰa⁴⁵³ mən⁵⁵
变 对 鸳 鸯 飞 上 天
一对鸳鸯飞天门。

笨 打 马 家 务 言 称
Bens dah Max al wul yanc sins
pən³²³ ta³³ ma³¹ a⁵⁵ wu⁵⁵ jan²² sin³²
飞 过 马 家 上 屋 叫
飞到马家屋上叫，

马 家 拉 嘎 系 立 觉 单 国 立 银
Max al lagx gav xih lis jol danl gueec lis yenc
ma³¹ a⁵⁵ lak³¹ ka⁵³ ɕi³³ li³²³ tɕo⁵⁵ tan⁵⁵ kwe²² li³²³ jən²²
马 家 儿 那 只 得 名 声 不 得 人
马家只得名声不得人。

祝 应 良 山 同 用 计
Xuc Yenl Liangc Xanp dongc yongh jiv
ɕu²² jən⁵⁵ ljaŋ²² ɕan³⁵ toŋ²² joŋ³³ tɕi⁵³
祝 英 梁 山 同 用 计
祝英梁山同用计，

习 留 觉 单 鸟 系 仁
Xih liuc jol danl nyaoh xih lenc
ɕi³³ lju²² tɕo⁵⁵ tan⁵⁵ ȵau³³ ɕi³³ lən²²
只 留 名 声 在 后 面
万世留得好名声。

歌曰：

良　山　伯　系　祝　应　台
Liangc Xanp Beec xiv Xuc Yenl Tais
ljaŋ²² ɕan³⁵ pe²² ɕi⁵³ ɕu²² jən⁵⁵ tai³²³
梁　山　伯　是　祝　英　台
梁山伯与祝英台，

欧　系　同　借　花　同　台
Oux xiv dongc jil wap dongc dais
əu³¹ ɕi⁵³ toŋ²² ȶi⁵⁵ wa³⁵ toŋ²² tai³²³
饭　是　同　吃　花　同　苔
饭同吃来花同栽，

哟　堂　同　赖　计　年　系
Yop dangc dongc lail jih nyinc xiv
jo³⁵ taŋ²² toŋ²² lai⁵⁵ ȶi³³ ȵin²² ɕi⁵³
学　堂　同　好　几　年　久
学堂相好几年久，

生　同　杨　州　死　同　埋
Seenp dongc yangc xul six dongc maic
sen³⁵ toŋ²² jaŋ²² ɕu⁵⁵ si³¹ toŋ²² mai²²
生　同　阳　住　死　同　埋
生同阳住死同埋。

梁山伯与祝英台（侗语剧歌）

Liangs Sanp Bees Suc Yens Taic (al yiv gaeml)

流传地区：贵州省锦屏县平秋镇

歌本传抄：龙恩弟　吴国智

侗文注音：龙耀宏

汉语翻译：王朝根　龙耀宏

第一部

一

奴　克　拜　学　亚　闹　热
Nuv eep bail jot jav naov leec
看　别　去　学　那　闹　热
看到人家去读书,

尧　祝　英　台　国　服　克
Yaoc Zuc Yens Taic gueec wuc eep
我　祝　英　台　不　　服　别
英台心中多羡慕,

奈　难　人　尧　是　老　月
Naiv nanc nyenc yaoc xik lox wieex
耐　难　人　我　是　仔　女
无奈我是女孩子,

打　扮　　老　万　拜　多　勒
Das weenv lox wanl bail tot leec
打　扮　　仔　男　去　读　书
女扮男儿去读书。

二

英　　台　主　求　拜　多　勒
Yens Taic xuv jiuc bail tot leec
英　　台　越　求　去　读　书
英台要求去读书,

罗　月　　细　荣　拜　比　克
Lox wieex xiv jongc bail bix eep
仔　女　　是　怎么　去　比　别
闺女不宜远离屋,

习　没　老　万　赖　打　万
Xix meec lox wanl lail dah wanh
只　有　仔　男　好　过　外
男子外出才方便,

老 月　多 勒 也 少　没
Lox wieex tot leec yas nyont meec
仔 女　读 书 也 少　有
少见姑娘读诗书。

三

发　家 或　官　才 靠 命
Wedt eel weex mongt saic aok mengh
发　家 发　官　才 靠 命
大富大贵才靠命，

才　靠　人　争　命　也　争
Saic aok nyenc xengl mengh yas xengl
才　靠　人　争　命　也　争
才靠八字生得正，

布　人　只 要 航　展　劲
Bul nyenc xic yuv hangt sanx jenv
个　人　只 有 肯　展　劲
学习只要肯用功，

老　万　老 月　一　样　灵
Lox wanl lox wieex yis yangh liengc
仔　男　仔 女　一　样　灵
男女同样都聪明。

四

人　尧　本　是 女　祝 英，
Nyenc yaoc benx xiv nyuix Xus Yingl
人　我　本　是 女　祝 英
无奈英台女儿身，

家 妈 推 尧 当　心　闷
Jas mas deic yaoc dangv semp menl
爹 妈 把 我 当　中 心 天
外出父母不放心，

尧　是一　务　老月　朵
Yaoc xiv yis wul lox wieex tot
我　是　一　个　仔　女　独
我是一个独姑娘，

打　扮　　老万　多勒　文
Das weenv lox wanl tot leec wenc
打　扮　　仔男　读书　文
女扮男装读书文。

五
拜　奴　哥
Bail nup gos
去　那　歌
问你哥哥何处行，

尧　怒　布牙　像　拜　学
Yaoc nuv bul nyac xangs bail yop
我　看　个你　像　去　学
好像一个读书人，

若是拜　学　哥加弟
Os xiv bail yop gos jas gil
若是去　学　哥等点
若去上学等一等，

求　各　尧　哥肖　同　学
Jous kop yaoc gos xaop dongc xos
孔　怕　我　哥你　同　学
等我家兄一路行。

六
报　牙　仁
Buv nyac renp
报　你　真
果是真，

教　拜　杭　　州多勒文
Jaol bail Hangc Xul tot leec wenc
我　去　杭　　州读书 文
我去杭州读书文，

牙　报　卯　麻教没 板
Nyac buv maoh map jaol meec banx
你　叫　他　来咱有　伴
你要他来咱有伴，

或　路　同　　派人　伙人
Weex roux dongc bail nyenc wox nyenc
做　伙　同　　去人　熟人
结伴同行人识人。

七
人　尧　本　细务腊朵
Nyenc yaoc benx xiv wul lax tot
人　我　本　是歌仔学
我本是个独儿生，

命　国　带　炯　松　难合
Mengh gueec daiv jongx songp nanc wop
命　不　带　兄弟话　难说
命无兄弟难出声，

尧　想　金　牙阿解农
Yaoc sangt jeml nyac abx jaix nongx
我　兄　邀　你结兄弟
邀你结为亲兄弟，

可　牙　意愿　合　国　合
Gox　nyac yiv wienv hoc gueec hoc
不知你　是愿　合不　合
不知你意合不合。

八

英　台　尧　也　细　腊　独
Yens Taic yaoc yas xiv lax tot
英　台　我　也　是　仔　独
英台我是独生子，

习　没　务　妹　国　雷　哥
Xix meec wul meil gueec lis gos
只　有　个　妹　没　有　哥
只有妹妹没有哥，

笨　乃　麻　布　阿　解　农
Benl naih mac bul abx jaix nongx
天　这　俩　个　结　兄　弟
蒙兄不嫌拜兄弟，

没　缘　修　麻　恰　恰　合
Meec wienc siup map jac jac hoc
有　缘　修　来　将　将　合
这是缘分的巧合。

九

大　雷　笨　乃　同　拜　学
Daih ric benl naih dongc bail jop
大　伙　天　这　同　　去　学
大伙今日同上学，

尧　栽　人　松　肖　白　个
Yaoc xais nyenc songp xaop bix gol
我　问　你　花　你　别　笑
有话问你你莫笑，

栽　肖　牙　部　细　奴　的
Xais xaop yac bul xiv oup　lis
问　你　二　位　是　何　处　的
请问二位家何处，

姓　忙　旦　忙　报　明　确
Singk mangc danl mangc baov mingc joc
姓　什么　名　什么　报　明　确
什么姓来什么名。

十

报　人　牙
Baov nyenc nyac
报　人　你
答你问,

布　尧　姓　梁　是　梁　家
Bul yaoc singk Liangc xiv Liangc al
个　我　姓　梁　是　梁　家
我本姓梁梁家人,

人　尧　的旦　梁　山　伯
Nyenc yaoc lis danl Liangc Sanp Bees
人　我　的　名　梁　山　伯
我的名叫梁山伯,

笨　乃　没　缘　得　东　牙
Benl naih meec wienc lis dongs nyac
天　这　有　缘　的　遇　你
今日有缘遇贤人。

十一

尧　言　细　鸟　祝　家　村
Yaoc yanc xiv nyaoh Zuc al cens
我　家　是　在　祝　家　村
我家上虞祝家村,

但　为　英　台　本　细　信
Tanl weex Yens Taic benx xiv xenl
名　做　英　台　本　是　真
名叫英台本是真,

雷 多 给 热 国 像 样
Lis tot gil leec gueec xangh yanghde
得 读 点 书 不 像 样
虽读点书知识少，

恒 想 拜 学 奔 前 程
Hanp sangt bail yoc benl xeenc senc
还 想 去 学 奔 前 程
还想上学求功名。

十二
梁 山 伯 细 祝 英 台
Liangc Sanp Bees xiv Zuc Yens Taic
梁 山 伯 是 祝 英 台
梁山伯与祝英台，

弄 告 落 地 同 跪 拜
Nongt gaov dov dih dongc quit baiv
膝 盖 落 弟 同 跪 拜
双膝着地同跪拜，

互 相 关 顾 阿 解 农
Wul xangs guans guv abx jaix nongx
互 相 关 顾 结 兄 弟
结拜兄弟互相帮，

展 劲 多 勒 梦 成 才
Sanx jenv tot leec miongh xenc saic
展 劲 读 书 盼 成 才
刻苦攻书盼成才。

十三
想 麻 人 叫 没 缘 分
Sangt map nyenc jaol meec wienc wenl
想 来 人 我 有 缘 分
想来双方有缘分，

拜 学 东 肖 多 半 路
Bail yop dongs xaop nyaoh banv genp
去 学 遇 你 在 半 路
才得同路去杭城，

笨 乃 麻 布 阿 解 农
Benl naih mac bul abx jaix nongx
天 这 俩 个 结 兄 弟
今日结拜为兄弟，

国 图 风 光 也 图 名
Gueec duc wongp guangl yeex duc mienc
不 图 风 光 也 图 名
不图风光图功名。

十四

梁 山 伯 细 祝 英 台
Liangc Sanp Bees xiv Zuc Yens Taic
梁 山 伯 与 祝 英 台
英台弟与山伯哥，

半 跟 雷 东 忙 亚 赖
Banv genp lis dongs mangc yav lail
半 路 得 遇 怎 么 那 好
半路相逢真巧合，

笨 乃 拜 学 教 没 板
Benl naih bail yop jaol meec banx
今 日 去 学 咱 有 伴
上学途中有了伴，

到 学 麻 布 共 条 台
Touk yop mac bul xongv yiuc daic
到 学 俩 我 共 条 桌
到校我俩共书桌。

十五

农 祝 英 细 梁 山 哥
Nongx Zuc Yingsxiv Liangc Xanp gos
弟 祝 英 是 梁 山 哥
祝英弟与梁山哥,

笨 乃 麻 布 同 拜 学
Benl naih mac bul dongc bail yop
天 这 俩 我 同 去 学
一路杭州同上学,

尧 细 农 麻 牙 细 哥
Yaoc xiv nongx map nyac xiv gos
我 是 弟 来 你 是 哥
你是哥来我是弟,

展 劲 多 勒 白 干 学
Sanx jenv tot leec bix ganl yop
展 劲 读 书 别 隔 学
勤奋读书不逃学。

十六

麻 布 细 为 多 勒 文
Mac bul xiv wih tot leec wenc
俩 我 是 为 读 书 问
我俩都为求功名,

笨 家 笨 妈 他 客 村
Benv jas benv mas dah eep senl
丢 爹 丢 母 去 别 村
离父别母到杭城,

为 了 嫩 勒 又 嫩 字
Wih lieeux nenl leec yus nenl sih
为 了 个 书 有 个 字
为了知书和识字,

笨　了　各乡　拜各城
Benv lieeux oc yangp bail oc xenc
丢　了　处乡　去处城
别了乡下进了城。

十七

尧　也　细　为　拜　多　勒
Yaoc yah xiv wih bail tot leec
我　　也　是　为　去　读　书
我也是为去读书，

笨　普　笨　内　他　村　客
Benv bux benv neix dah senl eep
丢　父　别　母　过　村　别
读书才把父母别，

为　了　嫩　勒　又　嫩　字
Wih lieeux nenl leec yus nenl sih
为　了　个　书　又　个　字
为了知书和识字，

祝　英　东　牙　梁　山　伯
Zuc Yings dongs nyac Liangc Xanp Beec
祝　英　遇　你　梁　山　被
祝英台遇梁山伯。

十八

尧　细　居　高　朱　牙　大
Yaoc xiv jeis gaos xup yac dal
我　是　抬　头　望　你　眼
愚兄抬头看弟脸，

得　怒　农　牙　穿　了　耳
Lis nuv nongx nyac sonp lieeux kap
得　见　弟　你　穿　了　耳
得见弟耳有环眼，

老　月　穿　耳　到　没　广
Lox wieex sonp kap dov meec guangx
仔　女　穿　耳　到　有　多
女人穿耳很常见，

老　万　穿　耳　西　没　牙
Lox wanl sonp kap xix meec nyac
仔　男　穿　耳　只　有　你
男戴耳环很新鲜。

十九

哥　牙　说　到　尧　才　宁
Gos nyac xodt touk yaoc saic nyenh
哥　你　说　到　我　才　记
贤兄问到才记起，

说　到　穿　耳　过　大　井
Xodt touk sonp kap gol dav bienl
说　到　穿　耳　笑　断　牙
这事说来笑死人，

教　寨　年　年　开　香　庙
Jiaol xaih nyenc nyenc eip xangc miuh
我　寨　年　年　开　场　庙
寨上年年开庙会，

打　扮　观　音　拜　游　行
Das wenv Gonl Yingl bail youc xenc
打　扮　观　音　去　游　行
我扮观音去游村。

二十

各　冬　拜　了　豆　各　春
Oc dongl bail lieeux touk oc senp
处　冬　去　了　到　处　春
寒冬去了又新春，

麻 布 到 学 三 年 根
Mac bul touk yop samp nyenc kenp
两 个 到 学 三 年 了
两人学堂三年整,

回 信 说 报 妈 没 病
Wic senk xodt bov mas meec biingh
回 信 说 道 母 有 病
接到家书母亲病,

心 头 抱 沼 鸟 国 成
Semp douc baoc saok nyaoh gueec xenc
心 头 烦 乱 坐 不 成
心头烦乱不安心。

二十一

国 判 牙 妈 得 病 重
Gueec ponk nyac mas lis bingh qenp
不 判 你 母 得 病 重
不料你妈身患病,

要 牙 转 屋 赶 起 身
Yuv nyac xonv yanc ganx qit xenp
要 您 转 屋 赶 起 身
要你回家看母亲,

布 尧 各 都 真 卡 亚
Bul yaoc oc dus xenl gah nyah
个 你 处 肚 真 烦 乱
梁兄我心很难过,

尧 为 人 牙 哭 得 成
Yaoc wih nyenc nyac ngees lis xenc
我 为 人 你 哭 得 成
我也感觉好伤心。

二十二

英　台　本　细务　老月
Yens Taic benx xiv wul lox wieex
英　台　本　是　个　仔　女
英台本是女儿身，

打扮　老万　麻　多　勒
Das wenv lox wanl map tot leec
打　扮　仔男　来　读　书
女扮男装出远门，

布　尧　难　下　梁　山　伯
Bul yaoc nanc xat Liangc Sanp Beec
个　我　难　舍　梁　山　伯
临别难舍梁山伯，

帮　尧　或　媒　牙　愿　国
Bangl yaoc weex moic nyac wienh gueec
帮　我　做　媒　你　愿　不
想烦师母当媒人。

二十三

英　台　牙　细务　老月
Yens Taic nyac xiv wul lox wieex
英　台　你　是　个　仔　女
英台本是女儿身，

师母　各　都　早　明　白
Siis mux oc dus semp mienc beec
师　母　处　肚　早　明　白
师母早看出真情，

人　牙　虽　下　梁　山　伯
Genc nyac xuix xial Liangc Sanp Beec
人　你　许　下　梁　山　伯
你今托我为媒证，

牙 没 送 忙 才 卯 国
Nyac meec songl mangc saip maoh gueec
你 有 种 什么 给 他 不
你拿什么作把凭。

二十四
师 母 帮 尧 拜 中 成
Siis mux bangl yaoc bail songs xenc
师 母 帮 我 去 撮 合
拜托师母当媒人，

乃 没 条 仙 为 凭 证，
Naih meec yiuc xeenh weex benc senl
这 有 手 镯 做 凭 证
白银手镯为凭证，

推 拜 约 才 梁 山 伯
Deic bail yos saip Liangs Sanp Beec
拿 去 交 给 梁 山 伯
拿去交给梁山伯，

己 乃 国 兰 押 的 情
Jih naih gueec lamc nyac dis xenc
世 这 不 忘 你 的 情
一世不忘师母情。

二十五
祝 英 台
Zuc Yings Taic
祝 英 台
祝英台呀祝英台，

哎 下 梁 山 荣 或 赖
Eis xat Liangc Xanp yongc weex lail
难 舍 梁 山 怎样 做 好
若你难舍梁山伯，

牙　没　松　忙　白　各　说
Nyac meec songp mangc bix kop xodt
你　有　话　什么　别　怕　说
有话只管当面讲，

师　母　帮　押　拜　安　排
Siis mux bangl nyac bail ngans baic
师　母　帮　你　去　安　排
师母帮你来安排。

二十六
师　母　牙
Sis mux nyac
师　母　你
师母请你转告他，

十　笨　孟　考　报　卯　麻
Xedk benl mangv aox baov maoh map
十　天　边　内　叫　他　来
十天之内到我家，

十　笨　孟　考　豆　尧　卡
Xedk benl mangv aox touk yaoc gav
十　天　边　内　到　我　处
十天之内来我处，

若　凡　国　豆　怪　底　牙
Loc wanc gueec touk guaiv gis nyac
若　凡　不　到　怪　不　你
若凡不到我无法。

二十七
山　伯　哥
Sanp Bees gos
山　伯　哥
山伯哥，

尧　为　内　病　辞　各　学
Yaoc wih neix bingh sic oc yop
我　为　母　病　离　处　学
我因母病要辞学，

笨　乃　谢　哥　牙　麻　送
Benl naih ait gos nyac map sonx
天　这　谢　哥　你　来　送
今天感谢哥来相送，

尧　没　嫩　松　姆　难　说
Yaoc meec lenc songp muv nanc xodt
我　有　个　话　　口　难　说
心中有话口难说。

第二部

二十八

布　尧　送　农　　出　杭　城
Bul yaoc sonx nongx ux hangc xenc
个　我　送　弟　　出　杭　城
兄送贤弟出杭城，

麻　布　解　农　　暂　时　分
Mac bul jaix nongx sanl lic wenp
俩　我　兄　弟　　暂　离　分
我们兄弟暂时分，

笨　乃　农　　牙　拜　西　换
Benl naih nongx nyac bail sis wonk
天　这　弟　　你　去　时　先
今天贤弟先回去，

论　笨　哥　尧　麻　西　仁
Lams nenl gos yaoc map xis lenc
等　天　哥　我　来　时　后
过不几天我回程。

二十九

梁　　哥　送　农　　出　堕　城
Liangc gos sonx nongx ux dol xenc
梁　　哥　送　弟　　出　门　城
梁兄送弟出城门，

转　　松　报　哥　松　　一　仁
Xonv songp baov gos songp yis lenp
转　　话　报　哥　话　　一　声
特向梁兄说一声，

嘎　豆　笨　那　早　麻　弟
Qat touk benl nas semp map gil
等　到　天　后　早　来　点
望兄早日来寒舍，

哥　牙　各　是　白　兰　伦
Gos nyac gop xiv bix lamc lenc
哥　你　可　是　别　忘　时
哥哥切莫误时辰。

三十

出　了　　堕　城　豆　高　桥
Ux lieeux dol xenc touk gaos jiuc
出　了　　门　城　到　头　桥
出了城门过大桥，

慢　　慢　　翻　岑　又　他　坳
Wanp wanp weenp jenc yus dah iuk
慢　　慢　　翻　山　又　过　坳
慢慢翻坡又过坳，

跟　　界　西　又　人　　约　　走
Kenp jail xic yuv nyenc hangt qamt
路　　远　只　要　人　　肯　　走
路远只要人肯走，

教　推　各弯　拉　　各直
Jaol deis oc wanl bieenv oc diuh
咱　把　出弯　变　　处直
不怕关山路途遥。

三十一
出　了　　堕城　他了　　关
Ux lieeux dol xenc dah lieeux guanl
出　了　　门城　过了　　关
出了城门出了关，

鲁　人　麻　豆　凤　凰　　山
Loux nyenc map touk Hongl Wangc Xans
俩　人　来　到　凤　凰　　山
前行来到凤凰山，

十　分　考它　花　千　　万
Xadk wenp ox das wap seenp wanh
十　分　处山　花　千　　万
虽然山花开烂漫，

国　　兰　边　身　花　木　兰
Gueec lamc bieenl xenp Wax Muc Lanc
不　　忘　边　身　花　木　兰
不忘身边花木兰。

三十二
送　农　　它坳　又它　盘
Sonx nongx dah iuk yus dah banc
送　弟　　过坳　又过　盘
过了一坳又一弯，

教　又　走　到　翠　屏　　山
Jaol yus qamt touk Seil Bingc Xans
咱　又　走　到　翠　屏　　山
前行来到翠屏山，

得听　考他阳　雀喊
Lis yenk aox das yangc joc jaol
得听　内山阳　雀叫
得听山中阳雀叫，

得听　故美　良　哩弹
Lis yeenk ul meix liangc liis danc
得听　上树　蝉　儿弹
又听树上的蝉鸣。

三十三

牙　托金　鸡鸟　考它
Yac doc jeml jil nyaoh oc das
两　只　金　鸡　在　处山
一对金鸡在林荫，

罗　成　罗前　走　他那
Loc senc los sonk qamt dah map
只　后　只前　走　过来
一前一后紧随行，

金　鸡　成双　又成　对
Jeml jil xenc sangp yus xenc deiv
金　鸡　成　双　又　成　对
金鸡成双又成对，

当　奴主　是　尧和牙。
Dangl nuv xux doiv yaoc hoc nyac
当　看　就　对　我　和人
就像你我两人行。

三十四

笨　乃翻　岑　又他坳
Benl naih weenp jenc yus dah iuk
天　这翻　山　又过坳
一路翻坡又过坳，

或　工　的　人　　收　工　豆
Weex ongl lis nyenc xup ongl touk
做　工　的　人　　收　工　到
种田的人收工到，

人　　卯　　挑　见　为　耍　腊
Nyenc maoh dadx jedv wih sax lax
人　　他　　砍　柴　为　妻　儿
他人砍柴为崽女，

梁　山　送　弟　　是　或　奴
Liangc Sanp sonx nongx xiv wih nouc
梁　山　送　弟　　是　为　谁
梁兄送弟为哪条？

三十五

没　对　鸳　鸯　鸟　边　塘
Mwwc leil wieens yangs nyaoh bieenl dangc
一　　对　鸳　鸯　　在　边　塘
一对鸳鸯在水塘，

若　虽　若　尾　配　成　双
Los seit los neix pik xenc sangp
只　雄　只　雌　配　成　双
一雌一雄配成双，

英　　台　若　是　务　老　月
Yens Taic los xiv wul lox wieex
英　　台　若　是　个　仔　女
英台若是一女子，

信　又　梁　　哥　当　　新　郎
Xenl yuv Liangs gos dangs xins langc
真　要　梁　　哥　当　　新　郎
定要梁兄当新郎。

三十六

人　教　又　麻　豆　边　淼
Nyenc jaol yus map touk bieenl nyal
人　我　又　来　到　边　河
两人行走到河边，

没　对　鹅　白　游　他　麻
Meec leiv nganh bax yuc dah map
有　对　鹅　白　游　过　来
一对白鹅好悠闲，

托　虽　跟　前　推　高　昂
Doc seit kenp wonk deic gaos ngans
只　兄　路　前　把　头　昂
雄鹅昂头游前面，

托　尾　西　仁　国　离　牙
Dos neix xix lenc gueec liic nyac
只　雌　棉　后　不　离　雄
雌鹅随后不离远。

三十七

各　该　边　路　赖　仁　井
Oc naih bieenl kenp lail lenp menv
处　这　边　路　好　口　井
路边好口凉水井，

闷　水　清　清　的　怒　信
Menv nemx seenp seenp lis nuv xenl
井　水　清　清　得　见　清
井水清澈映倒影，

各　闷　照　出　牙　布　影
Oc menv xeeuv ux yac nenl yenx
处　井　照　出　两　个　影
看到井底影一双，

务 办 务 灭 像 牙 人
Woul banl woul wieex xangh yac nyenc
个 男 个 女 像 俩 人
一男一女像情人。

三十八
笨 乃 麻 豆 观 音 堂
Benl naih map touk Gons Yings Tangc
日 这 来 到 观 音 堂
前行来到观音堂,

麻 同 略 西 又 烧 香
Mac dongc lioh xis yus xeeup yangp
俩 同 烧 纸 又 烧 香
神前一同烧纸香,

尧 报 观 音 保 佑 教
Yaoc baov gonl yingl baox yuv jaol
我 求 观 音 保 佑 咱
我求观音多保佑,

同 梁 兄 牙 拜 花 堂
Dongc Liangs xongs nyac baiv wap dangc
同 梁 兄 你 拜 花 堂
同你梁兄拜花堂。

三十九
西 晚 没 布 木 板 桥
Xix wonk meec wuh muc banx qaoc
置 前 有 步 母 板 桥
前面走到木板桥,

我 人 甲 胆 心 头 跳
Yaoc nyenc qat dams semp douc jeeul
我 人 轻 胆 心 头 跳
我人胆小心头跳,

梁　兄　扶　尧　打　桥　拜
Liangs xongs qongt yaoc dah jiuc bail
梁　兄　扶　我　过　桥　去
梁兄扶我桥上过。

主　太　牛　女　渡　鹊　桥
Xux doiv nouc nyuix dah xic jaoc
就　对　牛　女　过　鹊　桥
好像牛女①渡鹊桥。

四十

央　乃　麻　豆　养　牛　场
Yangk naih map touk yangx nouc xangc
现　在　来　到　养　牛　场
前面来到养牛场，

长　托　的　人　推　嘎　唱
Sangx doc lis nyenc deic al xangk
养　牛　的　人　把　歌　唱
得听牧童把歌唱，

人　又　唱　嘎　人　习　梅
Nyenc yus xangk al nyenc xip meix
人　又　唱　歌　人　吹　木叶
又吹木叶②又唱歌，

对　托　习　吧　托　约　忙
Doiv doc xip bav doc wox mangc
对　牛　吹　叶　牛　懂　什么
对牛弹琴难呀难。

四十一

赖　条　淼　乃　赖　盘　跟
Lail yiuc nyal nemx lail wanc kenp
好　条　河　水　好　盘　路
好个河湾好条河，

---

① 牛女：牛郎织女。
② 吹木叶：侗族青年男女恋爱交往的方式。

东　对　鹅　白　他　边　身
Dongs leiv nganh bax dah bieenl xenp
遇　对　鹅　白　从　边　身
迎面游来一对鹅，

托　虽　跟　前　逛　逛　走
Doc seit kenp sonk guangs guangs qamt
只　雄　路　前　只　　顾　走
雄鹅在前只顾走，

国　伙　托　尾　鸟　西　仁
Gueec wox dos neix nyaoh xix lenc
不　知　只　雌　在　置　后
不管后面的雌鹅。

四十二
英　台　说　松　国　榜　码
Yens Taic xodt songp gox　pangp max
英　台　说　话　不知　高　大
英台说话不小心，

国　伙　嫩　奴　松　轻　加
Gueec wox nenl songp qenp xiv qat
不　知　句　话　重　是　轻
不知言语重和轻，

尧　报　哥　押　白　记　论
Yaoc baov　gos nyac bix jiv lenh
我　告诉　哥　你　别　记　认
拜求梁兄多谅解，

常　来　送　农　豆　凉　亭
Xangc laic sonx nongx touk liangc jenc
常　来　送　弟　到　凉　亭
还请送弟到凉亭。

四十三

笨　乃　布　哥　麻　送　农
Benl naih bul gos map sonx nongx
日　这　个　哥　来　送　弟
今天愚兄把弟送，

报　农　白　嫌　哥　话　少
Baov nongx bix yeemp gos nyont songp
报　弟　别　嫌　哥　少　话
贤弟别嫌哥语穷，

说　的　嫩　松　又　记　念
Xodt lis nenl songp yuv jiv nyenh
说　的　个　话　有　记　记
说过的话心中记，

念　　起　结　拜　意　情　浓
Nieenh qit jeec baiv xenc yiv nyongc
记　　起　结　拜　情　义　浓
记起结拜情义浓。

四十四

谢　哥　仁　意　麻　送　农
Ait gos xenc yiv map sonx nongx
谢　哥　情　义　来　送　弟
谢兄厚意来相送，

哥　说　的　松　记　心　中
Go xodt lis songp jiv xenp xongl
哥　说　的　话　记　心　中
哥说的话记心中，

金　蛮　银　白　细　死　宝
Jenl mant nyenc bax xiv six baox
金　黄　银　白　是　死　宝
黄金白银是死宝，

难　比　哥农　意　情浓
Nanx bix gos nongx xenc yiv nyongc
难　比　哥弟　情　义　浓
难比弟兄情义重。

四十五

谢兄送　弟　别　南　山
Ait gos sonx nongx touk Nanc Sanp
谢　哥　送　弟　到　南　山
谢兄送弟到南山，

送　到　南　山　他冷　盘
Sonx touk Nanc Xanp dah lieeux banc
送　到　南　山　过　了　盘
送到南山过了弯，

听　　别都合　南　山　好
Qingk eep dus xodt nanc xanp lail
听　　别都说　南　山　好
是人都说南山好，

金　殿喊　麻良　　哩弹
Jeml jil　seent map liangc liis danc
金　鸡叫　来　蝉　儿弹
听金鸡叫听鸣蝉。

四十六

谢　哥送　农　他　南　山
Ais gos sonx nongx dah Nanc Xanp
谢　哥　送　弟　过　南　山
谢兄送弟过南山，

南　山　花开　满　岑烂
Nanc Xanp eip wap monx jenc lanl
南　山　开花　满　山　烂
南山花开真灿烂，

得 怒 脚 他 花 牙 朵
Lis nuv deenl das wap yac dox
得 见 脚 山 花 两 朵
南山脚下花两朵，

一 朵 花 娅 一 朵 兰
Yis lox wap yak yis lox lanc
一 朵 花 红 一 朵 蓝
一朵花红一朵蓝。

四十七

谢 哥 送 农 他 边 圭
Ait gos sonx nongx dah bieenl kuit
谢 哥 送 弟 过 边 溪
兄送贤弟过小溪，

别 南 各 圭 捞 大 随
Badv namx oc kuit aol dal sic
鸭 水 处 溪 捉 鱼 蛇
河中野鸭戏小鱼，

同 鸟 各 塘 同 老 借
Dongc nyaoh oc dangc dongc laop jeel
同 在 处 塘 同 找 吃
同在河中同游水，

同 架 无 定 同 休 息
Dongc qak wul jenl dongc xius xic
同 上 上 坎 同 休 息
一同上岸同歇息。

四十八

谢 兄 送 农 他 了 圭
Ait gos sonx nongx dah lieeux kuit
谢 哥 送 弟 过 了 溪
谢兄送弟过了溪，

怒 雷 鸳 鸯 各 水 雷
Nuv leiv weens yangs oc nemx lic
看 对 鸳 鸯 处 水 游
见对鸳鸯在戏水，

梁 哥 麻 捡 鸳 鸯 样
Liangs gos mac jadv weens yangs yangh
梁 哥 俩 捡 鸳 鸯 样
我俩要学鸳鸯样，

同 鸟 边 水 弟 国 离
Dongc nyaoh bieenl nemx giv gueec liic
同 在 边 水 点 不 离
同在江边永不离。

四十九

哥 尧 送 农 西 豆 该
Gos yaoc sonx nongx xix touk aih
哥 我 送 弟 只 到 这
今日送弟到这里，

各 凉 亭 乃 分 散 拜
Aoc liangs jens naih wenp sank bail
内 凉 亭 这 分 散 去
过了长亭离别去，

多 问 登 了 前 干 乃
Daoh wenl demp lieeux xenc geenl naih
眼 天 登 了 时 更 这
太阳偏西天渐晚，

孖 又 赶 跟 可 白 挨
Nyac yuv ans kenp kot bix ngaic
你 要 赶 路 可 别 留
弟要赶路别逗留。

五十

哥 牙 最 赶 白 略 拜
Gos nyac saiv ans bix liok bail
哥 你 再 赶 别 急 去
再急再紧也不忙,

农 要 栽 牙 仁 松 赖
Nongx yaoc xais nyac lenp songp lail
低 我 问 你 个 花 好
小弟有话问兄长,

牙 言 人 老 奴 料 理
Nyac yanc nyenc laox nouc lieeuv liix
你 家 人 老 谁 料 理
家中老人谁照顾?

再 栽 大 嫂 耐 顽 国
Saiv xais dal saox naih wanc gueec
还 问 大 嫂 耐 烦 不
再问嫂嫂做哪行?

五十一

哥 细 腊 穷 买 国 没
Gos xiv lax ut maix gueec meec
哥 是 仔 穷 妻 不 有
为兄家贫未娶妻,

可 豆 目 忙 才 当 克
Gox touk muh mangc saic dangl eel
不 知 时 什 么 才 当 家
不知何时把家立,

央 乃 人 老 度 恒 鸟
Yangk naih nyenc laox dus hanp nyaoh
时 这 人 老 都 还 在
幸得老人都健在,

才　雷杭　州麻多勒
Caic lis hangc xul map dos leec
才　得杭　州来　读书
才得杭州来学习。

五十二

梁　兄　真的国　没买
Liangs xiongl xenl xiv gueec meec maix
梁　兄　真是不　有妻
梁兄真的未娶妻，

英　台　帮　牙麻或媒
Yens Taic bangl nyac map weex moic
英　台　帮　你来做媒
英台愿意来做媒，

尧　言没务农　九妹
Yaoc yanc meec wul nongx joux meil
我　家　有个妹　九妹
我家有个小九妹，

中　成　同　牙牙愿　国
Songs xenc dongc nyac nyac wieenh gueec
许　配　同　你你愿　不
许配梁兄做贤妻。

五十三

英　台　帮　哥麻或主
Yens Taic bangl gos map weex xus
英　台　帮　哥来做　主
英台帮我来做主，

恒　是中　成牙　的布
Hanp xiv songs xenc nyac lis bul
还　是介　绍你　的个
介绍自己小九妹。

牙　妹　国　嫌　尧　言　穷
Nyac meil gueec yeemp yaoc yanc ut
你　妹　不　嫌　我　家　贫
妹妹不嫌我家穷,

九　斤　高　牧　恒　除　油
Jus jenl gaos muk hanp xuc yuc
九　斤　头　猪　还　除　油
九斤猪头来敬媒。

五十四

英　台　牙　言　小　九　妹
Yens Taic nyac yanc nongx jux meil
英　台　你　家　妹　九　妹
贤弟府上小九妹,

牙　的　年　纪　差　界　近
Nyac lis nyenc qit xap jail gil
你　得　年　纪　差　远　点
你俩年纪差几岁,

卯　的　那　让　尧　国　约
Maoh lis nas longl yaoc gueec wox
她　的　脸　面　我　不　知
她的容貌肯定美,

总　各　同　牙　差　国　雷
Songl goc dongc nyac sap gueec leic
肯　定　与　你　差　不　多
肯定与你差不离。

五十五

牙　栽　尧　言　小　九　妹
Nyac xais yaoc yanc nongx jux meil
你　问　我　家　妹　九　妹
问到我家小九妹,

人　当　的　列　又　豆　爱
Nyenc dongl lis lieec yus douh eiv
人　长　得　好　有　逗　爱
人长得好很可爱，

麻　布　同　笨　同　时　当
Mac bul dongc benl yus dongc sih
俩　个　同　天　又　同　时
咱俩同天同时生，

真　细　哪　让　差　国　雷
Xenl xiv nas longl sap gueec leic
真　的　脸　面　差　不　大
孪生兄妹差不离。

五十六

笨　乃　送　农　豆　凉　亭
Benl naih sonx nongx touk liangs jenc
天　这　送　弟　到　凉　亭
今天送弟到凉亭，

麻　布　解　农　笨　乃　分
Mac bul jaix nongx benl naih wenp
俩　我　兄　弟　天　这　分
我俩兄弟暂时分，

笨　乃　送　农　拜　西　晚
Benl naih sonx nongx bail xix wonk
天　这　送　弟　去　时　先
今天送弟先头走，

基　笨　哥　尧　麻　西　伦
Jis benl gos yaoc map xix lenc
几　天　哥　我　来　时　后
几天过后哥临门。

五十七

谢 哥 送 农 豆 凉 亭
Ais gos sonx nongx touk liangc jenc
谢 哥 送 弟 到 凉 亭
承蒙送弟到凉亭，

再 细 难 分 也 要 分
Saiv xiv nanc wenp yah yul wenp
再 是 难 分 也 要 分
再是难舍也要分，

尧 拜 各 言 怒 人 老
Yaoc bail oc yanc nuv nyenc laox
我 去 处 家 看 人 老
弟因回家探父母，

牙 转 各 学 麻 西 伦
Nyac xonv oc yop map xix lenc
你 转 处 学 来 时 后
梁兄返校后启程。

五十八

多 问 豆 了 前 干 乃
Dos wenl touk lieeux xeenc genl naih
眼 天 到 了 时 更 这
眼看天色快要黑，

再 是 难 分 都 散 拜
Saiv xiv nanc wenp dus sank bail
再 是 难 分 都 散 去
再是难分也要别，

报 哥 伸 麻 接 尧 妹
Baov gos samp map sebx yaoc nongx
告诉 哥 早 来 接 我 妹
梁兄早来接九妹，

白 才 为 难 尧 英 台
Bix saip weic nanc yaoc Yens Taic
别 让 为 难 我 英 台
别让英台来为难。

五十九

哥 报 布 农 押 放 心
Gos baov bul nongx nyac wangk senp
哥 报 个 弟 你 放 心
兄报贤弟放宽心，

农 的 情 意 想 国 跟
Nongx lis xenc yiv sangt gueec kenp
弟 得 情 义 想 不 完
为兄难忘弟的恩，

农 的 嫩 松 哥 记 认
Nongx lis nenl songp yaoc jiv nyenh
弟 得 个 话 我 记 记
你的话语早记住，

再 国 他 身 主 兰 伦
Saiv gueec dah senp xux lamc lemc
再 不 过 身 就 忘 风
为兄不是健忘人。

六十

再 报 哥 牙 赖 记 认
Saiv baov gos nyac lail jiv lenh
再 报 哥 你 好 记 认
再报梁兄要记清，

白 推 松 真 国 当 真
Bix deic songp xenl gueec dangv xenl
别 把 话 真 不 当 真
别把真话不当真，

要 带 铁 匠 打 铁 热
Yuv doiv qeet xangh donv tadk laiv
要 对 铁 匠 煅 铁 热
要学铁匠趁热打，

白 加 铁 冷 打 同 成
Bix houk tadk lak donv gueec xenc
别 等 铁 冷 煅 不 成
铁块转冷打不成。

六十一
尧 赶 转 言 怒 家 妈
Yaoc ans xonv yanc nuv jas mas
我 赶 转 家 看 爹 妈
想念爹妈赶回家，

报 牙 梁 山 要 早 麻
Baov nyac Liangs Xanp yuv semp map
报 你 梁 山 要 早 来
万望梁兄早回程，

麻 接 九 妹 牙 言 拜
Map sibx jux meil nyac yanc bail
来 接 九 妹 你 家 去
来接九妹你家去。

白 太 麻 或 难 加 牙
Bix taik map weep nanc jas nyac
别 太 来 晚 难 等 你
别让九妹等郎君。

第三部

六十二
易 从 英 台 分 散 拜
Yis songc Yens Taic wenp sank bail
一 从 英 台 分 散 去
自从英台两分开，

下 尧 务 人 荣 或 赖
Gal yaoc wul nyenc yongc weex lail
剩 我 个 人 怎么 做 好
山伯独自甚无聊，

手 更 本 勒 国 腮 怒
Miac genl benh leec gueec sais nuv
手 捧 本 书 不 肠 看
手拿书本无心读，

笨 夜 主亚良 英 台
Benl nyemv xux yav liangp Yens Taic
天 夜 就那想 英 台
白天黑夜念英台。

六十三
梁 山 伯 是 梁 山 伯
Liangc Sanp Bees xiv Liangc Sanp Bees
梁 山 伯 是 梁 山 伯
梁山伯呀梁山伯，

尧 是 报 牙 国 报 别
Yaoc xiv baov nyac gueec baov eep
我 是 告诉 你 不 告诉 别
师母向你说明白，

英 台 牙布亚同 赖
Yens Taic yac bul yav dongc lail
英 台 俩个那同 好
英台本是个淑女，

卯 是 人 忙 押 伙 国
Maoh xiv nyenc mangc nyac wox gueec
她 是 人 什么 你 知道 不
可惜山伯是呆瓜。

六十四

师 母 笨 乃 到 各 该
Siis mux benl naih touk oc aih
师 母 天 这 到 处 这
今天师母这里来，

为 忙 栽 的 亚 奇 怪
Wih mangc xais lis yav jic guail
为 什么 问 得 那 奇 怪
话里有话很奇怪，

卯 是 人 忙 尧 国 约
Maoh xiv nyenc mangc yaoc gueec wox
她 是 人 什么 我 不 知
不知英台是淑女，

西 约 同 学 共 条 台
Xis wox dongc xoc xongv yiuc daic
只 知 同 学 共 条 桌
只知同桌同书斋。

六十五

梁 山 伯 是 梁 山 伯
Liangc Sanp Bees xiv Liangc Sanp Bees
梁 山 伯 是 梁 山 伯
梁山伯呀梁山伯，

人 尧 报 牙 国 报 克
Nyenc yaoc baov nyac gueec baov eep
人 我 告诉 你 不 告诉 别
师母对你说分明，

英 台 本 是 务 老 月
Yens Taic benx xiv wul lox wieex
英 台 本 是 个 仔 女
英台本是贤淑女，

打　扮　老万　麻　多　勒
Das weenv loc wanl map tot leec
打　扮　仔男　来　读　书
女扮男装读书文。

六十六

梁　　山　　伯　是　梁　　山　　伯
Liangc Sanp Bees xiv Liangc Sanp Bees
梁　　山　　伯　是　梁　　山　　伯
梁山伯呀梁山伯，

没　种　牙　也　国　　学　借
Meec xongs nyac yas gueec wox jeel
有　种　你　也　不　　回　吃
送到嘴边不会吃，

卯　暗　谋　牙　都　国　约
Maoh nganv mouc nyac dus gueec wox
她　暗　谋　你　都　　不　　知
英台暗恋你不懂，

背　旦　是　务　人　　多　勒
Boiv danl xiv wul nyenc tot leec
背　名　是　个　人　　读　书
背名是个读书人。

六十七

梁　　山　　兄　牙　叫　候　你
Liangc Xanp xiongs yax jaol houk nyac
梁　　山　　兄　呀　我　等　你
梁山兄呀候你来，

为　忙　笨　乃　恒　国　麻
Weex mangc benl naih hanp gueec map
为　什么 天　这　还　不　　来
为啥今天还不来，

难　道　师　母　报　国　逗
Nanc daov siis mux gueec baov touk
难　道　师　母　不　说　到
难道师母不传话?

才　尧　笨　笨　望　人　牙
Saip yaoc benl benl miongh nyenc nyac
让　我　天　天　盼望　人　你
真急死我祝英台。

六十八
小　姐　鸟　学　三　年　乃
Xiaox jeex nyaoh yop samp nyenc naih
小　姐　在　学　三　年　这
小姐学堂这三年,

卯　同　梁　山　牙　布　赖
Maoh dongc Liangs Xanp yac bul lail
她　同　梁　山　俩　个　好
只与山伯情意深,

仁　学　的　人　奴　都　火
Lenp yop lis nyenc nouc dus wox
个　学　得　人　谁　都　知
全校的人都知道,

高　晚　同　睡　笨　同　台
Gaos nyeml dongc lak benl dongc daic
头　夜　同　睡　日　同　桌
夜晚同床日同桌。

六十九
英　台　爱　了　梁　山　伯
Yens Taic eiv lieeux Liangs Sanp Bees
英　台　恋　了　梁　山　伯
英台爱恋梁山伯,

主　家　赦　驼　国　赖　扯
Xux xangs seel dol gueec lail neel
就　像　带　捆　不　好　脱
好比带捆难解开，

打　又　求　对　放　求　了
Eeup yus jous deil songk jous lieeux
打　有　怕　死　放　怕　丢
把我面子丢尽了，

才　尧　人　那　是　水　灭
Saip yaoc lenp nas xiv nemx mieec
让　我　个　面　是　水　口
满脸口水无颜色。

七十

够　牙　家
Goul nyac jas
求　你　父
求父亲，

山　伯　要　到　教　言　麻
Sanp Bees yuv touk jaol yanc map
山　伯　要　到　咱　家　来
梁兄要来看家门，

牙　要　赖　赖　接　待　卯
Nyac yuv lail lail sebx daiv maoh
你　要　好　好　接　待　他
要求父亲接待好，

白　才　英　台　尧　夹　手
Bix saip Yens Taic yaoc as miac
别　让　英　台　我　夹　手
莫让英台难为情。

七十一

腊　英　台
Lax Yens Taic
仔　英　台
女儿英台，

牙　报　押　家　待　卯　赖
Nyac baov nyac jas daiv maoh lail
你　要　你　父　待　他　好
你要父亲好接待，

国　要　牙　说　要　度　约
Gueec aol nyac xodt yaoc dus wox
不　要　你　说　我　都　懂
不要你说我都懂，

人　尧　自　然　没　安　排
Nyenc yaos siiv leenc meec ngans baic
人　我　自　然　有　安　排
为父自然有安排。

七十二

笨　笨　盼　押　押　国　麻
Benl benl miongh nyac nyac gueec map
日　日　盼　你　你　不　来
日望夜盼你不来，

尧　家　推　尧　才　马　家
Yaoc jas deic yaoc saip Max al
我　父　把　我　许　马　家
父亲把我嫁文才，

接　了　马　家　钱　财　礼
Sibx lis Max al senc saic liix
收　得　马　家　钱　财　礼
收了马家纳聘礼，

人　尧　细　荣　转　言　牙
Nyenc yaoc xiv yongc xonv yanc nyac
人　我　是　怎样　转　家　你
叫我怎与你同屋。

七十三

笨　乃　尧　豆　押　言　麻
Benl naih yaoc touk yanc nyac map
天　这　我　到　屋　你　来
今天来到你的家，

才　火　推　押　才　马　家
Saic wox deic nyac saip Max al
才　知　把　你　许　马　家
才知你已许马家，

马　家屋　没　屋　尧　穷
Max al yanc meec yanc yaoc ut
马　家　家　有　家　我　穷
马家与你门当对，

布　尧　最　爱　国　得　牙
Bul yaoc saiv eiv gueec lis nyac
个　我　再　爱　不　得　你
我俩再恋难结发。

七十四

梁　山　伯　细　祝　英　台
Liangc Sanp Bees xiv Suc Yens Taic
梁　山　伯　与　祝　英　台
梁山伯与祝英台，

同　学　多　勒　几　年　赖
Dongc xoc tot leec jis nyenc lail
同　学　读书　几　年　好
几多情来几多爱，

同　台　多　勒　同　床　睡
Dongc daic tot leec dongc doiv nak
同　桌　读　书　同　床　睡
同桌读书同床睡，

约　那　可　略　各　人　挨
Yox nak gox　lios ax nyenc ngaic
会　睡　不　会　乐　自　人　呆
不懂情爱真书呆。

七十五
押　雷　怒　尧　穿　了　耳
Nyac lis nuv yaoc sonp lieeux kap
你　得　见　我　穿　了　耳
你曾问我耳环痕，

当　时　人　尧　那　耳　亚
Dongs xic nyenc yaoc nas kap yak
当　时　人　我　脸　耳　红
当时我也慌了神，

各　都　没　松　口　难　说
Oc dus meec songp muv nanc xodt
内　肚　有　话　口　难　说
心里有话口难讲，

好　可　细　荣　报　人　牙
Haok gox xiv yongc baov nyenc nyac
总　不　知　怎样　报　人　你
不好向你说实情。

七十六
押　兰　边　跟　没　人　闷
Nyac lamc　bieenl kenp meec lenc menv
你　忘记　边　路　有　个　井
我曾约你去看井，

井 水 清 清 得 怒 信
Menv nemx seenp seenp lis nuv xenl
井 水 清 清 得 见 清
井水清清映倒影,

麻 布 同 同 拜 照 影
Mac bul dongc dongc bail xeeuv yeenx
俩 个 同 同 去 照 影
我俩同站井栏边,

户 办 户 灭 相 牙 人
Wul banl wul wieex xangh yac genc
个 男 个 女 像 俩 人
男才女貌两情人。

七十七

押 兰 豆 了 观 音 堂
Nyac lamc touk lieeux Gons Yings Tangc
你 忘 到 了 观 音 堂
我俩曾到观音堂,

押 麻 略 西 尧 烧 香
Nyac map lioh xis yaoc xieeup yangp
你 来 烧 纸 我 烧 香
你烧纸来我烧香,

尧 报 观 音 为 媒 证
Yaoc baov Gonl Yingl weex moic xeenv
我 说 观 音 做 媒 证
我求观音做媒证,

尧 今 人 牙 拜 花 堂
Yaoc jeml nyenc nyac baiv wap dangc
我 邀 人 你 拜 花 堂
与你梁兄拜花堂。

七十八

农　　英　台　是　农　　英　台
Nongx Yens Taic xiv nongx Yens Taic
弟　　英　台　是　弟　　英　台
英台妹呀妹英台，

姻　缘　国　修　荣　或　赖
Yenl wieenc gueec siup yongc weex lail
姻　缘　　不　修　怎么　做　好
怪我山伯太傻，

尧　　晚　几　笨　西　豆　该
Yaoc weep jis benl xix touk aih
我　　晚　几　天　才　到　这
晚来几天今才到，

押　　家　推　押　　送　文　才
Nyac yanc deic nyac saip Wenc Caic
你　　家　把　你　　许　文　才
才把你配马文才。

七十九

英　　台　没　松　　报　人　牙
Yens Taic meec songp baov nyenc nyac
英　　台　有　话　　告诉　人　你
梁兄听我内心话，

变　　区　都　国　　拜　马　家
Bieenv juis dus gueec bail Max al
变　　鬼　都　不　　去　马　家
变鬼都不去马家，

西　要　人　押　耐　顽　佳
Xix yuv nyenc nyac naih weenc jas
只　要　人　你　耐　烦　等
只要梁兄耐心等，

499

梁山伯与祝英台（侗语剧歌）

自 然 没 问 归 人 押
Siiv leenc meec wenl guil nyenc nyac
自 然 有 天 归 人 你
有朝一日两结发。

八十

押 拜 马 家 尧 难 佳
Nyac bail Max al yaoc nanc jas
你 嫁 马 家 我 难 等
你嫁马家我难等,

六 月 望 水 命 国 麻
Liot wedx miongh nemx mienl gueec map
六 月 望 水 雨 不 来
六月天旱少甘霖,

几 乃 国 雷 言 共 鸟
Jih naih gueec lis yanc xongv nyaoh
世 这 不 得 屋 同 住
今世不得屋同住,

对 拜 阴 间 嘎 人 押
Deil bail yens jeens kat nyenc nyac
死 去 阴 间 等 人 你
死去阴间等情人。

八十一

梁 兄 怪 尧 弟 怪 的
Liangc Xongs guaiv yaoc gil guaiv gis
梁 兄 怪 我 点 怪 点
梁兄不能怪英台,

各 怪 人 押 国 现 气
Ax guaiv nyenc nyac gueec xeenl qik
自 怪 人 你 不 争 气
只怪梁兄命不带,

各 怪 人 牙 太 他 的
Ax guail nyenc nyac taik dah lis
自 怪 人 你 太 过 得
怪你自己不入心，

怪 牙 主 嘎 国 着 急
Guaiv nyac sox al gueec xoc jic
怪 你 自 己 不 着 急
怪你当急不着急。

八十二

梁 山 伯 细 祝 英 台
Liangc Sanp Bees xiv Xus Yens Taic
梁 山 伯 与 祝 英 台
梁山伯与祝英台，

笨 乃 主 亚 分 散 拜
Benl naih xux yav wenp sank bail
天 这 就 那 分 散 去
伤心难舍又分开，

转 豆 各 屋 病 国 赖
Xonv touk oc yanc bienh nanc lail
转 到 处 家 病 难 好
山伯病倒家中死，

胡 镇 边 跟 立 坟 台
Wul senl bieenl kenp sangv wenc taic
上 村 边 路 葬 坟 台
山野路边垒坟台。

八十三

才 拜 马 家 尧 信 虽
Saip bail Max al yaoc xenl soih
许 去 马 家 我 真 罪
许配马家我不肯，

拜 同 文 才 愿 拜 对
Bail dongc Wenc Caic wieenh bail deil
去 跟 文 才 愿 去 死
宁愿死也不想生，

对 都 同 牙 梁 山 伯,
Deil dus dongc nyac Liangc Sanp Bees
死 都 同 你 梁 山 伯
死都要跟梁山伯，

麻 的 情 义 豆 得 雷
Mac lis xenc yiv douv lis leic
俩 的 情 义 留 得 大
难忘往昔的深情。

八十四

牙 病 牙 对 细 为 尧
Nyac bienh nyac deil xiv wih yaoc
你 病 你 死 是 为 我
你病你死为英台，

刚 乃 尧 同 牙 拜 捞
Gangs naih yaoc dongc nyac bail laok
现 在 我 同 你 去 去
英台今日陪你来，

没 清 没 意 开 堕 墓
Meec xenp meec yiv eip dol moh
有 心 有 意 开 门 墓
有心有意开墓门，

国 情 国 意 怪 的 尧
Gueec xenp gueec yiv guaiv gis yaoc
不 情 不 意 怪 不 我
无情无意马家抬。

八十五

小　姐　小　姐　押　多　拜
Xaox jeex xaox jeex nyac dov bail
小　姐　小　姐　你　倒　去
英台小姐你走了，

丢　尧　银　心　荣　或　赖
Douv yaoc Yenc Xens yongc weex lail
留　我　银　心　怎样　做　好
丢我银心怎开交，

押　多　得了　梁　相　公
Nyac dov lis lieeux liangc xangl gongs
你　倒　得了　梁　相　公
你今得了梁相公，

下　尧　务人　朱　灵　牌
Gal yaoc wul nyenc xut lienc baic
剩　我　个人　守　灵　牌
剩我一人守灵牌。

八十六

银　心　牙　细　银　心　你
Yenc Xens nyax xiv Yenc Xens nyac
银　心　你　是　银　心　你
银心妹呀妹银心

人　押　国　要　落　水　大
Nyenc nyac gueec yuv dov nemx dal
人　你　不　要　落　水　眼
不要落泪太伤心，

十　分　布　尧　本　拜　了
Xabl wenp bul yaoc benv bail lieeux
十　分　个　我　飞　去　了
我们化蝶双飞去，

还 没 四 九 爱 人 牙
Haip meec Siik Jus eiv nyenc nyac
还 有 四 九 爱 人 你
还剩四九在人间。

八十七

哥 四 九 细 农 银 青
Gos Siik Jus xiv nongx Yenc Xens
哥 四 九 是 妹 银 心
哥四九来妹银心，

得 细 凭 地 故 凭 闷
Dees xiv bieenc dih wul bieenc menl
下 是 凭 弟 上 凭 天
凭天凭地表内心，

押 鸟 阴 间 穷 保 佑
Nyac nyaoh yenl jeenl jongc baox yuv
你 在 阴 间 多 保 佑
山伯英台多保佑，

才 麻 阳 间 人 得 人
Saip mac yangc jeenl nyenc lis nyenc
再 来 阳 间 人 得 人
还阳再做一对人。

八十八

梁 山 伯 细 祝 英 台
Liangc Xanc Bees xiv Zus Yens Taic
梁 上 伯 与 祝 英 台
梁山伯与祝英台，

牙 布 笨 乃 丢 麻 拜
Yap bul benl naih douv mac bail
俩 个 天 这 让 俩 去
丢下凡尘才心开，

牙 到 故 闷 成 双 对
Yap touk wul menl xenc sangp deiv
俩 到 上 天 成 双 对
飞上蓝天成双对，

黄 伞 同 下 扇 同 怀
Wangc sanx dongc xal xeenk dongc waic
黄 伞 同 盖 扇 同 摇
生同凡间死同埋。

八十九
梁 山 伯 细 女 祝 英
Liangc Xanc Bees xiv nyuix Zus Yens
梁 山 伯 是 女 祝 英
梁山伯与女祝英，

变 对 鸳 鸯 本 加 闷
Bieenv leiv mieens yangs bent qak menl
变 对 鸳 鸯 飞 上 天
化对鸳鸯飞天庭，

本 拜 马 家 故 言 喊
Bent bail Max al ul yanc seent
飞 去 马 家 上 屋 叫
飞过马家屋上喊，

才 卯 单 身 狄 得 成
Saip maoh danl xenp dic lis xenc
让 他 单 身 打 得 成
要让文才打单身。

九十
梁 山 伯 细 祝 英 台
Liangc Xanc Bees xiv Zus Yens Taic
梁 山 伯 与 祝 英 台
梁山伯与祝英台，

牙 他 阴 间 放 心 拜
Yap bail yenl janl wangk senp bail
俩 去 阴 间 放 心 去
放心飞舞上天界，

没 麻 烧 香 又 略 西
Meec mac xeeup yangp yus lioh xis
有 俩 烧 香 又 烧 纸
有我四九银心在，

夜 早 晚 冻 供 灵 牌
Yis wenl touk dongv gongv lienc paic
一 天 到 黑 供 灵 牌
每天早晚供灵牌。

梁山伯与祝英台
Liangs Sanp Bees Suc Yinc Daic

流传地区：贵州省剑河县小广村

收集：吴世源

翻译整理：吴世源

梁山伯银祝英台
Liangc Sans Beec yinp Suc Yins Daic
ljaŋ²² san³²³ pe²² jin³⁵ su²² jin³²³ tai²²
梁 山 伯 与 祝 英 台
梁山伯与祝英台，

同 拜 岳 州 多 雷 文
Dongc bail Yoc Sous dos leec wenc
toŋ²² pai⁵⁵ jo²² səu³²³ to³²³ le²² wən²²
同 去 岳 州 读 书 文
同去岳州读书来，

同 拜 岳 州 多 雷 起
Dongc bail Yoc Sous dos leec jit
toŋ²² pai⁵⁵ jo²² səu³²³ to³²³ le²² ɕi¹³
同 去 岳 州 读 书 起
同去岳州读书起，

老 月 多 雷 挂 头 名
Laox nyeds dos leec guav douc mingc
lau³¹ ȵət³²³ to³²³ le²² kwa⁵³ təu²² miŋ²²
儿 女 读 书 挂 头 名
女子读书挂头牌。

祝 英 安 金 理 理 货
Suc Yins ans jins lix lix wok
su²² jin³²³ an³²³ ʨin³²³ li³¹ li³¹ wo⁴⁵³
祝 英 赶 紧 理 理 货
祝英急忙收行李，

侯 尧 登 加 麻 同 拜
Houk yaoc dengs jas mac dongc bail
həu⁴⁵³ jau²² təŋ³²³ ʨa³²³ ma²² toŋ²² pai⁵⁵
等 我 穿 草 鞋 两 同 去
脚穿草鞋上路行，

同　豆　凉　岑　麻　撒　更
Dongc douk liangc jenc map sav geŋ
toŋ²² təu⁴⁵³ ljaŋ²² tən²² ma³⁵ sa⁵³ kən⁴⁵³
同　到　凉　亭　来　歇　累
同到凉亭咱休息，

同　豆　凉　岑　我　古　情
Dongc douk liangc jenc wop gux xenc
toŋ²² təu⁴⁵³ ljaŋ²² tən²² wop³⁵ ku³¹ ɕən²²
同　到　凉　亭　说　古　情
同到凉亭谈古情。

说　问　古　情　说　国　跟
Xodt wenl gux xenc xodt gueec genp
ɕot¹³ wən⁵⁵ gu³¹ ɕən²² ɕot¹³ kue²² kən³⁵
说　天　古　情　说　不　尽
古情一天谈不尽，

很　解　很　买　国　亚　很
Senp jaix senp maix gueec yav senp
sən³⁵ tai³¹ sən³⁵ mai³¹ kue²² ja⁵³ sən³⁵
三　兄　三　嫂　不　那　亲
亲哥亲嫂无那亲。

麻　押　多　雷　押　年　了
Mac yac dos leec yac nyinc lieeux
ma²² ya²² to³²³ le²² ja²² ɲin²² ljeu³¹
两　两　读　书　两　年　了
咱俩读书两年了，

布　授　送　麻　借　连　岑
Bul suv songv mac jil lieenc jenc
pu⁵⁵ su⁵³ soŋ⁵³ ma²² ti⁵⁵ ljen²² tən²²
老　师　放　来　吃　菱　亭
老师放假吃莲岑①，

---

① 莲岑：一种野生山果，也写作菱亭。

手　推　连　岑　麻　借　了
Miac deic lieenc jenc map jil lieeux
Mia²² təi²² ljen²² ʦən²² ma³⁵ ʦi⁵⁵ ljeu³¹
手　拿　菱　亭　来　吃　完
手摘莲岑来吃了，

再　国　机　会　麻　爱　摇
Saiv gueec jis huil map aih yeeuc
sai⁵³ kwe²² ʦi³²³ hui⁵⁵ ma³⁵ ai³³ jeu²²
再　无　机　会　来　这　玩
可无机会再来尝。

尧　细　老　月　布　授　我
Yaoc xiv laox nyeds bul suv wox
jau²² ɕi⁵³ lau³¹ ȵət³²³ pu⁵⁵ su⁵³ wo³¹
我　是　儿　女　老　师　知
老师认识我女相，

再　赖　的　雷　国　才　多
Saiv lail dis leec gueec saip dot
sai⁵³ lai⁵⁵ ti³²³ le²² kwe²² sai³⁵ to¹³
再　好　的　书　不　让　读
再好的书不能读，

梁　山　岁　报　麻　多　弟,
Liangc sanp xodt baov mac dos nongx
ljaŋ²² san³⁵ ɕot¹³ pau⁵³ ma²² to³²³ noŋ³¹
梁　山　说　到　两　读　弟
梁山讲是咱师弟，

祥　来　再　多　基　年　勤
Xangc laic saiv dos jis nyinc jinp
ɕaŋ²² lai²² sai⁵³ to³²³ ʦi³²³ ȵin²² ʦin³⁵
常　来　再　读　几　年　完
再来读它几年头。

祝 英 说 报 弯 拜 解
Suc Yings xodt baov wanp bail jaix
su²² jiŋ³²³ ɕot¹³ pau⁵³ wan³⁵ pai⁵⁵ ʨai³¹
祝 英 说 到 慢 去 兄
祝英说是再见哥,

又 拜 各 言 怒 眼 麻
Yuv bail oc yanc nuv ral map
ju⁵³ pai⁵⁵ o²² jan²² nu⁵³ Qa⁵⁵ ma³⁵
要 去 处 家 看 眼 来
需要回家探家人,

亿 又 拜 怒 解 银 买
Yil yuv bail nuv jaix yinp maix
Ji⁵⁵ ju⁵³ pai⁵⁵ nu⁵³ ʨai³¹ jin³⁵ mai³¹
一 要 去 看 兄 和 嫂
一想探望哥和嫂,

押 又 料 理 尧 前 程
Yac yuv lieeuv lix yaoc seenc senc
ja²² ju⁵³ ljeu⁵³ li³¹ jau²² sen²² sən²²
二 要 料 理 我 前 程
二想料理①我婚姻。

祝 英 出 拜 三 笨 了
Suc Yins us bail samp benl lieeux
su²² jin³²³ u³²³ pai⁵⁵ sam³⁵ pən⁵⁵ ljeu³¹
祝 英 出 去 三 天 后
祝英出门三天整,

梁 山 摁 散 追 祝 英
Langc Sanp uml sanv nyidx Suc Yins
laŋ²² san³⁵ um⁵⁵ san⁵³ ȵit³¹ su²² jin³²³
梁 山 拿 伞 追 祝 英
梁山扛伞追祝英,

---

① 料理:理落,关照。

拜　豆　办　更　鸟　亿　晚
Bail douk banv genp nyaoh yil yaemk
pai⁵⁵ tou⁴⁵³ pan⁵³ kən³⁵ ȵau³³ ji⁵⁵ jɐm⁴⁵³
去　到　伴　路　住　一　晚
去到半路住一晚，

梁　山　主　我　祝　英　嫁
Liangc Sanp xux wox Suc Yins eev
ljaŋ²² san³⁵ ɕu³¹ wo³¹ su²² jin³²³ e⁵³
梁　山　就　知　祝　英　嫁
梁山得知祝英嫁，

亿　仁　务　银　绕　　麻　全
Yil renp ul yinp raok mac seenp
Ji⁵⁵ Qən³⁵ u⁵⁵ jin³⁵ Qau⁴⁵³ ma²² sen³⁵
一　身　上　身　全　　麻　完
身上肌肉一时麻。

梁　山　尼　病　架　了　心
Liangc sanp nis bingh jak lieeux xinp
ljaŋ²² san³⁵ ni³²³ piŋ³³ ta⁴⁵³ ljeu³¹ ɕin³⁵
梁　山　得　病　上　了　身
梁山相思病上身，

务　银　尼　病　内　难　内
Ul yinp nis bingh neip nengc neip
u⁵⁵ jin³⁵ ni³²³ piŋ³³ nəi³⁵ nəŋ²² nəi³⁵
上　身　得　病　动　难　动
身上得病倒难起，

救　也　难　救　嗯　国　行
Jiuv yeex nanc jiuv eenv gueec xenc
tiu⁵³ je³¹ nan²² tiu⁵³ en⁵³ kwe²² ɕən²²
救　也　难　救　医　不　成
救也难救医难医。

嗯　国　赖
Eenv gueec lail
en⁵³ kwe²² lai⁵⁵
医　不　好
医不好，

推　拜　用　鸟　马　拿　多
Deic bail yongl nyaoh max nas dol
təi²² pai⁵⁵ joŋ⁵⁵ ȵau³³ ma³¹ na³²³ to⁵⁵
拿　去　埋　他　马　面　门
拿去埋在马城门。

祝　英　问　细　人　奴　磨
Suc Yins xais xiv genc nouc moh
su²² jin³²³ ɕai³²³ ɕi⁵³ kən²² nəu²² mo³³
祝　英　问　是　人　谁　墓
祝英问是何人墓，

各　乃　主　细　磨　　梁　　山
Oc aih xux xiv moh Liangc Sans
o²² ai³³ ɕu³¹ ɕi⁵³ mo³³ ljaŋ²² san³²³
这　里　就　是　墓　梁　　山
这墓就是梁山坟。

祝　英　下　轿　拜　三　拜
Suc Yins luih jeeuh baiv samp baiv
su²² jin³²³ lui³³ ʈeu³³ pai⁵³ sam³⁵ pai⁵³
祝　英　下　轿　拜　三　拜
祝英下轿拜三拜，

三　跪　三　拜　多　磨　开
Samp jut samp baiv dol moh eip
sam³⁵ ʈu¹³ sam³⁵ pai⁵³ to⁵⁵ mo³³ əi³³
三　跪　三　拜　门　墓　开
三跪三拜墓门开，

多　磨　开　麻　冒　捞　拜
Dol moh eip map maoh laot bail
to⁵⁵ mo²² əi³⁵ ma³⁵ mau³³ lau¹³ pai⁵⁵
门　墓　开　来　她　进　去
墓门打开她进去，

尼　怒　的　人　挖　国　行
Nis nuv dis genc weeul gueec xenc
ni³²³ nu⁵³ ti³²³ kən²² weu⁵⁵ kwe²² ɕən²²
得　见　的　人　挖　不　成
得见的人挖不成。

变　对　鸳　鸯　笨　架　闷
Deenv riv mieens yangs benx qak menl
ten⁵³ Qi⁵³ mjen³²³ jaŋ³²³ pən³¹ ʈa⁴⁵³ mən⁵
变　对　鸳　鸯　飞　上　天
变对鸳鸯飞上天，

笨　架　姓　马　务　梁　言
Benx jak sinv Max ul liangc yanc
pən³¹ ʈa⁴⁵³ sin⁵³ ma³¹ u⁵⁵ ljaŋ²² jan²²
飞　上　姓　马　上　梁　屋
飞上马屋①叫连连，

姓　马　才　细　行　蛋　心
Sinv Max saic xiv xingc danl xinp
sin⁵³ ma³¹ sai²² ɕi⁵³ ɕiŋ²² tan⁵⁵ ɕin³⁵
姓　马　才　是　成　单　身
文才成了单身汉，

姓　马　了　成　了　欧　尼　国　刀
Sinv Max lieeux sinc lieeux oux nis gueec daos
sin⁵³ ma³¹ ljeu³¹ sin²² ljeu³¹ əu³¹ ni³²³ kwe²² tau³²³
姓　马　花　钱　花　米　得　不　到
花钱花米得不到，

---

① 马屋：指马家的房屋。

很	细	梁	山	祝	英	尼	前	程
Henp	xiv	Liangc	Sanp	Suc	Yins	nis	seenc	senc
hən³⁵	ɕi⁵³	ljaŋ²²	san³⁵	su²²	jin³²³	ni³²³	sen²²	sən²²
还	是	梁	山	祝	英	的	前	程

还是梁山祝英得前程。

梁山难比祝英台
Liangs Shans Nanc Bixx Zhuc Yins Daic

流传地区：贵州省天柱县高酿一带
收集整理：龙耀宏

一

押　　人　　向　　啊　信　赖　应
Nyac genc xangv al xenl lail yingk
ɲa²² kən²² ɕaŋ⁵⁵ a³⁵ ɕən³⁵ lai³⁵ jiŋ²⁵
你　人　唱　歌　真　好　听
听你唱歌本在行，

多　　了　　言　　广　　的　雷　文
Dos lieeux yeenp guangx dis leec wenc
to³³ ljeu³¹ jen¹¹ kuaŋ³¹ ti³³ le²² wən²²
读　了　多　少　的　书　文
读过好多的书文，

押　　向　　的　啊　信　赖　应
Nyac xangv dis al xinl lail yingk
ɲa²² ɕaŋ⁵⁵ ti³³ a³⁵ ɕin³⁵ lai³⁵ jiŋ²⁵
你　唱　的　歌　真　好　听
你唱的歌真好听，

信　　细　言　穷　　的　人　月
Xenl xiv yeenp jongc dis genc lieec
ɕən³⁵ ɕi⁵⁵ jen¹¹ toŋ²² ti³³ kən²² lie²²
真　是　多　少　的　人　漂亮
真是几多聪明人。

二

得　闷　没　雷　莫　桂　英
Dees menl meec leec Moc Guil Yings
te³³ mən³⁵ me²² le²² mo²² kui³⁵ jiŋ³³
下　天　有　文　穆　桂　英
世间才女穆桂英，

从　　小　杭　　州　　多　雷　文
Songc niv Hangc Zhous dos leec wenc
soŋ²² ni⁵⁵ haŋ²² tshəu³³ to³³ le²² wən²²
从　小　杭　州　读　书　文
从小杭州读书文，

四　书　五　经　我　尼　广
Sil shus wux jens wox nis guangx
si³⁵ shu³³ wu³¹ ȵən³³ wo³¹ ȵi³³ kwaŋ³¹
四　书　五　经　懂　得　广
四书五经精得很，

排　鸟　杭　州　第　一　名
Baic nyaoh Hangc Zhous dil yic mingc
pai²² ȵao⁴⁴ haŋ²² tshəu³³ ti³⁵ ji²² miŋ²²
排　在　杭　州　第　一　名
排榜杭州第一名。

三
人　荡　尼　赖　祝　英　台
Genc dangl nis lail Zhuc Yings Daic
kən²² taŋ³⁵ ȵi³³ lai³⁵ tshu³³ jiŋ³³ tai²²
人　长　得　好　祝　英　台
人才出众祝英台，

彭　大　亮　亮　人　又　月
Benc dal liangh liangh genc yux lieec
pən²² ta³⁵ liaŋ⁴⁴ ljaŋ⁴⁴ kən²² ju³¹ lje²²
毛　眼　亮　亮　人　又　漂亮
眉秀目清人又乖，

得　闷　国　人　比　尼　猫
Dees menl gueec genc bix nis maoh
te³³ mən³⁵ kwe²² kən²² pi³¹ ȵi³³ mau⁴⁴
下　天　无　人　比　得　她
世上无人比得上，

爱　大　得　闷　的　人　月
Aiv dah dees menl dis genc lieec
Ai⁵⁵ ta⁴⁴ te³³ mən³⁵ ti³³ kən²² lie²²
盖　过　下　天　的　人　漂亮
盖过世上女英才。

四

祝　英　年纪　信　细　小
Zhuc Yings nyinc jis xenl xiv niv
zhu^{22} $jiŋ^{33}$ $ȵin^{22}$ ji^{33} $ɕən^{35}$ $ɕi^{55}$ ni^{55}
祝　英　年　纪　真　是　少
祝英虽是年纪小，

尼　尼　信　月　忙　我　伟
Niv niv xinl lieec mangc wox weex
ni^{55} ni^{55} $ɕin^{35}$ lie^{22} $maŋ^{22}$ wo^{31} we^{31}
少　小　聪　明　什么　知　道
年幼聪明志气高，

荡　尼　排　知　又　巧　妙
Dangl nis baic sis yux jaox miaov
$taŋ^{35}$ ni^{33} pai^{22} si^{33} ju^{31} tau^{31} $mjau^{55}$
长　的　伶　俐　又　巧　妙
花容月貌心灵巧，

荡　尼　乖　麻　老　女　月
Dangl nis lieec map laox lieds lieec
$taŋ^{35}$ ni^{33} lje^{22} ma^{11} lau^{31} $ljəp^{31}$ lje^{22}
长　的　美　来　姑　娘　丽
生成伶俐女英豪。

五

荡　尼　月　麻　信　细　乖
Dangl nis lieec map xinl xiv yaih
$taŋ^{35}$ ni^{33} lie^{22} ma^{11} $ɕin^{35}$ $ɕi^{55}$ jai^{44}
长　的　美　来　真　是　利
生成伶俐生成乖，

荡　麻　我　尼　细　人　月
Dangl map wox nis xiv genc lieec
$taŋ^{35}$ ma^{11} wo^{31} ni^{33} $ɕi^{55}$ $kən^{22}$ lje^{22}
长　来　知　道　是　人　美
生就知道上等才，

七 　细　 主　 啊 我　 国　　 为
Xic xiv sux al wop gueec weik
çi²² çi⁵⁵ su³¹ a³⁵ wo¹¹ kwe²² wəi²⁵
只　是　自　家　学　不　　快
只是本人学不快，

人　昂　木　瓦　松　都　国
Genc angc lagx wax songp dus gueec
kən²² aŋ²² lak³¹ wa³¹ soŋ¹¹ tu³³ kwe²²
人　呆　仔　愚　话　都　无
人呆嘴笨学不来。

六
杭　　州　　多 雷 女 祝　英
Hangc Zhous dos leec niux Zhuc Yings
haŋ²² tshəu³³ to³³ le²² niu³¹ tshu²² jiŋ³³
杭　　州　　读　书　女　祝　英
杭州读书女祝英，

杭　　州　　各 学　的 人　月
Hangc Zhous oc yop dis genc lieec
haŋ²² tsəu³³ o²² jo¹¹ ti³³ kən²² lje²²
杭　　州　　处 学　的 人　乖
杭州学校最聪明，

多　雷　信　细　赖　本　领
Dos leec xinl xiv lail benx lenx
to³³ le²² çin³⁵ çi⁵⁵ lai³⁵ pən³¹ lən³¹
读　速　只　是　好　本　领
读书真是好本领，

得　闷　人　月　细　押　人
Dees menl genc lieec xiv nyac genc
te³³ mən³⁵ kən²² lje²² çi⁵⁵ ɲa²² kən²²
下　天　人　乖　是　人　你
聪明盖世第一人。

七

喜　问　　的　雷　押　都　我
Xix yumv dis leec nyac dus wox
ɕi³¹ jum⁵⁵ ti³³ le²² n̠a²² tu³³ wo³¹
时　前　　的　书　你　都　懂
几本古书你全知，

边　　啊舵　句　我　虾　席
Deenl al dov jiuv wox xas xip
t̠en³⁵ a³⁵ to⁵⁵ t̠iu⁵⁵ wo³¹ ɕa³³ ɕi¹¹
编　歌落　句　会　写　诗
编歌押韵会写诗，

押　人　　国　　细　国　　我　理
Nyac genc gueec xiv gueec wox lix
n̠a²² kən²² kwe²² ɕi⁵⁵ kwe²² wo³¹ lj³¹
你　人　　不　　是　不　　懂　礼
你人不是不知礼，

旭　押　布　乃　国　　没　奴
Xiuc nyac bul naih gueec meec nouc
ɕiu²² n̠a²² pu³⁵ nai⁴⁴ kwe²² me²² nəu²²
除　你　个　这　不　　有　谁
除你之外还有谁。

八

押　人　　岁　松　　饶　　细　雷
Nyac genc xeiv songp raok xiv leec
n̠a²² kən²² ɕəi⁵⁵ soŋ¹¹ ʔau²⁵ ɕi³¹ le²²
你　人　　说　话　　全　　是　书
你人说话全是书，

尧　　细　人　　尼　啊　又　忧
Yaoc xiv genc niv as yuv youv
jau²² ɕi⁵⁵ kən²² ni⁵⁵ a³³ ju⁵⁵ jəu⁵⁵
我　　是　人　　小　歌　又　少
我是小人各担忧，

亿　国　我　向　难　务　木
Yil gueec wox xangv nanc us muv
ji³⁵ kwe²² wo³¹ ɕaŋ⁵⁵ nən²² u³³ mu⁵⁵
一　不　会　唱　难　出　口
一不会唱难出口，

可　惜　言　广　赖　情　由
Gox xic yeenp guangx lail xenc youc
ko³¹ ɕi²² jen¹¹ kwaŋ³¹ lai³⁵ ɕən²² jəu²²
可　惜　多　广　好　情　由
可惜几多好情由。

九

祝　英　从　小　多　孔　孟
Zhuc Yins songc niv dos Gongx Mongl
zhu²² jin³³ soŋ²² ni⁵⁵ to³³ koŋ³¹ moŋ³⁵
祝　英　从　小　读　孔　孟
祝英从小读孔孟，

言　广　的　雷　都　多　通
Yeenp guangx dis leec dus dot dongp
jen³⁵ kwaŋ³¹ ti³³ le²² tu³³ to¹³ toŋ¹¹
多　广　的　书　都　读　通
万卷书文都通读，

务　木　行　向　人　革　我
Us muv xenc xangl genc eep wox
u³³ mu⁵⁵ ɕən²² ɕaŋ³⁵ kən²² e¹¹ wo³¹
出　口　成　章　人　别　懂
出口成章人出众，

向　啊　岁　松　奴　国　同
Xangv al xeiv songp nouc gueec dongc
ɕaŋ⁵⁵ a³⁵ ɕəi⁵⁵ soŋ¹¹ nəu²² kwe²² toŋ²²
唱　歌　说　话　谁　不　同
唱歌说话众人服。

十

祝　英　本　来　信　革　赖
Zhuc Yins benx laic xinl geec lail
zhu²² jiŋ³³ pən³¹ lai²² çin³⁵ ke²² lai³⁵
祝　英　本　来　性　格　好
祝英生来性本善，

人　荡　尼　赖　象　凤　仙
Genc dangl nis lail xangh hongl xeens
kən²² taŋ³⁵ ni³³ lai³⁵ çaŋ⁴⁴ hoŋ³⁵ çen³³
人　长　得　好　像　凤　仙
人才美貌像凤仙，

信　细　穷　我　又　没　广
Xinl xiv jongc wop yux meec guangx
çin³⁵ çi⁵⁵ ʈoŋ²² wo¹¹ ju³¹ me²² kwaŋ³¹
真　是　多　知　有　识　广
真是多闻又识广，

信　细　送　送　都　细　全
Xinl xiv songl songl dus xic xeenc
Cin³⁵ çi⁵⁵ soŋ³⁵ soŋ³⁵ tu³³ çi²² çen²²
真　是　种　种　都　齐　全
果然才貌两齐全。

十一

祝　英　从　小　没　玩　祥
Zhuc Yins songc niv meec wanc xangc
zhu²² jiŋ³³ soŋ²² ni⁵⁵ me²² wan²² çaŋ²²
祝　英　从　小　有　文　章
祝英从小有志量，

送　赖　都　细　传　革　阳
Songl lail dus xiv sonc eep yangp
soŋ³⁵ lai³⁵ tu³³ çi⁵⁵ son²² e¹¹ jaŋ¹¹
种　好　都　是　转　别　乡
传有美德在外乡，

得　闷　萨　奴　留　没　样
Dees menl sax noup liuc meec yangh
te³³　mən²⁵　sa³¹　nəu¹¹　lju²²　me²²　jaŋ⁴⁴
下　天　处　那　留　有　样
世间一流的榜样，

布　人　革　诶　信　高　强
Bul genc eep eiv xenl gaos jangc
pu³⁵　kən²²　e¹¹　əi⁵⁵　ɕən³⁵　kau³³　ʨaŋ²²
个　人　别　爱　真　高　强
人才出众志高强。

十二

从　小　豆　雷　国　务　言
Songc niv douk leic gueec us yanc
soŋ²²　ni⁵⁵　təu²⁵　ləi²²　kwe²²　u³³　jan²²
从　小　到　大　不　出　家
从小到大不出家，

初　我　向　啊　松　难　答
Sup wop xangk al songp nanc dac
su¹¹　wo¹¹　ɕaŋ²⁵　a³⁵　soŋ¹¹　nan²²　ta²²
初　学　唱　歌　话　难　答
初学唱歌言难答，

押　细　人　月　我　变　阿
Nyac xiv genc lieec wox bieenv ah
n̠a²²　ɕi⁵⁵　kən²²　lje²²　wo³¹　pien⁵⁵　a⁴⁴
你　是　人　聪明　会　变　枝
你人聪明会变化，

句　句　说　麻　信　没　法
Juv juv xodt map xinl meec fac
ʨu⁵⁵　ʨu⁵⁵　ɕot¹³　ma¹¹　ɕin³⁵　me²²　fa²²
句　句　说　来　真　有　法
说来句句本合法。

十三

押　的　啊　更　没　千　万
Nyac dis al gaeml meec rinp wanh
ȵa²² ti³³ a³⁵ kɐm³⁵ me²² ʔin¹¹ wan⁴⁴
你　的　歌　侗　有　仟　万
英台的歌有万千，

本　来　伤　向　伤　半　笨
Benx laic sangt xangk sangt yodx benl
pən³¹ lai²² saŋ¹³ ɕaŋ²⁵ saŋ¹³ jot³¹ pen³⁵
本　来　想　唱　想　半　天
随便开口唱半天，

尧　人　人　瓦　忙　都　甲
Yaoc genc genc wax mangc dus jat
jau²² kən²² kən²² wa³¹ maŋ²² tu³³ ʨa¹³
我　人　人　愚　什么　都　轻
本人无才肚量浅，

可　惜　押　夸　布　人　尧
Gox xic nyac bous bul genc yaoc
ko³¹ ɕi²² ȵa²² pəu³³ pu⁵⁵ kən²² jau²²
可　惜　你　赞　个　人　我
可惜你夸好良言。

十四

押　岁　朝　庭　人　又　乖
Nyac suiv chaoc tingc genc yus lieec
ȵa²² sui⁵⁵ tsʰhau²² tʰiŋ²² kən²² ju³³ lje²²
你　坐　朝　庭　人　有　美
你坐朝中人又乖，

喜　问　样　乃　押　人　月
Xix umk yangk naih nyac genc lieec
ɕi³¹ um²⁵ jaŋ²⁵ nai⁴⁴ ȵa²² kən²² lie²²
时　前　现　这　你　人　贤
古今中外都能来，

为　人　嫩　但　留　鸟　万
Weex genc nenl danl liuc nyaoh wanh
we³¹　kən²²　nən³⁵　tan²⁵　lju²²　ȵau⁴⁴　wan⁴⁴
做　人　个　名　留　在　外
为人名声传在外，

押　细　得　闷　的　人　月
Nyac xiv dees menl dis genc lieec
ȵa²²　ɕi⁵⁵　te³³　mən³⁵　ti³³　kən²²　lie²²
你　是　下　天　的　人　贤
称得天下的贤才。

十五

百　布　嗯　押　押　人　月
Weds bul eens nyac nyac genc lieec
wət³¹　pu³⁵　en³³　ȵa²²　ȵa²²　kən²²　lie²²
百　个　选　你　你　人　贤
百中选一英台乖，

人　荡　尼　月　我　岁　松
Genc dangl nis lieec wox xeiv songp
kən²²　taŋ³⁵　ni³³　lje²²　wo³¹　xəi⁵⁵　soŋ¹¹
人　长　的　好　会　说　话
生成伶俐好口才，

森　尼　难　比　东　洋　海
Nyal niv nanc bix dongc yangc haix
ȵa³⁵　ni⁵⁵　nan²²　pi³¹　toŋ²²　jaŋ²²　hai³¹
河　小　难　比　东　洋　海
小河难比东洋海，

梁　山　难　比　祝　英　台
Liangc Shans nanc biix Zhuc Yins Daic
ljaŋ²²　shan³³　nan²²　pi³¹　zhu²²　jin³³　tai²²
梁　山　难　比　祝　英　台
梁山难比祝英台。

后 记

《侗族叙事歌"梁山伯与祝英台"》在大家的共同努力下，与读者见面了。为侗族又增添了一本可读的书，这是一件值得庆贺的事。

2004年4月，我应贵州省民委少数民族古籍整理办公室的邀请，参加国家民委《中国少数民族古籍总目提要·侗族卷》的编写。接受任务后，花了半年多的时间对侗族的民间文学资料进行了一次系统的收集整理，收集到从20世纪50年代以来出版印刷的不同版本、不同形式的侗族民间故事、叙事歌《梁山伯与祝英台》，并一一整理写成提要，通过资料整理发现，侗族的"梁祝"资料太丰富了，那时就萌发了要编写一本侗族梁山伯与祝英台资料书的念头。

2007年4月，我应母校中央民族大学梁庭望先生的邀请参与他主持编写的《汉族题材少数民族叙事诗译注》，并要我负责其中的一卷，当时并不清楚能收到什么材料，经过半年的约稿，除了侗族之外，有苗族、水族、白族交来了资料，就把这四个民族的资料合为一卷。收集到的作品中，有侗族的《毛洪玉英》《门龙之歌》《孔子之歌》《从前有位姑娘》，水族的《梁山伯与祝英台》，苗族的《董永与七仙女》《崔文瑞与张四姐》《陈世美》，白族的大本曲《梁山伯与祝英台》，编成一本75万字的厚厚的一本书，其中《梁山伯与祝英台》的篇幅占了一半多。通过编这本书，了解到不同民族都有"梁祝"的故事传说，可见"梁祝"传说同样在少数民族地区的影响之巨大。侗族不同地方的"梁祝"故事，再次引起了我的注意，编侗族"梁祝"书的念头更加强烈。

2012年，我承担国家社科基金重大招标项目"黔湘桂边区汉字记录少数民族语言文献分类搜集整理"，花了大量的时间到贵州黔东南侗族各县和广西三江、湖南通道等地进行文献调查，有机会接触了很多的侗族歌师、戏师、说唱艺人以及各县的从事民间文艺搜集整理研究的工作者，这其中就包括本书的各位搜集整理者，他们不仅为项目研究提供了大量的资料和信息，还力所能及地提供了很多汉字记录侗语的民间歌谣、侗戏剧本等。其中有相当一部分是汉族题材的民间故事和叙事诗，收入本书的大部分材料都是这次工作第一次搜集整理的。

遗憾的是，在本书整理编写的过程中，做出贡献的欧亨元先生、张勇先生、吴浩先生、王朝根先生先后去世，为项目研究提供线索和讲故事的几位侗族歌师吴仁和、杨胜奎、杨胜光也先后离世。在这里除了表示对他们的敬仰和感谢外，只能通过本书的出版寄托哀思。

当时广西侗学会会长吴浩先生答应送来他整理的三江侗族叙事歌"梁山伯与祝英台"，可还没等到书稿，他溘然去世，本书没有三江的资料，留下深深的遗憾。

本书的整理，汇集了很多人的心血，在这里要感谢黎平县侗学会副会长银永明，从江县侗学会副会长梁定修，通道侗族自治县侗学会副会长林良彬、吴柄升，榕江县宰荡村侗文教师杨再荣，为本书的翻译整理做出的贡献。

还要特别感谢的是本书编辑杨蜀艳同志，对编校精益求精，为本书的出版付出极大的辛劳。

本书的资料来自侗族不同的方言土语，再加上汉字记侗音存在的缺陷，给翻译整理带来不小的困难，其中存在的不足或错误，请广大读者批评指正。

编者

2020 年 3 月 5 日

图书在版编目(CIP)数据

侗族叙事歌梁山伯与祝英台 / 龙耀宏等搜集整理.
— 北京：民族出版社，2019.12
ISBN 978-7-105-15961-1

Ⅰ.①侗… Ⅱ.①龙… Ⅲ.①侗族—民歌—作品集—中国 Ⅳ.① I277.297.2

中国版本图书馆 CIP 数据核字（2019）第 295785 号

侗族叙事歌梁山伯与祝英台

责任编辑：	杨蜀艳
封面设计：	金　晔
出版发行：	民族出版社
地　　址：	北京市和平里北街 14 号
邮　　编：	100013
电　　话：	010-64228001（汉文编辑二室）
	010-64224782（发行部）
网　　址：	http://www.mzpub.com
印　　刷：	北京艺辉印刷有限公司
经　　销：	各地新华书店
版　　次：	2020 年 5 月第 1 版　2020 年 5 月北京第 1 次印刷
开　　本：	787 毫米 ×1092 毫米　1/16
字　　数：	490 千字
印　　张：	34
定　　价：	138.00 元
书　　号：	ISBN 978-7-105-15961-1/I・3028（汉 2853）

该书若有印装质量问题，请与本社发行部联系退换